Ellen Jacobi
Rentner sind besser als ihr Ruf

Weitere Titel der Autorin:

Die Rentner-Romane
Frau Schick räumt auf
Frau Schick macht blau
Teatime mit Tante Alwine
Ein Rentner kommt selten allein
Rentner halten heute länger
Rentner günstig abzugeben
Zum Glück gibt's Rentner
Immer diese Rentner – Frau Schick räumt auf
(gekürzte Fassung in lesefreundlicher Schrift)

Krimis aus dem Bergischen Land
Mordsjubiläum
Mordsüberraschung

Über die Autorin:
Ellen Jacobi, 1960 am Niederrhein geboren, entdeckte als Tochter einer Bibliothekarin und Märchenbuchsammlerin früh ihre Liebe zu Büchern und zum Geschichtenerzählen. Nach einem Literatur- und Anglistikstudium arbeitete sie als Reiseleiterin und Lehrerin in England. In Deutschland war sie als Redakteurin für Tageszeitungen und Magazine tätig. Heute lebt sie mit ihrer Tochter in Köln.

Ellen Jacobi

Rentner sind besser als ihr Ruf

Roman

lübbe

Dieser Titel ist auch als E-Book erschienen.

Personen, Schauplätze und Geschehnisse dieses Buches sind frei erfunden. Ähnlichkeiten mit lebenden oder verstorbenen Personen sind rein zufällig, aber nicht unerwünscht.

FSC www.fsc.org
MIX
Papier aus verantwortungsvollen Quellen
FSC® C014496

Originalausgabe

Dieses Werk wurde vermittelt durch die
Michael Meller Literary Agency GmbH, München

Lektorat: Dr. Stefanie Heinen
Titelillustration: © Ommo Wille
Umschlaggestaltung: Thomas Krämer
Satz: Dörlemann Satz, Lemförde
Gesetzt aus der Stempel Schneidler
Druck und Verarbeitung: GGP Media GmbH, Pößneck
Printed in Germany
ISBN 978-3-404-17986-2

2 4 5 3 1

Sie finden uns im Internet unter www.luebbe.de
Bitte beachten Sie auch: www.lesejury.de

Den Helden meiner
Kindheit gewidmet.

Ein Freund ist ein Mensch, der die Melodie
deines Herzens kennt und sie dir vorspielt,
wenn du sie vergessen hast.
Albert Einstein

Echte Fründe ston zesamme.
Die Höhner

1.

Wind blättert in den Säulenpappeln, lässt letzte Blütenkätzchen schneien, frischt plötzlich auf. Eine Böe wiegt und zaust die maigrünen Kronen, zwingt sie zum Tanz. Zu schwindelhohen Riesen sind die Bäume in sechzig Jahren aufgeschossen, ihre Wipfel verschleiern einen verkehrsbrausenden Autobahndamm in Richtung Rheinbrücken und Düsseldorf und reichen bis hinauf zu den Fenstern der kleinen Penthousewohnung auf dem Hochhausdach.

Es ist die ehemalige Hausmeisterwohnung, direkt neben dem Anbau für die ächzende, mitunter rumpelnde, weil betagte Fahrstuhltechnik. Hinter den Fenstern, die Pappeln fest im Blick, mit dem Rumpelfahrstuhl per Du und längst versöhnt, ja, geradezu darin vernarrt, steht Henriette »Henny« von Aschberg, seit fünf Jahren Bewohnerin des Hochhausdachs, außerdem Unternehmerstochter, Architektenwitwe und Erbin der sechs Stockwerke unter ihren Füßen.

Henny runzelt missvergnügt die Stirn.

Nun ja, zur Hälfte. Noch.

Wäre das Haus ganz ihr Eigen und hätte sie Kinder als Erben, würde sie nicht so schrecklich in der Bredouille stecken. Der Aschberg-Clan, ihre dank Baustoffhandel – erst Holz, dann Ziegel, später Zement, Kies, Beton et cetera – über Generationen steinreich gewordene Familie, will Hand oder besser gesagt Kettensägen, Wurzelgrubber und Fräsen an die Pappeln legen. Um freie Bahn zu schaffen für Bagger und Abrissbirnen.

Gefühlloses Pack, elende Sippschaft, immer gewesen!, schimpft Henny stumm.

Das Hochhaus und halb Hoffnungsthal, ein luftiges Vorzeigeviertel des sozialen Wohnungsbaus, 1959 nach Entwürfen von Stararchitekt Johann Riemann, Hennys längst Verstorbenem, in Rekordzeit gebaut, soll lukrativen Luxusimmobilien und Tiefgaragen weichen. Auf der anderen Seite der Autobahn haben die Bauarbeiten bereits begonnen. Da stört ein ehemaliger Sozialbau der Wirtschaftswunderzeit, egal, wie hübsch er ist mit seinem rosaroten Backstein, dem lichten Terrazzotreppenhaus und den schwebenden Balkonen. Seine Bewohner – egal, wie alt und glücklich sie in dem Hochhaus, mit den günstigen Mieten und den tapfer tanzenden Pappeln sind – stören erst recht.

Ebenso die Schrebergartenanlage Grünbäumchen 1930 e.V., der reizende Park mit Schaukeln, Ententeich und Schützenhaus, der Kirmesplatz, der am Niederrhein nie fehlen darf, und die bescheidenen Reihenhäuschen. Hennys Blick durcheilt die grüne Wohnoase tief unter ihren Wohnzimmerfenstern. Ein Paradies, wie sie findet. Eine heile Welt. Die Aschbergs wollen diese Welt ausradieren und eine neue bauen – eine hässliche.

Wenn das der Riemann noch erleben müsste!, schnaubt Henny innerlich. Johann Riemanns Devise lautete: Ein Hochhaus soll schmücken, nicht erdrücken. Und daran hat er sich gehalten. Er mag ein lausiger Ehemann gewesen sein, aber er war ein ausgezeichneter Architekt.

Ihrer sogenannten Familie schweben gruselig klotzige weiße Flachdachwürfel in Stapeln, vom Singleformat bis hin zur Villengröße, vor. Dicht an dicht gebaut, damit genug Rendite abfällt. Dazwischen soll es künstliche schnurgerade Kanäle geben, klinisch saubere Rollrasenflächen im Handtuchformat und Zierkirschen, stramm in Reih und Glied gepflanzt. Anstelle von Kirmesplatz, Kleingartenanlage und Park ist ein Golfplatz angedacht.

Eine Art gehobene Disneylandschaft und vornehme Käfighaltung soll das werden, findet Henny. Für Großstadtpendler, Besserverdiener und Betuchte oder solche, die sich dafür halten und sich hinter bodentiefen Fenstern zur Schau stellen wollen.

Von Aschbergs werden hier nicht wohnen, das ist mal sicher. Die würden selbst niemals zu horrenden Mieten oder astronomischen Kaufpreisen in sterilen Bauklotztürmchen leben wollen. Schon gar nicht würden sie ihren Reichtum herzeigen. Tja, und für so einen Mist sollen ihre alten Mieter rausgeworfen und in alle Winde zerstreut werden.

Zorn kocht in Henny hoch, ihr Rebellenblut pulsiert, ihr juckt es in den Fingern, dem morgendlichen Besucher, der ihr im Nacken, genauer gesagt am Biedermeiertisch in ihrem Rücken sitzt, ein paar Backpfeifen zu verpassen. Noch besser, sie holt ihre alte Jagdbüchse aus der Besenkammer und schießt ihn zur Tür hinaus. Dank Förster Bellhaus weiß sie seit ihrer Kindheit, wie man eine Flinte benutzt und damit trifft.

Haltung, Henny, Haltung!, mischt sich ihre innere Gouvernante ein. Vergeblich. Zumindest, was ihre wahren Gefühle betrifft. Äußerlich anzusehen ist Henny davon freilich nichts. Kerzengerade, tadellos frisiert und erlesen elegant gekleidet, ganz Inbegriff einer vornehmen alten Dame von 79 Jahren, steht sie trotz kochendem Rebellenblut an den Fenstern.

Die Bau- und Abrisspläne sind Henny natürlich nicht neu. Neu ist, dass der einleitende Pappelkahlschlag am Hochhaus bereits für diesen Herbst und ganz an ihr vorbei geplant worden ist, wie ihr Überraschungsgast vor zehn Minuten mit raumgreifender Stimme verkündet hat.

Dreckskerl.

»Die Pappeln müssen weg. Schon aus Sicherheitsgründen«, hat Konstantin von Aschberg sie noch im Türrahmen – Begrüßung Fehlanzeige – mit einem Mundwerk wie ein Maschinengewehr unter Feuer genommen. »Die sind bestimmt morsch bis auf die Knochen, völlig verrottet. Wir wollen ja nicht, dass auf die letzten Meter noch ein Mieter durch umfallende Bäume zu Schaden kommt.«

Sodann hat er ihr kleines, aber feines Wohnzimmer erstürmt, die Pappeln voll Abscheu beäugt und nachgeladen. »Ich sehe schon die Schlagzeilen *Rentner auf Balkon von Pappel erschlagen*. Gruselige Vorstellung, so geschäftsschädigend. Und denke nur, einer der Bäume könnte dich treffen! Welch ein Verlust.«

Sollte das eine verkappte Drohung sein?, sinniert Henny grimmig. *Möglich wäre alles*. Konstantin Freiherr von Aschberg, ihr dreißig Jahre jüngerer Adoptivbruder, ist der geborene Kotzbrocken.

Optisch gibt er gern eine Art britischen Gentleman vom Lande. Mal im hundebehaarten Tweedjackett und Hunter-Gummistiefeln, mal, so wie heute, im dunkelblauen Wappenblazer zu rahmengenähten Schuhen, stets mit keramikverblendetem Lächeln. Außerdem hat er eine Vorliebe für Paisley-Einstecktücher. Kurz, er sieht meist aus wie einer *Inspektor Barnaby*-Folge entsprungen. Ein Endvierziger in der Rolle des jovialen Landedelmanns. Henny kann er damit nicht täuschen.

Konstantin ist kein Gentleman, sondern der Mann fürs Grobe im Aschbergclan. Heimtücke und unsaubere Methoden sind Konstantins Spezialgebiet. Mehr traut man ihm als Sprössling einer allenfalls halbadeligen Seitenlinie nicht zu, das allerdings zu hundert Prozent. Konstantin würde alles tun, um in die oberen Ränge der Familie aufzusteigen.

Zweifellos hat man ihm das Kommando in Sachen Hochhaus übergeben. Er soll sie in den Wahnsinn treiben oder mit viel Glück einen Herzanfall bei ihr auslösen. Ihr plötzliches Ableben würde schließlich den sofortigen Abriss des Hochhauses ermöglichen. Im Falle ihres Todes gehen das Haus und der Grund und Boden – ehemals spottbilliges Ackerland, jetzt millionenwertes Bauland – nämlich zurück an den Aschbergclan. Das ist Familientradition, wenn erbberechtigte Kinder fehlen.

Hennys Mund wird zum wütenden Strich.

Nun, noch lebt sie und ist, von ein paar Altersmalaisen abgesehen, geradezu lächerlich gesund. Da kommt sie auf ihren Urgroßonkel, Graf Heinrich Siegismund Frowein. Der war im Alter mehr Lebemann als Industriebaron, ist 98 geworden, bis zuletzt Parforcejagden geritten und am Ende einem Herzschlag in der Bügelkammer seiner properen Haushälterin erlegen – und das nicht beim Wäschefalten.

Alles in allem war er einer der wenigen sympathischen Vertreter des Aschberg-Geschlechts. Und ein origineller. Seine Nachfahren nennen ihn allerdings despektierlich »Graf Gaga«.

Herrje, jetzt schweifen deine Gedanken ab!, ruft Henny sich zur Ordnung. Leider neigen ihre Gedanken zum Abschweifen, besonders in Gegenwart von Kotzbrocken Konstantin, dem Unerträglichen.

»Wie du weißt«, meldet der sich in schönstem Einklang mit seinem wahren Charakter – dem eines Schmierlapps und Lügners – hinter ihr wieder zu Wort, »nehme ich Fragen der Fürsorgepflicht sehr ernst. Du und deine Mieter, ihr liegt mir am Herzen.«

Als ob!

Konstantins Herz ist ein Rechenschieber, weshalb er gerade seine zweite Scheidung durchmacht. *Vielleicht ist es auch die dritte*, überlegt Henny. Ihr Adoptivbruder hat eine Schwäche für teure Vorzeigeblondinen. Gewöhnlich kommen sie aus halbwegs gutem Hause und sind nicht komplett bildungsfern, dafür aber wohlstandsverblödet. Kurz, es handelt sich um strohdumme, aber gerissene Gänse und verwöhnte Zicken.

Wenn Henny sich recht entsinnt, heißt Konstantins derzeitige künftige Ex-Frau Katja und hat als Erbin selbst Geld »an de Fööss«, wie es am Niederrhein heißt. Trotzdem dürfte die Trennung für Konstantin mal wieder kostspielig werden. In besseren Kreisen schenkt man sich nichts.

Ein Grund mehr für ihn, die lukrativen Baupläne forsch und im Sinne des Clans voranzutreiben. Er dürfte kräftig daran mitverdienen.

Was sagt man zu so einem? Nichts! Den schweigt man tot. Deshalb hat sie diesem Prinz Protz mit Wappenring den Rücken zugekehrt und gibt sich ungerührt, obwohl sie sich in Wahrheit wie ein Häufchen Elend fühlt.

Hinter ihr am Biedermeiertisch raschelt Papier. Konstantin ist zum Studium von Mietunterlagen, Kontoauszügen und Geschäftsakten – *ihren* Auszügen und Akten – übergegangen. Leider hat er als Miteigentümer des Hochhauses ein Recht darauf. Bei den von Aschbergs gebietet die Tradition – und Tradition ist bei den Aschbergs alles –, dass die Männer der Familie sämtliche Vermögenswerte und deren Vermehrung ständig im Blick behalten.

Konstantin murmelt was von »unsinnigen Investitionen ins Haus«, »Kostenoptimierung«, »lächerlichen Mieten auf Sozialhilfeniveau« und »heillos überzogenen Konten, kurz vor Bankrott«.

Hallo? Ich bin doch noch nicht pleite! Oder doch? Jedenfalls nicht vollständig. Henny ist kurz verunsichert, beruhigt sich aber sofort wieder. Sie hat schließlich immer noch Graf Heinrich Siegismund Froweins Jagdschloss in der Eifel, das kann ihr keiner nehmen.

Das hat auch keiner vor, denn das Schloss ihres Urgroßonkels, eher eine ziemlich geschmacklose kleine Burg aus der Gründerzeit, gilt als unverkäufliches Groschengrab. Sonst hätten die von Aschbergs es ihr, dem sprichwörtlichen Enfant terrible der Familie, niemals vollständig und – anders als das halbe Hochhaus – ohne Bedingungen überlassen. Von ein, zwei höchst dubiosen Geschäftsleuten abgesehen, hat Henny denn auch bislang niemand ein Kaufangebot unterbreitet. Egal, in welchem Zustand es ist: Es liegt ihr am Herzen, ist sie hier doch fern der Familie und des in den letzten Zügen liegenden Zweiten Weltkriegs glücklich aufgewachsen.

Konstantin seufzt hinter ihr, als müsse er sich ohne Betäubung einer Wurzelbehandlung unterziehen. »Oh, oh«, stöhnt er. »Das sieht schlimm aus, fürchterlich.«

Kurz drohen Hennys Knie einzuknicken. *Stimmt das?*

»Übrigens stehe ich mit dieser Ansicht nicht allein«, fährt Konstantin Lackaffe fort. »Ich habe kürzlich ein Schreiben vom Finanzamt erhalten, in dem der von dir in der Steuererklärung veranschlagte Mietzins angesichts der begehrten Wohnlage als viel zu gering erachtet wird. Mit anderen Worten: Man hält deine Angaben für getürkt, dich für eine Steuerbetrügerin und fordert dich zu einer sofortigen Mietanpassung auf. Ein Abriss und die Neubauten würden diesen unerquicklichen Vorgang natürlich beenden.«

Haltung, Henny, Haltung, predigt sie sich, streckt sich energisch, zaubert eine tadellos entspannte Miene auf ihr Gesicht. Mit Erfolg. Kurz wendet sie den Kopf, schenkt Konstantin ein höfliches Lächeln, bis der den Blick senkt und sich in die Aktenlektüre zurückflüchtet. Mit Höflichkeit kann der nicht umgehen. *Wurm!*

Sie hat nicht umsonst in jungen Jahren, zur Zeit des deutschen Fräuleinwunders, also in den 1950ern, kurz als Hutmodell und dann als eine der ersten Lufthansa-Stewardessen – Gastgeberin der Lüfte hieß das – gearbeitet. Natürlich zum Entsetzen der Familie. Eine selbstständige Frau galt als unschicklich, Arbeit als »Proletenschicksal«.

Obwohl beides damals durchaus vornehme Tätigkeiten waren. Ihr Adelsname kam ihr bei beidem zugute. Frauen von unnahbarem Charme und Eleganz bis in die Handschuhspitzen waren gefragt, Damen wie sie eben.

Und mit den Mitteln einer solchen wird sie den Kampf um das Hochhaus gewinnen. *Jawohl!* Ihr linealgerader Gang, einschüchternde Manieren und der Anschein, unerschütterlich bis hin zur Gefühlskälte zu sein, können, wie Henny glauben will, nach wie vor so gewinnend wie vernichtend sein. Kommen noch eine Prise Bauernschläue, List und Tücke hinzu. All das steuern die fabelhaften Mitstreiter unter ihren Mietern bei. Lauter gewiefte alte Kämpen. Sie ist also bestens gewappnet.

Na ja … fast, denn in ihr sieht es nun mal anders aus. Wieder zittern Hennys Knie. Aus so vielen Gründen.

Ihr Blick flüchtet zurück ins goldene Blättergeflirr vor den Fenstern, tanzt ein Weilchen mit den Bäumen. Seit sie vor fünf Jahren hergezogen ist, liebt sie die Pappeln so leidenschaftlich wie das Haus. Unter anderem. Der Rest geht keinen was an.

Schon gar nicht Konstantin, den Rechenschieber. Gefühle tiefer Zuneigung gelten den von Aschbergs – einer rheinisch-katholischen Unternehmerdynastie in zwölfter Generation, adlig in sechster, Motto »Keiner begehre, was mein ist« – von jeher als verzichtbarer Luxus, der angreifbar macht und dem Geschäft schadet. Was stimmen mag. Ganz sicher sogar.

Es genügt, dass der Aschbergclan sie wegen ihres Auszugs aus einer Villa mit Rheinblick und des Umzugs hierher sowie einiger Schenkungen, die sie seither verfügt und durch die sie ihr Privatvermögen stark gemindert hat, für restlos übergeschnappt hält.

»Die irre Hochhausgräfin« nennt ihr Clan sie mit abfällig gerümpfter Nase, als sei sie ein schlechter Geruch und eine Wiedergängerin des »Grafen Gaga«. Was nichts Neues ist. Henny schluckt, ihre Gedanken stolpern ungebremst eine düstere Kellertreppe hinab.

Sie galt von Anfang an als Fehlschlag, weil sie ein Mädchen war und den im Krieg gefallenen Sohn und designierten Erben nicht ersetzen konnte. Sie war allenfalls geeignet, mit ihr ein lohnendes Geschäft am Heiratsmarkt zu tätigen und die Erbfolge für die mehrköpfige Geschäftsführung – rein männlich wie seit anno Piefendeckel, versteht sich – zu sichern.

In beiderlei Hinsicht hat sie früh und noch minderjährig ganz grandios und unverzeihlich skandalös gepatzt. Der Liebe wegen. Entehrt war sie, so sagte man damals. *Damaged goods*, beschädigte Ware, trifft es eher. In der Folge ist sie kinderlos geblieben. Es war eine dunkle, schrecklich dunkle Zeit, gemessen an ihrem langen Leben freilich nur eine kurze Episode, aber was die Familie ihr damals angetan hat … und …

Haltung, Henny, Haltung!, trotzt sie gegen ihre erneut schweifenden Gedanken und einen silberhellen, messerscharfem Schmerz an, der sie hinterrücks durchbohren will. Gott, wie besessen sie als junges Mädchen davon war, ihre blöde, hundsdämliche Unschuld zu verlieren, und wie schmerzlich zu begreifen, dass verlorene Unschuld nie mehr zurückzuholen ist!

Henny reckt das Kinn. *Gleichgültig!* Wenn es darum geht, eiskalt Haltung in allen Lebenslagen zu wahren, ist sie nicht nur ehemaliges Hutmodell und Ex-Gastgeberin der Lüfte, sondern auch von Aschberg durch und durch. Gelernt ist gelernt. Von ungezählten Kinderfrauen, die sie mit viel Energie verschlissen hat, deren Prinzipien in Gestalt ihrer inneren Gouvernante aber immer noch nachwirken.

Momentan ist das gut so, versichert sich Henny, *sehr gut*, und zupft die Manschetten ihrer Chanelbluse glatt, denn Schmerz, Reue oder, schlimmer noch, Liebe – Gott bewahre! –, einfach jede Art von Gefühlsbekundung sind in Anwesenheit von Konstantin fehl am Platz, sogar brandgefährlich.

Dumm nur, dass ihre Gefühle mehr noch als ihre Gedanken zum Ungehorsam neigen und Konstantins als Überraschungsbesuch getarnter Überfall ungelegener nicht kommen könnte. Sie erwartet schließlich weiteren, wirklich wichtigen Besuch aus Berlin, dem Konstantin keinesfalls begegnen darf. Sie hat extra eine feine kleine Einladung unter der Wohnungstür im Erdgeschoss durchgeschoben. Auf feinstem Bütten. Für 12 Uhr zu einem leichten Lunch, Räucherlachs und Crémant. Sie muss Konstantin vorher unbedingt hinauskomplimentieren, ohne dass er Verdacht schöpft. Nur wie?

Denk nach, Henny, denk nach!

Erneuter Seufzer von hinten, dieser Dämlack macht sie mit seinem Aktenstudium ganz wirr und mürbe!

Ach, hätte sie nur vorher ihre langweiligen Akten ein wenig – nun ja – sortiert und gelichtet. Henny durchfährt ein Riesenschreck. Hat sie am Ende etwa die letzte Schenkungsurkunde und Frau Mattkas Testament bei den Hausunterlagen abgeheftet? Die darf Konstantin keinesfalls finden. Gestern hatte sie beides noch in der Hand, um alles sicher wegzulegen.

Nur wohin?, hakt ihre innere Gouvernante nach, die doch sehr lästig fallen kann. Ein Rohrstock sirrt in der Stimme mit.

Kann doch mal vorkommen, dass man was verlegt, rechtfertigt Henny sich reflexhaft vor dem strengen Anteil ihres Aschberg-Ichs. Sie war schließlich im Rausch der Gefühle. Kein Wunder, wenn man in einem Kuschelründchen versinken will, weil man gerade Hölderlingedichte vorgelesen bekommt, die haargenau so klingen, wie sie sich fühlt, seit sie hier wohnt: endlich erwünscht, wirklich erwünscht, gewollt, geborgen. Und erlöst aus einem inneren Sibirien mit Rheinblick an der Seite von Johann Riemann, in dem sie Jahre, Jahrzehnte einem Kältetod entgegenfror. Dagegen half auch kein Valium, kein Rohypnol, kein Tavor, das gewisse, sehr zugängliche Ärzte ihr wie Smarties verschrieben.

Aber Liebe, die hilft, hilft immer.

Jawohl, beim Kuscheln und bei Gedichten kann man schon mal die Haltung und dämliche Urkunden aus dem Blick verlieren. *Man muss es sogar*, trotzt Henny auf und verliert die Urkunden so vollständig wie gestern aus dem Blick.

Ach, Hölderlin!

Lange tot und tiefverschlossen,
Grüßt mein Herz die schöne Welt,
Seine Zweige blühn und sprossen,
Neu von Lebenskraft geschwellt.

Was für ein Liebesgeständnis an das Leben. Und an mich, schwelgt Henny. Ihr unbelehrbares Herz geht auf und lenkt sie vollständig ab von Konstantin, der Abrissbirne. Es war aber auch ein unglaubliches Geständnis, noch dazu von so einem Mann, einem echten Kerl!

Also, jetzt nicht Hölderlin, der bekanntlich verrückt wie ein Hutmacher war, obwohl Hölderlin – Hennys Wissens nach – nie Hüte modelliert und folglich keine hirnzersetzenden Quecksilberdämpfe beim Versteifen von Zylinderfilz eingeatmet haben kann, und … *Oh je!* Henny fängt sich und ihre immer wilder vagabundierenden Gedanken ein, weil sie zugegebenermaßen ein klitzekleines bisschen irre klingen.

Aber nicht nach Hutmacher mit Hirnzersetzung, beruhigt sie sich, *sondern wie frisch verliebt*. In ihrem Alter! Und das nach fünf Jahren des heimlichen Beisammenseins im Hochhaus. Praktischerweise verliebt sie sich ja jeden Tag neu. Wahrscheinlich, weil sie in dieser Hinsicht sehr viel nachzuholen hat, seit sie damals gepatzt hat.

In ihrem Rücken stöhnt es erneut entsetzt. »Sag mal, bist du jetzt komplett wahnsinnig geworden? Was ist denn *das?*«, fragt Konstantin empört und wedelt, den Geräuschen nach zu urteilen, mit Papier herum.

Hennys Aschbergblut beginnt panisch zu pulsieren, ihre Gedanken starten eine wilde Jagd. Hat er tatsächlich die

Schenkungsurkunde und Frau Mattkas Testament entdeckt? Dann ist ihr schöner Hochhausrettungsplan für die Katz, besser gesagt: der Plan der seligen Frau Mattka aus dem Erdgeschoss.

Dann muss Konstantin gleich nur noch auf ihren Berliner Besuch treffen – Mattkas Erbin –, ihr ein Kaufangebot in astronomischer Höhe für die Wohnung unterbreiten, sich damit selbst zum sofortigen Mehrheitseigner machen, und die Pappeln werden im September fallen.

Konstantins mit Aschberggeld gefüllte Kriegskasse dürfte weit üppiger und strapazierfähiger als ihre Konten sein, und er hat dem Wunsch ihrer Eltern gemäß Vorkaufsrecht für alle frei werdenden Mietwohnungen, die ihr gehören. Geld und Vermögenswerte sollen schließlich in der Familie Aschberg bleiben, und sie hat nun mal keine andere.

Mit Frau Mattkas Tod droht nun der Ernstfall einzutreten. Sie ist als Erste von Hennys betagten Dauermietern auf immer gegangen, und es ist nur eine Frage der Zeit, wann andere ihr folgen werden und Henny Stück für Stück ihren Hochhausanteil an Konstantin verliert, wenn sie nichts dagegen unternimmt.

Seine eigenen Wohnungen vermietet ihr Halbbruder bereits seit Jahren bevorzugt an junge Singles und nur auf Zeit und gegen Staffelmieten. Nach zwei, drei Jahren sind die meisten wieder weg. Potenzielle Dauermieter wie Familien oder alte Leutchen sind bei ihm unerwünscht. Inzwischen freut er sich mit Blick auf die Abrisspläne sogar über Leerstand. Dank ihm stirbt das Haus regelrecht aus.

Henny zürnt innerlich, auch wenn sie nach wie vor darauf achtet, sich nichts anmerken zu lassen. Was zählen für diesen Gefühlslegastheniker schon ihre alten Mieter, von denen einige seit fünfzig, sechzig Jahren im Hochhaus leben? Was zählen für Konstantin deren selige Erinnerungen, geschweige denn ihr eigenes spätes Lebensglück, ihr Gefühl, endlich zuhause angekommen zu sein?

Nichts.

Und für Henny alles!

»Henny, was hast du dir dabei gedacht?«, verlangt Konstantin von Aschberg zu wissen. Seiner Stimme ist scharf wie ein Teppichmesser.

Wieder wird Henny schwach ums Herz und in den Knien. Ihr Blick sucht verzweifelt Halt bei den tanzenden Pappeln, Krapolskis Pappeln. Sie muss verhindern, dass es ihr Totentanz ist.

Der Verlust seiner Bäume und seiner Heimat Hoffnungsthal würden Fritz Krapolski – obwohl mit 80 Jahren immer noch ein kompakter Kraftkerl – das Herz brechen. Und Henny weiß, dass man an einem gebrochenen Herz durchaus sterben oder irre werden oder nur wie tot weiterleben kann. Sie hat das jahrzehntelang getan.

»Henny? Träumst du?«, echauffiert sich Konstantin. »HENNY?«

Muss endlich was sagen, mobilisiert Henny ihre letzten Reserven, wendet sich mit einer Laufstegdrehung und ihrem besten Hutgesicht so präzise wie lässig um. »Entschuldige, Konstantin, ich war abgelenkt. Unverzeihlich, aber ich müsste mal kurz telefonieren … Mit, äh, der Fußpflegerin«, sagt sie und geht, nein, schreitet, jeder Zoll ein Fräuleinwunder, Richtung Küche.

Ihr Herz wummert panisch wie ein Presslufthammer. Sie braucht umgehend Hilfe. Sie braucht ihren Mann fürs Grobe, ihren Spezialisten für List und Tücke. Unter anderem. Sie wird drei Etagen tiefer anrufen. Bei Hölderlin. Quatsch, Hölderlin, bei Krapolski natürlich. Ihrem Fritz, dem Unvergleichlichen. Rasch zieht sie die Küchentür hinter sich zu.

2.

Mit hydraulischem Zischen schließen die Bustüren, der Dieselmotor zittert, lässt die Fenster vibrieren. Holpernd geht die Fahrt weiter über ein Stück Kopfsteinpflaster und Straßenbahnschienen, vorbei an dem zum Parkhaus umgewidmeten ehemaligen Kaufhaus Horten mit seinen scheußlich grauen Keramikwaben.

Bonjour, Tristesse, willkommen zurück in den Sechzigerjahren und in deiner beschissenen Kindheit.

Regina Sanders' bislang stabile, sogar zuversichtliche Stimmung sinkt.

Worauf sie gefasst war.

Nicht gefasst war sie allerdings darauf, dass ihre Laune beim Anblick des Kaufhauses derart kellertief abstürzen würde. Natürlich hat das nachvollziehbare Gründe, aber, herrje, die liegen länger als ein halbes Leben zurück. Viel länger. Ihre Mutter hat dort mal gearbeitet, in der Spielwarenabteilung, war stolz darauf, gleich nach Reginas Einschulung einen begehrten Job als »Hortensie« ergattert zu haben, wie sich die Verkäuferinnen Anfang der 1960er nannten.

Ihre Mutter war damit glücklich, überglücklich, zum ersten Mal seit Jahren, denn sie war überzeugt, dass es nun sogar für Familie Sanders aufwärtsgehen könnte im Wirtschaftswunderland. Dank Personalrabatt, Ratenkaufkredit, Weihnachtsgeld und trotz eines kriegsversehrten, jähzornigen Trinkers als Ehemann, der kaum zum Hausmeister taugte – außer wenn's um Rumbrüllen ging. Ein Gatte, der auch das Familienleben nicht selten mit Befehlsgebell in einen Kasernenhof und Kriegsschauplatz verwandelte, weil er von Jugend an nicht viel anderes kennengelernt, mit 17 an die fallende Ostfront gemusst, sich davon nie erholt hatte und den Weltkrieg als Kleinkrieg in der Familie fortsetzte.

Noch weniger als zum Hausmeister eignete er sich zum Betreuer für I-Dötzchen Nina. Weshalb Frau Mattka, soweit es ihre Schichten im Krankenhaus zuließen, oder ihre Mitbewohnerin Frau Greulich und Herr Stachulla ab mittags einsprangen.

Gegen ein kleines Taschengeld haben sie Regina, das »arme Kindchen«, nach Strich und Faden verwöhnt. Nina-Regina beglückte neben Mamas ansteckendem Glück als Hortensie die Aussicht auf eine Schlummerle-Puppe, die ihr zu Weihnachten versprochen wurde. Womit erstmals Aussicht darauf bestand, in den Club der ultimativen Hochhaus-Puppenmütter – angeführt von Britta Bönsch, wem sonst? – aufgenommen zu werden.

Sie hat die Puppe nie bekommen.

Der Krebs und der Tod hatten andere Pläne mit ihrer Mutter. So viel zum Thema Horten und dazu, warum der Anblick einer dämlichen Kaufhausfassade ihre Laune killt.

Hätte sie schon damals begriffen, dass Glück in der Familie Sanders immer nur ein flüchtiger und heimtückischer Gast sein würde, dem man besser misstraut, sie hätte sich vermutlich viel erspart.

Oh, komm schon! Geht es auch noch melodramatischer? Sei erwachsen!, ruft Regina sich bestürzt zur Ordnung und fängt sich sogleich. Selbstmitleid ist ihr zuwider, nicht hilfreich und völlig fehl am Platz.

Immerhin hat der Tod ihr selbst eine zweite Chance gegeben. Und es gibt mehr als einen Grund, ihr Überleben nach ihrem beinahe tödlichen Unfall vor fast drei Jahrzehnten als fantastische Wiedergeburt, großes Glück und Geschenk zu betrachten.

Der schönste sitzt direkt neben ihr, schnarcht leise und zaubert ein zaghaftes Lächeln auf Reginas Gesicht. Ihr Blick streift voller Zärtlichkeit ihre Tochter Fee, die ihren Kopf an ihre Schulter gekuschelt hat und sich nach einer anstrengenden Bahnfahrt von Berlin bis hierher ein kurzes Nickerchen gönnt. Ganz so, als sei sie noch ihr kleines Mädchen und keine junge Frau und tatkräftige Klinikärztin von 28 Jahren, auf die Regina unermesslich stolz ist.

Fee heißt nicht zufällig Fee, eine englische Kurzform für Felicitas, sie ist einfach eine und sieht mit ihrem feinen Blondhaar, der hellen Haut, ihren blauen Augen und leicht spitzen Ohren – das einzige Erbteil des mutmaßlichen Erzeugers – auch so aus. Eine Fee, deren Geburt ihr vor 28 Jahren das Leben gleich mehrfach gerettet hat, zu einem Zeitpunkt, als sie – kaum älter als ihre Tochter heute – nur noch sterben wollte. Als ihr Lebensfaden tatsächlich hauchdünn war und die Ärzte sie in ein künstliches Koma versetzen mussten.

Was dem lebenshungrigen Zellhäufchen in ihrem Unterleib wunderbarerweise nichts anhaben konnte. Ein Zellhäufchen, von dessen Existenz sie zum Zeitpunkt des Unfalls nichts wusste.

Leben wollte es dennoch.

Es wuchs und wuchs, trat und boxte sie zurück ins Leben und in eine vollkommen andere Welt. Eine bessere als je zuvor. Nie hätte Regina damit gerechnet, wie leidenschaftlich gern und begeistert sie Mutter sein würde und – ihrer bescheidenen Kindheit zum Trotz – eine nicht allzu miserable. Fee ist der Beweis.

Deutlich aufgemuntert kehrt Reginas Blick zum Fenster zurück. Der Bus passiert ein imposantes mittelalterliches Festungstor, womit die Innenstadt hinter ihnen liegt. *Noch sechs Haltestellen bis Hoffnungsthal*, berechnet Regina und zieht unwillkürlich die breite Krempe ihres Hutes tiefer in die Stirn.

Sie trägt immer Hut, wenn sie unter Menschen geht. Gewohnheitssache. Früher der frischen Unfallnarben wegen, inzwischen, weil sie sich gern bedeckt hält und darunter wortwörtlich gut behütet fühlt. Hoffentlich auch hier. Mit neugierigen, bedauernden, sogar mit verstörten Blicken kann sie umgehen, sehr souverän sogar, mit Schadenfreude und vielleicht sogar Gehässigkeit nicht.

Nun, auch das wird sie lernen.

Im Klostergarten, Alte Sauerkrautfabrik, Beim Bunker, Aschbergwerke, Am Autobahntunnel, Zum Grünbäumchen. Mühelos zählt sich Regina die Haltestellennamen der alten Linie 7, inzwischen Nummer 23, weil die Stadt gewachsen ist, auf.

Sie hat die Namen nicht vergessen. Wer hätte das gedacht? Sie nicht. Immerhin war sie seit einer halben Ewigkeit nicht mehr hier. Bald vierzig Jahre. Achtunddreißig, um genau zu sein, erinnert sich Regina mühelos und mit leisem Grimm. Ihr lächerlich exaktes Gedächtnis wird ihr langsam unheimlich. Wer weiß, was es noch so hergeben wird.

Verdammt, sie will sich nicht erinnern, wollte sie nie. Sie hatte über die letzten drei Jahrzehnte genug damit zu tun, die Gegenwart im Griff zu behalten, was ihr gelungen ist. Im Hier und Jetzt lebt es sich für sie am besten. Hoffnungsthal und alles, was damit einmal zusammenhing, hatte sie in ihren Gedanken komplett ausradiert.

Wären nicht die Mattka und ihr völlig überraschendes Testament, sie wäre niemals hierher zurückgekehrt. Nie.

Macht sie vielleicht gerade einen gewaltigen Fehler?

Sei nicht albern, bekämpft Regina energisch einen aufkeimenden, uralten Fluchtimpuls. *Es gibt Wichtigeres als deine dämliche Kindheit, und Hoffnungsthal ist nicht die Hölle.*

Im Gegenteil hat sie es lange Zeit als Paradies erlebt. Selbst nach dem Tod ihrer Mutter. Nicht zuletzt dank Frau Mattka, Frau Greulich und Herrn Stachulla, die schon zu ihren Barackenzeiten als Ersatzfamilie für Fritz Krapolski gute Arbeit geleistet hatten.

Noch wichtiger: Sie sollte sich – vom Ableben der alten Dame einmal abgesehen – über das unverhoffte Erbe freuen und dankbar sein, denn nun ist sie fürs Alter halbwegs abgesichert. Darauf hat sie seit ihrem Unfall, ihrer in Folge komplett gescheiterten Karriere und einer löcherigen Erwerbsbiografie als alleinerziehende Mutter bislang nicht zu hoffen gewagt. Vermutlich wird sie sogar ihre Tochter beim Einkauf in eine Arztpraxis finanziell ein wenig unterstützen können, sodass die ihrem mörderischen Klinikalltag rascher als gedacht entfliehen kann.

Reginas Blick wandert erneut zu Fee. Ja, Fee ist die Sache wert. Fee ist alles wert. Auch das Risiko, noch einmal mit den bewölkten Seiten ihrer Vergangenheit in Kontakt zu kommen.

Wer nichts riskiert, wird nie Champagner trinken.

Hoppla, wo hat ihr Gedächtnis diesen flotten Spruch ausgekramt? Von Frau Mattka stammt der nicht. Nein, fällt Regina ein, den hat sie von Henriette von Aschberg, einer weiteren von ihr zeitweise angebeteten Heldin aus Kindertagen.

Einer eher schemenhaften Heldin, die nur sporadisch, meist zu Festen im Hochhaus auftauchte, weit weniger verlässlich als Luiselotte Mattka, Frau Greulich und Herr Stachulla war, aber dafür amüsant, atemberaubend elegant, der Inbegriff von Übermut, erfrischendem Leichtsinn und Champagnerlaune.

Trotz solcher Lichtblicke: Die Rückkehr nach Hoffnungsthal ist ein heikler Trip auf der Straße der Erinnerung und auch aus einem anderen Grund mehr als riskant, vor allem ist er einfach … einfach … *was?*

Deprimierend!

Gleichgültig, wie idyllisch die alten Klostermauern, die der Bus soeben passiert, und der Park mit seinen alten Kastanien dahinter scheinen. Ihres Wissens ist das sogenannte Klösterchen noch immer eine Klappskiste mit Pinguinen.

Okay, nein … Das ist eine dämliche Bezeichnung aus Kindertagen. Es handelt sich natürlich um eine psychiatrische Fachklinik, in der Ordensschwestern walten. Und Regina weiß seit ihrem Unfall nur zu gut, wie segensreich therapeutische Hilfe sein kann.

Eine Weile machte im Hochhaus das Gerücht die Runde, Henriette von Aschberg sei in jungen Jahren mal Patientin im Klösterchen gewesen. Was genau wie die immense Größe der Einrichtung in Reginas Augen ein Beweis dafür ist, dass diese Stadt ein Ort zum Verrücktwerden ist, zumindest für Menschen, die sich nicht den üblichen Regeln unterwerfen, die die gerade gültigen Grenzen des Erlaubten sprengen wollen und sich weigern, der Norm zu entsprechen.

Und sei es nur aus Langeweile.

Zuletzt ist sie hier als Gymnasiastin im Bus entlanggefahren, oft bedrückt und mit dem festen Plan, das Stadtrandviertel Hoffnungsthal so rasch und endgültig wie möglich hinter sich zu lassen. Um die Welt zu erobern und allen zu beweisen, was in Regina Sanders steckt.

Kein Hochhauskind, keine bedauernswerte Halbwaise mit einem tobsüchtigen Doornkaat-Trinker als Vater, kein chancenloses Nichts aus der Provinz, sondern ein Mensch mit ungeahnten Begabungen. Eine kommende Berühmtheit, völlig unbehindert von Gefühlsballast. Ganz so, wie eine Band es in den frühen 80ern besungen hat: *In meinem Film bin ich der Star, ich komm auch nur alleine klar.* Wer hat das noch mal getextet? Ideal, genau, so hieß die Band. Junge, Junge, ihr Gedächtnis kommt wirklich auf Trab und ist nicht zu bremsen.

Gegenwehr scheint sinnlos. *Am besten, ich bringe all das hinter mich, bevor ich das Hochhaus erreiche*, beschließt Regina. Damit ist sie besser gewappnet, wenn ihre Vergangenheit live, in Farbe und Gestalt ehemaliger Nachbarn oder deren Nachfahren auf sie einstürmt.

Um ungebunden, frei und irgendwie bedeutend zu werden, gab sie als Kind zunächst wenig originell in der Schule ihr Bestes, stieg rasch zur Klassenersten, zum Jahrgangsstar, zum Lehrerliebling und damit zum Hass- und Spottobjekt für die Mehrzahl ihrer Klassenkameraden auf. Das hat ihr bis zu ihrem vierzehnten, fünfzehnten Lebensjahr allerdings nichts ausgemacht. Sie kam tatsächlich alleine klar – nun ja, fast. Es gab ja Frau Mattka. In ihren farbenfrohen Zukunftsträumen sah sie sich als unerhört begabte Biologin, als Geologin, Geografin, Ethnologin, in jedem Fall als Weltenbummlerin mit wichtigen Forschungsaufträgen und – das vor allem – spektakulären TV- und Filmauftritten. Schließlich sollte ganz Hoffnungsthal ihr beim Berühmt- und Begabtsein zuschauen.

Regina lächelt schief.

Das kommt davon, wenn man als Kind den weltreisenden Tchibomann aus der Kaffeewerbung anhimmelt, mit Grzimek auf Safari geht und wie süchtig Tierdokus von Sielmann und exotische Tauchabenteuer von Hans Hass oder Jacques Cousteau guckt, um in der Fantasie mühelos die Welt zu erobern.

Es war ein früher Fall von Binge Watching, aber immerhin mit Bildungshunger, weshalb kein Erwachsener sie je davon abhielt oder sie für verkorkst hielt, weil sie sich ab ihrem achten Lebensjahr statt Barbiepuppen, Monchichis, Click-Clack-Kugeln oder ähnlich angesagtem Krimskrams stets Lupen, Mikroskope, Nachtferngläser zwecks Tierbeobachtung, Bücher über große Entdecker, Pflanzenbestimmungsfibeln oder einen Tropenhelm zum Geburtstag wünschte.

Letzteren bekam sie – von Frau Mattka. *In Liebe für die künftige Dschungelforscherin*. Frau Greulich wollte ihr – zu Studienzwecken – sogar ihren geliebten ausgestopften Lemuren aus dem Naturkundemuseum Breslau schenken, den sie unmöglich annehmen konnte. Herr Stachulla hat ihr seine Ausgabe von *Brehms Tierleben* in Kalbsleder verehrt, von Fritz Krapolski kamen Karten für das Löbbecke-Aquarium in Düsseldorf.

Regina seufzt stumm. *Gott hab sie alle selig*. Nein, es war nicht alles schlecht in ihrer Kindheit.

Dann kam die Pubertät. Die zwar nichts an Reginas Ziel – abzuhauen und berühmt zu werden – änderte, allerdings nachhaltig ihren Verstand eintrübte. Hormonell bedingt, was sonst. Wissenschaft und Forschung, Grzimek oder Sielmann, Nachtferngläser, Mikroskope oder eine Eins in Latein spielten quasi über Nacht keine Rolle mehr in ihren Zukunftsträumen. Zumal sie mittlerweile von einem blassen Nichts zu einem überraschend hübschen Etwas mutiert war, heiß umworben von Provinzcasanovas mit albernen Spitznamen wie Easy, Porky oder Lucky, die ein Jahr zuvor noch ausschließlich mit Fahrrädern und Bananensatteln, Fußballvereinen, Bananenflanken und Pickeln ausgelastet waren.

Plötzlich war sie eine ultimative Trophäe im männlichen Teeniekosmos von Hoffnungsthal und das meistgehasste Mädchen im weiblichen. Eine verwirrende Ehre und Form von Ruhm und Anerkennung, auf die sie nicht vorbereitet war. Und eine gefährliche, wenn man wie sie einen naiven Hang zum schlimmsten Herzensbrecher von allen entwickelt. Von wegen *Lucky*. Ein *Glücksfall* war der wirklich nicht!

Reginas Mund wird zum bitteren Strich. Genug davon. Die Lektion *Love hurts* bleibt niemandem erspart, sie hat sie blutjung, im Schnelldurchgang und auf die harte Tour gelernt und später, viele Jahre später, nur ein einziges Mal wiederholt. Mit demselben Ergebnis.

Nun ja, nicht ganz. Egal.

Beim ersten Mal erschien es ihr wie eine Erlösung, ein Schicksalswink, dass zeitgleich zum großen Liebeskummer ihr Traum von medialem Ruhm wunderbarerweise in Erfüllung ging. Dank eines Modellscouts, der sie 1979 mit »siebzehn Jahr, blondes Haar« auf der Düsseldorfer Kö als Reklamegesicht entdeckte. Für Tampons, Binden und Verhütungszäpfchen. Ausgerechnet sie!

In sämtlichen Illustrierten hat sie zwei Jahre lang für Patentex und Tampons gelächelt, Werbespots gedreht, als sexy Bravogirl posiert.

Im braven Hoffnungsthal, das die wilden Achtundsechziger komplett ausgelassen und die Siebziger allenfalls in Form von bunt gestreiften Schlaghosen von C&A, Plateauschuhen und Smokey-Hits mitgemacht hatte, war sie fürderhin eher berüchtigt als berühmt. Ihr Ruf als Hochhausschlampe – die sie in Wahrheit nur in den Fantasien anderer war – war nunmehr perfekt und ihr »im Felde unbesiegter« Vater ordnungsgemäß entsetzt.

Zumindest tat er so, falls er nicht gerade zu betrunken war oder Geld von ihr brauchte. Frau Mattka, die Greulich und Herr Stachulla hatten den Anstand, zu ihrer Karriere zu schweigen, was allerdings Bände sprach. Und sie machten sich Sorgen, ja, das auch.

Regina war das alles gleichgültig. Dank Liebeskummer flog sie auf Autopilot. Die Pappeln beim Hochhaus, die ihr als Kind von gütigen Schutzgeistern bewohnt schienen, hatten ihre Wünsche erhört, das allein zählte. In ihren neuen, hochfliegenden Plänen, ausgebrütet bei Nachtsitzungen auf der Fensterbank ihres kammergroßen Zimmers und mit Sehnsuchtsblick in den schwarzen Himmel, an dem Flugzeuge aus Düsseldorf sternblinkend ihren Steigflug absolvierten, sah sie sich fortan als Weltstar auf dem Weg nach Hollywood.

Tatsächlich kamen Fernsehangebote für Teenie-Shows, Serienauftritte, immer bessere Gagen und später – sie war längst weg aus Hoffnungsthal – haufenweise Filmrollen in leichter Bekleidung, deutsches Trash-Kino mit erotischem Touch, einige hart an der Grenze zum Softporno. Und mit ihrem neuen Agenten, Anton Achleitner, einem Großmaul, ging es dann tatsächlich irgendwann nach Hollywood. Zumindest kurzfristig, sehr kurzfristig und ganz anders als gedacht und mit fatalen Folgen. Zugegeben: Ihre fünfzehn, eher fünf Minuten Ruhm hat sie im Leben gehabt. Dafür hat sie allerdings teuer bezahlt. Tiefer will sie da nicht einsteigen, es reicht.

Während Regina auf die am Busfenster vorbeiziehenden Gebäudereste der alten Sauerkrautfabrik schaut, verabschiedet sie ihre albernen Träume und das herzzerreißend alberne, naive Mädchen, das sie einmal war. Es ist längst gestorben, mausetot, und das ist gut so, sie weint ihm keine Träne nach. Ihr jähes Karriereende Anfang der 1990er – ein Paradebeispiel von Hochmut, besser: Übermut, kommt vor dem Fall – war schlussendlich das Beste, was ihr passieren konnte.

Thema erledigt.

»Magst du was essen?«, befreit Fee sie wie aufs Stichwort aus ihren Erinnerungen. Sie löst sich gähnend von Reginas Schulter und beginnt in ihrem Fjällräven-Rucksack zu graben.

Regina kehrt erleichtert in die Gegenwart zurück, wo sie hingehört.

Fee hält ihr ein abgepacktes Sandwich unter die Nase. Regina lehnt lächelnd ab.

»Wir sind seit fünf Uhr unterwegs«, beharrt Fee tadelnd, »und du hast seit Berlin noch immer nicht gefrühstückt.«

Fee entwickelt ihr gegenüber seit Kurzem mütterliche Züge. Eine reichlich verfrühte Rollenverkehrung. Mit 57 Jahren ist sie doch noch keine Greisin. Nun, vielleicht verdankt sich Fees Fürsorglichkeit einfach der Tatsache, dass sie Ärztin ist, die geborene Lebensretterin eben. Zwei Wochen – ihren halben Jahresurlaub – opfert sie, um ihrer Mutter beim Räumen und dem Verkauf der Wohnung zu assistieren. Das ist typisch für sie.

Auch in Sachen Frühstück gibt Fee nicht auf, hält ihr nun einen Apfel unter die Nase. »Jetzt komm schon, dein Blutzucker muss im Keller sein, und wenn du Hunger hast, wirst du unausstehlich.«

»Wir warten mit dem Picknick besser, bis wir in der Wohnung sind«, sagt Regina und deutet auf ein Verbotszeichen über ihnen.

Rot eingekreist und durchgestrichen sind darauf eine Spitztüte Pommes Frites und eine Bierflasche abgebildet. »Bitte nehmen Sie Rücksicht. Der Verzehr von Speisen und Getränken ist in unseren Bussen verboten«, steht für all jene, die des Lesens mächtig sind, darunter.

»Ach, Mama, bleib cool«, lacht Fee, die Sorglose, und schüttelt den Kopf, dass ihre Haare tanzen. »Seit wann hältst du dich denn an so bekloppte Regeln? Komm, iss was.«

»Hier ist nicht Berlin«, antwortet Regina knapp. »In der Provinz meinen die solche Verbote ernst.«

Wie aufs Stichwort beugt sich ein älterer Herr auf dem Sitz hinter ihnen leicht vor. »Wir sind hier nicht in der Provinz, meine Damen«, sagt er streng, aber nicht unfreundlich. »Wir sind Großstadt und wissen uns trotzdem zu benehmen. Sie doch sicher auch?«

Fee verdreht die Augen, steckt das Sandwich weg und kramt ihr Smartphone hervor.

»Telefonate im Bus stören uns ebenfalls, meine Damen«, ergänzt der Mann.

Hier ist eindeutig Provinz, denkt Regina düster. In Berlin würde niemand hinterrücks fremde Fahrgäste ansprechen oder sie »meine Damen« nennen, jedenfalls nicht, um höflich auf Verzehr- oder Handyverbote hinzuweisen. Was zudem völlig zwecklos wäre.

»Aschbergwerke«, kündigt der Fahrer in rheinischem Singsang über Lautsprecher die nächste Haltestelle an. Regina schultert hektisch ihre Tasche. »Wir müssen gleich raus«, sagt sie und ist mit einem Mal ganz albern aufgeregt.

»Doch erst an der übernächsten Haltestelle«, wundert sich Fee, erhebt sich aber, um ihrer Mutter den Weg frei zu machen und dann selbst aufzustehen. »Du kannst es wohl gar nicht abwarten. Und ich dachte immer, du hasst dieses Hoffnungsthal.«

Womit Fee recht hat, und wie, denkt Regina. Genau darum will sie den Verkauf der Wohnung so schnell und schmerzlos wie möglich hinter sich bringen. Vor allem ohne allzu viele Begegnungen mit alten Nachbarn, von denen manche laut ihrer Google- und Facebook-Recherchen, die sie anlässlich des Erbes gemacht hat, noch in Hoffnungsthal und sogar im Hochhaus leben.

Darunter sind auch einige ihrer Kindheitsfreunde/-feinde, so wie Britta »das Biest« Bönsch oder Kai »Lucky« Krapolski. Sie wird ihnen konsequent aus dem Weg gehen, sie muss ihnen aus dem Weg gehen. Vor allem Kai. Entschlossen rückt Regina ihren Hut zurecht. Das Thema hat sie durch. Mit sämtlichen Höhen und Tiefen und … Regina fühlt eine Welle von Übelkeit in sich hochschwappen. Ach was, auch daran wird sie keinen Gedanken mehr verschwenden!

»Also, ich bin voll gespannt darauf, wie du als Kind gelebt hast«, sagt Fee, die noch nie hier war. Sie wird todsicher enttäuscht sein, glaubt Regina. Von Spießermuff, falscher Idylle und ödester Langeweile.

Zurück zum Geschäft. Das ist erfreulicher.

Eine erste Verkaufsanzeige für die Wohnung ist bereits online, und vor zwei Tagen hat eine örtliche Immobilienvermittlerin sie angemailt und geschrieben, Reginas Preis sei zu gering und es gebe potente Bieter für Eigentum in Hoffnungsthal. »Sehr potente Bieter«, hat die Dame geheimnisvoll hinzugefügt und um Rückruf gebeten.

Das klang vielversprechend, und diese Mail war nicht die

einzige Nachricht von Immobilienfritzen. Kein Wunder. Wohnungen sind heute kostbarer denn je, eine begehrte Kapitalanlage, sie hat bestimmt die besten Chancen auf einen hohen Verkaufspreis.

Der Bus passiert die Aschbergwerke, ohne anzuhalten. Heute will hier niemand mehr aus- oder einsteigen. Wozu auch? Die alten Fabriken sind seit der Jahrtausendwende sukzessive stillgelegt worden, abgewandert oder umgezogen. Jetzt soll ein neues Wohngebiet entstehen, hat Regina noch in Berlin im Internet recherchiert.

Ihr Blick fährt mit dem Bus an dem riesigen Gelände vorbei, auf dem früher das halbe Hochhaus geschuftet hat, wo damals noch letzte Flüchtlingsbaracken – Läusehütten genannt – Vertriebene und später erste Gastarbeiter beherbergten. Zerkratert wie eine Mondlandschaft sieht es hier nun aus. Krantürme zerschneiden den Himmel, Bagger schachten Erdreich aus, mit Dampfwalzen geebnete Anfahrtsstraßen verbinden unzählige Baustellen, Sandschleier und Zement liegen dick in der Luft. Der Geruch von Teer dringt durch ein aufgeklapptes Busfensterchen in Reginas Nase.

Fee hält sich die ihre zu, macht »Bäh, das stinkt«.

Regina genießt zu ihrer eigenen Verwunderung den Teergeruch. Er ist vertraut und weckt – endlich, endlich – gute Erinnerungen.

Erinnerungen an ihre frühen Kindertage, als rings um das alte Hochhaus das Hoffnungsthal der 1960er hochgezogen wurde, als ihre Welt ein herrlicher Abenteuerspielplatz war, als ein Gebirge aus Sandgruben, Gebüschhöhlen und verfallende Bahnwärterhäuschen lockten, die Sommertage endlos schienen und für alle Hochhauskinder die großzügige und für alle Eltern nervensparende Devise galt: »Wenn die Laternen angehen, seid ihr zu Hause.«

Kinder wurden damals nicht wie seltene Kostbarkeiten bewacht, waren kein Lebensprojekt. Sie waren selbstverständlich, es gab sie im Überfluss, und sie passten aufeinander auf. Teilten Abenteuer, aufgeschürfte Knie, Cola-Lutscher und Geheimverstecke.

Herrje, ich werde wirklich alt, besinnt Regina sich. Sommer sind und waren niemals endlos, auch Kindersommer nicht. Der ihre schon gar nicht. Der endete spätestens mit dem Krebstod ihrer Mutter. Himmel, das hat sie doch vorhin erst hinter sich gebracht.

Rasch wendet sie sich wieder ihren Verkaufsplänen zu.

Das Neubaugebiet dürfte ein Grund für den gestiegenen Wert des alten Hochhauses sein, mutmaßt Regina. Genau wie die schon immer günstige Autobahnanbindung. Wahrscheinlich kann sie tatsächlich einen weit höheren Preis als zunächst angenommen für die Wohnung herausschlagen. Sie wird beizeiten Kontakt mit den Immobilienmaklern aufnehmen, sobald …

Reginas Freude verschattet sich mit einem Schlag ganz so wie vorhin beim Anblick des alten Horten. Tatsächlich längst vergessene Bilder einer kleinen Küche steigen in ihr hoch, eine gepolsterte Eckbank … dampfender Kakao in Rosentassen … *Trink, mein Täubchen* … das Streicheln einer rauen Hand auf ihrem Kinderkopf und der Geruch von frischem Streuselkuchen.

Sie muss tief Luft holen, bevor sie den zuvor angefangenen Gedanken zu Ende führen kann. *Ich werde Kontakt mit den Immobilienhändlern aufnehmen, sobald ich Mattkas Wohnung in Augenschein genommen und ausgeräumt habe. Punkt.*

Aber das wird wehtun.

Tut es jetzt schon.

Es tut sogar entsetzlich weh.

Ein alter Tom-Waits-Song von 1985, den sie damals in Endlosschleife gehört hat, schlängelt sich in Reginas Ohr. Mit whiskyschlingernder Reibeisenstimme singt Waits, der Gossenbarde: *The things you can't remember tell the things you can't forget*. Stimmt das? Erzählen die Dinge, an die man sich nicht zu erinnern vermag, in Wahrheit von dem, was man nicht vergessen kann oder will?

Ach, halt die Klappe, Blödmann! Regina will den Ohrwurm stummschalten. Vergeblich. Die nächste Songzeile stiehlt sich hinterher. Eine Zeile, in der von Heiligen die Rede ist, die Gott oder das Schicksal in jedem Traum platziert.

Regina schluckt. Das ist die Antwort, nach der sie nicht gesucht hat, an die sie sich nicht erinnern wollte. Egal, was Waits damit meint, wahr ist sie trotzdem. Die Wohnung von Frau Mattka zu räumen tut entsetzlich weh, weil die Mattka die Heilige ihrer Kindertage war. Eine stille, heitere Heilige mit dem einzigartigen Talent, glücklich zu sein und andere Menschen dadurch glücklich zu machen. Was ihr erklärtes Lebensziel zu sein schien. *Sei ein Segen und kein Fluch*, lautete eine ihrer vielen Lebensweisheiten.

Die Mattka hat sich dran gehalten, allen Widrigkeiten und Zumutungen des Lebens zum Trotz. Und Luiselotte Mattkas Leben als Kriegskind, Flüchtling und jahrelange Barackenbewohnerin war reich an Widrigkeiten der schlimmsten Art. Ausgerechnet diese Frau hat sie, Regina, über die Jahre, nein, Jahrzehnte ihrer Abwesenheit sträflich vernachlässigt. Sie hat auf ihre Briefe nicht geantwortet, sie allenfalls mit nichtssagenden Postkarten und Weihnachtsgrüßen abgespeist.

Aber vergessen?

Nein, wirklich vergessen hat sie sie nie, nicht wirklich, oder? Eine wie die Mattka vergisst man nicht. Eins jedenfalls steht fest: Luiselotte Mattka hat sie nicht vergessen, anscheinend sogar geliebt bis zuletzt, völlig unverdientermaßen und bis in ihr neunzigstes Lebensjahr hinein, wie ihr Testament beweist. Frau Mattka hat es kurz vor ihrem Tod aufgesetzt. Wie kann man nur so selbstlos sein, so gütig und nachsichtig? Oder war sie am Ende einfach nur ganz entsetzlich einsam, gefangen in trügerischen Bildern von einer seligen Vergangenheit mit einem kleinen Mädchen namens Nina?

»Mama!«, ruft Fee neben ihr leise entsetzt. »Weinst du etwa?«

»Ich?« Regina blinzelt die Feuchtigkeit aus ihren Augenwinkeln weg. »Nein, ich bin nur empfindlich gegen beißende Teerschwaden«, erwidert sie, wischt sich kurz über die Augen, rückt nochmals ihren Hut zurecht und ist froh, dass der Bus in die stockdunkle Autobahnunterführung vor ihnen abtaucht.

Tom Waits singt schlingernd, düster und recht atonal den Refrain dazu. *And it's time. And it's time. That you love.*

Der kann sie mal! Von ihrer Tochter Fee und von der toten Frau Mattka, der Mattka ihrer Kindertage, einmal abgesehen, hat sie mit Liebe nichts mehr im Sinn. Schon gar nicht in Hoffnungsthal. Im Gegenteil ist Regina unendlich froh, dass diese Zeiten hinter ihr liegen. Sie ist keine Romantikerin mehr, nicht sentimental, sondern eine nüchterne Realistin.

Für das, was man gemeinhin so alles Liebe nennt, hat sie ihr Leben lang einen zu hohen Preis gezahlt.

3.

»Was, zum Teufel, ist ein Baumpsychologe, Henny?«

Konstantin wedelt erzürnt mit einem Stapel Quittungen. Soll er mal. Henny ist heiterer, geradezu übermütiger Stimmung, seit Krapolski vor fünf Minuten im Penthouse eingetroffen ist.

Nach ihrem telefonischen Hilferuf klempnert er in der Küche am Abfluss herum. Als ihr vorgeblicher Hausmeister und Mann für alles – was er ja tatsächlich ist.

Nach kurzem Kriegsrat mit Krapolski steht Henny nun wieder Posten an ihren Wohnzimmerfenstern, diesmal von Angesicht zu Angesicht mit Konstantin, der vor Empörung aufgesprungen ist, im Zimmer auf- und abmarschiert und herrlich hilflos aussieht. Ach, tut das gut!

Henny ist sogar in Plauderlaune, denn Konstantin hat statt Mattkas Testament und ihrer Schenkungsurkunde lediglich ein paar Rechnungen für Burg Heintzfeld entdeckt. Darüber können sie gerne stundenlang reden, denn das gräfliche Jagdschloss geht Konstantin einen feuchten Kehricht an, wie er sehr wohl weiß. Er kennt es ja nicht mal.

»Wofür hat dieser Herr *Psychologe* Bellhaus dir 5000 Euro in Rechnung gestellt?«, verlangt er nichtsdestotrotz zu wissen.

»Für hervorragende Arbeit«, sagt Henny schlicht.

Konstantin schüttelt voll Abscheu den Kopf und fummelt an seinem Smartphone herum. Der kann sie mal! Seit Per Bellhaus da war, tanzen die alten Pappeln vorm Hochhaus biegsamer denn je. Das musste sogar Krapolski zugeben. Vor allem aber hat der junge Mann den Wald bei ihrem Eifler Jagdschloss prima wieder hinbekommen, und was die Schlossheizung angeht, hat er ganz fabelhafte Ideen.

Zugegebenermaßen hat Bellhaus eine Neigung zu merkwürdigen Frisuren, schlingt sein Langhaar gern zum Dutt. Jugend eben, rennt auch den unkleidsamsten Trends hinterher, aber im Wald sieht es tipptopp aus, fast wie neu oder eher wie alt, also so wie früher und wie es sich gehört. Wie in Hennys Kindertagen, als noch der Großvater von Per Bellhaus Förster war. Gott, wie hat sie diesen Wald geliebt, sie liebt ihn noch immer!

»Und was für eine Arbeit genau soll das gewesen sein, die der Herr Baumpsychologe abgeliefert hat?«, lässt Konstantin nicht locker.

Henny hebt leicht, ganz leicht ihre perfekt geformten Brauen. »Ich darf dich daran erinnern, dass dies Rechnungen für mein Schloss Heintzfeld sind. Aber wenn du schon fragst: Die Hochhauspappeln hat Herr Bellhaus sich ebenfalls angesehen. Kostenlos, eine reine Gefälligkeit.« Sie deutet in Richtung Fenster. »Er kann jederzeit ein Gutachten darüber verfassen, dass die Pappeln nicht gefällt werden müssen, weil sie rundum gesund und glücklich sind.«

Nimm das!

»Ein *Psychologengutachten über glückliche Pappeln?*«, hakt Konstantin fassungslos nach. Überzogen fassungslos. Man merkt, dass er kein echter Aschberg ist.

»Herr Bellhaus ist vor allem zertifizierter Baumphysiologe, Juniorprofessor für Forstwirtschaft, ein Experte für Schnitt und Kronenpflege und außerdem der Enkel unseres alten Försters. Sein Vorgehen ist sehr innovativ«, das Wort sollte Konstantin doch gefallen, »und ganzheitlich orientiert. Bäume haben nämlich eine Seele.«

Anders als du, denkt Henny und gönnt sich ein kurzes Triumphgefühl.

»Eine Seele, *aha*. So wie diese tote Ratte auf deiner Anrichte?« Konstantin deutet gehässig in Richtung ihres Birnbaumbüfetts. »Hat dieser Doktor Waldschrat sie dir mitgebracht?«

Welche Ratte? Kurz ist Henny verwirrt. Bellhaus hat einen zahmen Fuchs, der ihm oft lästig, weil überaus anhänglich und quicklebendig ist. Aber keine tote Ratte. Ihr Blick folgt widerwillig Konstantins ausgestrecktem Zeigefinger.

Das ist doch keine Ratte!

Henny wird wieder ausnehmend höflich und schweigt. Die einzige Ratte in ihrem Wohnzimmer ist Konstantin.

Der redet ungebremst weiter. »Nun, Schloss Heintzfeld ist dein Vergnügen. Soweit ich informiert bin, ist es ein komplett baufälliger alter Kasten. Wobei die Familie es bedauerlich findet, dass du den Wald wirtschaftlich so gar nicht nutzt. Wald ist ein äußerst profitables Geschäft. Sei's drum«, besinnt sich Konstantin überraschend. »Anderes Thema! Warum zum Kuckuck bestellst du ohne Anlass bei einem Metzger für über fünfhundert Euro schlesische Würste, kalte Platten und rheinischen Kartoffelsalat für achtzig Personen, Henny?« Zum gefühlt hundertsten Mal wedelt er mit einem Stapel Quittungen. »Dazu zwanzig Partyfässchen Bier, ganze zweihundert Liter, und …«, Konstantin stolpert kurz an einer Teppichkante, muss die Rechnungen konsultieren, »eine Kiste Stonsdorfer? Was ist denn das?«

»Ein schlesischer Kräuterlikör aus Heidelbeeren, Anis, Bitterorangen, Enzian und Nelken, früher mal weltberühmt«, erklärt ihm Henny. »Eine Kiste echte Kroatzbeere habe ich auch bestellt. Für unsere Damen. Die sind mehr fürs Süße.«

»Sagt mir alles nichts«, erwidert Konstantin unwirsch. »Hier steht außerdem was von einer Band. Henny, was soll dieser Unsinn? Das ist nicht einfach überspannt, das ist total verrückt!«

»Oh, ich bin gern verrückt, war ich doch immer«, wirft

Henny aufgeräumt ein. »Und zu deiner Beruhigung: die Swinging Sixties spielen gegen Freibier. Es handelt sich um eine Hoffnungsthaler Rentnerband. Ihre Spezialität sind internationale Evergreens und deutsche Schlager. Und ich singe dazu.«

Sie summt für Konstantin als Kostprobe einen Connie-Francis-Hit an, *Die Liebe ist ein seltsames Spiel*, und schiebt als Zugabe ein paar Zeilen aus Wencke Myrhes *Er hat ein knallrotes Gummiboot* hinterher. Macht richtig Spaß, vor ihm die irre Hochhausgräfin zu geben. Das hätte sie viel früher schon mal tun sollen.

Konstantin verschlägt es für einen Moment komplett die Sprache. *Sehr schön*, feixt Henny und freut sich auf ihr für nächsten Samstag geplantes Fest im alten Stil. Es ist der Stil von Mattka und Krapolski, die wussten immer schon, wie man das Leben feiert.

»Du kennst doch überhaupt keine achtzig Menschen mehr!«, wütet Konstantin. »Jedenfalls keine, die noch etwas mit dir zu tun haben wollen und die man mit ... mit ...«, Pause, angewiderte Miene, »mit schlesischen Würsten, klebrigen Likören, Kartoffelsalat und Schlagern beköstigen sollte.« Er schäumt und ist selbst ein Würstchen.

»Ich kenne sehr wohl achtzig Menschen, die rheinischen Kartoffelsalat lieben und Schlager und schlesische Würste. Eigentlich gibt es sie nur zu Weihnachten, Silvester und Ostern, also die Würste, aber man kann sie auch grillen, und für mich hat die Metzgerei Popella mit der Herstellung eine Ausnahme gemacht«, entgegnet Henny übermütig. Dann setzt sie eine kurze Pause, fügt genüsslich hinzu: »Das hatte, zugegeben, seinen Preis, aber unsere Mieter, speziell die ältesten, von denen einige ihre Wurzeln in Breslau, Oppeln und den Glatzer Bergen haben, sind mir das wert. Wie dir liegt mir ihr Wohl am Herzen. Wobei mir einfällt: Für die ehemaligen Ostpreußen sollte ich noch Bärenfang bestellen, für unseren alten Italiener Grappa und für die letzten Griechen Ouzo. Man will in Schnapsfragen ja niemanden diskriminieren.«

Nimm das, du Kretin!

Konstantin stoppt abrupt vor ihrer Standuhr ab, reißt den Kopf herum. »Du willst *die Mieter* zu Freibier, Schnaps und überteuerten Würsten einladen?«, fragt er für einen winzigen Moment völlig entwaffnet. »Wozu um alles in der Welt denn das?«

»Ganz einfach, weil das in diesem Hochhaus Tradition hat. Seit 1960 wird hier im Frühjahr immer ein Kellerfest gefeiert, und am Samstag ist es wieder so weit. Mein Verstorbener und ich waren anfangs oft dabei.«

Und – nicht zu vergessen – Regina Sanders.

Mattkas Erbin hat von Kindesbeinen an und bis weit in ihre Jugendzeit hinein mitgefeiert. Begeistert, wie Frau Mattka meinte, unter anderem von ihren schlesischen Würsten, für die sie und Frau Greulich das Kalbfleisch früher selbst durch den Wolf gedreht haben. An der Kroatzbeere hat die kleine Regina – heimlich wie alle Hochhauskinder – sicher auch genippt.

Am Samstag ist Regina selbstredend Ehrengast und hoffentlich nach wie vor begeisterungsfähig – nicht nur für schlesische Würste. Krapolski, die selige Mattka und sie haben weitere Pfeile im Köcher, um Mattkas Wohnung und damit Hennys halben Anteil am Hochhaus zu retten.

Darunter sogar Amors Pfeile.

Wenn die ins Ziel treffen – wovon Frau Mattka überzeugt war –, dürfte alles möglich sein. Henny entschlüpft ein kleines Kichern. In der Küche klempnert es mit erhöhter Lautstärke. Ach, das ist Musik in ihren Ohren. Sie singt zur Antwort Connie Francis.

Für Regina müssen es am Samstag natürlich andere Lieder sein. »Dieser scheußliche laute Kram mit Stromgitarre«, hätte

Frau Greulich gesagt. Kai will irgendwas über blaue Augen singen, die angeblich sentimental machen, von einer Band namens Ideal, und Regina hat blaue Augen, sehr blaue Augen. Augen, die Kai anscheinend nicht vergessen hat. Ganz, wie von Frau Mattka prophezeit. Von wegen »alte Liebe und Spinat kann man nicht aufwärmen«!

»Ein … was für ein Fest?«, hakt Konstantin um Atem ringend nach.

»Ein Kellerfest. Unten im Haus. Wir räumen den zentralen Fahrradkeller zum Tanzen und den Waschkeller mit dem Zugang zum Hof für das Buffet aus. Wer rauchen oder einfach plaudern mag, kann draußen an Biertischen unter den Pappeln und den Teppichklopfstangen Platz nehmen. Die behängen wir wie früher mit hübschen Lampions. Ach, das Kellerfest war immer eine einzigartige Veranstaltung! Riemann hat launige Eröffnungsreden gehalten, dann ging es weiter bis in die Morgenstunden, so was stärkt die Hausgemeinschaft.«

Und, nicht zu vergessen, sie selbst hat dabei vor ein paar Jahren wunderbare Erfahrungen mit Amors treffsicheren Pfeilen gemacht. Die Liebe ist wirklich ein seltsames Spiel. Oh, sie summt schon wieder. Diesmal *Schuld war nur der Bossa Nova* von Manuela. Obwohl ihr Krapolski beim Tanzen eine Grenze zieht. Einen Schieber mit Tuchfühlung lässt er zu, ansonsten lautet seine Devise »Ich bin Prolet, kein Tanzbär«.

Macht nichts, man kann nicht alles haben.

Konstantins Miene verschließt sich. »Ach so«, sagt er nur, dreht seinen Wappenring und eine weitere Runde im Wohnzimmer. Sein Rechenschieber arbeitet. Was brütet der aus? Nichts Gutes, argwöhnt Henny, denn in Konstantins Augen beginnt es gefährlich zu glitzern.

Und richtig, er wirbelt herum, schenkt ihr sein verdächtiges Keramiklächeln. »Verstehe, du willst die anstehenden Kündigungen persönlich und in geselligem Rahmen aussprechen. Keine schlechte Idee. Gute alte Überrumpelungstaktik, garniert mit Brot und Spielen … ein wenig altmodisch, aber es hat Stil. Fein, Henny, das wäre dann abgemacht. Ich bin froh, dass du endlich einsiehst, dass das Hochhaus wegmuss.«

So viel zum Stichwort Überrumpelungstaktik.

Jetzt ist Henny sprachlos.

Ist der irre? Nichts von alledem hat sie auch nur angedeutet.

Konstantin fährt nahtlos fort, bevor Henny protestieren kann: »Dabei stehe ich dir natürlich fest zur Seite und übernehme auf dem Fest die nötige Ansprache an unsere Mieter. Klare Ansagen. So was liegt mir. Am besten bringe ich gleich unsere Anwälte mit.«

Der will zu meinem Fest? Mit Anwälten? Halt, nein, nein! So war das nicht geplant. Henny ringt nach Worten.

»So eine elende Scheiße!«, flucht es in der Küche. Klirrend geht Werkzeug zu Boden. Himmel, ist das alles, was Krapolski dazu einfällt? Seinen Zorn zur Schau zu stellen und Rohrzangen durch die Luft zu schleudern – und sei es auch ihr zuliebe – hilft nun wirklich nicht weiter. Das hat sie ihm extra eingeschärft. Es ist im Gegenteil kontraproduktiv, weil verräterisch. Er sollte sich nur eine Finte überlegen, um Mattkas Testament an sich zu bringen und eine Begegnung zwischen Konstantin und Regina zu vermeiden. Wenigstens heute Morgen, ach, überhaupt für immer. Warum tut er nicht endlich was?

Endlich werden von der Küche her feste Tritte laut. »Muss die Geranien draußen gießen«, knurrt Krapolski in der Tür zum Wohnzimmer.

Henny wundert sich, sie hat überhaupt keine Geranien. Konstantin nimmt mit Siegerlächeln wieder am Biedermeiertisch Platz. Der feine Herr reagiert nicht auf einen Niemand im blauen Monteursanzug wie Fritz Krapolski.

Henny schon.

Auf dem Weg zur Terassentür streift Krapolski sie sacht,

ganz sacht mit der Gießkanne in seiner Linken. Sie nimmt aus den Augenwinkeln wahr, wie er ihr aufmunternd zuzwinkert. Hennys Herz hüpft auf, ist mit einem Mal ganz federleicht. Krapolski hat einen Plan! Nur welchen? Und wozu braucht er dazu nicht existente Geranien?

Mit einem Ruck reißt Krapolski die Tür auf. Ein Windstoß fegt ins Zimmer, durch Hennys Haar – *meine schöne Frisur!* – und auf dem Biedermeiertisch offenbar in die Papiere. Den Geräuschen nach zu urteilen, flattert einiges zu Boden.

»Also bitte, muss das sein!«, erregt sich Konstantin. »Sie bringen mir hier alles durcheinander!«

Ach, darum das Gießmanöver, schließt Henny blitzschnell. Sie ordnet ihre Sturmfrisur und schenkt Krapolski, der ins Wohnzimmer zurückstürzt, um beim Einsammeln der Papiere zu helfen, ein verschwörerisches Lächeln.

»Jetzt passen Sie doch auf«, fährt ihr dämlicher Bruder Krapolski an. »Sie machen mit der blöden Kanne ja die Akten ganz nass!«

Auch diese Trottelei ist sicher kein Versehen, feixt Henny und dreht sich um. Zu ihrem stillen Vergnügen sieht sie ihren fein bezwirnten Bruder Seite an Seite auf der Jagd mit den Papieren mit Krapolski über ihren Perser krabbeln.

Na also, geht doch. Fritz hat den Widerling in die Knie gezwungen. Und nicht nur das, gerade lässt er blitzschnell einen Schwung Papier unter dem Latz seines Blaumanns verschwinden. Die Schenkungsurkunde und Mattkas Testament, wie Henny hofft. Konstantin sieht nichts.

Mit der Bitte: »Herr Krapolski, könnten Sie uns jetzt bitte einen Tee servieren?«, verhilft Henny ihrem Fritz zu einem geordneten Rückzug.

Krapolski gehorcht aufs Wort, sogar mit einer angedeuteten Verbeugung, die Hennys Lachmuskeln entschieden reizt und an Hans-Joachim Kulenkampffs seligen Butler Jente aus

Einer wird gewinnen erinnert. Genau. Und dieser eine Gewinner ist Krapolski. Jetzt müssen sie Konstantin nur noch loswerden, bevor Regina kommt, und außerdem das Kellerfest verlegen.

Konstantin erhebt sich ächzend vom Boden, glättet Blazer und Einstecktuch, macht aber leider keine Anstalten zu gehen, sondern nimmt wieder Platz. »Krapolski? Ist das nicht einer deiner Mieter?«, fragt er so beiläufig wie verächtlich. »Beschäftigst du etwa diese unfähige Kalkleiste? Wirklich, deine Mieter nehmen dich schamlos aus. In jeder Hinsicht.«

»Herr Krapolski ist ein hervorragender Maschinenschlosser und hat früher für die Aschbergwerke gearbeitet. Er kümmert sich hier vor allem um den Fahrstuhl«, erwidert Henny so emotionslos wie möglich. Dass er mal Betriebsrat bei Aschberg war, und zwar ein ganz geriebener, unterschlägt sie. Stattdessen fügt sie, um in Konstantin jeden Verdacht von Verschwendung zu zerstreuen, hinzu: »Außerdem arbeitet er sehr preiswert.« Um nicht zu sagen kostenlos.

»Mindestlohn ist für den noch zu teuer«, bekundet Konstantin laut und im Cheftonfall.

Woraufhin Krapolski in der Küche den Elefant im Porzellanladen gibt und unter wütendem Geklirr einen Klassenkampf mit dem Geschirr anzettelt. *Meinem besten Meißner, herrjemine!*, zuckt Henny zusammen. Bei aller Liebe – und die ist unermesslich –, kann der nicht ein Mal stiller Sozialist und Kraftkerl sein?

»Wie auch immer«, fährt Konstantin verdächtig aufgeräumt fort. »Es ist schön, dass wir uns endlich einig und deine absurden Investitionen in dieses Hochhaus und deine lächerlichen Mieten bald Vergangenheit sind. Meine Sekretärin wird das Ergebnis unserer heutigen Besprechung schriftlich zusammenfassen, du musst nur noch unterschreiben. Zur Sicherheit habe ich unser Gespräch aufgezeichnet.«

Wie bitte? Was soll denn das schon wieder? Diese wandelnde Wanze hat sie doch nicht alle!

Konstantin hält sein Smartphone hoch. »Das mit den Schlesischen Würsten, dem Baumtherapeuten, der toten Ratte und deine kleinen Schlagergesangseinlagen werden in der Familie sicher für Heiterkeit sorgen. Deine Aussetzer und Eskapaden haben in der Familie ja immer für Amüsement gesorgt.«

Konstantin gestattet sich einen Lacher. »Von deinem kompletten Zusammenbruch in jungen Jahren natürlich abgesehen. Ich meine, beinahe zwei Jahre in einer Nervenheilanstalt, noch dazu auf der geschlossenen Abteilung und danach eine jahrelange Medikamentenabhängigkeit, das ist ja nun wirklich kein Witz.«

Henny schwant Schreckliches, ganz Schreckliches.

Worauf will der hinaus?

»Nun, lassen wir das. Was deine künftige Wohnsituation und die deiner Altmieter betrifft«, ergänzt dieser Bastard – eine Bezeichnung, die in seinem Fall eindeutig doppelt und dreifach zutrifft –, »denken wir an unsere Altenheime.« Konstantin schaltet auf Revolverschnauze um: »Der Aschbergkonzern hat bundesweit in äußerst lukrative Objekte investiert, ein fabelhafter Wachstumsmarkt! Rentner kommen ja praktisch täglich nach. Wir können also den alten Leutchen – wie diesem Krapolski – mühelos Plätze anbieten. Etwas ab vom Schuss, dafür preiswert, und Landluft ist bekanntlich gesund. In deinem Fall denken wir an etwas Exklusiveres. Du sollst deine letzten Lebenstage standesgemäß genießen, etwa im Hamburger Hafen mit Blick auf die Elbphilharmonie. Das Objekt hat eine Wellnessabteilung samt Schwimmbad, ein exklusives Restaurant mit Menüwahl, und – falls es dich tröstet – es ist ein zwanzigstöckiger Turmbau. Du liebst ja anscheinend luftige Höhen.« Weiterer Lacher. »Außerdem gibt es eigene Ärzte im Haus und hervorragende Psychologen. Nicht für Bäume, aber für mental schwächelnde und seelisch labile Senioren.«

Er hält erneut sein Handy hoch, summt Connie Francis und trifft nicht mal den Ton.

Der will sie im Hamburger Hafen ausmustern wie eine alte Fregatte. Eine Fregatte mit Dachschaden! Und Krapolski gleich mit, und zwar weit entfernt von ihr. Henny wird übel, speiübel. Mit ihrer Haltung ist es schlagartig vorüber. *Das können die nicht machen, nicht noch einmal! Nicht nach fast sechzig Jahren*.

Sie stürmt zum Tisch, reißt das Handy an sich. Wie funktioniert das mit dem Aufnehmen? Egal, sie muss das jetzt loswerden. »Alle mal herhören«, schreit sie das dämliche Ding an. »Hört ihr mich? Ich bin nicht verrückt, das war ich nie, und ich lass mich nicht in ein Irrenhaus sperren. Nie wieder. Ihr verdammten Halsabschneider nehmt mir in diesem Leben nichts mehr weg. Kein Kind, keinen Mann und kein Hochhaus. Hört ihr. Es bleibt, und ich bleibe auch«, platzt alles aus ihr heraus, mit viel zu viel Gefühl.

Ein schwerer Fehler, einer, mit dem Konstantin gerechnet haben muss, wie Henny entsetzt bemerkt.

Konstantins Keramiklächeln verbreitert sich zu einem Haifischgrinsen. Er räuspert sich, wechselt die Tonlage, will einfühlsam klingen und scheitert komplett. »Henny, meine Liebe, wir reden von einer Luxus-Seniorenresidenz, nicht von einem Irrenhaus. Obwohl …«, Konstantin setzt eine taktische Pause, um sodann, als habe er einen schweren inneren Kampf mit sich ausgefochten, weiterzusprechen, »… obwohl deine zunehmenden Überspanntheiten, deine Renitenz, dein Umzug hierher, dein ständiges Abschweifen in die Vergangenheit und deine völlig aus der Kontrolle geratene Großzügigkeit deutliche Anzeichen von, nun ja, sagen wir rapide nachlassenden geistigen Kräften sein könnten. Die Familie vermutet das schon länger und hat in Sorge um dich bereits bei erstklassigen Fachärzten vorgefühlt. Diese Spezialisten teilen unseren Anfangsverdacht. Dazu deine schwere seelische Vorerkrankung … Wir erwägen ernsthaft, eine Betreuung beim zuständigen Gericht anzuregen.«

Der Gedanke an ihr Jagdgewehr drängt sich Henny förmlich auf. Aber das wäre wirklich kontraproduktiv. Ein gut gezielter Blattschuss, und ihre feine, schwerreiche und noch einflussreichere Sippschaft könnte sie mühelos wegen Altersschwachsinns entmündigen.

Henny fängt sich, ihr Gesicht wird zur eisernen Maske. Wenn sie will, hat sie Nerven aus Stahl und ein Herz aus Granit. Ein Aschbergherz. Oh ja! Und ein Aschberghirn, das eiskalt kalkulieren kann. Die wollen also ihre Beziehungen spielen und sie tatsächlich für bekloppt erklären lassen, wenn sie das Hochhaus nicht hergibt. Das Drehbuch ist ihr bekannt, das haben sie ungefähr so schon einmal gemacht, zu ihren Fräuleinwunderzeiten, aber damals war sie dumme 19, schwanger und nicht klar bei Verstand vor Kummer. Jetzt ist sie 79, selig vor Glück und geistig voll auf der Höhe – meistens.

In der Küche geht Geschirr zu Bruch. Klingt nach Absicht. Verdammt. *Nicht jetzt, Krapolski*! Nicht noch ein Tobsuchtsanfall fürs Band. Gefühle haben hier jetzt keinen Platz.

So viel steht fest: Wegen Kellerfesten, schlesischen Würsten und Connie Francis allein bekommt sie niemand in die Klapse, und eine depressive Phase in jungen Jahren nach einem, nein, nach zwei albtraumhaften Verlusten haben nichts, rein gar nichts mit Irresein zu tun – im Gegenteil! Genauso wenig ist ihr Kampf um das Hochhaus mit angeblicher Demenz zu begründen.

Konstantin ist sich dessen offenbar bewusst und legt nach: »Um noch einmal auf die tote Ratte zurückzukommen, was genau hat die zu bedeuten …«

»Das ist ein Erbstück«, lässt Henny ihn von oben, sehr hoch oben herab wissen.

»Eine Ratte?«

»Keine Ratte«, sagt Henny vollkommen beherrscht. »Es handelt sich um ein *Microcebus rufus*, einen Braunen Mausmaki aus Madagaskar.« Sie schreitet hoch erhobenen Hauptes zur Anrichte und streichelt zärtlich das Fell des winzigen Lemuren. »Ein äußerst kostbares Stück aus dem alten Naturkundemuseum von Breslau. Eine Mieterin hat es mir hinterlassen.«

»Ahaaa«, sagt Konstantin gedehnt, in einem Tonfall, mit dem man sich armer Irrer annimmt.

Henny will ihm einen vernichtend höflichen Blick zuwerfen und stutzt. Konstantins Augen glitzern wieder ihr gefährliches Glitzern, als habe er noch ein letztes Ass im Ärmel. »Handelte es sich bei dieser Mieterin aus Breslau vielleicht um die jüngst verstorbene Frau Mattka?«

Touché. Verdammt.

»Woher …«, entschlüpft es ihr gegen ihren Willen, rasch verstummt sie.

»Woher ich das weiß?«, vervollständigt Konstantin ihre Frage. »Nun, ich habe meine Quellen. Frau Mattka ist außerdem die Mieterin, der du kurz vor ihrem Tod ihre Wohnung geschenkt hast, nicht wahr? Oder hast du sie gegen die Ratte eingetauscht? Wirklich, Henny, wirklich! Von deinem Geisteszustand einmal abgesehen steht diese Schenkung auch rechtlich auf äußerst tönernen Füßen. Und damit Frau Mattkas Testament, in dem sie die Wohnung weitervererbt hat. Das hat sie doch, nicht wahr?«

Himmel! Er weiß es. Weiß alles. Woher?

Henny stöhnt innerlich. Hat er die Schenkungsurkunde gesehen, bevor Krapolski sie verschwinden lassen konnte? Und das Testament?

»Tee«, mischt sich mit ungnädiger Stimme Krapolski ein, der in der Küche gelauscht und sich regelrecht angeschlichen haben muss. Er knallt ein Tablett auf den Tisch.

»Ist das Beuteltee?«, fragt Konstantin angeekelt.

»Kamille, was anderes gibt's hier nicht«, knurrt Krapolski schroff. Das Wort Kamille klingt wie eine Kampfansage, und das ist es auch. »Frau von Aschberg hat es mit dem Magen und muss gleich ihren Mittagsschlaf halten. Vorher kommt die Fußpflege«, blafft er. »Es wäre also günstig, wenn Sie gehen.«

Das mit dem Magen, dem Mittagsschlaf und der Fußpflege ist natürlich geflunkert und typisch Krapolski.

»Richtigen Tee zu servieren scheint Sie zu überfordern«, kontert Konstantin. »Sie sollten lieber einmal nach dem Fahrstuhl sehen. Er hat ganz bedenklich geruckelt, während ich hinaufgefahren bin.«

»Mein Aufzug ruckelt nicht und ist TÜV-geprüft«, erwidert Krapolski schroff und geht in Rummelboxerpose. Was er noch immer glaubhaft kann, er trainiert schließlich regelmäßig mit lieben Nachbarn wie Angelo und seinem Sohn Kai im Schrebergarten.

Konstantin gibt den Indignierten, rafft einige Papiere zusammen, greift nach seiner Aktentasche und erhebt sich. Krapolski ist zu deutlich unter seiner Würde und außerdem, so mutmaßt Henny, stärker als Konstantin, dieser feige Maulheld und Sesselpupser.

»Wir reden ein anderes Mal weiter, meine Liebe«, bescheidet er Henny und verlässt eilenden Schrittes die Wohnung. »Spätestens auf deinem unterirdischen Fest!«

Die Tür fällt ins Schloss. Henny versinkt in Krapolskis Umarmung und dem Gefühl, darin zuhause zu sein. Für einen wunderbaren Augenblick, der aus der Zeit fällt und doch die ganze Zeit in sich birgt. Krapolski drückt ihr einen zärtlichen Kuss aufs Haar.

»Der Aufzug hat geruckelt?«, fragt sie schließlich. »Warst du das?«

»Nein«, knurrt Krapolski, »aber gleich bleibt er stecken. Sagen wir im zweiten Stock und für ein paar Stunden, bis die Luft knapp wird.«

»Krapolski!«

»Schon gut, ich hole ihn vorher raus. Regina Sanders und eine junge Frau, nehme an die Tochter, sind unten gerade aus dem Bus gestiegen.«

Henny entwindet sich seiner Umarmung, will zur Tür hasten. »Oh, dann muss ich rasch die Treppen runter, sie abfangen.«

»Nein, das macht Kai«, hält Krapolski sie zurück. »Hab ihn schon instruiert.« Mit den Worten »Noch ist Polen nicht verloren und du erst recht nicht« stapft er in Richtung Aufzugsraum. Die Fahrstuhltechnik hat seufzend und rumpelnd ihren Dienst aufgenommen. Sekunden später verstummt das Seufzen auf Höhe von Etage drei.

4.

»Du siehst aus wie James Bond«, schwärmt vom Bett aus eine heisere Frauenstimme. Das ist ein wenig übertrieben, wahrscheinlich sogar absichtsvoll gelogen, dennoch betrachtet Konstantin von Aschberg sich mit Wohlgefallen in seinem bodentiefen Schlafzimmerspiegel. Bei gedämpftem Licht hat er wirklich etwas von Sean Connery, dem einzig wahren Bond.

Er hat sich heute Abend für ein elfenbeinfarbenes Dinnerjacket zu Kummerbund und schwarzer Smokinghose entschieden. Dazu trägt er bestickte Smokingslipper aus rotem Samt von Dolce & Gabbana und ein rot-goldenes Einstecktuch mit dem Familienwappen. Hennys feiernde Kellerasseln sollen heute Abend was zu gucken haben und sofort wissen, wo sie dran sind und wer sie bei ihrer Kartoffelsalatsause beehrt.

Zugegeben, die roten Slipper sind geschmacklich grenzwertig, aber kleine Leute lieben es dankenswerterweise wieder, Familien beim Reichsein zuzusehen, selbst halbseidenen, dubiosen TV-Trash-Millionären, die ihnen das selige Gefühl vermitteln, jedermann, gleichgültig wie hirn- und stillos er auch ist, könne es nach ganz oben schaffen. Was für ein Unsinn! Tja, er ist ein echter Mehrfachmillionär und dazu adlig, ein von Aschberg eben und damit in jedem Falle ein Gewinner.

Die Familie ist von seinen Fortschritten beim Hochhausdeal angetan, die Anwälte bereiten die Anfechtung von Hennys Schenkungsurkunde vor, ärztliche Einschätzungen zu ihrem Geisteszustand dürften auch kein Problem sein. So oder so werden die Rechtsstreitigkeiten um die Besitzverhältnisse und über ihren Gemütszustand, bei dem ihre alten Ausfälle und ihre jahrelange Abhängigkeit von hochpotenten Tranquilizern Thema sein werden, Henny den Rest geben.

Mit Regina Sanders, der Erbin, wird man sich zur Not außergerichtlich einigen. Geld spielt ausnahmsweise keine Rolle. Was zählen schon 200000 Euro Marktwert gegen das milliardenschwere Bauprojekt Neues Hoffnungsthal?

Er wird selbstredend mit einem Angebot weit unter Marktwert beginnen, denn Frau Sanders steckt als ehemaliges TV-Sternchen, alleinerziehende Mutter und seit dem fatalen Autounfall, der vor Jahren ihr Gesicht entstellt hat, praktisch permanent in Geldnot und will rasch verkaufen, wie seine Quelle ihm versichert hat.

Leichte Beute also. Ein Klacks für seine Anwälte – verglichen mit seiner dämlichen Scheidung und den Ansprüchen seiner zukünftigen Ex-Frau. Konstantins Stirn verdüstert sich kurz. Anderes Thema!

Seinen eigenen Mietern kann er jederzeit kündigen, und denen von Henny wird er das Leben im Haus notfalls zur Hölle machen, bis sie Ausweichquartiere akzeptieren. Das ist längst eingepreist.

Genüsslich nippt Konstantin an einem daumenbreit mit Whisky gefüllten Kristallglas. Single Malt, limitierte Edition von den schottischen Hebriden, die Flasche zu 2800 Euro, leicht ölig, ein Hauch von Teer und Torf im Abgang. Nur etwas für echte Connaisseure. Ohne Eis und Wasser – Wasser ist für die Füße.

Konstantin weiß, was er sich an einem Abend wie diesem, einem Abend des Triumphes, schuldig ist. Nur das Beste. Auch wenn er – zur Tarnung in roten Samtslippern – nicht ganz danach aussieht, weiß er genau, was das Beste ist. Vor allem für ihn. Er ist doch nicht dumm. Im Gegenteil. Er ist klüger als der gesamte Aschbergclan zusammengenommen.

»Hoffentlich kann ich heute Abend mit dir mithalten«,

seufzt seine Quelle, die Frau im Bett. »Du hättest mir ein neues, wirklich extravagantes Kleid spendieren sollen. Ein Kleid, das meine Vorzüge unterstreicht.«

Das müsste ein überaus extravagantes Kleid sein, denkt Konstantin abfällig. Sein Blick streift den Glitzerfummel, den seine Besucherin vor einer halben Stunde in Ekstase abgestreift und achtlos über eine Sessellehne geworfen hat und der ein Abendkleid darstellen soll.

Einer knackigen, kurvigen Blondine um die 25 könnte man die Ekstase und den Fummel zur Not durchgehen lassen – bei einem *Kellerfest!* –, aber einer Mittfünfzigerin mit extrem kantiger Figur, herrschsüchtigem Cäsarenprofil und schmalen Lippen, die auf dem Weg sind, sich vollständig zu verabschieden?

Keine Chance.

Mag sein, dass sie einmal halbwegs attraktiv war, sinniert Konstantin. Zumindest, wenn man ehrgeizige Frauen und Emporkömmlinge vom Aussehen eines römischen Senators und mit dem Körper eines antiken Streitwagenfahrers schätzt. Jetzt ist sie vor allem eins: nützlich.

Ohne sie hätte er nicht erfahren, dass Henny ihr Kellerfest auf diesen Freitag vorverlegt hat, wer genau Regina Sanders ist und – seine Miene wird grimmig – wer dafür gesorgt hat, dass er am Montag für fast eine Stunde im Fahrstuhl festsaß. Diesem seltsamen Krapolski wird er auch noch beikommen, zur Not mit Hilfe der Sicherheitskräfte, die er für heute Abend engagiert hat. Topleute, die so zuschlagen können, dass es richtig wehtut, aber keine Spuren hinterlässt. Zumindest äußerlich. Ja, das Baugeschäft ist mitunter eine knallharte Branche.

Außerdem wird er herausfinden, welche Rolle Krapolski genau in Hennys Leben spielt. Konstantin ahnt es bereits. Dank seiner Informantin. Egal, dass dieser klempnernde Greis auf Etage vier unter Henny auf dem Dach wohnt, ihn täuscht niemand! Schon gar nicht in solchen Fragen. Zwischen denen läuft was. Widerlich, in diesem Alter und angesichts der Herkunft dieses Maschinenklempners.

Von ganz unten kommt der. Noch dazu soll sein Vater Bergarbeiter und ein waschechter Ruhrpott-Sozialist gewesen sein, dem anno 1944 dankenswerterweise eine britische Bombe den Garaus gemacht hat. Genau wie der Mutter. Schade, dass ihr nutzloses Söhnchen überlebte.

Hinter Konstantin raschelt die Bettwäsche.

»Ich mache mich dann mal fertig«, raunt seine Bettgenossin entschlossen. Gott, die hatte er fast vergessen!

»Nicht nötig«, wirbelt Konstantin herum. »Es ist besser, wenn du nicht mitkommst. Schon gar nicht an meiner Seite.«

»Ich könnte ein paar Takte später kommen«, beginnt seine Besucherin, lästig zu fallen. »Und mich vorher noch mal umziehen. Ich habe auch ein langes schwarzes Abendkleid im Kleiderschrank, das dürfte besser zu dir passen.«

Aber nicht zu dir, denkt Konstantin. In Schwarz dürfte sie aussehen wie eine ungünstig gealterte Wiedergängerin von Anjelica Huston in ihrer Rolle als vampiristische Morticia Addams.

»Wir müssen uns bedeckt halten«, widerspricht er. »Dein Auftauchen wäre ein bisschen viel der Überraschung heute Abend und mehr als verdächtig.« Konstantin schiebt ein Lächeln hinterher. »Schließlich hasst du diese Feste.« Er seufzt voll Mitgefühl. »Aus nachvollziehbaren Gründen. Ich sag nur: Gummiboot und Rentnerband. Meinen Anwälten graut es schon jetzt.«

»Na und? Ich wohne seit zwei Jahren wieder im Hochhaus, bin dort aufgewachsen. Warum also sollte es verdächtig sein, wenn ich zum Fest komme?«, schmollt seine Bettgenossin und erhebt sich. Nackt. Man mag gar nicht hinschauen, nichts als grobe Knochen und dazu ein stählernes Muskelkorsett.

»Aber als Geschäftsfrau gehörst du doch zu ganz anderen

Kreisen als dieser Mietermob«, ringt sich Konstantin ein gesellschaftliches Kompliment ab, das der Wahrheit nicht fernerliegen könnte. Diese Möchtegern-Unternehmerin hat vor zwei Jahren eine komplette Bruchlandung mit ihrer Firma hingelegt.

Jetzt hüllt sie sich in Diva-Manier in die gesteppte Tagesdecke, was kombiniert mit verwischter Wimperntusche und zu wenig Concealer unter den Augen hochgradig lächerlich ausschaut und stark an Morticia Addams' Make-up-Präferenzen erinnert.

Manchmal fragt Konstantin sich selbst, woher er die Kraft, vor allem die Manneskraft nimmt, mit so was ins Bett zu gehen. Nun, Viagra macht's möglich, und im Dienste höherer Ziele haben seine Ahnen ganz andere Opfer gebracht. Ein Bett kann auch ein Schlachtfeld sein.

»Liebling«, haucht er nach einem weiteren Schluck Whisky, der seiner Stimme hoffentlich ein entsprechend erotisches Timbre verleiht, »ich würde dich viel lieber nach dem Fest hier in meinem Bett wiederfinden.« Pause. »Ohne die Decke.« Er streckt gebieterisch seinen Zeigefinger in ihre Richtung. Es gefällt ihr, wenn er den Feudalherrn gibt.

Die Decke fällt.

Da muss er wohl leider noch mal ran. Konstantin streift seine Chopard-Uhr mit kurzem Blick. Reicht nur noch für einen Quickie im Stehen. In fünfzehn Minuten stehen die Anwälte samt Bodyguards vor der Tür, um ihn abzuholen. Schließlich will er von Anfang an beim Fest dabei sein, um nichts zu verpassen und im richtigen Moment zuzuschlagen. Vorzugsweise, wenn diese Idioten alle besoffen sind. Außerdem lässt die Wirkung der blauen Pille nach. Trotzdem: Adel verpflichtet. Wie pflegte Großbritanniens legendäre Queen Victoria ihren Kindern vor der Hochzeitsnacht zu empfehlen: »Schließ die Augen, und denk an England.«

In seinem Fall heißt England Hoffnungsthal. *Nein, nein, nein, das ist zu piefig*, sinniert Konstantin und hakt den seidenen Kummerbund auf. Er wird an den Vorstandsitz im Aschbergkonzern denken, der ihm endlich winkt, wenn alles klappt. Wenn er erst einmal ganz oben angekommen ist, müssen die Aschbergs ihn an die richtig großen Geschäfte heranlassen: internationalen Baustoffhandel, die Hausbank, Maschinenbau, Finanzgeschäfte, Beteiligungen und Kapitalanlagen.

Konstantin muss lächeln, wirklich lächeln, während er die Smokinghose öffnet. Ganz hinunterlassen muss er sie wohl nicht. Schon gar nicht für diese römische Senatorin. Wieder schmunzelt Konstantin. Humor hat er nämlich auch. Und erstaunlicherweise braucht es überhaupt kein Viagra, wenn er an seinen Aufstieg, seine einzigartigen Fähigkeiten und allein an sich denkt.

Ja, er ist ein echter Teufelskerl, in weniger als sechs Minuten am Ziel, und die Bügelfalten sitzen nach wie vor tadellos, wie ihm der bodentiefe Spiegel im Anschluss verrät. Er ist perfekt!

5.

Abendsonne vergoldet den alten Wäschehof hinter dem Hochhaus, setzt Lichtpunkte auf das Betonpflaster, die Teppichstangen und die straff gespannten Wäscheleinen, die Fee mit LED-Lampions behängt und mit Birkengrün verziert hat. Zufrieden betrachtet sie ihr Werk. Ziemlich perfekt für eine Sechziger-, Siebzigerjahre-Revivalparty – sieht man über die LEDs hinweg. Na ja, ein bisschen Fortschritt muss sein.

Dafür hat sie zwecks stimmungsvoller Beleuchtung des Partykellers beim Discounter bauchige Lambrusco-Flaschen mit Bastgeflecht aufgetrieben, die süße Plörre weggekippt und Kerzen in die Flaschenhälse gepfropft. Wenn das nicht echt Sixties ist!

Zur Sicherheit hat Fritz Krapolski – ganz Hausmeister, ein Faktotum und echter Schatz – einen Satz Feuerlöscher angeschleppt, falls eine Kerze umkippt. Rentner eben, immer überbesorgt. Wird schon nichts passieren, glaubt Fee.

»Riemann, mein Verstorbener, hat solide gebaut«, hat Henny von Aschberg ihr bei einer Hausführung vor zwei Tagen erklärt, »deshalb hat es hier auch nie gebrannt. In sechzig Jahren nicht!« Dabei wird es bleiben, auch beim traditionellen Feuerwerk, das Krapolski wie immer heute Abend im Hof zünden will, sobald es richtig dunkel ist. Unter Zuhilfenahme der Lambrusco-Flaschen als Abschussrampen. Wirklich nützlich, die Dinger.

Gut ein Dutzend Helfer und Helferinnen wuseln wie Fee im Hof herum, allesamt Mieter und Mieterinnen des Hauses, die meisten recht betagt, so wie die Biertische, deren Gestänge sie mit geübten Griffen auseinanderklappen. Vier, fünf jüngere Hilfskräfte und Mieter stellen ein kleines Partyzelt auf. Für den Fall, dass Regen kommt. Danach sieht es an diesem herrlichen Maiabend aber nicht aus.

Fee legt den Kopf schief, schaut eine kleine Anhöhe hinauf, die vom Kellerhöfchen zu der riesigen Rasenfläche samt Pappeln, Birken und den Hainbuchenhecken hinaufführt, die das Haus umschließen. Dieser Riemann hat nicht nur solide, sondern auch mit Sinn fürs Grüne gebaut.

Kein Wunder, dass seine Witwe ihn stets voller Respekt »den Riemann« nennt, auch wenn es merkwürdig steif klingt, erst recht für eine lebensmuntere Frau wie Henny. Na ja, in adligen Kreisen hielt man das unter Eheleuten früher wohl so.

»Wir sollten noch ein paar Lampions in die Pappeln hängen«, überlegt Fee laut, greift sich einen roten und einen blauen, kneift die Augen zusammen und wählt bereits einen Ast dafür aus. Die Äste liegen ziemlich hoch, aber die Wirkung wäre nach Sonnenuntergang prachtvoll.

Sie wendet sich an Per Bellhaus, der neben ihr gerade eine massive Feuerschale in ihre Halterung wuchtet. »Dafür bräuchte ich deine Leiter. Könntest du sie zu den Bäumen hochtragen?«

Bellhaus brummt zur Antwort nur was Abweisendes. Dieser Baumdoktor aus der Eifel ist ein Special Guest von Henny von Aschberg. Was die an diesem Waldschrat mit dem albernen Dutt wohl findet?

Mag ja sein, dass so ein Haarknoten praktisch ist beim Bäumefällen, Holzspalten oder Kaninchenjagen oder was immer dieser Quasi-Förster beruflich treibt, aber Fee hat diese Haartracht aus Berliner Hipsterkreisen gründlich satt. *Immerhin trägt Bellhaus keinen Rausche- oder Ziegenbart und hat Echte-Kerle-Muskeln*, tröstet sie sich. Außerdem ist er eigentlich ganz nett, wenn auch reichlich kurz angebunden.

»So sind die Eifler«, hat Henny ihr zugeflüstert, nachdem sie ihn Fee vor einer Stunde als ihren »jungen Mann vom Schloss« vorgestellt hat. »Grummelig bis maulfaul, dafür sehr verlässlich.« Mit mädchenhaftem Kichern hat sie hinzugefügt: »Und dieser Körper, dieser Körper entschädigt für vieles, nicht wahr?«

Na ja. Maulfaul stimmt immerhin. Fee fragt Per noch einmal nach der Leiter.

Bellhaus klappt einen letzten Biertisch auseinander, runzelt die Stirn, knurrt »Nein«, ohne die Stimme zu erheben.

»Doch«, entgegnet Fee energisch, legt die Lampions auf dem Biertisch ab und eilt zu der Teleskopleiter, die an der Teppichstange lehnt. Selbst ist die Frau. Einen Moment später hält sie keuchend inne. *Verdammt noch mal, ist das Ding schwer!* Und sie ist leider erheblich schwächer als ihre Willenskraft. Mist!

»Hier kraxelt niemand in Pappeln rum, zu gefährlich«, bescheidet Bellhaus ihr und rollt demonstrativ die Ärmel seines Holzfällerhemdes herunter. Für ihn scheint die Arbeit erledigt.

Eine schrille Rückkopplung schallt vom Fahrradkeller aus in den Hof. Bellhaus verzieht sein Gesicht, als habe er Zahnschmerzen. »Besser, wir helfen der Band beim Aufbau. Haben Probleme mit den Verstärkern, schon die dritte Rückkoppelung.«

»Macht ihr mal, ich geh dann in die Pappeln«, mischt sich Fritz Krapolski ein, packt einen Schwung Lampions bei ihren Drahtbügeln und greift nach den Leiterholmen.

»Hey, das Teil ist zu schwer für Sie, ist ein Profigerät«, knurrt Bellhaus.

»Ich bin Profi«, meint Krapolski und wuchtet sich die Leiter über die Schulter. Er knickt etwas ein unter der Last, kämpft aber erfolgreich gegen ein leichtes Schwanken an. »Und ich kenn meine Pappeln, hab sie vor über sechzig Jahren mit Justus Stachulla im Schrebergarten angezogen und bin jahrzehntelang drin rumgekraxelt.« Ein Ächzen unterdrückend schleppt er Leiter und Lampions die kleine Anhöhe hinauf.

»Kriegst du eigentlich immer, was du willst?«, wendet sich Bellhaus erzürnt zu Fee um. Dann marschiert er Richtung Keller.

»Immer«, lacht Fee ihm hinterher und schlingt ein letztes Leuchtkabel um die Teppichstangen. Ihre Miene verschattet sich leicht. »Na ja, fast immer«, murmelt sie.

Nur nicht von ihrer verbohrten Mutter. Will die doch glatt das Kellerfest schwänzen! Seit ihrer Ankunft hat Regina sich quasi in der Wohnung verbarrikadiert, will niemanden sehen. Dabei soll sie heute Abend Ehrengast sein. Was ist nur mit ihrer Mutter los? Sie war immer schon eine Einzelgängerin, aber derart ungesellig hat Fee sie nie erlebt.

Schon die Partyvorbereitungen machen doch richtig Spaß. Die meisten Mieter, die Fee peu à peu im Treppenhaus kennengelernt hat, sind reizende Urgesteine wie Krapolski. Henriette von Aschberg ist eine Wucht. Eine echte Grande Dame mit einer unfassbaren Biografie als blutjunges, todschickes Modell der Fünfzigerjahre und eine der ersten Stewardessen nach dem Krieg. Sie hat Fee alte Modeaufnahmen von sich gezeigt, die einfach großartig waren. Und vor allem ist Henny so witzig.

Trotzdem will ihre Mutter Henny nicht treffen, hat deren stilvolle Einladungskarte zum Lunch am ersten Tag einfach ignoriert. Genau wie Kai Krapolski, den Sohn von Fritz, der sie am Eingang abgepasst, unglaublich herzlich begrüßt und zur Wohnung von Frau Mattka geführt hat.

Den hat Regina nicht nur ignoriert, sondern nach einem knappen Hallo finster in Grund und Boden gestarrt. Sie hat es nicht so mit Männern, aber das … Kaum war die Wohnungstür hinter ihnen zu und Kai abgefertigt wie ein lästiger Laufbursche, ist ihrer Mutter spontan schlecht geworden. Richtig grün war sie im Gesicht, was sie auf das ausgelassene Frühstück geschoben hat.

Doch das stimmte nicht, ganz sicher nicht. Es war Kai, der ihre Mutter aus der Fassung gebracht hat. Merkwürdige Geschichte, denkt Fee, schließlich ist dieser Kai ein alter Kindheitsfreund, er war sogar Reginas bester Freund und später wohl ihre erste große Liebe, wie sie einem angestaubten Tagebuch von Frau Mattka entnommen hat. Das Hochhaustagebuch haben sie beim Ausräumen der Schränke gefunden, in einem von zwei handgenähten Rucksäcken aus starrem grauen Stoff. Darin lag neben dem Tagebuch ein handgeschriebener Zettel. »Falls wir mal wieder wegmüssen«, stand in zittriger, altmodischer Schrift darauf.

»Der wird vom Giggerle stammen«, hat ihre Mutter erklärt und dabei wieder mal feuchte Augen bekommen. »Sicher hat sie auch die Rucksäcke genäht.«

»Wer war denn Giggerle?«, hat Fee nachgefragt.

»Eine Frau mit einem sehr speziellen Lachen, einem Giggerln eben. Sie hat allerdings nur noch selten gelacht, weil … Ach, lassen wir die alten Geschichten«, hat ihre Mutter geantwortet und sich die Augen gewischt.

Das Tagebuch der alten Mattka will sie partout nicht lesen, dabei ist es richtig spannend, findet Fee, die heute Nachmittag damit angefangen hat. Besser als jeder Geschichtsunterricht. Ein richtiger Abenteuerroman. Düster, aber faszinierend. Was diese Frau durchgemacht hat!

Das Giggerle kommt auch drin vor, hieß eigentlich Frau Greulich und hat zusammen mit der Mattka, einem Justus Stachulla und dem damals noch jungen Fritz Krapolski Anfang der Sechzigerjahre in einer Art frühen Hochhaus-WG zusammengelebt. Zusammengefunden hatten sie in einem Barackenlager nach dem Krieg. Eine Art frühe Patchworkfamilie und Notgemeinschaft, die durch dick und dünn zusammenhielt und ...

»Der Mann ist achtzig und kein Eichhörnchen«, mischt sich Bellhaus, der soeben aus dem Keller zurückkommt, unvermittelt in Fees Gedanken.

»Wie bitte, wer?«, fragt Fee verwirrt.

»Fritz Krapolski«, schnaubt Bellhaus und deutet zu den Pappeln, wo Krapolski soeben die Leiter anlegt, mit kurzem Ruckeln ihre Standfestigkeit prüft und dann die ersten Sprossen hinaufstapft. »Der sollte nicht mehr Reinhold Messner spielen.«

»Unser Reinhold Messner hieß Luis Trenker, und der ist bis in seine Neunziger in Bergen rumgeklettert«, mischt sich Henny, die in einem hinreißend stilvollen Vintage-Kleid mit schwingendem Tellerrock und einem Wäschekorb vorübereilt, fröhlich ein. »Machen Sie sich mal keine Sorgen, Bellhaus. Krapolski ist ein Kraftkerl, der immer nur das tut, was er will. So wie Sie.« Gemeinsam mit einigen hilfreichen Nachbarinnen beginnt Henny, die Tische mit himmelblauen Leinenservietten zu bestücken.

Wie cool ist das denn!, denkt Fee. Das dürften ziemlich kostbare Teile sein. Sie streicht verzückt den Stoff einer Serviette glatt.

Henny fängt ihren Blick auf. »Das sind meine Frühlingsservietten«, sagt sie. »Riemann fand sie immer albern. Er war mehr fürs Schlichte, Geradlinige, Architekt eben, aber mit den aufgestickten Gänseblümchen ergeben sie herrliche Zierdeckchen. Fehlen nur noch die Blumenarrangements.«

Fee packt sich eine Holzsteige mit kleinen Tagetes- und Männertreutöpfen und roten Minigeranien aus Krapolskis Schrebergartenzucht, wuchtet sie auf einen Tisch und verteilt sie auf den Servietten. Per Bellhaus stiefelt sichtlich wütend Krapolski hinterher, um Leiterwart zu spielen.

»Nimm noch ein paar Lampions mit!«, ruft Fee ihm fröhlich hinterher. »Ich hab hier einen ganzen Karton. Und beeil dich, in zehn Minuten startet die Party.«

»Übertreib's nicht, okay?«, ruft Per schroff zurück. Wahrscheinlich bereut er längst, ihr das Du angeboten zu haben. Sie jedenfalls bereut es, sich als Fee statt als Dr. Felicitas Sanders vorgestellt zu haben, wie sie es in beruflichen Zusammenhängen und gegenüber weniger angenehmen Menschen zu tun pflegt.

»Der wird noch richtig gesprächig heute«, freut sich Henny und wirft Fee einen anerkennenden Blick zu. »Muss an Ihnen liegen, meine Liebe.«

Fee verzieht den Mund. Soll das etwa ein Verkupplungsversuch werden? Na, danke. »Verstockte Waldschrate sind nicht mein Jagdgebiet«, informiert sie Henny.

Die lacht. »Sie werden sich schon noch anfreunden. Per ist ein Schatz, glauben Sie mir. Ich muss Sie allerdings warnen, er hat eine sehr eifersüchtige kleine Freundin: Minka. Er nennt sie gern ›das kleine Biest‹, und sie kann wirklich bissig werden, weil sie …«

»Henny, es gibte eine grande Katastrophe«, unterbricht sie ein untersetzter älterer Italiener, der ebenfalls im Haus wohnt. Fee hat ihn schon ein paar Mal im Treppenhaus getroffen. Er heißt Angelo und war mal Fernbusfahrer. »Die Getrankemann hat geliefert Amaretto! Keine Grappa.«

»Das kann nicht sein«, entgegnet Henny, »der Amaretto ist für die Damen, und …«

»Iche bin aber keine Dame«, protestiert Angelo. »Unde Herr Frohlich auch nicht, wir haben verabredet eine Kampftrinken mit Grappa und eure scheußliche Schnappes.«

»Fee, machen Sie bitte kurz alleine weiter«, sagt Henny seufzend. »Komm schon, Angelo, wir schauen noch einmal gemeinsam die Lieferung durch.«

Minuten später kehrt Henny mit einem triumphierenden Grinsen und noch mehr Blumenschmuck zurück. »Natürlich gibt es Grappa, so was vergesse ich doch nicht, noch nicht. Wo waren wir zwei eben stehen geblieben?«

Bei Per Bellhaus und seiner Freundin Minka, denkt Fee finster, sagt es aber nicht laut. Sie mag nicht über Männer reden, die ihre Freundinnen »kleine Biester« nennen. Gruselig, so was.

Im Keller spielen die Swinging Sixties einen Uralt-Schlager an, den Fee sogar kennt. Weil jeder ihn kennt. *Marmor, Stein und Eisen bricht, aber unsere Lie-hie-be nicht …*

»Ist das etwa Kai Krapolski, der da singt?«, fragt sie Henny überrascht.

Die nickt. »Er ist der Bandleader, eigentlich Musiklehrer an einem Gymnasium.«

Das mit dem Singen sollte er trotzdem lassen, findet Fee. Mit einer Opernstimme wird das nichts bei *Marmor, Stein und Eisen*, da gehört Dreck in die Stimme. Ansonsten ist er ein verdammt netter Kerl.

Henny lächelt verträumt. »Also, ich mag dieses Lied«, meint sie und schenkt Fee einen verträumten Blick. »Liebe ist wirklich etwas Wunderbares. Vor allem, wenn man so jung ist wie Sie. Da fällt mir ein … waren wir vorhin nicht bei Per Bellhaus stehen geblieben?« Henny zwinkert schelmisch. »Sie müssen ihn nachher unbedingt zum Tanzen überreden. Ich denke, Freistil bekommt der hin, und Sie beide als Tanzpaar, das wäre sicher ein wunderschöner Anblick.«

Die kann's wohl nicht lassen mit der Kuppelei, ärgert sich Fee.

»Erst wollte Per gar nicht zur Party kommen«, fährt Henny plaudernd fort und rückt eine Geranie gerade. »Herr Bellhaus hält sich nämlich lieber unter Bäumen als unter Menschen auf. Wie schon sein Großvater.«

»Da ist sein Enkel, der Schweigemönch, bestimmt auch besser aufgehoben«, erwidert Fee. *Samt seiner bissigen Freundin.*

»Oh, mit seinen Bäumen spricht Per praktisch ständig«, entgegnet Henny. »Das soll ja auch enorm heilsam sein. Für Bäume und Menschen.«

Was für ein Spinner! Als studierte Medizinerin verkneift sich Fee eine Antwort. Sie hat für Esoteriker nicht das Geringste übrig, schon gar nicht für emotional gebundene Männer. Da hält sie sich strikt an die goldene Regel ihrer Mutter: »Lass dich nie mit Männern ein, die bereits vergeben sind.« Genau. Außerdem hat sie ohnehin nicht vor, sich mit Bellhaus einzulassen. Nicht mal zum Tanzen. Es ist allein Hennys Idee, dass sie daran Interesse haben könnte.

»Pers Großvater hat sich am liebsten mit Eichhörnchen unterhalten«, schwelgt Henny jetzt in Erinnerungen und klingt nicht mehr esoterisch, sondern schlicht verrückt. »Genau wie deine Mutter früher! Wir hatten immer viele Eichhörnchen in unseren Pappeln. So possierliche Tierchen … Deine Mutter war ganz verrückt nach ihnen und mit allem, was kreucht und fleucht quasi per Du. Sie wollte früher mal Tierforscherin werden, eine weibliche Dr. Grzimek.«

Wie bitte? Regina soll mit Eichhörnchen gesprochen haben?

Das kann nicht sein. Ihre Mutter ist die Vernunft in Person. Von ihrem momentanen Verhalten und ihrer Filmsternchen-Vergangenheit einmal abgesehen.

»Wann kommt sie eigentlich?«, will Henny wissen. Sie schaut suchend zu einer der Erdgeschosswohnungen hinauf, als hoffe sie, Regina an Frau Mattkas Küchenfenster zu entdecken, das zum Wäschehof hinausgeht.

Keine Chance, weiß Fee. Ihre Mutter versteckt sich im Schlafzimmer, schätzungsweise liegt sie mit Ohropax in den Ohren und einer Decke über dem Kopf im Bett, um ja nichts mitzubekommen vom Fest.

»Ich bin rasend gespannt, sie wiederzusehen«, setzt Henny freudig fort. »Als sie ein kleines Mädchen war, haben Riemann und ich die Kinder vor dem Fest manchmal in unserem Mercedes durch Hoffnungsthal gefahren. Eines nach dem anderen. Autos waren damals ja noch eine Sensation. Kein Kind hat so andächtig und hingerissen im Fond gesessen wie Ihre Mutter. Sie war ein reizendes Mädchen. Eine scheue kleine Prinzessin, manchmal keck und zum Anbeißen niedlich. Ach, sie war Frau Mattkas Augenstern. Wir werden uns sicher viel zu erzählen haben. Von früher.«

Ganz sicher nicht, denkt Fee und weiß nicht, was sie antworten soll. Dankenswerterweise unterbricht eine weitere heftige Rückkoppelung im Fahrradkeller Hennys Plauderei. Eine Nachbarin kommt in den Hof gestürmt – so weit eine fast Achtzigjährige mit Rollator und in wallendem Batikgewand noch stürmen kann.

»Henny«, ruft sie atemlos, »Henny, eine Katastrophe bahnt sich an!«

»Ist Popellas Kartoffelsalat noch immer nicht gekommen, Isolde?«, fragt Henny besorgt.

»Gerade eingetroffen. Herr Popella will auch noch auf einen Stonsdorfer bleiben. Genau wie Herr von Aschberg! Halt, nein, der will keinen Stonsdorfer, der will nur irgendwas, das Pellegrino heißt, und bleiben.«

Von Aschberg, das muss ein Verwandter von Henny sein, reimt Fee sich zusammen. Einer, den Henny, ihrem Gesichtsausdruck nach zu urteilen, nicht leiden kann, anscheinend sogar fürchtet.

»Konstantin ist da?«, fragt Henny in heller Panik. »Der weiß doch gar nicht, dass wir heute feiern!«

»Anscheinend doch! Er trägt sogar Smoking und komische rote Samtpantoffeln, und er hat einen ganzen Rattenschwanz von Männern im Schlepptau. In ziemlich offiziellen Anzügen und mit Aktenkoffern. Zwei sehen aus wie Kleiderschränke und tragen Sonnenbrillen. Im Keller! Aber wenigstens keine

Pantoffeln. Die scheinen zu wissen, dass sich so schlampiges Schuhwerk nicht gehört. Pantoffeln, also wirklich. Von uns kommt doch auch niemand in Jogginganzug und Adiletten zum Kellerfest.« Sie schiebt ein Kichern hinterher. »Samtpantoffeln. Die Dinger fangen sicher ganz leicht Feuer, oder man bekommt nasse Füße darin.«

Sonnenbrillen, Smoking und Pantoffeln, die Feuer fangen? Fee wundert sich. Diese Isolde scheint etwas gaga zu sein.

Henny geht auf die brandgefährdeten Pantoffeln nicht ein. »Jemand muss Konstantin etwas verraten haben«, zürnt sie. »Fritz hatte schon so einen Verdacht, dass ein Spion im Haus sitzt.«

»Die Bönsch«, zischt Hiobsbotin Isolde unheilvoll, »das ist garantiert die kleine Bönsch. Die steigt deinem Bruder doch schon ewig nach. Einmal hat sie sogar mit dem Putzeimer im Treppenhaus rumgelungert, als er kam. Dabei putzt die doch nie! Ist unter ihrer Würde.«

»Die Bönsch und Konstantin? Das will ich nicht glauben«, wirft Henny ein. »Sie ist doch ein echtes Hochhauskind, eine von uns. Und außerdem nicht blond.«

Fee lauscht mit wachsender Verwunderung.

»Blond nicht, aber gierig und berechnend«, weiß die Nachbarin. »Vor allem, seit ihre Reisebürokette vor zwei Jahren den Abflug gemacht hat. Aber keine Bange, Krapolski hat für den Fall der Fälle und Konstantins Auftauchen eine Überraschung vorbereitet. Und wir – seine Hilfstruppen – stehen Gewehr bei Fuß.«

»Er plant doch keine Schlägerei?«, erkundigt sich Henny mit sorgenvoller Miene. »Ich meine, wegen der Anwälte. Das wäre kontraproduktiv.«

»Wo denkst du hin!«, erwidert Isolde treuherzig. »So dumm ist unser Krapolski nicht.«

Henny nickt, ihre Miene wird zur Maske. »Gut, dann werde

ich wohl nicht umhin kommen, Konstantin und seinen Tross höflich zu begrüßen.«

»Sei mehr als höflich«, rät Isolde. »Soll ich Krapolski schon mal vorwarnen? Und vielleicht auch deinen jungen Förster? Strammer Bursche, könnte sich sicher nützlich machen.« Sie richtet ihren Rollator in Richtung Anhöhe und Pappeln aus, wartet offensichtlich auf den Marschbefehl.

»Nicht nötig, die Anhöhe ist zu steil, das kann Fee tun«, bestimmt Henny und wendet sich direkt an sie. »Liebes Kind, teilen Sie Herrn Krapolski bitte mit, dass Konstantin von Aschberg hier ist und dass ich ihn sprechen möchte. Also Krapolski, nicht Konstantin. Und noch etwas: Könnten Sie Ihre Mutter bitten, ein wenig, nun ja, später zu kommen? Es gibt hier ein kleines Problem. Mein Bruder ist eine … äh … entsetzliche Nervensäge. Wir geben ihr dann Bescheid, wenn alles geklärt ist. Danke, meine Liebe.«

Fee runzelt vollends verwirrt die Brauen. Was soll das nun wieder?

Henny ordnet kurz ihre wie immer tadellose Frisur und geht – nein, schreitet einer Königin gleich, wie Fee anerkennend registriert – zum Kellereingang. Man sieht immer noch, dass die Frau mal Model war oder Mannequin, wie das früher mal hieß. Worum, zum Teufel, geht es hier?, fragt sich Fee. Was ist Krapolskis Überraschung? Warum soll ihre Mutter auf einmal später kommen? Und wer ist »die Bönsch«?

Irgendwas läutet in Fees Kopf bei dem Namen. Ach ja, sie kennt ihn aus Frau Mattkas Tagebuch. Kann das stimmen? Ist diese Frau gemeint? Haut irgendwie nicht hin, denn die Bönsch aus dem Tagebuch müsste mittlerweile an die Hundertzwanzig sein. So zäh sind nicht mal Ostpreußen.

6.

Der Keller kocht und tobt, die Party läuft bislang gut, stellt Krapolski mit Befriedigung fest, und das seit beinahe zwei Stunden. Sein Sohn gibt an Bass und Mikrofon sein Bestes. Erneut starten die E-Gitarren durch, beginnt das Schlagzeug zu rumpeln, und sein Kai schmettert im Chor mit Bandkollegen erste Songzeilen ins Mikrofon. Beim Refrain singt der halbe Keller mit. »*Ma-ma-ma-ma-ma-ma-ma Loo. Mama Loo, Mama Loo.*« Die Swinging Sixties machen mit einem Hit der Les Humphries Singers einen Abstecher in die Siebzigerjahre.

Krapolskis gut gepflegte Original-Discokugel wirft von wild tanzenden Staubpartikeln begleitete Lichtblitze durch den geräumten Fahrradkeller. Scheinwerfer zucken bunt im Takt von *Mama Loo*, einige der jüngeren Tänzer – also solche um die Sechzig – zucken tapfer mit. Statt nach Kellermuff riecht es nach Würstchen, Kartoffelsalat, guter Laune, Männerdeo und dem Parfüm der Damen.

»Kleiner Stonsdorfer, Krapolski?«, schreit ihn über die Musik seine Wohnungsnachbarin Isolde an, die zur Feier des Tages eine Art Joy-Fleming-Walle-Look und viel zu viel Make-up trägt. Im Korb ihres Rollators manövriert sie Flaschen, Likörgläser und einen leicht kahl gewordenen Käseigel zwischen den Tischen im Fahrradkeller herum. So wie früher mal ihre Geschirrwagen. War schon immer überaus fürsorglich, die gute Isolde, und in einem Aschbergwerk resolute Kantinenkraft.

Fürsorglich ist sie auch heute noch, wenn auch wegen des Schummerlichts im Schneckentempo, und ständig besorgt, dass irgendwen noch »ein Hüngerchen« plagt. Deshalb der Käseigel. »Und Sie, Herr Bellhaus? Auch einen Stonsdorfer? Ist gut für die Verdauung«, preist Isolde seinem Banknachbarn lautstark den Kräuterlikör an. Per winkt ab.

»Danke, ich bleib beim Bier«, schließt sich Krapolski an und hebt sein fast leeres Glas. Flugs ist Fee an seiner Seite, die mit einem Bierkranz bewaffnet für den Expressservice am Rande der Tanzfläche sorgt. *Das Mädchen sieht aus wie eine besonders gelungene Veredelung zwischen Mensch und Engel*, bemerkt Krapolski zum wiederholten Mal, *macht ihrer Mutter alle Ehre*. Die sah auch mal so aus.

Fee tauscht sein Glas und das von Bellhaus gegen volle.

Bellhaus reagiert weder auf Fees anziehenden Anblick noch auf das Bier, sondern fixiert verdrossen die Tanzfläche, wo nach den Les Humphries jetzt das Hazy-Osterwald-Sextett mit Kai als Leadsänger die musikalische Führung übernimmt. Henriette legt mit Angelo den berühmten *Kriminaltango* aufs Parkett. Krapolski nickt Fee zum Dank freundlich zu, rührt das Glas aber nicht an.

Er muss bei klarem Verstand bleiben, weshalb er auch Hennys Tango und ihren noch immer erstaunlichen Marlene-Dietrich-Beinen keine Aufmerksamkeit schenkt. Er muss Konstantin und seine widerliche Bagage beobachten. Nur darum hat er diesen strategisch günstigen Platz direkt neben der Bühne und im Dämmerlicht eingenommen.

Bislang ist noch nichts Entscheidendes passiert. Konstantin hat keinen Anlauf unternommen, seine angedrohte Kündigungsrede zu halten. Seinen Versuch, gleich zu Anfang ein paar salbungsvolle Begrüßungsworte an die Mieter zu richten, hat Kai weisungsgemäß mit ein, zwei kräftigen Rückkoppelungen unterbunden.

Die hat die Band nicht umsonst ausgiebig geprobt, und die Kellergesellschaft hat kräftig applaudiert, bevor sie erst das Buffet bei den Waschmaschinen im Nachbarraum und dann die Tanzfläche unter der Discokugel gestürmt hat.

Aber Rückkoppelungen und Schlager in Endlosschleife werden auf Dauer nicht genügen, um Konstantins geplante Kündigungsrede zu unterbinden, schon gar nicht, um ihn ganz loszuwerden, ahnt Krapolski.

Kai raunt Strophe zwei des Tangos ins Mikro, singt über »dunkle Gestalten in der Taverne«, »lodernde Lunten« und »brühende Spannung in der Luft«. *Kommt alles hin*, findet Krapolski. Er wirft durch die Reihen der Tanzenden hindurch einen wachsamen Blick zu dem Biertisch auf der gegenüberliegenden Kellerseite. Da thront Konstantin arrogant wie ein Feudalherr und umringt von seinen finsteren Gestalten. Vor ihm steht eine Flasche Mineralwasser – Wasser! Weichling! –, hinter ihm stehen zwei Leibwächter. Lächerlich! Sollen die ihm den Weg zum Mikrofon frei boxen? Konstantin von Aschberg wirkt verdächtig siegesgewiss und sieht nicht nach baldigem Rückzug aus. Das gefällt Krapolski nicht, gefällt ihm gar nicht. Er muss wohl wirklich bis zum Äußersten gehen.

Der *Kriminaltango* verklingt, Fee eilt mit einem gefüllten Bierkranz zu den Musikern. »Kleine Erfrischungspause!«, ruft sie munter.

Die Band greift begeistert zu. Von lebhaftem Geplauder und Gelächter abgesehen, kehrt erstmals Ruhe ein. Prompt erhebt sich Konstantin hinter dem Tisch, rückt seine Fliege gerade. Jetzt wird's brenzlig.

Krapolski erhebt sich ebenfalls, steigt auf die Bühne. »In zehn Minuten beginnt mein Feuerwerk«, verkündet er mit Donnerstimme übers Mikrofon. »Also, alles raus in den Hof, bitte schön. Wie immer brauche ich eure Hilfe. Unsere liebe Fee verteilt beim Ausgang leere Lambrusco-Flaschen für die Raketen, ich habe die Stellflächen mit Kreide markiert. Der

Löschtrupp greift sich bitte die entsprechenden Gerätschaften. Nur für den Fall der Fälle.«

Begeistertes Rufen und aufgeregtes Quieken vonseiten der Damenwelt werden laut, die Gäste drängen nach draußen, um Lambrusco-Flaschen aufzustellen. Isolde belädt ihren Rollator mit einem Feuerlöscher und einer Schüssel Kartoffelsalat. Wahrscheinlich, falls jemanden noch mal »ein Hüngerchen« befällt. Oder will sie den Kartoffelsalat ebenfalls zur Waffe umfunktionieren? Wäre denkbar.

Krapolski geht von der Bühne, nickt Bellhaus zu, beide packen sich Kartons mit Silvesterraketen, von denen Krapolski jede Menge auf Vorrat hat, dazu Feuerräder, Diamantsonnen, Luftheuler, Bengalfeuer, Sputnik-Bombenrohre, Riesenwunderkerzen und Kanonenschläge. Das ganze Arsenal.

»Hol mal die Sackkarre«, weist er Bellhaus an, »ich hab viel Zeugs.« Mehr als genug, um dem Blödian in Samtpantoffeln damit das Maul stopfen.

Nur leider nicht seinen Anwälten. »Einen Moment bitte«, mischt sich einer von ihnen mit Gerichtssaalstimme ein und bewegt sich gemessenen Schrittes auf die sich leerende Tanzfläche. »Haben Sie überhaupt eine gültige Ausnahmegenehmigung nach Paragraph 7 und Paragraph 27 des Sprengstoffgesetzes und den Befähigungsschein nach Paragraph 20 für das Abbrennen eines Feuerwerks der Kategorie F2? Wir wollen hier ja niemanden gefährden – oder das Haus.«

Das ist Hennys Stichwort. Mit schwingendem Tellerrock, einer Handtasche über dem Arm und einem Sektkelch in der Hand schreitet sie dem Mann entgegen. *Die Gute ist mal wieder in Bestform*, stellt Krapolski stolz fest. Schade, dass sie nicht mehr dazu kommen wird, Connie Francis zu singen. Er mag solche Lieder nicht, aber wenn Henny singt, schmilzt er dahin. Und bei Hilde Knefs *Von nun an ging's bergab* ist sie unschlagbar.

»Halten Sie das bitte mal«, befiehlt Henny und drückt dem Anwalt ihr Glas in die Hand, was ihn ziemlich dumm und wie einen Kellner dastehen lässt. Dann knipst sie die Tasche auf und zaubert ein Formular hervor, überreicht es ihm. »Selbstverständlich haben wir die Genehmigung. Sie ist noch für fünf Jahre gültig. Proaktiv, wie ich nun mal bin, habe ich sie direkt nach meinem Einzug beantragt.«

»Und wie steht es mit den gebotenen Brandschutzmaßnahmen?«, hakt der Anwalt unbeeindruckt nach.

Henny zaubert ein reizendes Lächeln auf ihr Gesicht. »Gut, dass Sie fragen, mein Bester. Ich habe auf Kosten des Hauses für dieses Fest zwanzig neue Aufladelöscher für sämtliche Brandklassen und außerdem einen Feuerlöscher für jede Wohnung bestellt.«

Die lügt, ohne rot zu werden, seine Henny, die Nachhilfe hat sich gelohnt, freut sich Krapolski. Natürlich hat sie nichts bestellt. Mehr als zehn zusätzliche Feuerlöscher hat er auf die Schnelle bei seiner Sammlung unter den Mietern nämlich nicht zusammenbekommen, aber die und die vorschriftsmäßig gewarteten Kellergeräte sollten für seine Zwecke genügen.

»Private Feuerlöscher sind Sache der Mieter! Fast vierzig Löschgeräte auf unsere Kosten!«, ruft Konstantin entsetzt. »Das sind an die 4000 Euro!«

Krapolskis Augen werden zu Schlitzen, als er sieht, dass ein weiterer Anwalt am Biertisch den Wortwechsel und sicher auch die Zahlen mitprotokolliert.

»Es waren fünfundvierzig zu einem Gesamtpreis von 4800 Euro. Dank Großabnehmerrabatt, um genau zu sein«, flunkert Henny entspannt weiter. »Außerdem habe ich sämtliche Rauchmelder erneuern lassen. Sicher ist sicher.«

Noch eine Lüge. Die alten Rauchmelder sind prima in Schuss, genau wie das Warnsystem mit Direktverbindung zur Feuerwehr, weiß Krapolski. Aber die Brandmelder werden nicht anschlagen. Er plant ja kein Großfeuer, schon gar nicht im Haus, nur einen kleinen Knalleffekt im Hof mit Funkenflug und im Anschluss eine Schaumparty. Für Letztere sind Isolde und andere vertrauenswürdige Altmieter zuständig. Er konnte sich vor freiwilligen Feuerwehrleuten, die speziell Konstantin ausgiebig löschen und einseifen wollen, kaum retten.

»Keine Sorge, wir können die Kosten für die Brandschutzmaßnahmen von der Steuer absetzen«, tröstet Henny ihren Bruder und macht einen bühnenreifen Abgang in Richtung Hof. Wirklich Klasse, diese Beine. Ach was, die ganze Henny!

7.

Unerträglich, mit was und wem man sich als Hauseigentümer und Bauherr so alles befassen muss! Grimmig beobachtet Konstantin von einem verwaisten Stehtisch im hintersten Winkel des Hofes aus die Partygesellschaft.

Auf primitiven Bierbänken hockend, bei der Teppichstange oder unter den Pappeln stehend bestaunen Hennys Hochhausbewohner – darunter leider auch einige seiner Mieter – Krapolskis Raketenabschüsse. Sie begleiten das Laienspektakel mit den üblichen »Ah«- und »Oh«-Rufen, als handele es sich um ein Weltwunder.

Am Nachthimmel explodieren in chaotischer Folge bunte Blumen, Fontänen und Sterne, gefolgt vom üblichen Gold- und Silberregen. Am Boden flammen, zischen und rauchen farbige Bengalfeuer, die die Mieter selber entzünden. Immer und immer wieder. Ab und an kracht ein Kanonenschlag, zischen Knallfrösche durch die Luft. Was die hier sinnlos an Geld verpulvern! *Schätzungsweise mal wieder das von Henny*, ärgert sich Konstantin. *Um nicht zu sagen, das Erbe der Aschbergs*. Unerträglich, außerdem frieren seine Füße. Der feuchten Nachtluft, die den Wiesen rund ums Hochhaus entsteigt, sind seine Seidensocken und Samtslipper nicht gewachsen.

Albernes Volk, resümiert Konstantin angewidert, *noch dazu strohdumm*. Nebeln den ganzen Hof und sich selbst mit Rauchschwaden und Gestank ein. Noch schlimmer, ihn nebeln sie auch ein. Und dazu dieser infernalische Lärm!

Die Rauchwaden treiben direkt auf ihn zu, der Hofwinkel, den er sich ausgesucht hat, scheint eine regelrechte Sogwirkung zu haben, aber näher ran ans Geschehen und diese Zusammenballung von Idioten will er keinesfalls. Nicht im Smoking, der geht sofort morgen in die Reinigung. Ihm entsteigen bereits der Kellermuff und ein leichter Geruch nach Kartoffelsalat. Gereizt zückt er sein Einstecktuch und hält es sich vor die Nase.

Nur widerwillig hat er sich in den Hof begeben und den Stehtisch okkupiert. Aber seine Anwälte haben ihm dringend geraten, noch ein Weilchen die Stellung beim Kellerfest zu halten, um Gesicht und Flagge zu zeigen. Er soll von ihren Aktivitäten im Erdgeschoss ablenken. Sein Team möchte keinen vorzeitigen Verdacht unter den Mietern erregen und damit womöglich einen nächtlichen Aufruhr oder Handgreiflichkeiten provozieren.

Die Bombe soll erst morgen platzen. Eine Briefbombe sozusagen. Konstantins Miene entspannt sich, er gönnt sich sogar ein Lächeln ob seines ausgefeilten Sprachwitzes. *Briefbombe* ist wirklich gut.

Assistiert von den Bodyguards verteilen die Juristen nämlich gerade in sämtlichen Briefkästen ein Schreiben an alle Mieter. Konstantin schaut kurz auf die Uhr. Hm, das dauert wie das dämliche Feuerwerk jetzt schon zwanzig Minuten. Wie lange muss er denn noch hier unten bleiben?

Sein Blick durchtastet die Nebelwolken. Ah, endlich! Das Raketenspektakel scheint sich seinem Ende zu nähern. Krapolski verteilt letzte Feuerwerkskörper auf die Flaschen am äußersten Hofrand, feuert sie ab, dann reißt er Kartons mit Kleinfeuerwerk auf.

Sein Assistent mit dem blöden Dutt – Hennys vorgeblicher Baumdoktor – gibt Kracher, Luftheuler und ähnlichen Unsinn an die Zuschauer aus. Von allen Seiten werden noch mehr Bengalfeuer und die Riesenwunderkerzen entzündet, der Nebel verdichtet sich erneut. *Es reicht. Noch fünf Minuten, dann trete ich den Rückzug an*, beschließt Konstantin.

Eine Rede muss er ja nun nicht mehr halten. Auch wenn es ihm durchaus Vergnügen bereitet hätte. Seine Reden sind sehr gut. Na, macht nichts. Die Briefe enthalten die entscheidende Botschaft in schönstem Juristendeutsch und – noch besser – in seinem und in Hennys Namen. Da muss sie sich erst einmal herausreden, wenn ihre geliebten Mieter morgen ihre Post lesen. Wird ihr kaum gelingen.

Allenfalls eine Handvoll tattriger Sturköpfe wird die freundlich angebotenen Abfindungen – nur für kurze Zeit! – und den kostenfreien Umzug in andere Wohnungen oder Altenheime der Aschberggruppe wegen Abbruch des Hochhauses und Auflösung der Mietverträge ablehnen. Die Androhung von Rechtsmitteln bei Widerspruch sollte ein Übriges tun. Zumal Kündigungen aufgrund einer »Hinderung angemessener wirtschaftlicher Verwertung« rechtens sind.

Davon abgesehen weiß jeder, dass man bei Gerichtsverfahren gegen die Aschberggruppe nur verlieren kann. Einen Brief an Henny haben seine Anwälte auch parat. Und was für einen!

Sollte das bei ihr und Querulanten wie diesem Krapolski immer noch nicht fruchten, wird er gleich nach dem Erwerb von Frau Mattkas Wohnung als Mehrheitseigner die Fassade des Hochhauses inklusive Fenstern und Balkonen mit einem Gerüst samt dunkler Plane verhüllen. Sodann wird er einige lärmintensive und schmutzige Instandsetzungsmaßnahmen veranlassen. Da findet sich immer was: Wände aufstemmen, Heizrohre herausreißen, das Wasser absperren, um Leitungen zu prüfen, und den Aufzug zwecks dringend notwendiger Erneuerung vorübergehend – eher für immer – stilllegen.

Nichts allzu Kostenintensives, versteht sich, schon gar keine echten Reparaturen, eher erste Abbrucharbeiten. Die üblichen Tricks eben. Seine Anwälte sind sehr findig darin, Gesetze zu umgehen oder kreativ auszulegen. Außerdem ist er zu Instandhaltungsmaßnahmen verpflichtet. Schikanen lassen sich da schwerlich nachweisen, ebenso wenig absichtlich herbeigeführte Wasserschäden und dergleichen. Auf Baustellen kommt es nun mal zu Schlampereien und Fehlern, jeder Menge Fehlern, die sich lohnen. Man denke nur an den Berliner Flughafen oder an Stuttgart 21!

Oh ja, das Leben all jener Mieter, die sich renitent zeigen und bleiben wollen, wird äußerst beschwerlich werden. Besonders das von Henny auf dem Hochhausdach. Einen Treppenlift bis ins Erdgeschoss wird sie sich kaum leisten können. Von dieser absurden Vorstellung amüsiert, löst Konstantin sich vom Tisch. Zeit zu verschwinden, sein Job heute Abend ist so weit erledigt, und Hennys Mieter sind es auch.

»Sie wollen doch nicht etwa schon gehen?«, reißt ihn eine weibliche Stimme durch den Nebel aus seinen Gedanken. »Kommen Sie doch mit zu den anderen. Hier bekommen Sie außer Rauchschwaden von Herrn Krapolskis Feuerwerk ja kaum etwas mit.«

Konstantin nimmt das Tuch vom Mund und wendet den Kopf nach links.

Umwabert von bunten Nebeln und mit einem Bierkranz bewaffnet steht die junge blonde Kellnerin neben ihm, die sich ihm zu Anfang der Party als Felicitas und Ärztin im Hauptberuf vorgestellt hat. Sie streckt ihm mit einem hinreißenden Lächeln die Hand entgegen, zieht ihn vom Tisch weg.

Sie ist hübsch, schätzungsweise die Freundin eines Mieters, überlegt Konstantin. Sein Jagdinstinkt ist geweckt. Kein Wunder. Die Kleine ist wirklich ausnehmend ansehnlich, noch dazu hat sie Klasse, als Ärztin mutmaßlich einen passablen gesellschaftlichen Hintergrund und genau das richtige Alter. Um die dreißig, schätzt er.

Sein Blick gleitet an ihr herab, ein hinreichend gebärfreudiges Becken hat sie auch. In dieser Hinsicht muss er schließlich noch mal ran, seine erste Ehefrau hat nur minderbemittelten Ausschuss hervorgebracht, die letzten beiden rein gar nichts.

Ja, ein wenig sollte er noch bleiben und sich nach den Anstrengungen des Abends entspannteren Geschäften zuwenden. Zumal ihn in seinem Bett Morticia Bönsch erwartet.

Anderes Thema.

»Gerne«, sagt er und schießt sein volles Lächeln ab.

»Gerne was?«, fragt diese Felicitas und lächelt.

»Ein Bier, aber nur wenn Sie eins mittrinken.«

»Oh, ich mag kein Bier«, sagt sie schulterzuckend.

»Ich auch nicht«, erwidert Konstantin, tritt ganz nah an sie heran und zwinkert ihr zu. »Was mögen Sie denn? Vielleicht …«

Zum Champagner à deux in einem verschwiegenen Nachtclub kommt er nicht mehr. Unter infernalischem Zischen saust ein kleiner Knallkörper mit gigantischem Funkenschweif auf ihn zu.

»Falsche Richtung«, kiekst jemand.

»Oje, ich glaube ich habe einen Zündfehler gemacht«, hört Konstantin zeitgleich Henny nicht weit entfernt von sich rufen. Felicitas will ihn zur Seite reißen. Zu spät, das Ding explodiert auf Bauchhöhe vor Konstantin, der Knall ist ohrenbetäubend. Weitere Detonationen folgen im Sekundentakt. Es klingt wie Maschinengewehrknattern.

Konstantin reißt schützend die Arme vor sein Gesicht, taumelt seitwärts, kollidiert mit dem Stehtisch, der krachend zu Fall kommt, genau wie er selbst. Doch dem Funkenregen, der auf ihn niedergeht, entkommt Konstantin nicht. Ebenso wenig wie seine Samtslipper. Der linke kokelt bereits, schon schießt ein Flämmchen empor.

Felicitas tritt ihm geistesgegenwärtig, aber sehr fest, zu fest auf die Füße, schreit gellend: »Feuer!«

Wie auf Kommando hebt von überallher wildes Gerenne an. Irgendwo detoniert ein letzter Kanonenschlag, endlich verebbt der grässliche Lärm, doch was dann kommt, ist schlimmer, weit schlimmer.

»Schaum und Wasser marsch!«, brüllt eine Stimme, die zweifelsohne Krapolski gehört.

»Aufhö–«, will Konstantin zurückbrüllen, doch seine Stimme ertrinkt in einem dünnen Wasserstrahl, gefolgt von einem gewaltigen Meer aus Schaum, der von allen Seiten auf ihn abgeschossen wird. Ein Schwall trifft ihn direkt ins Gesicht.

Moment mal, nein, das in seinem Mund und auf seinem Gesicht, registriert der zu Boden gestreckte Konstantin, das ist kein Schaum und auch kein Wasser.

Das ist, das schmeckt nach … Kartoffelsalat!

»Ich glaube, das reicht. Feuer ist aus«, donnert Krapolski über den Hof. »Handtücher, bitte!«

Konstantin liegt auf dem Hofpflaster wie ein begossener und bis zur Halskrause eingeschäumter Pudel, ringt nach Luft – vor Schreck, aber mehr noch vor Empörung. Um ihn herum wird gefeixt und gekichert. Jemand wischt ihm das Gesicht frei, öffnet seine Smokingjacke, Konstantin erkennt Felicitas, die mit geübten Händen, ganz so, als sei sie eine Sanitäterin, seine Fliege lockert.

»Alles in Ordnung?«, fragt sie und spielt unverschämterweise den Rettungsengel.

Nicht mit ihm, er weiß, was hier gespielt wird. Konstantin kommt wieder zu Atem, sein Oberkörper schnellt nach oben. Zorn lodert in ihm auf. »Du dreckige kleine Schlampe!«, schreit er seine vorgebliche Retterin an. »Du hast mich doch absichtlich in diese Falle gelockt! Mich zum Bleiben animiert, als ich gehen wollte. Das gibt eine Strafanzeige wegen Körperverletzung.«

»Wie bitte?«, fragt dieses Miststück und tut doch tatsächlich ganz entsetzt. »Sie haben mir leidgetan, weil Sie so ganz allein und isoliert an Ihrem Tisch standen. Außerdem bin ich Ärztin und will Ihnen helfen! Das muss ich sogar.« Ihre Stimme wird sachlich. »Können Sie sich aufrichten?«

Er hat ihr leidgetan? Diesem blonden Nichts? *Das ist bodenlos … Das ist …* Er hat noch nie einer Frau leidgetan! Und einsam oder isoliert ist er schon gar nicht. Im Gegenteil: Er ist hervorragend vernetzt, regional und international, in den besten Kreisen beliebt und eine Stütze der Gesellschaft.

»Mir fehlt nichts«, schnaubt Konstantin. Er rappelt sich in Sekundenschnelle hoch, schaut sich mit wilden Blicken nach seinen Anwälten um. Wo bitte bleiben seine Bodyguards, wenn man sie wirklich braucht? Statt Postboten zu spielen, sollten sie ob des Tumults längst hier sein. Wenigstens, um seine Würde zu retten.

»Ihm fehlt nichts! Das haben wir alle gehört, oder?«, ertönt Krapolskis Stimme, und die Mieterschar, die Konstantin umringt, nickt im Gleichtakt.

Jemand schiebt Felicitas energisch beiseite. »Wenn Sie es wagen, meine Tochter noch einmal Schlampe zu nennen, dann gnade Ihnen Gott«, sagt eine Stimme aus Stahl.

Konstantin weicht unwillkürlich zurück. Zu der Stimme gehört ein Gesicht, das an eine Göttin des Zorns erinnert und entfernt an das von Felicitas, wäre da nicht diese gezackte Narbe, die die Stirn der Frau bis hin zur rechten Wange wie ein Blitz durchzieht. Gruselig. Genau wie der lappige Frottee-Bademantel, den sie trägt. Von wegen Göttin!

»Ach, meine Liebe, endlich begegnen wir uns«, freut sich Henny und tritt neben die Frau. »Ich nehme an, der Lärm und die ›Feuer‹-Schreie haben Sie geweckt. Oder darf ich du sagen?«

»Das Beste hast du leider verpasst, Mädchen. Ich fürchte, die Party ist vorbei«, ergänzt Krapolski, stellt seelenruhig seinen Feuerlöscher ab und umarmt die Frau so herzlich, dass der die Luft wegbleibt.

»Aber es gibt noch Kartoffelsalat und schlesische Würstchen«, mischt sich die Schreckschraube mit Rollator ein. »Falls du ein Hüngerchen hast, Ninalein. Ich meine, Nina … äh … Regina … also Frau Sanders, natürlich. Hübscher Morgenrock übrigens. Von Takko?«

Scheiße, Scheiße, Scheiße, kombiniert Konstantin blitzschnell. Diese Königin des Zorns ist Mattkas Erbin, außerdem die Mutter dieser Felicitas und nun seine Todfeindin. Böser Fehler. Das dürfte die Preisverhandlungen über ihre Wohnung verkomplizieren. Egal, er braucht diese blöde Wohnung, braucht sie dringend, sonst hat die irre Henny hier nach wie vor mitzureden.

Konstantin schiebt energisch ein paar Mieter beiseite, die ihm den Weg zum Kellereingang versperren. Dort erwarten ihn seine Bodyguards – *nutzloses Pack!* – und seine Anwälte. Na endlich! »Gleich Morgen schicken Sie eine technische Sicherheitsfirma her«, knurrt er sie an, während hinter ihm ein allgemeines und sehr freudiges Hallo für Regina Sanders einsetzt. Die tun glatt so, als sei dieses Narbengesicht immer noch ein Star oder ihr lang vermisstes Lieblingskind.

»Ich brauche Brandspezialisten«, fährt Konstantin auf dem Weg durch den provisorischen Partyraum fort. »Die sollen den Keller sperren und die gesamte Feuerschutzanlage prüfen. Außerdem will ich jemanden, der den Fahrstuhl stilllegt! Und denken Sie sich irgendwas aus, das Stemm- und Bohrarbeiten im gesamten Treppenhaus erfordert. Gegen Wasserschäden hätte ich auch nichts einzuwenden.«

Er will das volle Programm – jetzt.

8.

Regina liest mit gerunzelter Stirn einen mehrseitigen Brief, persönlich zugestellt von Konstantin von Aschbergs Anwälten. Anscheinend haben sie ihn während des gestrigen Kellerfestes eingeworfen, was seltsam ist. Fee hat ihn auf dem Rückweg vom Brötchenholen aus Frau Mattkas Briefkasten gefischt.

Es ist eine anstrengende Lektüre, Regina schwirrt der Kopf. Zum einen wegen des Juristengefasels, durch das sie sich quälten muss, zum anderen, weil sie todmüde ist, nachdem sie mit ihrer Tochter und anderen Nachbarn gestern Nacht den Keller und den Hof gereinigt hat, was nicht nur körperlich erschöpfend war.

Im Hintergrund gluckert die Kaffeemaschine, Fee wuselt geschäftig um sie herum, deckt Frau Mattkas alten Frühstückstisch in der Küche, schüttelt Brötchen aus einer Tüte in einen Korb.

Na endlich! Regina ist zum entscheidenden Teil des Schreibens – dem Kaufangebot für die Wohnung – vorgedrungen.

»WAS?«, entfährt ihr ein Schrei der Empörung. »Achtzigtausend Euro? Das ist eine Frechheit!« Wütend lässt sie die eng bedruckten Blätter sinken.

Wirklich, das ist lächerlich. Hält der Mann mich für so dumm?

Mit achtzigtausend Euro könnte sie vielleicht ihr Alter besser absichern, jedoch kaum ihrer Tochter unter die Arme greifen. Nein, das reicht nicht. Das reicht hinten und vorne nicht. Hoffnungsthal gilt bei sämtlichen Maklern, die Regina kontaktiert hat – und das waren einige –, wegen der unmittelbaren Nachbarschaft zu Düsseldorf eindeutig als kommende Premiumlage.

Komm runter, versucht sie, sich zu beruhigen. Die Summe ist ja nur ein erstes Angebot, dreist und unverschämt niedrig, so sind Anwälte eben. Da heißt es, cool bleiben und kämpfen. Oh ja, sie kann kämpfen, auch vor Gericht. Nach dem Unfall hat sie es jahrelang getan, vor allem mit Versicherungen, und sie hat am Ende gewonnen. Mehr oder minder. Für ihre schwierigen Gesichtsoperationen und Fees Ausbildung hat es dank der Großeltern väterlicherseits immerhin gereicht.

Noch einmal überfliegt sie das Kaufangebot von Konstantin von Aschbergs Anwälten, aber höher wird die Summe dadurch nicht. Durch viele Klauseln des Vertragsentwurfs steigt Regina zudem nicht durch, die meisten klingen wie eine Drohung. Sie wird sich wohl oder übel auch einen Anwalt nehmen müssen, denn so viel weiß sie, und sie teilt es ihrer Tochter mit: »Mir haben diverse Immobilienhändler schon weit mehr geboten, und das ist Frau Mattkas Wohnung auch wert.«

Entschlossen legt sie den Brief beiseite.

»*Deine* Wohnung«, korrigiert Fee unbekümmert und hält eine gehäkelte Kaffeemütze mit Bommel hoch. »Cooles Teil, du könntest die komplette Küche als Retromuseum eröffnen. Auf dem ollen Wasserboiler über der Spüle klebt sogar noch eine Original-Prilblume. Wie cool ist das denn! Hier steht Zeug aus mindestens fünf Jahrzehnten rum, sind ein paar echte Schätzchen darunter, und alles im Topzustand. Selbst der olle Boiler. Frau Mattka muss eine vorbildliche und sparsame Hausfrau gewesen sein. Ein bisschen zu sparsam vielleicht.«

Nein. Regina schüttelt den Kopf. Die gute Hausfrau war Frau Greulich, Luiselotte Mattkas lebenslange Mitbewohnerin und deren ehemalige Kinderfrau. Und technisch in Schuss gehalten hat alles der zweite Mitbewohner, Justus Stachulla, ehemaliger zweiter Apotheker bei Frau Mattkas Vater in Breslau.

Durch die Not der Nachkriegsjahre war er ein hervorragender Bastler, und er war Fritz Krapolski in den frühen Barackentagen ein wunderbarer Ersatzvater, weiß Regina. »*Necessitas mater ingeniorum est*«, pflegte Stachulla als begeisterter Lateiner zu zitieren: »Die Not ist Mutter aller Erfindungen.« Als Kind hat Regina ihn für den klügsten Menschen der Welt gehalten, Frau Greulich für den originellsten, Fritz Krapolski für den mutigsten und Frau Mattka für den besten. Zusammengenommen bildeten diese vier eine richtige kleine Familie. Eine außergewöhnliche Familie. Eine, die zusammenhält, weil sie sich liebt. In Reginas Kehle beginnt es zu kratzen.

Von den vieren zu lernen, hieß lieben zu lernen, füreinander da zu sein – ohne allzu viel Worte darüber zu verlieren. Allem Schrecklichen, jeder Not und Demütigung zum Trotz. Regina hütet sich, dergleichen laut zu erzählen, tapfer kämpft sie gegen die Tränen der Rührung an. Sie will Fees Neugier in Sachen Vergangenheit nicht über Gebühr füttern.

Vorbei ist vorbei.

Die alten Funde und Geschichten ziehen die Entrümpelung ungut in die Länge. Fee will jedes Fundstück diskutieren, vieles behalten, und das explosive Kellerfest gestern hat ihre Begeisterung für die Wohnung, das Haus und die alten Bewohner verstärkt, statt sie zu dämpfen.

Dieses blöde Kellerfest!, ärgert sich Regina erneut. Noch so ein unnötiger Stressfaktor. Wäre sie sich nur treu geblieben und nicht hingegangen. Sie hätte einfach in der Wohnung und im Bett bleiben sollen – trotz des »Feuer«-Geschreis und des Tumults im Hof.

Aber nein, sie ist regelrecht hingestürzt. Ihrer Tochter wegen, warum sonst. Seither ist ihr Gedächtnis kaum noch im Schach zu halten, überfällt sie immer und immer wieder unangekündigt mit Erinnerungsfetzen.

Kein Wunder. Die alten Bewohner haben sie gestern wie

eine verloren geglaubte Tochter begrüßt und ihre »Nina« mit alten Geschichten überhäuft. *Nina*, mein Gott, so hat sie seit Ewigkeiten niemand mehr genannt, schon gar nicht *Ninalein*, so wie es Isolde getan hat. Noch dazu scheinen viele alte Mieter der unerschütterlichen Ansicht zu sein, sie sei nach Hause zurückgekehrt, um zu bleiben. Alte Leute eben, unfassbar sentimental, können die Vergangenheit einfach nicht loslassen.

Vor allem Henny. Und Krapolski. Die sind ihr um den Hals gefallen vor lauter Willkommensfreude.

Und – was noch schlimmer war – niemand hat sie auf ihr Narbengesicht angesprochen. Die haben glatt so getan, als sei nichts passiert, als sei alles in bester Ordnung und sie immer noch die alte Regina-Nina. Dabei trug sie nicht mal Hut, passt auch schlecht zu einem Morgenmantel. Dennoch hat niemand was gesagt, außer Kai »Lucky« Krapolski. Der hat gefragt. Natürlich hat er gefragt, mit lauerndem Blick, und natürlich hat sie nicht geantwortet. Der kann sie mal mit seinem geheuchelten Interesse und seinen geheimnisvollen Harrison-Ford-Augen, die hat er nämlich immer noch.

Blödmann, was weiß der schon! *Nicht viel, vor allem nicht das Entscheidende*, meldet sich ein zartes Stimmchen in ihr zu Wort, dem sie normalerweise kein Rederecht zugesteht.

Zurück zum Geschäft.

»Dieser Aschberg kann mich mal«, bemerkt Regina verächtlich. »Ganz davon abgesehen, dass dieser Typ ein Brechmittel ist und dich gemeinst beleidigt hat. Achtzigtausend? Da behalte ich die Wohnung besser und vermiete.«

Noch einmal vertieft Regina sich in den Vertragsentwurf. Der miese Typ hat ihr sogar eine Frist gesetzt, eine verdammt kurze Frist. Außerdem droht er eine Anfechtung von Mattkas Testament an. Mit welchem Recht? Was bildet der sich ein? Die Arroganz dieses Mannes ist ungeheuerlich. Sie lässt die Blätter sinken. »Ich werde mehr verlangen und auch bekommen«, verkündet sie. »Am besten, ich steige bei einer halben Million ein, dann wird's spannend.«

Fee, taufrisch und munter wie der junge Morgen, gießt Kaffee ein, dann nimmt sie auf einem von Frau Mattkas Küchenstühlen – Volleiche im Stil der Achtziger – Platz. Sie wirkt wie immer sehr tatkräftig, bemerkt Regina, obwohl sie gestern noch länger als sie den Hof geschrubbt, Schaum beseitigt und nach Anweisungen von Isolde unzählige Gläser gespült hat.

Lupenrein müssen die sein, Kindchen, lupenrein, klingt Isoldes Stimme in Reginas Ohren nach. So war sie schon immer: patent und gründlich wie die Klementine aus der Waschmittelwerbung. Beim Spülen verstand Isolde keinen Spaß. Früher hatten die Kinder beim Fest Spüldienst. Im Gegenzug hat Isolde ihren kleinen Helfern stets Bruchkekse – meistens Prinzenrolle – aus der Kantine mitgebracht, wobei der Verdacht nahelag, dass sie die Kekse selbst zerbrochen hatte, um sie zwecks Kinderbeglückung abstauben zu können. Prinzenrolle war damals eine seltene Leckerei. Später organisierte Isolde die allerersten Kartoffelchips, darum haben sich die Hochhauskinder fast geprügelt, so köstlich schmeckten die …

Danke, liebes Gedächtnis!

Fee rückt ihren Stuhl zurecht, holt Regina mit geschäftigem Ton in die Gegenwart zurück. »Du willst mehr als achtzigtausend Euro für eine Wohnung, die demnächst in Schutt und Asche liegt? Na, dann viel Glück. Vermieten wirst du sie garantiert auch nicht mehr können«, sagt sie und greift zum Brötchenmesser.

Was ist los mit Fee? Wieso fällt die ihr plötzlich in den Rücken?

»Wir werden sehen, was meine Anwälte dazu zu sagen haben«, entgegnet Regina steif.

»Ich glaube kaum, dass du selbst mit den allerbesten Anwälten mehr als achtzigtausend, maximal hunderttausend rausschlagen kannst, Mama. Zumal dieser Konstantin ein Vorkaufsrecht für Hennys frei werdende Wohnungen hat und unter den gegebenen Umständen sicher Gebrauch davon machen will.«

Verblüfft starrt Regina ihre Tochter über den Tisch hinweg an. Fee klingt ganz erstaunlich mitleidlos, man erkennt sie überhaupt nicht wieder.

Fee greift nach einem Brötchen, schneidet es auf, öffnet ein Honigglas, als sei die Welt in bester Ordnung. So ist Fee doch sonst nicht. Nie!

»Woher willst du das mit dem Vorkaufsrecht wissen?«, fragt Regina verärgert. Sie wusste das nicht.

»Hab mit den Nachbarn geredet. Solltest du auch öfter tun. Sind total nette Menschen und sehr mitteilsam«, entgegnet Fee schulterzuckend. »Kurzfassung: Konstantin von Aschberg will das komplette Haus so rasch wie möglich komplett entmieten, seine eigenen Wohnungen vergibt er seit Langem nur auf Zeit und zu horrenden Staffelmieten. Henny ist dagegen machtlos, sobald er – dank Frau Mattkas Wohnung – zum Mehrheitseigner wird. Dann kann er Henny nämlich bei allen Entscheidungen über die Zukunft des Hauses überstimmen. Ihre alten Mieter befürchten, dass sie in diesem Fall sofort rausmüssen.« Sie beißt herzhaft in ihr Honigbrötchen. Fährt kauend fort. »Mir tun die alten Leutchen echt leid, dir nicht? Einige wohnen doch schon fünfzig, sechzig Jahre hier, oder?«

Fee hat eine geradezu unheimliche Gabe, Dinge in Erfahrung zu bringen, findet Regina. Das muss daran liegen, dass Menschen rasch Vertrauen zu ihr fassen und Fee gern ihr Herz ausschütten. Ja, sie bringt jeden zum Plaudern. *Mich nicht*, nimmt sich Regina noch einmal fest vor. Zumindest was dieses verdammte Haus und seine älteren Bewohner angeht. An beidem entwickelt ihre Tochter ein zunehmend ungesundes Interesse. Deshalb hat sie gestern Abend klammheimlich Frau Mattkas verdammtes Tagebuch an sich genommen, bevor Fee sich weiter darin und in ihrer Vergangenheit festliest. Bei ihr ist das Ding besser aufgehoben, sie wird garantiert nicht hineinschauen und sich nicht noch tiefer in Erinnerungen und fremder Leuts Leben verstricken lassen. Es reicht.

»Achtzigtausend für eine Abbruchwohnung«, greift die kundige Fee das Gespräch über den Immobilienverkauf gnadenlos wieder auf, »sind eine beachtliche Summe. Geradezu großzügig.«

»*Großzügig?* Sag mal, verhandelst du jetzt für diesen grauenhaften Konstantin?«, fragt Regina erzürnt und völlig fassungslos.

Ihre Tochter zuckt erneut mit den Schultern. »Den Altmietern bieten die Aschbergs viel weniger an, wenn sie den Auflösungsvereinbarungen für ihre Mietverträge zustimmen«, entgegnet sie. »Darüber hinaus ist irgendein Typ von einer Fahrstuhlfirma aufgetaucht, um den Lift lahmzulegen, und ein Trupp Handwerker marschiert durchs Haus. Riecht nach Kriegserklärung. Bei den Briefkästen herrscht heller Aufruhr. Isolde heult Rotz und Wasser, und alle schimpfen auf Henriette von Aschberg.«

Regina kommt überhaupt nicht mehr mit.

»Sie schimpfen auf *Henny*? Warum denn das? Der Brief stammt doch nicht von ihr, sondern von Konstantin«, entfährt es Regina gegen ihren Willen. Sie tippt auf die Papiere neben ihrem Frühstücksteller.

»Ich rede ja nicht von deinem Brief«, erläutert Fee unbekümmert Brötchen kauend. »Die Mieter haben andere, und anscheinend hat Henny den Auflösungsverträgen für ihre alten Mieter und dem Hausabriss zugestimmt.«

»Unmöglich!«, entfährt es Regina.

»Steht aber so in den Anwaltsbriefen an die alten Leutchen. Viele fühlen sich von Henny komplett übers Ohr gehauen und betrogen. Fritz Krapolski ist stinkwütend und gleich rauf in Hennys Wohnung, um die Sache zu klären. Sein Sohn versucht derweil, die Mieter zu beruhigen.«

»Kai?« Regina horcht auf, runzelt die Stirn. »Was macht denn der noch hier? Hat der kein eigenes Zuhause?«

Ihres Wissens besitzt er ein Reihenhaus in der Nachbarschaft, das er früher mit seiner Frau bewohnte. Seiner geschiedenen Frau, wie sie – ohne zu fragen – auf dem Kellerfest erfahren hat. Von Klatschbase Isolde. »Die Heirat war von Anfang an keine gute Idee. Ich meine, Krapolski und so eine Schlaftablette. Nachdem der Sohn aus dem Haus war, war sofort Schluss. Die Trennung war überfällig, aber leider ist Kai ein treues Herz, viel zu treu bei dem Aussehen«, hat sie Regina informiert.

Wer's glaubt, wird selig.

»Kai Krapolski hat gestern bei seinem Vater übernachtet«, antwortet Fee in Reginas Gedanken hinein.

Meine Güte, wie anhänglich!

»War die schon immer so?«

»Wer war wie?«, entschlüpft es Regina, die in Gedanken noch bei Kai ist. *Teufel noch mal, eine weitere unbeabsichtigte Gegenfrage!*

»Na, Henny«, erwidert Fee. »War sie früher auch so hinterhältig und berechnend?«

»Nein, nie, sie war ausgesprochen großzügig«, verteidigt Regina ihr ehemaliges Idol Henriette von Aschberg heftiger, als ihr lieb ist. Aber es stimmt, Henny war unglaublich freigiebig und, nun ja, gelegentlich ein wenig verrückt, herrlich verrückt.

Die schöne Gräfin, wie sie im Hochhaus hieß, war ein ungemein anziehender Paradiesvogel für Kinder. Vor allem für sie, die kleine, halb verwaiste Nina. Die Fahrten um den Block im Riemann-Mercedes, Hennys Geschichten aus ihrer Zeit als Mannequin und Stewardess, vom Jagdschloss Heintzfeld und dem exzentrischen Urgroßonkel, das spontane Plündern von Kaugummiautomaten und Eistruhen auf Hennys Kosten … Oh ja, sie war süchtig nach Hennys überschäumender Herzlichkeit und ihrer exotischen Welt, und Henny hat ihr – ausgerechnet ihr und nur ihr – mehrmals versprochen, sie mitzunehmen ins Schloss. Um es am Ende immer wieder zu vergessen.

So eindrucksvoll Hennys Auftritte im Hochhaus auch gewesen sein mögen, am Ende ist sie immer wieder spurlos verschwunden. Ihr Wort hat sie nicht gehalten, und Klein-Ninas Enttäuschung darüber war groß, größer, als sich die erwachsene Regina heute vorstellen mag.

Egal, ruft sie sich zur Ordnung, an Grimms Märchen glauben eben nur Kinder oder Leserinnen vom *Goldenen Blatt* wie Isolde oder früher die alte Bönsch.

»Hallo? Mama? Schläfst du?«, fragt Fee lachend. »Wovon träumst du gerade?«

Regina fängt sich. »Nichts, ich bin nur noch müde.«

Der hellwache, fragende Blick ihrer Tochter behagt ihr nicht.

Regina gähnt zur Tarnung, tut abwesend. Sie wird Fee aus ihren alten Geschichten heraushalten, basta. Es liegt kein Segen darauf. Egal, wie gut manches daran war.

Schuldbewusst nimmt Regina einen Schluck Kaffee, betrachtet das alte Rosengeschirr, das Fee aufgetischt hat. *Trink mein Täubchen, Kakao ist Samt für die Seele*. Luiselotte Mattka hat anscheinend wirklich kaum etwas weggeschmissen. Eine weitere Erinnerung ploppt hoch, Bilder aus Kindertagen, die nach Zimt und Hefe und nach Zuhausesein riechen. Ausgerechnet bei Menschen, die selbst die Heimat ihrer Kindheit für immer verloren hatten – vielleicht eben deshalb.

Aus diesen Tassen hat sie in eben dieser Küche als Kind Kakao getrunken. Mit Sahne. Selbst geschlagen. Eine seltene Köstlichkeit damals, dazu gab es schlesischen Sträselkucha von

Frau Greulich mit Obst aus Herrn Stachullas oder Krapolskis Garten. Der schmeckte noch tröstlicher als Isoldes Bruchkekse. Vielleicht sollte sie ein oder zwei von Mattkas Tassen behalten? Es würde sie freuen.

Unsinn, reißt sich Regina zusammen. Und das mit der Wohnung hat sie vorhin natürlich auch nicht ernst gemeint. Sie will sie weder behalten noch vermieten, will noch immer um jeden Preis weg aus Hoffnungsthal.

Nein, nicht um jeden, meldet sich ihr Verstand zurück. *Na endlich!* Achtzigtausend Euro reichen wirklich nicht. Außerdem ist es eine Unverschämtheit, Frau Mattkas gesamte Lebensleistung und die Liebe, die in dieser Wohnung stecken, so verachtend gering zu bewerten. Insofern man all das überhaupt in Geld aufwiegen kann.

Kann man nicht. Wieder kratzt es in ihrer Kehle, sie muss sich gestern im Keller erkältet haben. Genau. Schließlich trug sie nur Nachthemd und Bademantel.

»Henny hatte wohl versprochen, den Abbruch des Hauses zu verhindern«, greift ihre Tochter unvermittelt den Gesprächsfaden wieder auf. »Wäre unfassbar schäbig, ihre Mieter so zu hintergehen. Und vorher noch eine Party zu feiern ist echt drastisch, die reinste Verhöhnung. Brötchen?«

»Nein, nicht jetzt«, lehnt Regina ab, ihre Stirn legt sich in tiefe Falten. »Da kann etwas nicht stimmen«, murmelt sie.

Fee legt den Kopf schief, ist ganz Ohr, sieht aus, als lauere sie auf etwas. »Wieso?«

»Henriette von Aschberg hat gestern Abend beim Aufräumen des Kellers mir gegenüber in den höchsten Tönen von ihrem Hochhaus geschwärmt, hat lauter selige Erinnerungen heraufbeschworen an unsere Kellerfeste, an Frau Mattka und an mich als –« Regina unterbricht sich rasch.

Herrje, jetzt ist sie doch ins Plaudern gekommen! Einer alten Dame wie Frau von Aschberg Heimtücke zu unterstellen ist aber auch zu … zu … *was?*

Verkehrt! Völlig verkehrt. Selbst wenn Henny nicht immer alle Versprechungen gehalten und gelegentlich nicht alle Tassen im Schrank hat: Frau Mattka hat die Gräfin immer »eine feine Dame und einen noch feineren Charakter« genannt, und Frau Mattka hat sich in Menschen nie getäuscht. Noch weniger hat sie sich mit unfeinen dick angefreundet, so wie in ihren letzten Lebensjahren mit Henny, wie Henny ihr gestern begeistert erzählt hat, und Kai Krapolski hat zur Bestätigung genickt.

»Was für Erinnerungen?«, will Fee wissen.

Obacht, warnt sich Regina selbst.

»Ach, das sind uralte Geschichten«, sagt sie rasch. »Unwichtig, aber ich bin mir sicher, dass Frau von Aschberg gestern aufrichtig war. Außerdem will sie selbst hier wohnen bleiben. ›Mich bekommt meine Familie nur mit den Füßen voran aus Riemanns Haus‹, hat sie gemeint. Der Architekt, Johann Riemann, war ihr Mann und hat das Haus entworfen. Sie scheint noch sehr an ihm zu hängen. Das dürfte der Grund sein.«

Das zumindest sagt Kai, der sie in Sachen Bewohner auf den neuesten Stand gebracht hat und genau wie Fee erstaunlich gut Bescheid weiß.

Kai, Kai, Kai – du liebe Güte, warum schleicht der sich immer wieder in ihr Hirn? Das ist lächerlich. War es schon immer. *Du bist lächerlich*, korrigiert sich Regina, denn was wahr ist, muss wahr bleiben. Ebenso wie die Tatsache, dass sie ihm gegenüber etwas Unverzeihliches getan oder besser: etwas Wichtiges unterlassen hat.

Fee hält im Kauen inne, legt die Stirn in Falten. »Mag sein, dass dieser Riemann ein Grund ist, aber jetzt hängt Henny an jemand anderem. Jemandem, den auch du von Herzen magst. Das hab ich gestern Abend genau gesehen. Henny konnte kaum die Blicke von ihm lösen.«

Regina hebt verblüfft den Blick. »Wen meinst du denn damit?«

Ein spitzbübisches Lächeln umspielt den Mund ihrer Tochter. »Na, Krapolski natürlich.«

»Kai?«, fragt Regina und ist entsetzt. Ihre Gedanken rasen. Bei dem Altersunterschied! Henny könnte seine Mutter sein. Kai ist schließlich in ihrem Alter, Ende fünfzig, und sieht dafür noch passabel aus. Mehr als passabel. Nicht mehr wie der »Lucky« und Mädchenschwarm ihrer Teenie-Jahre, aber passabel genug, um sich als Geschiedener eine jüngere Frau anzulachen. Zumal ihm als Lehrer eine satte Pension winkt. Himmel, wie berechnend sie klingt! Regina erschrickt. Gerade sie, die das Ineinander von Zuneigung und Berechnung stets verabscheut und eine vorteilsorientierte Partnerwahl – als sie noch Gelegenheit dazu und reichlich Angebote dafür hatte – nie in Betracht gezogen hat, denkt so? Nun, im Alter wird man eben Realist, denkt sie resigniert. Davon abgesehen geht sie Kais Liebesleben nichts an. Es interessiert sie auch gar nicht.

Aber Kai und Henny von Aschberg? Hat der über die Jahre einen Mutterkomplex oder sonst eine Störung entwickelt?

»Quatsch, Kai!« Fee lacht laut auf und schüttelt den Kopf. »Ich meine natürlich seinen Vater: Fritz Krapolski. Du hättest mal die schmachtenden Blicke sehen sollen, die Henny ihm bei der Party heimlich zugeworfen hat.« Fee seufzt. »Dass man in dem Alter noch so rasend verliebt sein kann. Unglaublich, ich krieg das nicht einmal in meinem hin.« Sie zieht eine Schnute.

»Henriette von Aschberg und Fritz Krapolski? Das ist unmöglich«, protestiert Regina und fühlt sich trotzdem unendlich erleichtert.

Zum Teufel noch mal!

»Vertrau mir, ich hab's gesehen«, beharrt Fee. »Bei dem verpatzten Feuerwerk haben sie Hand in Hand gearbeitet, vor allem bei den Löscharbeiten. Die haben Konstantin mit einer geradezu diebischen Freude gemeinsam eingeseift. Mann, hatten die einen Spaß zusammen! Deshalb finde ich Hennys Kündigungsbriefe an ihre Mieter umso erstaunlicher. Wer weiß, was die zwei wirklich im Schilde führen. Ich denke …«

Regina hört nicht weiter hin, schaltet auf Durchzug.

Fritz Krapolski und Henriette von Aschberg. Sie kommt auch über diese seltsame Paarung nicht hinweg, wenngleich sie altersgerecht wäre. Ist das denkbar?

Henny war und ist eine unkonventionelle Frau, noch immer überaus amüsant, wenn sie will, und in jungen Jahren war sie wunderschön in ihren eleganten Etuikleidern, mit ihren perfekten Frisuren, dem vollendeten Make-up. Die alte Bönsch, Kioskbetreiberin und begeisterte Leserin sämtlicher Fachpublikationen in Sachen gekrönte Häupter, Adel und sonstige Prominente, hat sie immer »unsere rheinische Farah Diba« genannt und Henny mit fast devoter Verehrung bedacht.

Eine Verführerin war Henriette von Aschberg jedoch nie – oder doch? Regina runzelt die Stirn. Sie weiß es nicht. Eins jedoch steht fest: Devote Verehrung wäre das Letzte, was sie einem Fritz Krapolski zutraut. Aber wie wäre es damit: Krapolski, das alte Schlitzohr, hat sich an Henny rangemacht, um so das Hochhaus zu retten.

Ja, das wäre eher denkbar. Sehr gut sogar, denn Fritz Krapolski war nie um eine List verlegen, wenn es darum ging, etwas zu retten, an dem sein ganzes Herz hing. Und an dem verflixten Hochhaus hängt sein Herz. Schließlich war es seine erste echte, wahrscheinlich sogar einzige Heimat nach einer Kindheit als Kriegswaise und Barackenjunge. Ja, Krapolski ist ein gefährlicher Filou – wie sein Sohn Kai!

Fees Stimme dringt wieder an Reginas Ohr. Ganz eifrig klingt sie: »… deswegen solltest du dich dem Protest der Altmieter unbedingt anschließen.«

Wie kommt ihre Tochter denn plötzlich darauf? Regina kommt schon wieder nicht mit. »Weshalb denn das?«

Fee verdreht die Augen. »Das habe ich dir doch gerade erklärt: Wenn es ihnen gelingt, den Abriss des Hauses zu verzögern, hast du bei den Preisverhandlungen für deine Wohnung viel bessere Karten bei Konstantin, außerdem bist du eine knallharte Kämpferin, und die alten Leutchen lieben und setzen auf dich. Vor allem Henny und Fritz Krapolski.«

»Wie kommst du auf so einen Unsinn?«, wehrt Regina schroff ab.

»Weil es die Wahrheit ist, *Nina*!« Fee lächelt spitzbübisch.

»Nenn mich nicht Nina!«

»Wieso nicht? Ich finde, Nina klingt sehr hübsch. Vor allem für ein kleines Mädchen. Überhaupt passt Nina gut zu dir. Hört sich unternehmungslustig und temperamentvoll an. Gab es da in deiner Jugend nicht mal diese Punksängerin –«

Ein Klingeln an der Wohnungstür unterbricht sie, lässt Reginas Kopf hochschnellen.

Fee erhebt sich flugs von ihrem Stuhl.

»Mach nicht auf!«, ruft Regina. Sie hat gestern Nacht genug ehemalige Nachbarn getroffen, unfreiwillig in Erinnerungen gekramt und alte Hochhausgeschichten gehört, es reicht wirklich. Mit den neuen will sie erst recht nichts zu tun haben. Sie will nur allein sein, endlich wieder allein.

»Mama!« Fee schüttelt tadelnd den Kopf und ist bereits im Flur, der von der Küche aus schnurgerade zur Wohnungstür führt.

»Schau wenigstens durch den Spion, wer auf der Matte steht«, verlangt Regina. »Ich will mich auf keinen Fall in den Aufruhr um den Abbruch des Hauses verstricken lassen. Hörst du?«

Fee reißt energisch die Tür auf.

Regina erkennt zunächst nichts außer einem gigantischen

Strauß Blumen. Edelrosen, Rittersporn, Levkojen, dazwischen teures exotisches Grün. Ihr Blick wandert nach oben und entdeckt das unbeteiligte Gesicht eines jugendlichen Blumenboten.

»Oh, hallo. Für wen sind denn die?«, fragt Fee überrascht.

Der Junge murmelt etwas in der Küche Unverständliches.

»Ja, das bin ich. Und von wem ist der Strauß?«, fragt Fee verwundert nach.

Der Blumenbote konsultiert einen Lieferzettel, nuschelt wieder was, diesmal wahrscheinlich den Namen des Auftraggebers.

»Danke, nein«, erwidert Fee harsch. »Nehmen Sie den Strauß wieder mit. Herr von Aschberg hat sich in der Adresse geirrt. Und zwar komplett.« Sie macht Anstalten, die Tür zuzuschlagen.

Ein weiterer Mann schiebt sich zwischen sie und den verwirrt dreinschauenden Blumenboten. »Verzeihung, dass ich störe. Fee, ist deine Mutter da?«

Nein, denkt Regina, *nein*. Nicht für Krapolski, Kai Krapolski. Sie hat seine Stimme sofort erkannt. Sie duckt sich, duckt sich tief herab, ganz so, als wolle sie unter den Küchentisch abtauchen.

»Henny schickt mich. Wir wollten euch beide zu einer kleinen Reise einladen. Kommende Woche Freitag soll's losgehen, ins alte Jagschloss Heintzfeld, eine kleine Entspannungstour mit den Nachbarn, weil –«

Der Rest seiner Worte wird von infernalischem Lärm übertönt und liefert die ausstehende Begründung.

Jemand hat im Treppenhaus einen Stahlbetonbohrer angeworfen. Es muss ein Mordsgerät sein, kaum leiser als ein Presslufthammer. Es bohrt sich unter erbarmungslosem Kreischen in eine Wand und – so zumindest fühlt es sich für Regina an – direkt in ihren Kopf.

9.

Eine Woche nach dem denkwürdigen Kellerfest wird unter laut widerhallendem Gehämmer und begleitet von rauem Geschrei aus Männerkehlen, metallischem Geklirr und Geklapper ein Gerüst an der Fassade des Hochhauses hochgezogen. Es bildet den krönenden Abschluss einer intensiven Arbeitswoche, wie Konstantin beglückt feststellt.

Auf vier Etagenhöhen ist es bereits angewachsen, zwei weitere fehlen noch bis zum Dach und Hennys Penthouse. Im Haus sind auf sämtlichen Etagen Wände aufgestemmt und Rohre freigelegt worden, der Fahrstuhl ist seit Tagen stillgelegt, und im Keller herrscht dank vorgeblicher Wartungsarbeiten an der Heizanlage Chaos. Der Zugang zum Wasch- und Fahrradkeller ist unmöglich.

Nicht schlecht für knapp eine Woche Arbeit, findet Konstantin, *nicht schlecht*. Es ist eine mehr als deutliche Antwort auf seine Schmach beim Kellerfest am vergangenen Freitag. Hennys Mieter dürften inzwischen kapiert haben, mit wem sie sich angelegt haben. Er hat weder von ihnen noch von Henny in der letzten Woche auch nur einen Piep gehört. Müssen völlig eingeschüchtert sein. Kein Wunder.

Sein Blick wandert am Gerüst hoch. Fehlt nur noch die lichtundurchlässige Plane. Sobald die hängt, wird an der Fassade dann erst mal nichts mehr passieren. Er will es mit den Kosten für das Vergraulen der Mieter ja nicht übertreiben und nicht tatsächlich irgendwelche Fassadenarbeiten in Auftrag geben. Muss er auch nicht. Dankenswerterweise stehen Gerüste gerne einfach mal ungenutzt herum, auch über Wochen, weil die Fensterbauer doch keinen Termin finden oder ein anderer Sanierungsauftrag vorgeht.

Die Gerüstmiete ist freilich nicht billig, aber er konnte einen beachtlichen Sonderrabatt herausschlagen. Schließlich ist die Aschberggruppe ein begehrter Großkunde. Großkunde? Millionenkunde trifft es eher. Erst recht, wenn das neue Hoffnungsthal endlich komplett hochgezogen werden kann. Und bis dahin – da ist sich Konstantin mit Blick auf das wachsende Gerüst sicher – dürfte es kein halbes Jahr mehr dauern.

Wochenlang ohne Tageslicht zu leben und hin und wieder ohne Strom, Wasser und Fahrstuhl, dazu die aufgestemmten Wände, hie und da ein paar Rohrarbeiten, das hält kein Senior auf Dauer aus.

Schon gar nicht die verwöhnte Henny.

Zufrieden rückt Konstantin seinen neuen gelben Bauhelm zurecht – ein Accessoire, das Baumeister Donald Trump als Präsident Amerikas dankenswerterweise zu einem Insignium der Mächtigen geadelt hat. Der POTUS soll sogar ein Modell in Gold besitzen, mit dem er seinen New Yorker Trump-Tower in der Bauphase zu besuchen pflegte. Amerikaner eben, übertreiben es gern und sind nicht immer geschmackssicher. Gelb reicht völlig. Mal schauen, wie es im Haus aussieht und was die Mieter so treiben.

Er winkt seine beiden Bodyguards zu sich heran. Sicher ist sicher. Auf dem Weg zum Hauseingang treibt Konstantin gewohnheitsmäßig den Vorarbeiter der Gerüstfirma zu mehr Eile an. Man darf solche Leute nicht mit Lob verwöhnen, das führt nur zu Trägheit.

»Spätestens morgen muss hier alles fertig sein, verstanden!«, bellt er den Mann über den Lärm hinweg an, wartet das ergebene Nicken des Kerls nicht ab und tritt, eskortiert von seinen Leibwächtern, durch die offene Eingangstür. *Sehr gut!*

Im Haus ist der Lärm eins zu eins zu hören, der Halleffekt des Treppenhauses verstärkt ihn sogar.

Konstantin dreht eine Runde durch das Erdgeschoss, passiert mit triumphierendem Lächeln Frau Mattkas alte Wohnung. Niemand ist auf dem Gang zu sehen. Dasselbe gilt für die nächsten beiden Stockwerke. Das Haus wirkt wie ausgestorben. Die werden sich wohl alle in ihren Wohnungen verkrochen haben. Oder sie sind vor dem Lärm geflohen. Was ihnen nicht viel nützt. Bis 22 Uhr wird durchgearbeitet so wie – vom Sonntag mal abgesehen – die ganze vergangene Woche über.

Auf Etage vier beschließt Konstantin, bei Henny im Penthouse vorzusprechen. Eine Woche Baulärm könnte ja bereits einen Sinneswandel eingeläutet haben. Strammen Schrittes steuert er den Aufzug an.

Ein laminierter Computerausdruck schmückt die Fahrstuhltür: »Außer Betrieb.« Hm, hat er glatt vergessen. Hilft nichts, da wird er wohl zu Fuß gehen müssen. *So wie Henny*, tröstet sich Konstantin.

Hinter ihm wird eine Wohnungstür aufgerissen. Seine Leibwächter eilen sofort an seine Seite, nehmen Habachtstellung an.

»Schon gut, Männer«, beschwichtigt Konstantin sie. »Die Dame kenne ich.«

Die Dame – *na ja* – ist Britta Bönsch. Gute Güte, sieht die schlecht gelaunt aus, und noch schlechter ist sie zurechtgemacht. Sie trägt eine Art Kimono – Kunstfaser, das sieht man auf den ersten Blick – und dazu Lärmschutzkopfhörer. Einfach scheußlich!

»Lässt du dich auch mal wieder blicken!«, blafft sie ihn an, nachdem sie die Kopfhörer abgesetzt und zwei Silikon-Ohrstöpsel aus ihren Gehörgängen gepult hat.

»Ich hatte in der letzten Woche sehr viel zu tun und musste

nach dem Kellerfest rasch handeln«, blafft er zurück. »Die Baumaßnahmen dürften dir nicht entgangen sein.«

»In der Tat nicht!« Britta Bönsch hebt unvermittelt ihre linke Braue, zwingt ihre schmalen Lippen in ein Lächeln. Ein Lächeln, das Konstantin missfällt, weil es hochmütig, ja, beinahe höhnisch wirkt. Was erlaubt die sich?

»Die Mühe und die Kosten für das Gerüst hättest du dir sparen können«, teilt Britta ihm mit. »Henny und ihre Getreuen sind heute Morgen gegen halb sechs ausgeflogen. Sie spendiert allen eine schöne Erholungsreise. Dauer unbekannt.«

»Eine Reise?«, entfährt es Konstantin verärgert. »Wohin?«

»Wenn du lieb Bitte sagst, sehr lieb, verrate ich es dir vielleicht«, entgegnet Britta Bönsch. »Wobei ... Wenn ich es mir recht überlege, sollte für mich diesmal etwas mehr als ein ›Bitte‹ herausspringen. Deutlich mehr.«

Konstantin bezähmt unter Mühen seine aufschießende Wut. Was fällt dieser dämlichen Vogelscheuche ein? Hält die sich für unwiderstehlich? Und ihn für ihren allzeit bereiten Lustknaben? Was sollen seine Leibwächter von ihm denken! Sein Verstand sitzt nicht in seiner Hose. Und selbst wenn er das täte, würde er keinen ernsthaften Gedanken an eine Britta Bönsch verschwenden. Nein, das nun wirklich nicht.

»Ich glaube, da kommt jemand die Treppe hoch, schauen Sie mal nach, wer das ist«, verscheucht er die beiden Männer. Dann wendet er sich wieder Britta zu, zwingt sich zu einem Lächeln. »So reizvoll dein Angebot auch ist, für Bettgeschichten habe ich momentan keine Zeit.«

»Von Bettgeschichten rede ich auch nicht«, zischt Britta Bönsch zurück. »Ich bin nicht länger *der Spion, der dich liebte*. Jedenfalls nicht für lau. Ich habe es satt, ständig von dir benutzt und dann abserviert zu werden.«

10.

Der Reisebus schnauft sich durch eine Haarnadelkurve und eine Anhöhe hinauf. Wald und Unterbewuchs werden dichter, die sanfte Wiesen- und Hügellandschaft der Vulkaneifel endlich ein wenig bergig, stellenweise schroff und sehr einsam.

Preußisch Sibirien hieß das Gebiet noch vor hundert Jahren, so abgelegen lag es und liegt es zu Hennys Freude immer noch. Die Verkehrsanbindung ist nach wie vor miserabel.

Das Leben in den wenigen Dörfchen und kleinen Gehöften, die es hier gab und teils noch gibt, galt früher als Strafe, als karg und hart und öde. Vor allem im Winter. Heute ist die Gegend ein Geheimtipp für Wanderer, die abseits ausgetretener Pfade und gut ausgebauter Verkehrswege ein Stückchen letzter freier Natur im tiefen Westen suchen. Etwa den Wald, den ihr Urgroßonkel Graf Heinrich Siegismund Frowein von Aschberg 1880 kaufte, um auf einer Bergkuppe aus Vulkanfels sein Jagdschloss zu bauen.

Einfach herrlich hier! Henny freut sich zum ersten Mal seit Tagen wieder des Lebens. Sie grüßt eine ihr seit Kindheit vertraute Baumgruppe an einem Wegabzweig, die die Einfahrt in den Aschbergwald markiert. Eine ausladende Hainbuche beschirmt mit Unterstützung von zwei Bergahornen vier verwachsene Stieleichen. Obwohl sie natürliche Konkurrenten sind, stehen alle Bäume dicht beieinander auf einem Teppich aus Bärlauch und Waldmeister. Ihre Kronen sind teils miteinander verwoben, als steckten die Bäume zwecks Kriegsrat die Köpfe zusammen. Urgroßonkel Graf Frowein nannte das wild gemischte Trüppchen stets »mein Fähnlein der sieben Aufrechten«.

Henny unterdrückt einen Seufzer. *Das wäre auch eine überaus treffende Beschreibung für meine Busgesellschaft.* Immerhin hat sie siebzehn statt sieben Getreue, nämlich sämtliche Altmieter überzeugen können, den Kampf ums Hochhaus Seite an Seite mit ihr und Krapolski zu führen.

Sogar der Bönsch hat sie eine Einladung zu der kleinen Fahrt zukommen lassen, aber die ist nicht gekommen, hat nicht mal zu- oder abgesagt.

Ob sie tatsächlich eine Verräterin ist und mit Konstantin kollaboriert, wie Isolde behauptet? Henny will das immer noch nicht glauben, glaubt lieber an Brittas guten Kern, wie es die selige Mattka immer getan hat. Schon als Kind hatte die kleine Bönsch etwas leicht Verschlagenes, aber sie war nicht grundverkehrt, kein ausgemachtes Biest und erfrischend unternehmungslustig. Hat bereits mit fünf oder sechs Jahren im Kiosk ihrer Tante Klümpkes verkauft, wenn die alte Bönsch es mit dem Rücken hatte, weil das Geld zu Hause knapp war.

Ach ja, die guten alten Klümpkes, schweift Henny ab. So hießen Bonbons in Hoffnungsthal. Klebriges Zeugs zu einem oder zwei Pfennigen das Stück. Sie selbst mochte die Goldkissen mit sandiger Nussfüllung am liebsten, die Kinder zogen Himbeerdrops, Brausestäbchen und Schaumzuckererdbeeren vor und natürlich Salinos … Aber darum geht es jetzt nicht.

Wo war sie kurz vor den Bonbons stehen geblieben? War auch was mit B. Ach ja. Beim Stichwort »Biest«. Hennys Gedanken nehmen eine neue Richtung. Für Montag, also in drei Tagen, hat sich vollkommen überraschend noch ein weiterer Gast angekündigt. Eine echte, reinrassige Giftschlange, die sie unter normalen Umständen niemals eingeladen hätte. Sie kennt die Frau ja kaum.

Aber nun, wie schreibt Hölderlin so schön: »Wo Not ist,

wächst das Rettende auch.« Außergewöhnliche Ereignisse erfordern außergewöhnliche Maßnahmen, und sie muss jede Chance nutzen, um ihren heimtückischen Adoptivbruder auszubremsen.

Die Dame will ihr angeblich ein interessantes Angebot bezüglich des »Problemfalls Konstantin« machen, so behauptet sie es jedenfalls. Henny ist sehr gespannt, was das sein mag. Man wird sehen.

Die meisten mitreisenden Mieter haben dankenswerterweise schnell begriffen, dass Konstantins Kündigungen und ihre angebliche Zustimmung dazu nichts als ein mieser taktischer Trick waren. Ein Trick, der eine deutliche, ebenfalls miese, aber gewieftere Antwort erfordert. Deshalb auch die Kooperation mit der Giftschlange. Davon einmal abgesehen entfliehen alle ihre Getreuen nur allzu gern dem Lärm, den Konstantins Handwerker aus der Hölle seit über einer Woche veranstalten. Zwölf Stunden täglich seit letztem Samstag, in Wechselschicht.

Henny hat natürlich sofort Anwälte eingeschaltet, aber bekanntlich mahlen die Mühlen des Gesetzes langsam. Besonders langsam, wenn der Aschbergclan es will.

Das Bordmikro fiept. »Ankunft auf der Burg in einer Viertelstunde«, vermeldet Per Bellhaus. Er gibt nur widerwillig und wortkarg wie immer den Reiseleiter und Bordkommandeur. Einen Abstecher nach Bad Münstereifel hat er rundweg abgelehnt. Dabei hätten einige alte Businsassen zu gerne nachgeschaut, was aus Heinos legendärem Torten- und Nussecken-Café geworden ist.

»Gibt's längst nicht mehr«, hat Bellhaus gebrummt. Lediglich eine Pinkelpause in einem grässlichen Schnellrestaurant plus Tankstelle an einer Straßenkreuzung in der Mitte von Nirgendwo konnte Fee ihm abringen. Auf einen plörrigen Kaffee aus Pappbechern wollte da niemand verweilen.

Die Pause war dringend nötig nach drei Stunden Rumgeschüttel auf Landstraßen, über Holper- und Schleichwege und vorbei an jeder Milchkanne, findet Henny.

Angelo, der Hochhausitaliener, der bis zu seiner Rente städtischer Bus- und danach Reisebuschauffeur war, hat sich der Eifel und dem Schloss von hinten durch die Brust ins Auge genähert. Nach dem Motto: Auch Umwege sind Wege. Mit seinen bald fünfundsiebzig Jahren hasst Angelo Autobahnen. »Sinde heutzutage solamente troppi idioti unterwegs, immer snelle, snelle.« Also ganz anders als Angelo, der einen tiefenentspannten Fahrstil vorzieht.

Dem betagten Fernbus, den Angelos ehemaliger Arbeitgeber Henny zum Freundschaftspreis überlassen hat, traut er auch nicht recht über den Weg. Weshalb Krapolski auf Angelos Bitte hin einen Riesenwerkzeugkasten zum Gepäck geladen hat. Fluchend, weil der Laderaum auch so schon überquillt.

Was alte Leutchen immer so meinen mitnehmen zu müssen, sinniert Henny. Allein an Medikamenten. Dazu Garderobe für alle Jahreszeiten, inklusive Schneestiefeln, Spezialkissen, extra Bett- und Wärmedecken und Großpackungen Gebissreiniger. Nur gut, dass die flinke Fee beim Packen behilflich war.

Durchs ganze Haus ist sie geflitzt, hoch und wieder herunter, hierhin und dorthin, um bei den Reisevorbereitungen zu helfen, Schwätzchen zu halten, sich Geschichten über treulose Enkel, arthritische Knie und – nicht zu vergessen – ihre eigene Mutter als Kind anzuhören. Alles scheint Fee brennend zu interessieren. Ein Schatz, dieses Mädchen, findet Henny, einfach unbezahlbar. Überdies beruhigt eine echte Ärztin an Bord ihre Senioren ungemein.

»Noch jemand ein Bütterchen, bevor wir ankommen?«, ruft Isolde, stellt sich in den Gang und hebt eine enorme Tupperdose hoch. »Es sind noch Ei und Räucherlachs übrig. Mit Dill und einem Tüpferchen Crème fraîche mit Meerrettich!«

Isolde – ebenfalls der Ansicht, dass eine Eifelreise unvorhersehbare Gefahren birgt, etwa die, bei einer Panne zu verhungern – hat zwei riesige Kühltaschen mit Proviant dabei. Im Schloss will sie partout die Köchin spielen. Na, soll sie mal, aber jetzt sollte sie wirklich Platz nehmen, denn der Waldweg ist holprig und Isolde trotz neuer Hüftgelenke nicht immer standfest. Henny fängt den Blick von Krapolski ein, der weiter vorne sitzt, und macht ihm ein Zeichen.

Krapolski versteht. »Isolde, wir sind wirklich alle satt, setz dich!«

Danke, signalisiert Henny ihm mit einem zustimmenden Zwinkern.

Mehr ist leider nicht drin. Krapolski hat nämlich darauf bestanden, dass ihre Liaison weiterhin vor aller Welt geheim bleibt. Sogar noch geheimer als zuvor. Ach, der Gute, weiß er denn nicht, dass die meisten seiner lieben Nachbarn mittlerweile Bescheid wissen dürften? Allen voran Isolde und Frau Pracht. Die haben doch Augen und Ohren, zwar nicht mehr die besten, aber diese Handicaps gleichen Brillen, Hörgeräte und ihr untrüglicher Instinkt aus. Nicht zu vergessen ihre Leidenschaft für Hochhausklatsch und Romanzen jeder Art. Die spionieren sogar aus, wessen Pudel welcher Dackeldame gerade den Hof macht. Na, mögliche Amouren der Hochhausgräfin sind natürlich noch verlockender.

»Ich hab im Haus einen Ruf zu verlieren«, hat der ahnungslose Geheimniskrämer Krapolski indes gegrummelt. »Könnte verdächtig wirken, dass wir zwei uns … also dass wir … na ja, einander zugetan sind. Ein überzeugter Gewerkschafter wie ich und eine Gräfin von Aschberg, deren Familie das Haus entmieten und abreißen lassen will … Nein, das geht nicht, Henny. Das geht gar nicht. Gleichgültig, wie sehr ich … also, egal, was ich für dich … na ja, egal, wie ich empfinde.«

Ja, ja, das Wort Liebe bekommt ihr Fritz nicht über die

Lippen. *Ein Mann vom alten Schlag*, seufzt Henny stumm. Ein Mann, der noch dazu auf Klassenschranken Wert legt. Anders als sie. Sozialisten können höchst liebenswerte, aber sehr merkwürdige Charaktere sein. *Inverted snobs* – umgekehrte Snobs – heißt das im Englischen. Krapolski ist ein Paradebeispiel für diese Spezies. Deshalb werden sie auf Burg Heintzfeld auch kein gemeinsames Zimmer bewohnen und nachts heimlich über die Korridore zueinanderschleichen müssen. Was eigentlich recht nett ist, findet Henny. Sie muss ein Kichern unterdrücken. Die Heimlichtuerei macht ihre späte Liebe so herrlich aufregend.

Beinahe aufregender als ihre allererste. Hennys Gesicht verschattet sich kurz. Wie kommt sie denn jetzt darauf? Egal, sie wird es einfach ganz schnell wieder vergessen. So wie Gernot. Himmel, was ist nur mit ihr los?

Rasch nimmt sie Haltung an, schaut konzentriert zum Busfenster hinaus.

Ah, endlich! Die letzte Kurve, und dann – auf einer felsigen Anhöhe – das Jagdschloss! Angelo rührt energisch in den Gängen herum, die Anhöhe ist ziemlich steil.

»Wahnsinn, das ist ja eine richtige Burg«, ruft Fee verzückt.

Na ja, eher eine sehr unechte im Stil des zu Gründerzeiten beliebten Historismus, Geschmacksverirrungen inklusive, weiß Henny, schätzt aber Fees unverhohlene Begeisterung und teilt sie. Nachgemacht oder nicht: Froweins Refugium war und ist ein Kleinod mit Seele. Selbst wenn diese Burg für sie mit einigen schmerzlichen Erinnerungen verbunden ist

Haltung, Henny! Genau. Ihre bemerkenswerte Kindheit auf Heintzfeld bleibt ein Schatz, den ihr niemand nehmen kann.

Isolde wühlt eifrig nach ihrer Kamera, andere erheben sich schwankend von ihren Sitzen, um die einsame Pracht des Bauwerks gebührend zu bestaunen. Krapolski bleibt selbstredend sitzen, als Klassenkämpfer hält er nichts von Burgen – egal, ob sie echt oder nachgemacht sind.

Und wie reagiert Fees Mutter? Als Kind wollte Regina Sanders doch unbedingt einmal hierher, entsinnt sich Henny. Sie sucht die Sitzreihen vor sich ab, um einen Blick auf Regina zu erhaschen. Unglaublich. Die sitzt völlig unbewegt da, schaut nicht einmal aus dem Fenster.

Herrje! Regina ist wirklich ein zäher Brocken, unbeweglich wie der Burgfels. Hat sie sich denn so gar nichts von der hinreißend neugierigen und lebenshungrigen kleinen Nina bewahrt, die sie einmal war und deren einst unbefangenes Wesen man auf Anhieb in ihrer Tochter Fee wiedererkennt?

Henny runzelt mit leisem Missvergnügen die Stirn.

Ihre Bitte, vorerst in Frau Mattkas Wohnung zu bleiben und dort – auf Hennys Kosten und mit großzügiger Beihilfe zu ihrem Lebensunterhalt und den Prozesskosten, versteht sich – sämtlichen juristischen Finten und einer Räumungsklage von Seiten Konstantins standzuhalten, hat Regina rundweg abgelehnt.

»So ein Prozess dürfte viele, viele Monate dauern. So lange kann und will ich nicht bleiben, Frau von Aschberg. Ich gehöre hier nicht her, und meine Anwaltskosten trage ich auch allein«, hat sie erklärt und sich ebenso konsequent geweigert, vom Sie zum Du und von »Frau von Aschberg« auf »Henny« zu wechseln.

Da waren wir schon mal weiter, ärgert sich Henny. Viel weiter. In Reginas Kindertagen. Kurzfristig hat Henny damals, nach dem Tod von Reginas Mutter, sogar mit dem Gedanken gespielt … *Ach, lassen wir das*, weist Henny sich scharf zurecht, es war eine lausige Idee, eine veritable Schnapsidee. Geboren in ihren dunkelsten Zeiten. In ihrer schwarzen Periode, als sie vorübergehend nur von Valium und Wodka lebte. Schnapsidee eben.

Nur gut, dass sich an ihrer Stelle damals Frau Mattka der Sache angenommen und Nina bemuttert hat. Mit Luiselotte Mattka, mit Frau Greulich, Herrn Stachulla und, nicht zu vergessen, dem jungen Fritz Krapolski hätte sie in Sachen Kinderbetreuung niemals mithalten können.

Henny knüpft wieder an ihren eigentlichen Gedankenfaden an. Dass von Reginas Bleiben die Zukunft des Hochhauses abhängen könnte, hat diese unkommentiert gelassen, sich auf den Hinweis nur noch distanzierter gegeben.

»Ich muss hier weg, sobald die Wohnung geräumt ist«, hat sie gesagt.

Warum hat sie es nur so eilig?, wundert sich Henny immer noch. Einen festen Job hat Regina derzeit nicht, so viel weiß sie von Fee. Als Endfünfzigerin und freie Maskenbildnerin ist Regina bei Film und Fernsehen nicht mehr sonderlich gefragt. Sie lebt hauptsächlich von Braut-Make-up-Aufträgen und ihren Ersparnissen.

Sie könnte also froh sein, mietfrei und eine Weile von Hennys Geld zu leben. Ist sie aber nicht, und zu den wahren Gründen für ihr beinahe panisches Fluchtverhalten schweigt Regina geheimnisvoll wie eine Sphinx.

Wirklich, das Mädchen ist ein Rätsel!, erbost sich Henny immer mehr, während Angelo den Bus in ehrfurchtsvoller Zentimeterarbeit über die Zugbrücke – Urgroßonkel Froweins ganzer Stolz und komplett nutzlos, da nicht hochziehbar – in den Burghof lenkt.

»Geht das auch flotter, Kumpel?«, fragt Krapolski leicht genervt.

»Das iste eine sehr wertvolle alte Brück«, entgegnet Angelo, »die darfe nicht kaputtgehen.«

»Die Brücke hat einen Betonkern, echt Aschberg«, versichert Per Bellhaus knapp. »Sie können ruhig Gas geben, die hält sogar Panzer aus.«

»Waren mal welche hier?«, will Krapolski wissen.

»Ja«, sagt Bellhaus. »1945.«

»Aber nix italienische«, kontert Angelo.

»Nein, amerikanische«, bestätigt Bellhaus.

»Hauptsache keine deutschen«, behält Krapolski das letzte Wort.

»Die waren fünfundvierzig schon weg«, erklärt Bellhaus.

Henny hat den Disput nur mit halbem Ohr verfolgt. Ihr Blick ruht weiter auf Regina. Immer diese Hüte! Noch dazu die völlig verkehrten!

Reginas Hüte sind eine optische Zumutung und gehören in die Mottenkiste. Überbreite Krempen oder Schirme sind alles andere als schmeichelhaft, wenn man wie Regina ein sehr schmales, fein geschnittenes Gesicht sein Eigen nennen darf. Ein Gesicht, das allenfalls einen klassischen Fedora, einen Trilby oder bei festlichen Anlässen einen dekorativen Fascinator erlaubt – aber niemals unförmige Schlapphüte. Nein, elegant geht anders.

Offensichtlich trägt Regina ihre voluminösen Hüte nur, um von ihrer Stirn- und Wangennarbe abzulenken. Dabei erreicht sie damit das glatte Gegenteil. Ihr Hang zu übertriebenen Kopfbedeckungen wirkt wie ein Aufruf zum Hinschauen. Legt sie es vielleicht darauf an, als ständiger Vorwurf ans Leben herumzulaufen? Oder merkt sie einfach nicht, wie unnötig und lächerlich dieses Versteckspiel in Wahrheit ist?

Henny findet die Narbe höchst interessant und, herrje, sie macht Regina doch nicht zu Frankensteins Braut! Allem Anschein nach scheint sich Regina jedoch für ein abstoßendes Monster zu halten.

Angelo setzt auf dem Burgvorplatz zu einer großzügigen Schleife an, um einzuparken.

Dummes Ding, fährt Henny derweil in ihren Betrachtungen fort. Reginas unfassbar blaue Sternenaugen, die herrliche Nase, das fein gezeichnete Gesicht sind doch geblieben, und Regina ist insgesamt gut gealtert. Sie sollte dankbar sein und das Beste daraus machen. Wäre ein Klacks – erst recht für eine gelernte

Maskenbildnerin, oder? Und mit Ende fünfzig ist Regina wahrhaftig noch keine Greisin.

Im Gang entsteht Gedränge.

»Alle sitze bleiben, bis ich aussteige sage«, meldet sich Angelo ruppig zu Wort.

Henny greift gedankenverloren nach ihrer Handtasche, bleibt aber ordnungsgemäß sitzen. Hoffentlich kann Kai Regina irgendwie aus der Reserve locken. Mal abgesehen von der Hochhausrettung wären die beiden ein ausgesprochen hübsches Paar. Kai Krapolski ist ebenfalls ansehnlich für sein Alter. Weder kahl noch unförmig dick, auch wenn seine Muskeln nicht ganz so hübsch definiert sind wie die seines Vaters. Dennoch ist er ein wirklich attraktiver Mann.

Außerdem war Frau Mattka sich vollkommen sicher, dass die beiden mehr, viel mehr als Kindheitsfreunde waren und dass sie zusammengehören, weil zwischen ihnen eine echte, große Liebe im Spiel gewesen sei.

Eine für immer und ewig, hat die Mattka behauptet, *Kai hat es nur zu spät bemerkt*. Später, kurz vor Reginas Unfall, soll es zu irgendeinem tragischen Missverständnis gekommen sein.

Was das wohl gewesen sein mag?, rätselt Henny, fest entschlossen, es herauszufinden. Mit tragischen Missverständnissen unter jungen Liebenden kennt sie sich schließlich aus. Sehr gut sogar … obwohl … Nein, in ihrem Fall gab es kein Missverständnis.

Ihr Fall war glasklar ein Zusammenspiel von gezielter Niedertracht und feigem, treulosem Verrat. Wahrscheinlich wäre sie mit beidem zurechtgekommen – irgendwie und ohne den Aufenthalt in einer Nervenklinik oder unter Zuhilfenahme von Tabletten –, aber nie, niemals mit dem Verlust ihres Kindes.

Des einzigen Kindes, mit dem sie je schwanger sein durfte.

Das war zu viel.

11.

Die besten Partys enden bekanntlich in der Küche, und manche fangen auch dort an, befindet Fee vergnügt.

Per Bellhaus hat sie, Isolde und ein paar weitere fröhlich schnatternde Helfer und Helferinnen, die das Abendessen zubereiten wollen, im Anschluss an die Zimmerverteilung und eine Burgführung durch Henny in die Küche geleitet. Es ist eine herrliche Küche, die Fee auf Anhieb begeistert.

Per scheint das anders zu sehen. Er steht dumm neben ihr herum und wirkt grantiger denn je. Ein Muffelkopp, wie er im Buche steht, findet Fee. Ärgerlicherweise scheint diese Spaßbremse irgendetwas von ihr zu wollen, kriegt aber wie immer den Mund nicht auf.

Na, sie wird ihm nicht mit irgendwelchen Plaudereien auf die Sprünge helfen. Merkt der nicht, wie albern deplatziert er mit seiner Miesepetermiene wirkt? Was diese Minka an dem Kerl findet, ist Fee schleierhaft. Oder an diesem zauseligen Hipster-Dutt. Dass man diese affigen Haarknödel für Kerle *Man Bun* nennt und Hollywoodgrößen wie Jared Leto, Brad Pitt und Leonardo di Caprio sie gelegentlich zur Schau stellen, macht die Sache nicht schicker. Schon gar nicht in einer so altehrwürdigen Küche, die annähernd so groß wie ein Ballsaal und nobel ausgestattet ist. Obwohl sie im Souterrain gelegen ist, gestattet sie überdies einen herrlichen Ausblick auf einen mit Kopfstein gepflasterten Hof, auf einen Teil der Burgmauer, den dahinterliegenden Wald und eine mächtige Hügelkuppe samt malerischem Aussichtsturm.

Den Blick nach draußen kann ich später genießen, beschließt Fee und lässt Per Bellhaus stehen. Erst einmal ist die Küche dran. Begeistert beginnt sie einen kleinen Rundgang, stoppt hier und da ab, um die Einrichtung genauer in Augenschein zu nehmen. Isolde und die anderen Senioren sind bereits ausgeschwärmt, um alles zu bewundern und entzückt zu kommentieren.

»Ein alter Fleischwolf von Alexanderwerk mit integrierter Käsereibe, nein, wie praktisch«, freut sich Isolde.

»Und die Kuchenformen!«, jubelt jemand anders. »Schau nur, Isolde, da ist sogar eine Burg dabei und ein Schwan und ein Schiff mit Segeln!«

Angelo, der mit von der Partie ist, stimmt bestens gelaunt die *Capri-Fischer* an.

»Das sind Pudding- und Eisformen«, korrigiert Isolde. »Die müssen wir unbedingt ausprobieren.«

»Ich werde darin machen Zuppa inglese«, verspricht Angelo.

»Ach was, die Sorte mag doch kein Schwein«, protestiert Isolde.

»Mite meine Rumrosinen mag das jeder!«

»Das bildest du dir ein«, meint Isolde.

»Also, ich mag's schon«, bestätigt Herr Fröhlich, ein ehemaliger Parkett- und Fliesenverleger, der seinem Nachnamen alle Ehre macht.

Fee bewundert hingerissen die Wandverkleidung. Blauweiße Kacheln aus den Niederlanden zieren und kühlen die Küchenwände mit leicht angeschlagenen Windmühlen, drallen Bauernmägden, verwitterten Deichlandschaften, Segelschiffen und Kühen. Ein endlos langer Holztisch steht in der Mitte des Raums, umringt von meterhohen dunklen Holzregalen voller Geschirr, den bereits erwähnten Puddingformen und ähnlich antiquiertem Gerät. Fee legt den Kopf in den Nacken. Sogar Kupfergeschirr baumelt von schwarzen Deckenbalken herab. Hier stimmt einfach alles.

»Hängt nur zwecks Ausstellung da, nicht zum Gebrauch«, wird Fee ungebeten von Per Bellhaus belehrt, der lautlos hinter ihr Stellung bezogen hat. Ist der Kerl ein Stalker? Abfällig fügt der Kerl hinzu: »Mehr Schein als Sein wie die ganze Burg, typisch neugotischer Kitsch, eine totale Geschmacksverirrung.«

»Dafür sieht aber alles ausgesprochen echt und vor allem hübsch aus«, trotzt Fee gegen ihn an, weil sie Hennys Burg und besonders diese Küche mag.

»Verglichen mit Disneyland vielleicht«, mäkelt Per. »Das Einzige, was hier echt und von Wert ist, ist der Wald. Worüber ich gern mal mit dir spreche würde.«

Langweiler! Kann der auch mal an was anderes als an Bäume denken?, ärgert sich Fee. »Dafür habe ich jetzt keine Zeit«, sagt sie unwirsch. »Ich muss mich vor dem Kochen mit der Küche vertraut machen.«

»Okay, dann rede ich wohl besser direkt mit deiner Mutter.«

Was soll das denn heißen? Der tickt doch nicht sauber! Ach was, der kann sie mal. Fee nimmt einen reich verzierten Zinnkelch aus einem Regal.

»Hui, was für ein prachtvolles Wappen!«, ruft sie beeindruckt. »Ist es das der von Aschbergs?«, fragt sie Per betont schwärmerisch und fährt mit dem Daumen über einen befederten Ritterhelm über drei gekreuzten Schwertern und einem flüchtenden Fuchs. Spielerisch setzt sie den Kelch an den Mund.

»Vorsicht, ist giftig«, warnt Per.

»Was, das Aschberg-Wappen?«

»Nein, das hat Graf Frowein frei erfunden. Ich meine das Zinn, billiges Zeug, war mal mit Blei legiert«, erklärt er und fügt gewohnt uncharmant hinzu: »Aber wenn's dich nicht stört, trink ruhig draus.«

Affe! Fee bedenkt ihn mit einem abweisenden Blick, einem

Blick, wie ihn ihre Mutter in absoluter Perfektion beherrscht. Ja, sie kann das auch! Sehr gut sogar. Und es wirkt.

Mit den Worten »Ich bin dann mal im Wald« trollt sich der Affe durch die Hintertür.

Da gehört er auch hin, findet Fee und setzt so verzückt wie alle anderen die Inspektion der Küche und der angeschlossenen Arbeitsräume fort.

Herd, Kühlschränke, Dampfgarer und ein riesiger Geschirrspüler in der alten Spülkammer nebenan sind zwar nicht brandneu, aber technisch auf modernem Stand. Das müssen sie auch sein, denn Hennys Schloss wird ab und an für Konferenzen und an Tagungsgäste aus der Region vermietet. Gelegentlich buchen auch Wandergruppen die Räumlichkeiten – stets mit Verpflegung. Die ein oder andere Hochzeit wird ebenfalls auf der Burg gefeiert. Gewöhnlich wird dann ein Kochteam aus einem benachbarten Dorf zusammengestellt oder der Cateringservice eines Hotels gebucht, hat Bellhaus vorhin erläutert. Nun, diesmal herrschen Selbstversorgung und Isolde. Was Per Bellhaus genau wie jeglicher Gastbetrieb zuwider zu sein scheint.

Oft muss er sich freilich nicht über Besuch und Übernachtungsgäste auf der Burg ärgern, weiß Fee und verabschiedet Bellhaus aus ihren Gedanken. Das Vermietungsgeschäft läuft zäh, hat Henny bei ihrer Führung erläutert, da die Burg wirklich weitab vom Schuss, von Eisenbahnverbindungen und Autobahnabfahrten liegt. Immerhin hilft die gelegentliche Vermietung, die immensen Unterhaltskosten für das Gebäude etwas zu reduzieren und die notwendigsten Reparaturen zu finanzieren.

Die Burg dürfte eine ewige Baustelle sein, vermutet Fee, wobei es auch Teile gibt, die absichtsvoll als Ruine gestaltet sind, wie der malerisch verfallende Aussichtsturm auf der Bergkuppe, die man von den Küchenfenstern aus sieht.

Hennys Urgroßonkel – allem Anschein nach ein echt

schräger Vogel – hatte ein Faible für gefälschtes Mittelalter. Die Ritterrüstungen in der Eingangshalle hat er zum Beispiel in einem Aschbergwerk zusammenschustern lassen, das auf Blech und Wellblech spezialisiert war, hat Henny verraten.

»Diese Rüstungen erinnern mich immer an die Augsburger Puppenkiste und den kleinen dicken Ritter Oblong-Fitz-Oblong«, hat sie sich dabei direkt an Regina gewendet. »Erinnerst du dich? *Blechkommando, rolle, rolle, roll.* Du hast die sonntägliche Kinderstunde im Fernsehen geliebt und Oblong-Fitz-Oblong gern mit Kai am Pappelhang beim Hochhaus nachgespielt, nicht wahr? Ich seh euch noch heute den Hügel herunterkullern. Ihr wart einfach unzertrennlich. Immer unzertrennlich.«

»Und wie«, hat Kai ergänzt. »Wir hatten sogar unsere geheime Ritterburg. Das alte Bahnwärterhäuschen. Eine Abbruchbude, aber wir haben es mit Pfeil und Bogen verteidigt und in der zersprungenen Toilettenschüssel Grassuppe gekocht. Mit Butterblumen. Scheußlich lecker.«

Was harmlos lustig klang, hat ihre Mutter aus unerklärlichen Gründen mal wieder verstimmt. So sehr verstimmt, dass sie sich sofort auf ihr Zimmer oder weiß der Kuckuck wohin zurückgezogen hat. Wahrscheinlich, um mal wieder zu schmollen, aber darum wird Fee sich später kümmern. Jetzt haben sie und die Küchenmannschaft Wichtigeres zu tun.

Angelo und Vater und Sohn Krapolski schleppen gerade Kartons mit Gemüse und Lebensmitteln in den Raum. Isolde kehrt mit vor Aufregung roten Backen und mit einer bodenlangen Schürze samt Brustteil von ihrer Inspektion der Vorratskeller und Nachbarräume zurück.

»Nein, wie schick«, freuen sich ihre weiblichen Helferinnen. »Dass es so was noch gibt!«

»Ja, das ist was ganz was anderes als ein oller Nylonkittel aus dem Quelle-Katalog, Mädels«, verkündet Isolde stolz. »Das ist noch echte Wertarbeit aus Leinen!«

Muss ein ziemlich altes Stück und echt sein, glaubt Fee, vermutlich handelt es sich um Küchenmode von anno 1900.

Isolde legt sich die Schürze mit entsprechender Ehrfurcht um und ordnet die Rüschen an den Schulterbändern. Dann fegt sie wie ein Wirbelwind durch die Küche, fahndet nach Besteck, Messern, brauchbaren Töpfen, Pfannen und diversen Kochutensilien, die sie an ihre Helferinnen und auf dem Tisch im Zentrum verteilt. »Hopp, hopp«, spornt sie ihre Mitstreiter an, »wir wollen uns hier ja nicht totschonen!«

Fee quält das ärztliche Gewissen beim Anblick der hyperaktiven Isolde. Die alte Dame übernimmt sich und scheint außerdem ihre Gehbehinderung vollkommen vergessen zu haben, dabei ist diese alte Küche voller Stolperfallen. Allein die unebenen Kanten der Fußbodenkacheln sind brandgefährlich. Und wo ist ihr Rollator hin?

»Auf ein Wort, Isolde.« Sanft fasst Fee die alte Frau am Arm und führt sie diskret beiseite. »Es ist wunderbar, dass Sie so viel Begeisterung und Energie an den Tag legen, Isolde, aber Sie sollten sich nicht überanstrengen. Wo bitte ist Ihr Rollator, wenn ich fragen darf?«

Isolde hebt belustigt die Brauen, dann wirft sie den Kopf in den Nacken und lacht schallend. »Habt ihr das gehört, Kinders?«, fragt sie laut in die Runde. »Unser Fräulein Doktor will wissen, warum ich meinen Rentnerporsche nicht dabei habe.«

Allgemeines Feixen ist die Antwort.

Fee schaut verdutzt in die lachenden Gesichter.

»Nun sag's ihr schon, Isolde«, fordert Fritz Krapolski, während er die Lebensmittelkisten auspackt. »Ist doch kein Staatsgeheimnis, und das Mädchen ist auf unserer Seite.«

Fee runzelt völlig verwirrt die Brauen.

Isolde tätschelt ihr den Arm. »Kindchen, ich brauche weder Rollator noch Krücken noch Gehstock. Jedenfalls nicht mehr, seit Henny mir vor zwei Jahren eine fabelhafte Hüftoperation mit Chefarztbehandlung spendiert hat. In einer Privatklinik. Sensationell, sag ich dir. Der Rollator, mit dem ich auf dem Kellerfest herumkarriolt bin, war nur eine kleine Finte.«

Fee versteht immer noch nicht.

Isolde seufzt. »Mein Auftritt mit Gehwagen war meine Kampfansage an Konstantins Anwälte. Eine alte, kranke, noch dazu gehbehinderte Frau lässt sich nicht mal eben so aus einer Wohnung rausklagen. Daraus könnten wir notfalls einen schönen kleinen Skandal stricken und in der Lokalpresse und beim Lokalfernsehen auf die Tränendrüse drücken. Ein Interview beim Bürgerradio Hoffnungsthal haben wir bereits produziert. Wir hoffen stark, dass es Konstantin und die Aschbergs Sympathien kostet.«

»Und ihnen Zeit raubt«, ergänzt Krapolski grimmig. »Zeit ist Geld. Sein Geld.«

Isolde nickt. »Genau. Ich habe dankenswerterweise einen fabelhaft kooperativen Hausarzt. Praktiziert schon seit Ewigkeiten in Hoffnungsthal und hat das halbe Hochhaus in seiner Patientenkartei. Er hat mir auch den Rollator verschafft.«

»Unde ich«, wirft Angelo begeistert ein, »habe eine total unerklärliche Herzefehler! Mit richtige Atteste von die Dottore. Ich darf mich nitte aufregen. Unde der Abriss regte mich sehr auf. Ah, der Dottore macht für uns ausse jeder Fliege eine grande Elefante!«

»Mücke, Angelo, es heißt aus *jeder Mücke*«, korrigiert Isolde ihn.

Die Hochhausmieter überraschen Fee mit weiteren, enthusiastisch vorgetragenen, bestenfalls eingebildeten oder maßlos übertriebenen Gebrechen und fadenscheinigen Diagnosen.

Bei aller Liebe! Fee schüttelt voll stummer Empörung den Kopf. *Diesem fabelhaft kooperativen Hausarzt sollte man mal die Leviten lesen.* Zumal seine Patienten im Fall einer juristischen

Überprüfung und dank vereidigter Sachverständigen mächtig Ärger bekommen könnten.

Sagen tut sie nichts, noch nicht. Die alten Leutchen sind so schrecklich stolz auf ihre List und die gefälschten Diagnosen. Außerdem ist es unfassbar rührend, dass sie ihr im Kampf um ihr Hochhaus so sehr vertrauen. Sie würde ihnen nur zu gerne helfen.

Trotzdem: Es muss einen besseren und möglichst legalen Weg geben, um Konstantin von Aschberg auszubremsen. Nachdenklich schaut Fee zum Fenster hinaus. Nur welchen?

Hoppla, wer ist das? Ihr Blick fängt eine Gestalt in dunklem Sportdress ein, die im Sturmschritt den Hügel unter dem Aussichtsturm erklimmt. Es ist eine einsame Gestalt mit tanzendem Rucksack und leuchtend rotem Baseballkäppi.

Die Gestalt kommt ihr selbst auf diese Entfernung sehr bekannt vor, wahrscheinlich wegen des Käppis. Fee tritt näher ans Fenster, kneift die Augen zusammen. Wusste sie's doch! Das ist ihre Mutter. Sie ist offenbar mal wieder auf der Flucht vor aller Welt – und sich selbst. So übertrieben war ihr Bewegungsdrang schon seit Ewigkeiten nicht mehr. Sportbegeisterung ist natürlich schön und gut, aber das hier verheißt nichts Gutes.

Was zum Teufel treibt ihre Mutter nur um, seit sie wieder in Hoffnungsthal ist? Was treibt sie weg von den Menschen, die sie seit Kindertagen kennen und sie aufrichtig mögen, ja, sogar lieben?

12.

Im Sprint und je zwei Stufen auf einmal nehmend jagt Regina die Wendeltreppe des Aussichtsturms hinauf. Oben auf der Freiluft-Plattform muss sie innehalten. Ihr Herz rast, ihr Puls geht im Galopp. Gut so. Sie reißt sich ihren Sportrucksack von den Schultern, beugt den Rücken und die Knie, stützt die Arme darauf ab, um japsend Luft zu schöpfen.

Ihr strammer, gut einstündiger Rundmarsch durch den endlos erscheinenden Wald rings um Hennys Burg, die sportlichen Sprinteinlagen und das abschließende Erstürmen von Hügel und Aussichtsturm haben sich gelohnt. Endlich ist sie wieder einmal allein. Ganz allein.

Das erste Mal seit Tagen.

Erschöpft, aber deutlich aufgemuntert atmet Regina aus und wieder ein und wieder aus, so lange, bis sich Puls und Herzschlag beruhigt haben. Sie beginnt mit ein paar Dehnübungen. Rechtes Knie vorbeugen, linkes Bein nach hinten ausstrecken und laaaangsam auf- und abfedern. Jetzt wechseln, linkes Knie nach vorn, rechtes Bein ausstrecken.

Gott, tut das gut!

Hier oben wird ihr niemand so leicht in die Nähe kommen. Niemand, der irgendetwas von ihr wollen könnte. Hennys Hochhausretter haben genug in Burg und Küche zu tun, weshalb keiner von ihnen Zeit hat, sie zu verärgern, zu bedrängen oder absurde Forderungen zu stellen.

Auch nicht ihre Tochter. Regina zieht leicht gereizt die Brauen zusammen. Fee – oder sollte sie ab sofort lieber Küchen*fee* sagen? – hat ihr am Nachmittag erneut vorgeschlagen, sie solle für unabsehbare Zeit, vielleicht sogar auf Dauer, Frau Mattkas Wohnung beziehen, um Hennys Immobilie vor Konstantin und dem Abriss zu bewahren.

»Denk doch mal nach«, hat Fee ihr vorgerechnet. »Im Hochhaus kannst du mietfrei wohnen, damit wärst du finanziell enorm entlastet. Und bis zur Rente schaffst du es mit deinen Ersparnissen und ein paar Jobs und Aufträgen.«

Regina schüttelt stumm den Kopf. *Für immer Hoffnungsthal, geht's noch?*

Sie wechselt erneut die Beinposition.

Danke, nein, das ist zu viel verlangt. Sie wird wegen der Wohnung einen Prozess mit Konstantin führen, was aufreibend genug werden dürfte, aber die ihr zugedachte Rolle als eine Art legale Hausbesetzerin und selbstlose Retterin des guten alten Hoffnungsthals muss und wird sie ablehnen.

Von selbst ist ihre Tochter sicher nicht auf diese ebenso absurde wie aussichtslose Idee verfallen. Vielmehr dürften Henny, Krapolski und ihre aufgescheuchte Seniorenguerilla dahinterstecken. Nicht umsonst überschlagen sich alle darin, Fee und ihr ständig übertrieben viel Zuneigung zu zeigen, ihnen Gespräche oder – wie Isolde – Butterbrote aufzudrängen.

In ihrem Fall ist das verschwendete Energie, denn so viel ist Regina mittlerweile glasklar: Hoffnungsthal weckt ihren uralten Fluchtimpuls zu Recht. Ihm nachzugeben – und sei es lediglich in Form einer sportlichen Wanderung wie jetzt – ist eine spürbare Erleichterung. Sie wird das von nun an öfter machen. Sich einfach wortlos umdrehen und weggehen, wenn's zu viel wird. Am besten täglich, solange sie hier sein muss – und das ist sie einzig Fee zuliebe. Regina richtet sich auf, lässt die Arme zur Lockerung kreisen.

Hennys Idee zu der Gemeinschaftsreise hat ihre Tochter auf Anhieb begeistert. Genau wie jetzt Burg Heintzfeld. Das alles ist ihr gegönnt, solange sie keine ähnliche Begeisterung und

Freude an übertriebener Geselligkeit von ihrer Mutter verlangt oder das Thema Hochhausrettung in ihrer Gegenwart weiter strapaziert.

Regina lässt die Arme sinken, nimmt ihren Rucksack auf, kramt ihre Wasserfalsche hervor und trinkt.

Und was Kai Krapolski angeht … Was Kai angeht: Der kann sie mal!

Von wegen lustige Kinderzeit und gemeinsame Jugend. Was sollten seine lächerlichen Anekdoten heute Nachmittag? Wie dreist muss man sein, um sämtliche Schattenseiten auszublenden? Seine Großmaul-Lucky-Phase, seine falschen Versprechungen, seine billigen Lügen und wiederholten Betrügereien … Regina nimmt den Rucksack auf, schlendert gemächlich zur gemauerten Brüstung des Turms.

Gut, ihr erster intensiver Flirt, ihre in ihrer Fantasie zart keimende, aber von Lucky-Kai zugunsten einer anderen Flamme rasch beendete Beziehung war alberner Teenie-Kram, im Rückblick völlig uninteressant und ein Witz gemessen an dem, was Kai sich ihr gegenüber Jahre später geleistet hat. Dafür kann es keine Entschuldigung geben. Merkt Kai wirklich nicht, wie lächerlich und komplett herzlos er wirkt, sobald er den Mund aufmacht und ihr gegenüber erneut seinen angejahrten Harrison-Ford-Blick bemüht?

Ausgerechnet ihr gegenüber! Der Frau mit dem Scherbengesicht und dem verpfuschten Leben. Noch dazu nach allem, was zwischen ihnen vorgefallen ist. Will der sie verarschen und demütigen? Oder handelt es sich nur um einen unkontrollierbaren Wiederholungszwang?

Möglich wär beides.

Kai scheint tatsächlich nicht nur in Hoffnungsthal stecken geblieben zu sein, sondern auch in seiner Rolle als Provinzcasanova mit E-Gitarre. Nach wie vor ist er dem Wahn verfallen, er sei unwiderstehlich. Regina schnaubt.

So was kann sich vielleicht ein Rockfossil wie Mick Jagger leisten, weil man sich als Platten-Milliardär und Jahrhundertidol für Idioten, die mit einem für immer jung sein wollen, alles leisten kann, zumal ewige Jugend ein Millionengeschäft ist. Aber ein Kai Krapolski?

Lächerlich.

Regina nimmt ihr rotes Käppi ab, wischt sich mit dem Unterarm einen Schweißfilm von der Stirn und alle Gedanken an Kai beiseite. Sie ist endlich bereit, die Ruhe zu genießen, die sich mit Blick in die herrliche Landschaft ringsum in ihr breitmacht. Das unschätzbar Schöne und einmalig Erholsame an Natur ist, dass sie den Menschen ganz und gar in Ruhe lässt, dass sie nichts verlangt, dass sie in Gestalt von Hase, Reh, Marder, Greifvogel und anderem Getier sogar am liebsten vor ihm ausweicht.

Von Zecken und Mücken einmal abgesehen, aber die haben anscheinend noch nicht Saison, scherzt Regina für sich selbst. Sie legt die Hände auf den warmen Stein der Mauerbrüstung, atmet Abendluft, atmet die Weite des Himmels, die Landschaft.

In den ersten Jahren nach ihrem Unfall hat sie jede freie Minute mit und ohne Fee genutzt, um in der Natur zu sein und sich körperlich zu fordern. Nicht nur, um wieder in Form zu kommen und Muskeln aufzubauen. Ihre Psychologin, mit deren unschätzbarer Hilfe sie nach dem Unfall ein Tal der Tränen durchquert hat bis hinab zum tiefsten Punkt, hat ihr dazu geraten. Hat sie ermuntert, wieder anzuknüpfen an ihre innere Abenteurerin, an die kleine wagemutige, lebensgierige Dschungelforscherin, die sie in ihrer kindlichen Fantasie einmal war. Ein wichtiger, vitaler Baustein ihrer Seele, der nicht gänzlich zerstört war und ihr half, eine drohende schwere Depression erfolgreich abzuwenden. Sich selbst und vor allem Fee zuliebe. Eine schwermütige, stets niedergeschlagene, hilflose

Mutter war das Letzte, was sie ihrer hinreißend wundervollen Tochter zumuten wollte und durfte.

In Bewegung zu sein und so oft wie möglich in der Natur war ein nicht unwesentlicher Teil der Heilung. Rund um Berlin und im tiefsten Brandenburg bot sich viel einsame Natur als Zuflucht an, wenn es auch keine Hügel gab. Brandenburg ist größtenteils flach wie ein Teller, dafür gibt es ungezählte Seen mit stillen Ufern und endlose Wasserwege durch die urtümlichen Wälder der Uckermark, die sie bei gemeinsamen Kanuferien mit Fee ausgiebig erkundet hat.

Nun, landschaftlich ist es auch hier nicht schlecht. Im Gegenteil.

Regina lässt genießerisch den Blick über die umliegenden Hügel, den sich nach allen Richtungen und bis zum Horizont ausdehnenden Wald schweifen. Helles Laubgrün mischt sich mit dem dunklen Grün von Nadelgehölz.

Rund um die Burg – samt ihrem trocken gefallenen Graben – hat der Wald einen eher parkartigen Charakter, sehr seltene, teils exotische Baumarten sind in Solitärstellung gepflanzt, Bänke und eine kleine Pagode mit Blick auf einen verträumten Teich laden zum Verweilen ein. Aber nein, egal, wie hübsch es auch sein mag, da will sie nicht hin. Sie fühlt sich hier oben auf der zinnenbewehrten Plattform in vollkommener Einsamkeit und Stille wohler.

Es handelt sich natürlich um die Stille des Waldes, die schönste Stille überhaupt, erfüllt von unzähligen Vogelstimmen. Wenn man die Ohren spitzt, vernimmt man hin und wieder das Knacken von Ästen, das Rascheln von Blättern, Bewegungen im Unterholz, begleitet von – Moment, was ist das? Schnüffelnde Geräusche?

Könnten Wildschweine sein, vermutet Regina, *vielleicht eine Bache mit neugierigen Frischlingen*. In der Ferne klopft ein Specht. Dazu gurren Waldtauben probehalber ihre ersten Nachtlieder.

Die Dämmerung hat noch nicht wirklich eingesetzt, aber der Himmel übt sich bereits in mildem Abendblau, ein kühlender Lufthauch streichelt ihr Gesicht, trocknet ihr Haar. Zur Linken ist der Mond bereits als blasse Sichel aufgegangen. Wunderbar!

Und Frau Mattka summt für Regina ihr Lieblingslied.

Der Wald steht still und schweiget, und aus den Wiesen steiget –

Nein, nein, nein, nicht jetzt. Regina schließt entnervt die Augen. *Ich brauche eine Pause, wirklich. Keine Erinnerungen mehr. Keine Gutenachtlieder. Schon gar nicht dieses. Bitte!*

Frau Mattkas volltönende Altstimme in Reginas Kopf gehorcht und verklingt.

Na also, geht doch.

Rasch befreit sie zwecks Ablenkung Graf Froweins ehemaliges Jagdfernglas aus dem Rucksack, hebt es an die Augen. Sie hat es bei ihrer heimlichen Flucht aus der Burg auf einer Truhe in der Eingangshalle entdeckt und kurzerhand gemopst. Mal sehen, ob es noch funktioniert.

Regina stellt das Glas scharf, nimmt eine Buche am Fuß des Hügels ins Visier. Von ein paar Kratzern und Eintrübungen auf den Linsen abgesehen, liefert das Glas ein gestochen scharfes Bild.

Von hier oben, also quasi aus der Vogelperspektive, könnte man glatt die Buchenblätter einzeln zählen, und – hoppla – was ist das? Regina folgt einer flitzenden Bewegung und entdeckt ein Eichhörnchen im Geäst. Hübsch fuchsrot flitzt es mit aufgeplustertem Schweif durch die Baumkrone. *Der kleine Baumakrobat traut sich was*, freut sich Regina, als es den Schweif aufspannt und zum Flugsprung in den Nachbarbaum ansetzt. Man fiebert richtig mit.

Ein Pfeifen lenkt sie ab. So unwirsch und unmelodisch pfeift kein Vogel, so pfeift ein Mensch.

Verdammt!

Sie sucht den Hügel direkt unter sich mit dem Fernglas ab,

wird fündig. Per Bellhaus steigt durchs Wiesengras die Anhöhe hinauf, nimmt Kurs auf den Turm. Oh, bitte nicht. Sie will wirklich allein sein und bleiben, auch wenn Bellhaus keinerlei Erinnerungen mit ihr teilen oder in ihr wachrufen könnte.

Der junge Mann pfeift erneut. Sein Pfiff gilt sicher einem Hund. Nein, Regina lässt kurz und verblüfft das Glas sinken. Das kann nicht sein. Hat sie gerade einen Fuchs gesehen, der folgsam wie ein Dackel hinter diesem Försterknaben herschnürt?

Wieder setzt sie das Glas an. Tatsächlich, es ist ein Fuchs. Wie hat der Kerl es nur geschafft, einen Fuchs zu zähmen? Und zu welchem Zweck? Man sollte Füchse nicht zähmen, man sollte überhaupt keine Wildtiere zähmen, denkt Regina verärgert. Ihre Tochter hält den jungen Mann für einen abartigen Kauz und verstrahlten Ökoesoteriker. Das scheint zu passen. Ein Grund mehr, nicht mit ihm ins Gespräch zu kommen. Sie duckt sich hinter der Zinne, späht vorsichtig weiter nach unten.

Zu Reginas grenzenloser Erleichterung biegt Per Bellhaus gefolgt vom Fuchs auf halber Höhe des Hügels nach links in ein Waldstück mit dichtem Unterbewuchs ein, entschwindet ihrem Blick. Glück gehabt.

Zurück zum Eichhörnchen. Sie liebt Eichhörnchen. Schon als Kind hat sie deren Turnvorführungen in den Hochhauspappeln mit Begeisterung verfolgt und minutiös ihr Verhalten notiert, sich dabei vorgestellt, sie würde dereinst auf Bernhard Grzimeks Spuren wandeln und Tier- oder Naturforscherin werden, fremde Kontinente bereisen, an Dschungelexpeditionen teilnehmen und als große Abenteurerin Karriere machen.

Selbst mit fünfzehn war sie noch fest entschlossen, etwas in dieser Richtung zu studieren, zur Not auch Lehrerin für Biologie und Erdkunde zu werden, um dann in den Ferien ausgedehnte Abenteuerreisen zu unternehmen. Kein ungewöhnlicher Lebensplan in ihrer Generation – siehe Kai Krapolski, seines Zeichens Musiklehrer. Hätte sie ihn – also ihren frühen Lebensplan, nicht Kai – doch nur nie aufgegeben! Ihr wäre vieles erspart geblieben.

Regina richtet sich wieder auf, schwenkt das Jagdfernglas zurück zur Buche. Den Flugkünstler von eben entdeckt sie nicht wieder. Geduldig sucht sie weitere Bäume ab. Da! Ein schwarz bepelzter Kollege von Eichkater eins wagt sich pfeilschnell den Stamm eines Ahorns empor. Sie kann sogar seine Knopfaugen und die Ohrpinsel ausmachen. Was für ein hübsches Kerlchen!

Sie könnte ihm stundenlang zuschauen, doch jetzt verschwindet es in einem kugelrunden Reisigkobel, seinem in einer Astgabelung geschickt platzierten Nest. Zeit zum Schlafengehen, wie es scheint. Oder hat es – besser gesagt sie, denn bei Eichhorns kümmern sich allein die Mütter um den Nachwuchs – einen Wurf Junge zu füttern?

Erneute Geräusche lenken Regina von der heilsamen Naturbetrachtung ab. Leise Tritte. Noch dazu direkt in ihrem Rücken. Jemand steigt die Turmstufen empor. Kein Zweifel, sie bekommt Besuch.

Verärgert dreht Regina sich um.

13.

In der Küche klatscht Isolde lautstark in die Hände. »Genug geplappert, wir legen jetzt los«, kommandiert sie. »Du auch, Mädchen«, fügt sie an Fee gerichtet hinzu und zieht sie vom Fenster weg.

Widerwillig folgt Fee ihr an den langen Arbeitstisch. Sie hätte zu gern gewusst, wer so plötzlich neben ihrer Mutter auf dem Aussichtsturm aufgetaucht ist. Es war aus der Ferne leider nicht auszumachen. Sie konnte nicht einmal erkennen, ob es sich um weiblichen oder männlichen Besuch handelt.

Ob es Henny ist oder vielleicht Kai Krapolski, der noch einmal versuchen will, mit ihrer Mutter zu reden? Über das Hochhaus oder über alte Ritterspiele. Kai Krapolski ist regelrecht aufgeblüht, als er am Nachmittag Anekdoten aus seiner Kindheit erzählt hat. Er scheint sich gern an diese Zeit und an die kleine Regina zu erinnern. Und ihre Mutter? Hat eisig zu allem geschwiegen.

»Da ist ein Messerblock, im Regal links sind Schneidbretter, hol dir mal eins«, erteilt Isolde ihr Anweisungen. »Für heute Abend stehen schnelles Steakgulasch mit frischen Champignons, Lorbeerblatt und Nelke in brauner Soße, dazu Kartoffeln, frisches Mischgemüse und zum Nachtisch Tiramisu à la Angelo auf dem Programm.«

»Mite viel Mascarpone unde die beste Amaretto«, verspricht Angelo und schwenkt eine braune Flasche. »Wer mag eine Schluckchen fur die gute Laune?«

Mehrere Finger – zumeist weibliche – schießen in die Höhe, Angelo verteilt Gläser.

»Aber höchstens einen Fingerhut voll, Angelo«, warnt Isolde. »Und jetzt an die Waffen, wir wollen um halb neun essen. Das ist spät genug. Wer jetzt schon Hunger hat, es gibt noch einige Bütterchen.«

Ihr Helfertrupp gehorcht, auch Fee greift nach einem Gemüsemesser und macht sich daran, einen Riesenberg Kartoffeln aus einem Zentnernetz zu befreien und zu schälen.

Um sie herum herrscht wieder fröhliches Geschnatter, alle Hochhaussenioren genießen die Chance, ein bisschen *Downton* live zu spielen. Ein Vergnügen, das unter Isoldes strengem Regiment jedoch mit echter Arbeit verbunden ist. Bei der Zubereitung eines Abendessens versteht die ehemalige Kantinenkraft keinen Spaß.

»Doch nicht damit, Liebchen!«, mischt sie sich gerade in Fees Geschnippel ein, rupft ihr das Messer aus der Hand und reicht ihr einen Sparschäler. »Immer schön dünn pellen. Der Geschmack einer Kartoffel sitzt direkt unter der Schale.«

»Wo hast du eigentlich die coole Schürze her?«, fragt Fee.

Isolde senkt verschwörerisch die Stimme. »Hab ich 'ner Schaufensterpuppe in der Bügelkammer abgenommen. Die haben wohl mal versucht, die Burg in eine Art Heimatmuseum zu verwandeln, ist gescheitert. Zu einsam hier. Aber so eine Schürze ist doch viel zu schade, um ungenutzt zu vergammeln. Die ganze Bügelkammer ist ein Träumchen, sag ich dir! So groß wie mein Schlafzimmer daheim. Steht sogar 'ne alte Liege drin, weich gepolstert und riesengroß. Hätte nicht gedacht, dass Bügelfrauen sich bei Adels früher während der Arbeit hinlegen durften.«

»Na ja«, entgegnet Fee spitzbübisch, »zumindest nicht zum Bügeln.«

Isolde hebt erstaunt die Brauen, man sieht, wie es in ihr arbeitet. »Du meinst …« Ihr Mund formt ein stummes Oh.

Fee nickt. »Henny hat mir gegenüber etwas in der Art angedeutet. Ihr Urgroßonkel Frowein von Aschberg soll was mit seiner letzten Haushälterin gehabt haben.«

»Ach, darum ist deren Wohnung so hübsch und prachtvoll eingerichtet«, freut sich Isolde. »Hab mich schon gewundert. Henny hat sie mir zugeteilt, weil ich hier kostenlos die Köchin gebe, und ich komme mir darin vor, als sei ich selbst 'ne Gräfin. Man muss nur mal ordentlich lüften, mit Staubtuch und Wischmopp durch, aber dann«, Isolde kichert, »… dann fehlt mir nur noch ein rüstiger Graf fürs Bügel- und Schäferstündchen.«

»Vorsicht!«, warnt Fee lachend. »Wenn man Henny glauben darf, hat sein letztes Schäferstündchen den seligen Frowein hinweggerafft. Herzinfarkt.«

»Ein schöner Tod, vermutlich der beste«, befindet Isolde und nickt aus tiefster Überzeugung. »Also für den Grafen. Wie ging es denn mit seiner Bügelfrau weiter? Hat sie was geerbt? Wenigstens ein bisschen? Also, außer der Schürze …«

»Ganz sicher nicht«, meldet sich von der Hintertür her raumfüllend eine Frauenstimme zu Wort. Absätze klackern über den Steinfußboden.

Fee und Isolde wirbeln ertappt herum, das Klappern von Geschirr, die Hackgeräusche von Messern, das fröhliche Geschwätz ringsum verstummen.

Alles schaut in Richtung der offenen Tür zu einer kurvigen, sonnengebräunten Blondine in atemberaubender und sicher sehr teurer Designer-Garderobe. Die Vorliebe der Trägerin für Babyrosa und Puderblau wirkt geschmacklich fragwürdig und die ganze Dame in der bodenständigen Eifel fehl am Platze, aber zugegebenermaßen eindrucksvoll.

»Ah, una donna vera!«, ruft Angelo voll Verzückung. »Bellissima! Darf ich Ihnen eine Amaretto anbieten?« Er winkt mit der Flasche.

Die Blondine überhört ihn. »Alle Aschbergmänner sind notorisch treulos und notorisch geizig«, erläutert sie stattdessen ihre Einstiegsbemerkung. Sie dreht begleitet von verwundertem und bewunderndem Gewisper der Anwesenden eine Runde im Raum, begutachtet einige Küchengeräte, bleibt endlich direkt vor Isolde stehen.

»Falls Sie das nicht stört, können Sie sich zwecks Schäferstündchen gerne meinen Grafen vornehmen. Gegen einen Herzinfarkt aus Leidenschaft hätte ich nichts einzuwenden. Sein Tod dürfte vieles erleichtern und nicht wenige Menschen erfreuen. Sie dürften allerdings leider nicht ganz sein Typ sein, schon gar nicht seine Altersklasse. Sie hingegen …« Die Blondine mustert Fee mit abschätzigem Blick von Kopf bis Fuß. »Sie sind zwar ein wenig dürr, könnten ihn jedoch durchaus in Wallung bringen. Konstantin schätzt blonde Frauen. Nur zu, ich habe keinerlei Verwendung mehr für diesen armseligen Blender!«

Was für eine aufdringliche, überhebliche, unfassbar dreiste Zicke!, zürnt Fee. Und die Idee, sie mit Konstantin von Aschberg zu verkuppeln, ist widerlich. Fee öffnet den Mund, um seine Noch-Ehefrau, denn um die muss es sich bei der Blondine zweifelsfrei handeln, zurechtzuweisen.

Angelo kommt ihr zuvor. »Sinde Sie hier zuhause, *contessa?*«, erkundigt er sich unter eilfertiger Verwendung des Adelstitels und deutet eine galante Verneigung an.

Männer!

Die blonde Gräfin rückt eine Sonnenbrille in ihrem Haar zurecht, schaut sich mit blasiertem Blick um. »Nicht wirklich, oder sagen wir: *noch* nicht, allerdings ganz sicher nicht in dieser Küche. Ich suche Henriette von Aschberg. Sie hat mich nach Heintzfeld eingeladen. Eigentlich erst für Montag, aber ich habe einen früheren Flieger genommen, unsere Geschäfte drängen. Leider hat niemand das Hauptportal geöffnet. Sehr nachlässig, der übliche Personalmangel, nehme ich an?«

»Sie sinde uns in jede Fall herzlich willekommen«, flirtet Angelo unverdrossen weiter. »Meine Tiramisu iste göttlich! Sie essen doch mit uns?«

Die Blondine rümpft die Nase. »Tiramisu? Ich bitte Sie, das ist doch so was von Achtziger! Eine vulgäre Kalorienbombe. Ich kann mir kaum vorstellen, dass eine Dame von Stil wie Henriette von Aschberg so etwas bestellt hat.«

»Tiramisu gehte immer«, protestiert Angelo sichtlich gekränkt.

Die Deluxe-Barbie in Babyrosa hat wahrlich ein Talent, jedermann gegen sich aufzubringen, findet Fee, und mit dieser Ansicht ist sie offensichtlich nicht allein.

Fritz Krapolski, der bislang zu allem geschwiegen hat, erhebt sich am Kopf des Arbeitstischs. Seine Miene ist höflich, seine Körperhaltung hingegen drohend. Offensichtlich will er seine Henny mal wieder beschützen, diesmal vor unbekannten Gefahren und unhöflichen Blondinen.

»Wer sind Sie?«, verlangt er zu wissen.

»Niemand, den jemand wie Sie kennen dürfte«, antwortet die Unbekannte und bedenkt ihn mit einem hochmütigen Blick. Betont geschäftig setzt sie fort. »Also, ist die Burgherrin zugegen? Dann dürfen Sie mich jetzt zu ihr führen.«

Fee sieht, wie Krapolski nach Luft schnappt. Als Befehlsempfänger und Lakaien behandelt ihn gewöhnlich niemand. Doch statt zu protestieren, strafft er die Schultern.

»Folgen Sie mir«, sagt er. Sein Ton lässt offen, wer hier wirklich Herr und wer Knecht ist.

Krapolski wäre der ideale englische Butler, schießt es Fee amüsiert durch den Kopf: arrogant, versnobt und bei Bedarf herrischer als jeder Arbeitgeber, gleichgültig ob adlig oder nicht. Dabei seiner »Herrschaft« in Fragen von Stil und Anstand haushoch überlegen, wenn sie sich derart ungehobelt wie diese seltsame Blondine aufführt. Und: Er wäre ein verdammt gefährlicher Gegner.

Ach, sie mag Krapolski, sie mag ihn sogar sehr.

14.

Auf dem Absatz der Wendeltreppe steht Per Bellhaus. Stumm und grimmig nickt er Regina zu.

Wo ist der denn so plötzlich hergekommen?, fragt sie sich. Eben war er doch noch im Wald westlich vom Turm unterwegs. Er muss sich von hinten her genähert haben, lautlos, auf Schleichpfaden, ganz nach Art des geübten Pirschgängers.

Regina presst die Lippen aufeinander, bedenkt ihn mit einem abweisenden Blick, dreht sich wortlos wieder der Brüstung zu. Per Bellhaus schreckt diese deutliche Botschaft nicht ab, in wenigen Schritten ist er bei ihr, stellt sich unmittelbar neben sie. Und schweigt weiterhin. Na, wenigstens das.

Regina widmet sich wieder dem Fernglas und der Naturbetrachtung. Versucht es zumindest. Aber so, Seite an Seite mit einem Mann, der ein echter Experte in Sachen Natur sein muss, macht das keinen Spaß. Richtig albern kommt sie sich vor, obwohl Per Bellhaus weiterhin schweigt. Eisern schweigt er, so eisern, als sei er ein Zen-Meister.

»Verdammt!«, entfährt es Regina nach einigen Minuten. Sie lässt das Fernglas sinken. »Was wollen Sie von mir?«

Per Bellhaus wendet ihr langsam das Gesicht zu, mustert das ihre, studiert es geradezu, als suche er darin die Antwort auf ihre Frage. Reginas Unbehagen wächst, sie hasst es, derart intensiv gemustert zu werden. Kann der Depp sich das nicht denken? Rasch tastet sie nach der Baseballkappe, die sie auf einer Zinne abgelegt hat.

»Ich brauche Ihre Hilfe«, sagt Per Bellhaus schroff, als müsse er sich dazu überwinden.

Oh nein, nicht noch einer!, denkt sie verzweifelt.

»Geht um die Burg«, sagt Bellhaus, wendet den Kopf und macht eine Kinnbewegung in Richtung des Gemäuers. »Ich befürchte, Henny will sie verkaufen.«

Er macht eine kurze Pause, kämpft mit sich. Es scheint ihm äußerst schwerzufallen, um Hilfe zu bitten, registriert Regina. Was ihn ihr ungewollt sympathisch macht. Sie kennt das von sich selbst. Davon abgesehen hat er bei ihr allerdings wenig Chancen auf Erfüllung einer Bitte. Sie will weder Hennys Hochhäuser noch andere Aschberg-Gemäuer retten, falls es darum geht.

Per Bellhaus holt tief Luft. »Es wäre nicht schade um die Burg, aber der gesamte Wald gehört dazu. Die Käufer dürften windige Investoren sein, sie würden ihn todsicher plündern und zerstören, um mit dem Holz Profit zu machen und später öde Fichtenschonungen in Monokultur oder beschissene Douglasien als Geldbringer anzupflanzen. Wald ist eine begehrte Kapitalanlage. Den seltenen Parkbäumen ginge es ebenfalls an den Kragen, Exotenholz ist inzwischen ein Vermögen wert. Frau Sanders, das dürfen Sie nicht zulassen! Sie müssen Frau von Aschberg davon abbringen.«

Wow, das war die längste Rede, die der Kerl von sich gegeben hat, seit sie ihn kennt! Bellhaus hält entsprechend erschöpft inne, kämpft mit sich, ringt sich schließlich ein »Bitte« ab, das so klingt, als hänge sein Leben daran. Und genau so schaut der junge Mann sie auch an.

Hilfe, ist der zudringlich!

Regina setzt hastig die Kappe auf, drückt sich den Schirm in die Stirn.

Neben alten Gebäuden soll sie jetzt auch noch seltene Bäume, ja, ganze Waldgebiete retten? Ausgerechnet sie? Wovon träumt dieser Fantast nachts? Und wie stellt der sich das vor? Der Mann ist schlimmer als die irre Henny und ihr durchgeknallter Kumpan Krapolski zusammen. Oder Fee, die ständig an ihr Gewissen appelliert.

Reginas Mund wird zum abweisenden Strich. Sie hat verdammt noch mal genug mit ihrem eigenen Leben zu tun. Per Bellhaus schaut sie immer noch fordernd an. Und entwaffnend ehrlich. Der meint, was er sagt, jedes Wort, Regina fühlt sich zunehmend unbehaglich.

»Tut mir leid«, stammelt sie endlich und macht sich eilenden Schritts auf den Weg zur Wendeltreppe. »Ich kann Ihnen nicht helfen. Ich kann niemandem helfen. Ich … Sehen Sie, ich … Es ist so … Mich geht das alles nichts an. Gar nichts!«

Sie bricht ab, fühlt sich mit einem Mal schrecklich feige, schäbig und hilflos. Ach, zum Teufel, sie ist diesem Spinner doch keine Rechenschaft schuldig! Ohne weitere Worte hastet sie die Treppe hinab und fasst unten einen spontanen Entschluss: Sie wird sofort ihre Koffer packen und abhauen – nichts wie weg von hier! Sie muss zurück nach Berlin. Da fragt sie keiner was, da will niemand etwas von ihr, da darf sie so allein, unbeobachtet und einsam sein, wie sie es möchte.

Allein sein war immer die richtige Lösung.

Immer.

15.

Viertel nach sieben, da dürfte ihr bis zum Abendessen noch ein gutes halbes Stündchen bleiben, um Froweins Bibliothek genauer zu inspizieren und ein wenig vorzuarbeiten. *Genau*, nickt Henny stumm. Man will ja mit gutem Beispiel vorangehen, außerdem hat sie sich in ihrem Turmzimmer ohne Krapolski und all die anderen schrecklich gelangweilt.

Mit verstohlenen Blicken steigt Henny die massivhölzerne Prachttreppe in die Eingangshalle der Burg hinab. Stufe um Stufe und so leise wie möglich. Immer wieder späht sie über das Geländer nach unten. Sie will auf keinen Fall gesehen werden. Ihre ungewöhnliche Aufmachung und ihr Vorhaben könnten für manch einen der Hochhausbewohner ein Schock sein.

Oder eine Offenbarung.

So kennt sie bislang keiner von ihnen.

Henny trägt zum ersten Mal seit Jahren – ach was, Jahrzehnten! – außerhalb ihrer Privaträume Räuberzivil, und zwar in Form eines Hausanzugs aus nachtblauem Samt, der nach zehn Jahren Gebrauch eigentlich für die Altkleidersammlung bestimmt war. Richtig echte Löcher hat er am Knie und leichten Mottenfraß, aber er ist herrlich geeignet, um allein auf dem Sofa herumzulümmeln. Muss ja auch mal sein.

Ihr Haar ist unter einen Bade-Turban verbannt, und ihre Füße stecken in bequemen Sandalen, die Isolde ihr geliehen hat und in denen Henny unter gewöhnlichen Umständen niemals in der Öffentlichkeit auftreten würde.

Obwohl diese Latschen außerordentlich angenehm sind. Kurz und angetan betrachtet Henny ihre Füße. Vielleicht –

ganz vielleicht – schafft sie sich selber einmal solch ein Paar an. Es soll sie auch »in Hübsch und in Farbe geben«, hat Isolde versichert, woran Henny zweifelt, aber zu Hause in ihrem Penthouse und wenn sie allein ist, sähe es ja niemand. Alt zu sein und auch so aussehen zu dürfen ist ein Luxus, den sie sich bislang nicht gestattet hat.

Krapolski wäre mit ihrem momentanen Aussehen und mit dem damit verbundenen Vorhaben freilich nicht einverstanden. Er liebt sie – Klassenkämpfer hin oder her – nun mal als hohe Dame. In dem Mann steckt ein verspäteter Minnesänger. Das ist reizend, aber mitunter auch ein bisschen störend.

»Du machst jetzt bis zum Abendessen dein Schönheitsschläfchen, wir kümmern uns um alles andere«, hat er ihr nach der Burgführung am Nachmittag empfohlen. Nein, nicht empfohlen, sondern *befohlen*! »Schon dich. Du hattest in den letzten Wochen genug Hektik und Aufregung.«

Ach, und die anderen etwa nicht?

»Ich lasse nicht zu, dass du dich übernimmst. Denk an deine Nerven«, hat er noch gemeint.

Glaubt der, sie sei aus Puderzucker gemacht? Und was sollte der Hinweis auf ihre Nerven? Hält er sie für seelisch labil? In dieser Hinsicht ist sie empfindlich, aus guten Gründen sehr empfindlich, wie Krapolski sehr wohl weiß. Henny verzieht mit leisem Grimm den Mund. Fast ist sie ihrem fürsorglichen Fritz ein wenig böse.

Oh, hoppla! Unten geht die Tür des Haupteingangs. Henny duckt sich flugs hinter das Geländer, linst durch die aufwendig gedrechselten Säulen in die Halle. Jemand stößt unter lautem Gepolter einen der Portalflügel auf. Es ist Per Bellhaus. Ein sichtlich schlecht gelaunter Bellhaus.

Nanu, der schäumt ja geradezu und stürmt durch die Halle, nimmt Kurs auf eine Tür, die zum Souterrain führt, wo neben der Küche auch seine Wohnung liegt.

Was hat dem denn mal wieder die Petersilie verhagelt? Hat Fee ihm endgültig einen Korb gegeben?, überlegt Henny. Der Junge ist ja ganz vernarrt in das Mädchen, läuft ständig hinter ihr her. Sieht doch ein Blinder, was mit dem los ist.

Na, egal, sie muss das nicht wissen, und herausfinden wird sie es früher oder später ohnehin. Isolde und ihre Freundinnen haben längst ein Auge auf die beiden. Als erfahrene Leserinnen von Klatschmagazinen und Rosamunde-Pilcher-Fans sind sie Expertinnen für junge Liebe. Und Fans derselben.

Henny richtet sich auf.

Wo war sie vorhin stehen geblieben?

Bei Krapolski. Genau.

Henny nimmt die nächsten Treppenstufen.

Der übertreibt. Seinetwegen durfte sie weder beim Entladen des Gepäcks noch beim allgemeinen Bettenbeziehen helfen, geschweige denn in der Küche assistieren, wo ihre Reisetruppe gerade das Abendessen zubereitet. Nun gut, sie kann nicht kochen, aber eine Käseplatte arrangieren oder Servietten falten kann sie schon. Aber nein, keinen Handschlag soll sie auf der Burg tun, wenn es nach Krapolski ginge.

Geht es aber nicht. Nicht in diesem Punkt.

Es ist einfach unfassbar, für wie verwöhnt, fragil und nutzlos Fritz sie in praktischen Dingen des Alltags zu halten scheint. Allenfalls dekorative Tätigkeiten – wie Zierdeckchenauflegen beim Kellerfest – traut der ihr zu. Und *Schönheitsschläfchen* danach. Der hat ja keine Ahnung.

Sie ist durchaus zu handfester Arbeit fähig. Auch Hausarbeit. Man hat ihr lediglich von Kindesbeinen eingebimst, dass man sich in ihren Kreisen niemals bei sogenannten niederen Tätigkeiten wie Saubermachen erwischen lassen darf, da es dafür Dienstboten gibt. Herrjemine, als ob sie das jemals interessiert oder sie sich daran gehalten hätte!

Wer wie sie in einer Männerwirtschaft mitten im Wald aufgewachsen ist, bereits im zarten Alter von sechs Jahren von Urgroßonkel Frowein und dem alten Förster Bellhaus gelernt hat, Jagdgewehre auseinanderzunehmen, sie zu reinigen und zu ölen, Wild auszuweiden oder Pferdeställe zu entmisten, und wer später als Gastgeberin der Lüfte in zehntausend Metern Flughöhe komplett verdreckte Flugzeugtoiletten geschrubbt und Spucktüten im Dutzend entsorgt hat, wird ja wohl ein bisschen putzen können.

Und vor allem dürfen!

Noch dazu in der eigenen Burg.

Genau zu diesem Zweck klappert in Hennys rechter Hand ein Eimer mit Schmierseifenlauge, ihre Linke umklammert einen Putzlumpen. *Und jetzt an die Arbeit.*

Henny erreicht den Fuß der Treppe, durchquert fix die schwarz-weiß geflieste Eingangshalle. Nach ihrem Nickerchen und ein paar Telefonaten im Anschluss an die nachmittägliche Burgführung will sie in der Bibliothek ihres Urgroßonkels erste Reinigungsarbeiten vornehmen und einen Putz- und Entrümpelungsplan aufstellen.

Die Bibliothek liegt rechter Hand neben dem Hauptportal und zählt nach wie vor zu den größten und prächtigsten Räumen der Burg. Abgesehen vom Ballsaal im ersten Stock, aber der bleibt zu. Aus persönlichen Gründen, die niemanden etwas angehen, und weil dort mit einfachen Mitteln wie Schmierseife und Putzlumpen auf die Schnelle und ohne teure Handwerker sicher nichts zu retten ist. Per Bellhaus hat gemeint, dass dort ab und an sogar Fledermäuse hausen. Was diesen Kauz natürlich riesig freut. Schon aus wissenschaftlichen Gründen.

Rasch passiert Henny zwei Blechrüstungen, die den schmalen Korridor zur Bibliothek flankieren.

Sie wird tun, was sie kann, damit Froweins Lieblingsgemach wieder in halbwegs präsentablem Glanz erstrahlt. Und das muss es, denn Henny hat die Bibliothek in Absprache mit

Krapolski nicht nur zu ihrem gemeinsamen Hauptquartier und zum zentralen Versammlungsort für Beratungen über die Hochhausrettung erkoren, sondern auch – und das vor allem – zu ihrem heimlichen Verhandlungszimmer. Die Türen sind dick gepolstert und damit abhörsicher.

Von den bevorstehenden sehr sensiblen Geheimverhandlungen weiß Krapolski bislang nichts. Genauso wenig hat sie ihm etwas über die Besucherin verraten, Katja von Aschberg, die in drei Tagen eintreffen wird und auf gar keinen Fall den Verdacht entwickeln darf, Henny habe gewisse pekuniäre Probleme, sei folglich in irgendeiner Hinsicht erpressbar oder käuflich. Zumindest nicht für jeden Preis.

Schön ist es nicht, solche Geheimnisse vor Fritz und den anderen zu haben, doch wenn er vorab wüsste, wer sich angekündigt hat, würde er ganz sicher den sturen Sozialisten herauskehren und ein paar hässliche Streiche für die Dame planen. Schon aus Prinzip. Schließlich gehört ihr Gast eindeutig zum feindlichen Lager. Was Henny zu ändern hofft. Entscheidend ist, dass ihre Überraschungsbesucherin bis zu ihrem Eintreffen für alle eine Überraschung bleibt.

Henny erreicht eine schwere Tür, drückt die Klinke herab und schlüpft heimlich wie ein Dieb in die Bibliothek. Geschafft, niemand hat sie auf dem Weg hierher entdeckt. Henny gönnt sich einen erleichterten Atemzug.

Puh, ist die Luft hier stickig! Recht düster ist die Bibliothek – genau wie die Küche im Souterrain eine Etage tiefer – außerdem. Nur am Abend verirrt sich ein wenig Sonne hinein. Gedämpft von fabrikgefertigten Buntglasscheiben mit Ritter- und Drachentötermotiven. Bücher vertragen eben noch weniger als Lebensmittel große Hitze oder Helligkeit.

Davon abgesehen diente Froweins Bibliothek traditionell als Rückzugsort für Herrengesellschaften, bei denen kaum gelesen, aber ausgiebig gequalmt, getrunken und geschwafelt wurde. Frei nach dem Motto »Im Dunkeln ist gut munkeln« brauchte es dabei kein Sonnenlicht. Im Gegenteil.

Und nun erst mal lüften.

Henny stellt den Putzeimer ab, eilt zu einem der bunt verglasten Bogenfenster, reißt beide Fensterflügel auf. Kühle, harzgetränkte Abendluft strömt vom Wald her in den Raum.

Schon besser!

Vielleicht sollte sie alle acht Fenster zwei Nächte offen stehen lassen, um den Geruch von hundert Jahren Staub, mit Tabakrauch imprägnierten Tapeten und Teppichen abzumildern. Und vor allem den modrig säuerlichen Geruch der betagten Jagdtrophäen.

Hennys Blick tastet die Wandvertäfelung aus dunklem Holz und die darüber angebrachten Ledertapeten ab, an denen noch vor wenigen Stunden Dutzende Tierpräparate hingen. An ihrer Stelle prangen nun vielerorts helle Flecken. Nicht gut, da muss sie sich etwas einfallen lassen. In ihrem Turmzimmer hängen ein paar hübsche Landschaftsbilder und passable Blumenstücke. Ja, die können sie hierher umhängen.

Krapolski hat die scheußlichsten Tierpräparate auf ihre Bitte hin bereits nach der Burgführung am Nachmittag entfernt und im Schlosskeller entsorgt: einen Wildschweinkopf mit riesigen Hauern, einen ausgestopften Adler, diverse Marder und Wiesel, einen räudigen Fuchs, der noch schlimmer haart als Frau Mattkas Breslauer Fingertier auf ihrem heimischen Buffetschrank, und dazu die unvermeidlichen Hirschgeweihe.

Die von Aschbergs waren seit jeher leidenschaftliche Jäger – Adel verpflichtet auch in dieser Hinsicht. Doch die Jagd ist ganz sicher keine Passion, mit der man bei modernen und mondänen Frauen punkten kann. Jedenfalls nicht bei Frauen vom Schlag einer Katja von Aschberg, ihrer Schwägerin. *Oder muss es Halbschwägerin heißen?*, überlegt Henny, während sie den Putzlappen in die Seifenlauge taucht, ihn auswringt und ein zentimeterdick verstaubtes Rauchertischchen auf gusseisernen Löwenklauen in Angriff nimmt. *Ja, Halbschwägerin dürfte stimmen.* Schließlich ist Konstantin ja nur ihr halber Bruder. Noch dazu ein adoptierter.

Himmel, kommt hier ein Dreck runter!

Henny macht sich an die Bearbeitung eines weiteren Rauchertischs. Igitt, das ist ganz schön eklig, aber es lohnt sich, denn die helle Marmorierung auf grünem Grund tritt wieder zutage. So machen die Dinger richtig was her.

Bleibt das Problem, dass Katja weder der Eifel noch der Jagd und sicher auch nicht Büchern je etwas abgewinnen konnte. Wird eine harte Nuss werden, diesem blonden Gift ein für sie unterhaltendes Rahmenprogramm zu den Verhandlungen zu bieten. Das aber dürfte unverzichtbar sein, um ihr Interesse an der Burg zu vertiefen. *Mal überlegen, was das sein könnte …*

Katja liebt südliche Gefilde, Wohltätigkeitsgalas der oberen Zehntausend, Filmfestivals, Yacht- und Prominentenpartys unter südlicher Sonne. Monaco, Marbella, Ibiza – so etwas liegt ihr und hin und wieder ein Flug über den großen Teich. In Amerika, speziell in Los Angeles, gibt es schließlich die besten und teuersten Schönheitschirurgen und obendrein unbegrenzte Shoppingmöglichkeiten.

Nichts von alledem hat die Eifel auch nur im Entferntesten zu bieten, schon gar nicht rund um die Burg. Im weiteren Umkreis gibt es natürlich mehrere, sogar mit Sternen ausgezeichnete Luxusrestaurants und Wellnesshotels, aber Katja ständig aus der Burg zu locken, wäre kontraproduktiv und könnte verdächtig wirken.

Ob sie eine Party, eine richtig große Sause für sie organisieren kann? Mit illustren Gästen? Natürlich kein Kellerfest mit Kartoffelsalat und Rentnerband, sondern einen Empfang, eine Gartenparty mit großem Dinner im Anschluss. Wobei … Prominente würden sich wohl nur schwer hierher ans grüne Ende der Welt locken lassen.

Henny seufzt. Die Prominenten, die sie im Laufe ihres Lebens getroffen hat, sind alle tot oder klapprig oder nicht mehr prominent. *Sic transit gloria mundi* – so vergeht der Ruhm der Welt, hätte Herr Stachulla gesagt.

Henny widmet sich wieder dem Naheliegenden: Saubermachen. Nach dem dritten Beistelltisch muss sie aufgeben. Ihr Putzwasser ist pechschwarz. Sie hat nun mehr als eine Ahnung vom Ausmaß der notwendigen Reinigungsarbeiten und der Hartnäckigkeit des jahrzehntealten Schmutzes. Steht zu hoffen, dass sie ab morgen mit ihrem Hochhaustrupp mehr dagegen ausrichten kann. Ihre Reisegruppe glaubt, dass sie sich mit dem Gedanken trägt, den Gastbetrieb in der Burg kräftig anzukurbeln, um Geld für die anstehenden Prozesse mit Konstantin aufzubringen. Bereits im Bus hat Henny unter diesem Vorwand eine Freiwilligenliste für anfallende Reinigungsarbeiten herumgehen lassen, und laut Isolde darf sie sich »auf jede Menge helfende Hände, darunter ein paar echte Putzteufel« freuen.

»Keine Bange, wir möbeln das Schloss wieder auf. Frau Prachts Begeisterung für Essigessenz und Waschsoda in allen Lebenslagen ist legendär, Herr Fröhlich versteht sich als ehemaliger Fliesen- und Parkettleger aufs Bohnern und Polieren wie kein Zweiter«, hat Isolde aufgezählt, »Frau Odry wird als ehemalige Floristin für umwerfende Blumenarrangements sorgen, und Alma Lampe schrubbt sogar ihre Fußleisten regelmäßig mit der Zahnbürste, überlass der mal die Kronleuchter. Falls du Kronleuchter hast.«

Nein, nicht in der Bibliothek, denkt Henny mit Blick zur Decke, und im Ballsaal dürften Fledermäuse darin hängen.

Überhaupt werden Zahnbürsten und klinische Sauberkeit nicht nötig sein, das hat sie den eifrigen Freiwilligen bereits versichert. Eine Burg, selbst eine nachgemachte, darf, nein, muss ein wenig angestaubt aussehen, um zu beindrucken. Die ein oder andere Spinnwebe trägt zur Wirkung bei, genau wie leicht angeschlagenes Mobiliar, wurmstichige Antiquitäten oder fadenscheinige Teppiche.

Etwas anderes hat Froweins Domizil auch nicht zu bieten. Hennys Blick gleitet über die alten Chesterfield-Sofas mit Rissen im Leder, über die Sessel mit Brokatbespannung und den gigantischen Schreibtisch. Keine Frage, alles in allem sieht es hier nach altem Adel aus. Gewisse Geschmacksverirrungen stören nicht. Sie gehören sogar zwingend dazu.

Die Hauptsache ist, dass Katja den Eindruck gewinnen wird, mit einer formidablen Gräfin von altem Schrot und Korn in Verhandlungen zu treten. Auf Adel legt Katja nämlich Wert, nur darum hat sie Konstantin geheiratet. Der wohlklingende Name »von Aschberg« hatte es ihr angetan. Er war ihr Eintrittsticket in die höhergelegenen Etagen der Jetset-Welt, die ihr als wohlhabender, aber gänzlich unbekannter Erbin einer längst vergessenen Sauerkrautdynastie namens Sanftenberg aus der rheinischen Provinz auf immer verwehrt geblieben wäre.

Trotzdem drängt sich Henny einmal mehr die Frage auf, warum genau sich die mittlerweile leidlich mondäne Katja für das alte – nun ja, halbwegs alte – Gemäuer interessiert. Froweins Burg passt zu ihren Jetset-Ambitionen wie eine Bockwurst zu Bollinger-Champagner. Was Katja nicht zu stören scheint. Sie muss irgendeine heimliche Absicht hegen – nur welche?

Nachdenklich schreitet Henny die meterhohen Bücherregale ab, wischt probehalber mit dem Finger über die alten Lederrücken einiger Bücher. Himmel, noch mehr Dreck und Staub, der Katja weniger begeistern als abschrecken dürfte. Aus heiterem Himmel hat sie sich in der vergangenen Woche gemeldet, lebhaftes Interesse an einem Burgbesuch bekundet und etwas von möglichen Investitionen angedeutet.

»Ich hätte da einen Vorschlag zu unserem beiderseitigen

Vorteil«, hat sie versichert. »Es gibt etwas, das dich bezüglich Konstantin interessieren und seine Abrisspläne für euer gemeinsames Haus empfindlich stören könnte. Mich interessiert im Gegenzug die Nutzung deines Schlösschens. Es interessiert mich sogar sehr. Und du, Henny, interessierst mich natürlich auch. Ganz besonders sogar. Vielleicht kommen wir ja ins Geschäft? Wie du weißt, hatte ich immer eine besondere Schwäche für dich.«

Nein, das wusste Henny nicht. Wie auch? Sie sind sich allenfalls zwei- oder dreimal begegnet, und Katja von Aschberg, geborene Sanftenberg, hat wie Konstantin vornehmlich eine Schwäche für sich selbst, für viel Geld und das, was beide für gesellschaftlichen Status halten.

Henny runzelt gedankenverloren die Stirn. Kann es sein, dass Katja das Jagdschloss am Ende kaufen will, um diesen Status zumindest ab und an mit Festgesellschaften oder Jagden vorzutäuschen? Wäre eine ziemlich teure Marotte. Oder hofft sie, wie Bellhaus befürchtet, Kapital aus dem Wald schlagen zu können? Hm, geschäftstüchtig ist Katja auf ihre Art gewiss, aber Immobilienhandel und Waldwirtschaft? Henny schüttelt den Kopf. Nein, das übersteigt Katjas Horizont.

Wie auch immer: Ein Verkauf der Burg wäre selbstredend ein schmerzhafter Verlust, und sollte sie, Henny, sich zwischen dem Hochhaus und der Burg ihrer Kindertage entscheiden müssen, dann … dann … wäre das eine ganz entsetzliche Zwickmühle!

An der Tür ertönt ein diskretes Klopfen. Erstaunlich diskret. Ertappt schreckt Henny aus ihren Gedanken hoch. Wer zum Himmel kann das sein? Ob jemand sie sucht und zum Abendessen in der Küche abholen will?

Käme ihr gar nicht gelegen, schließlich muss sie sich noch umziehen. Ihr Blick flitzt in Panik zur Kaminuhr. Viertel vor acht schon. Das wird knapp.

Es klopft erneut.

Gute Güte, ist da jemand höflich! Passt zu keinem ihrer Hochhausfreunde, antworten muss sie trotzdem, bevor jemand sich selbst einlässt.

»Einen kleinen Moment, bitte!«, ruft sie.

Rasch reißt Henny sich den Badeturban vom Kopf, ordnet hektisch ihr Haar, schlüpft aus Isoldes Sandalen. Eine barfüßige Gräfin hat immer noch mehr Stil als eine in Latschen. Seufzend eilt Henny zur Tür und öffnet.

Davor steht mit grimmiger Miene ihr Fritz und füllt drohend den Türrahmen aus. Will der sie ausschimpfen? Wegen ein bisschen Putzen? Das soll der mal wagen! Sie ist eine emanzipierte Frau und darf so viel putzen, wie sie will. Henny stemmt die Arme in die Hüfte, bereit, den Kampf um ihre Rechte auszufechten. »Was ist?«, fragt sie knapp.

»Pardon«, eröffnet Krapolski unbeeindruckt und merkwürdig förmlich. »Eine«, er räuspert sich kurz, »*Dame* möchte Sie sprechen. Sie gibt vor, persönlich mit Ihnen bekannt zu sein«, sagt er, schießt Henny einen halb fragenden, halb warnenden Blick zu und beendet seine Ausführungen mit »gnädige Frau«.

Gnädige Frau?

Für einen kurzen Moment ist Henny komplett verwirrt. Weshalb spielt Krapolski plötzlich Butler? Fehlt nur noch die Verneigung.

Endlich macht es Klick. Es muss irgendein schwerwiegendes Problem aufgetaucht sein. Im selben Moment tritt Krapolski zur Seite und gibt den Blick auf das Problem frei. Das Problem ist rosa, trägt Designergarderobe der teuersten, wenn auch nicht unbedingt geschmackvollen Art und inspiziert interessiert einen von Froweins Blechrittern im Gang.

Himmel!, erschrickt Henny. Katja ist zu früh gekommen, ganze drei Tage zu früh. Wie unhöflich! Ihre Überraschung ist damit geplatzt, und in der Bibliothek sieht es statt hochherrschaftlich wie bei Hempels unterm Sofa aus. Weit schlimmer noch: Ihr eigenes Erscheinungsbild dürfte an einen wild gewordenen Handfeger erinnern. Adlig im Sinne einer Katja von Aschberg geht anders. Das ist mal sicher.

Haltung, Henny, Haltung. Da musst du jetzt durch.

Henny schwebt so hoheitsvoll wie möglich aus dem Raum. »Willkommen, meine Liebe, welch unerwartete Freude, dich schon heute begrüßen zu können, wo du doch erst für Montag angekündigt warst«, flötet sie, fasst Katja bei den Schultern, platziert links und rechts Luftküsse neben ihrem Gesicht.

Katja küsst die Luft neben Hennys Wangen zurück. Dann öffnet sie den Mund, um etwas zu sagen, doch Henny lässt sie nicht zu Wort kommen. Sie will gleich mal zeigen, wer hier das Sagen und später die Verhandlungshoheit hat. Ganz im Sinne von »Wenn der Kuchen spricht, schweigen die Krümel« und so.

»Wie war die Reise?«, legt sie los. »Du wirkst ein wenig erschöpft. Wir müssen sofort dein Zimmer für dich vorbereiten! Graf Froweins Suite, versteht sich. Drei Räume samt Empfangssalon und dazu ein großes Bad. Mein Urgroßonkel mag ein Kauz gewesen sein, aber er legte Wert auf Luxus und Bequemlichkeit. Wo ist dein Gepäck? Ich nehme an, auf dem Vorplatz?«

Wie beiläufig und ohne ihre affektierte Dampfplauderei auch nur eine Sekunde zu unterbrechen, wendet Henny sich an Krapolski. Im besten Burgherrinnenton. »Bitte kümmern Sie sich um das Gepäck meiner Schwägerin Katja von Aschberg«, übermittelt sie ihm die entscheidende Information über die Identität der Besucherin. Den Rest muss sie auf später verschieben.

»Ich hoffe, es macht dir nichts aus«, fährt Henny nahtlos und an Katja gewandt fort, »dass wir noch in den letzten Vorbereitungen für deinen Besuch stecken und heute Abend leider nur das einfache Personalessen zu bieten haben. Nun, Hausmannskost ist gelegentlich eine charmante Abwechslung, wie ich finde. Und die Köchin ist in dieser Hinsicht recht talentiert.«

Krapolski, der nun hinter ihr steht, schließt energisch und etwas zu kraftvoll die Tür zur Bibliothek. Die Blechrüstung neben Katja erzittert unter leisem Scheppern.

Keine Frage, ihr Fritz ist zwar stocksauer, aber wie immer ein Schnellmerker, der kapiert hat, dass die Bibliothek für Katja momentan tabu sein muss.

»Und jetzt erst einmal das Gepäck, Krapolski«, wiederholt sie ihre Anweisung von eben.

»Sehr wohl, gnädige Frau«, erwidert Fritz, ohne die Miene zu verziehen, und entschwindet in Richtung Hauptportal und Vorplatz. Er ist ganz der gehorsame Diener und zugleich so unbeugsam, grimmig und ehrfurchtgebietend wie immer.

Ach, man muss ihn einfach lieben!

»Gehen Sie bitte sorgsam mit meinen Koffern um«, meldet sich erstmals Katja zu Wort. Sie wirkt alarmiert. »Hören Sie? Hallo? Ich habe äußerst empfindliche Garderobe und einige sehr zerbrechliche Dinge eingepackt.«

Krapolski hört natürlich nicht.

»Entschuldige mich kurz, Henny«, sagt Katja und folgt ihm eilig auf klackernden Absätzen.

Die wäre sie erst mal los.

Henny wartet, bis die Tür der Eingangshalle ins Schloss fällt, dann saust sie los, um ihren Küchentrupp zu instruieren. Ihre Freunde müssen Froweins Schlafgemach auf Vordermann bringen und die schmiedeeisernen Gartenmöbel auf die Terrasse schaffen, beschließt sie, während sie die Treppe zum Souterrain herabeilt.

Die Terrasse bietet einen herrlichen Blick auf den Park und sehr majestätische Bäume. Da gibt es nichts zu meckern und nichts zu putzen oder abzustauben. Dort kann Henny die verfrühte Katja mit ein oder zwei Aperitifs in Stimmung bringen, während Froweins alte Zimmer auf Hochglanz poliert werden. Immerhin gibt es dort ein Himmelbett.

Vielleicht können sie und Katja auch auf der Terrasse speisen? Insofern man Isoldes »Hausmachergulasch extra scharf« *speist*. Vielleicht kann sie es dieser hochnäsigen Kuh als »Wildschweingulasch Hubertus« verkaufen? Ach, nicht so wichtig. Hoffentlich hält Krapolski ihren unerwarteten Gast mit dem blöden Gepäck so lange auf, bis alles geregelt ist. Umziehen muss sie sich ja auch noch.

Na, das wird er schon schaukeln. Ihr Fritz ist unbezahlbar. Vor allem als falscher Butler. *Wie konnte ich ihm nur jemals grollen und hinter seinem Rücken putzen?*, schämt sich Henny. Und ihm Katja von Aschbergs Besuch verschweigen.

Das muss sie heute Nacht dringend wiedergutmachen. Falls Fritz es zulässt.

16.

Krapolski trägt Blaumann und hackt Holz. Er hackt mit energischem Schwung und im Bewusstsein, dass diese Tätigkeit komplett sinnfrei ist. Vom rein praktischen Standpunkt aus betrachtet. Er ist ja nicht blöd, nur wütend.

Niemand braucht hier auf der Burg Holz. In der Küche gibt es selbstredend Strom zum Kochen, es ist ein mildes Frühjahr, das Jagdschloss hat Zentralheizung – eine uralte und schlecht gewartete, aber für die Nächte reicht's –, und für die Protz- und Schaukamine in der Bibliothek oder der Eingangshalle hat Per Bellhaus im letzten Herbst einen ansehnlichen Holzvorrat im Schuppen aufgestapelt.

Noch dazu ist heute Samstag, und die Fünf-Tage-Woche war ihm als Gewerkschafter selbstredend immer heilig. *Trotzdem*, Krapolski schwingt das Beil über dem Hackklotz, spaltet einen aufgestellten Klotz mit einem Hieb, trotzdem wird er weiterhacken, bis sein Zorn verraucht ist.

Das hat er schon als kleiner Bengel in jenen fernen Barackentagen mit Mattka, Greulich und Stachulla so gehalten. Immer dann, wenn ihm ihr halbes Räuberleben als Habenichtse gegen den Strich ging und noch viel mehr die hartherzige Verachtung und Überheblichkeit seitens derer, die unbeschadet davongekommen waren, die noch ein echtes Zuhause besaßen und Flüchtlinge wie die wunderbare Mattka, wie Greulich oder Stachulla oder Bombenwaisen wie ihn als verkommenes Pack und Polacken beschimpften. Und entsprechend behandelten.

Seither ist Krapolski allergisch gegen jede Form von blinder Überheblichkeit und gegen Menschen, die sich grundlos für was Besseres halten. Und außerdem: Man hat seinen Stolz. Er zumindest.

Nächster Klotz. Zack. Und noch einer. Auf Krapolskis ärgerlich zerfurchter Stirn bildet sich ein Schweißfilm. Dabei ist es so früh am Morgen – sieben müsste es jetzt sein, schätzt er – im Küchenhof noch frisch.

Heute dürfte es ein Weilchen dauern, bis die beruhigende Wirkung des Holzhackens einsetzt, vielleicht muss er dazu den ganzen Vormittag mit dem Beil arbeiten.

Eins ist jedenfalls klar, er tut hier nur, was er will.

Hat er immer so gemacht, und er wird das auch Henny zuliebe nie ändern. Schon gar nicht, wenn sie ihm und allen anderen gegenüber die Geheimniskrämerin gibt und entscheidende Informationen und Pläne für sich behält.

Allein schon das ist überheblich! So was nennt man Herrschaftswissen, und so führt Henny sich plötzlich auch auf: herrschaftlich. Hochherrschaftlich. Darum ist er gestern Nacht auch nicht in ihr Turmzimmer geschlichen. Wäre ja noch schöner. Ein Schäferstündchen auf Befehl. Mit dem Feind im Bett – niemals!

»Tässchen Kaffee?«, meldet sich hinter ihm unverhofft Isolde zu Wort. Noch so eine Verräterin.

Krapolski lässt das Beil niedersausen. Zack. Ein weiterer Klotz zerfällt in zwei Hälften, er hebt eine auf, stellt sie auf dem Baumstumpf, der ihm als Haubank dient, zwecks Teilung zurecht. Der Klotz war gewaltig, muss weiter zerlegt werden. Zack.

Endlich dreht er sich unwirsch um und prallt zurück.

Isolde trägt nicht nur ihre alberne Rüschenschürze, sie hat zu allem Überfluss auch noch ein Häubchen aufgesetzt. Wo hat sie das nur wieder ausgegraben! Ein *Häubchen*! Fürchterlich! Mehr noch, sie sieht nach unstillbarem Tatendurst und prachtvoll gut gelaunt aus. In den Händen hält sie zwei dampfende Kaffeebecher. Einen bietet sie ihm an. Krapolski schüttelt grimmig den Kopf.

Menschen, die morgens in aller Frühe gut gelaunt und in Plauderstimmung sind, mag Krapolski ohnehin nicht sonderlich, aber Isolde – ausstaffiert als arbeitseifrige Dienstbotin à la 1900 und Kaiserzeit – ist der Gipfel.

»Was dagegen, wenn ich mein erstes Kaffeepäuschen hier mache?«, fragt sie und nimmt auf einer Bank neben dem Eingang zur Küche Platz. »Hach, ist das herrlich hier so früh am Morgen und vor Beginn eines arbeitsreichen Tages! Ich liebe Hennys Burg. Ist es nicht schön, mal wieder so richtig gebraucht zu werden?«

Krapolski wendet sich ab und schwingt erneut sein Beil. *Die hat doch einen Sockenschuss*, ärgert er sich. *So wie alle anderen.* Keine Ehre im Leib, die ganze Bagage. Bis auf Regina, die will heute Morgen abreisen und von Berlin aus gegen Konstantin vorgehen. Falls überhaupt. Das Mädchen hat längst genug von dem ganzen Affentheater auf der Burg, obwohl sie Hennys neueste Kapriolen noch gar nicht kennt.

Am liebsten würde er sich dem Mädchen anschließen und ebenfalls die Fliege machen. Reginas Abreise wirft zwar die Hochhausrettung nach Frau Mattkas Plänen aus der Bahn, zeugt aber von gesundem Stolz. Genau wie Reginas Widerwillen gegen die lauwarmen Schmeicheleien und Annäherungsversuche seines Sohnes. Kai hat einfach nicht mehr genug Biss seit seiner Scheidung vor acht Jahren. Stürmisch und leidenschaftlich wird der allenfalls noch an seiner E-Gitarre. Kai ist zu einem Zauderer mutiert. Vor allem, wenn es um Frauen, speziell um Regina geht.

Dabei schien es zunächst so, als würde er sich tatsächlich auf ihre Rückkehr nach Hoffnungsthal freuen. Sehr sogar. Aber nun ist die Luft raus. Kais Bemühungen um Regina sind allenfalls halbherzig zu nennen.

Früher war das mal anders, ganz anders.

Krapolski schüttelt unwillig den Kopf. Mit so einem kann man keinen Krieg gewinnen, keine störrischen Frauenherzen erobern. Verständlich, dass Regina nichts mehr von dem wissen will. Die beiden verbindet nichts mehr. Frau Mattka hat sich gründlich getäuscht.

»Na, komm schon, Fritz«, drängt in seinem Rücken Isolde in warmherzigem Ton. »Dein Kaffee wartet, und ein Päuschen muss sein. Wie sagst du immer so schön: ›Die Kunst des Ausruhens ist Teil der Kunst des Arbeitens‹, und du gibst hier schon seit sechs die Axt im Walde.«

Von so viel Fürsorge entwaffnet wendet Krapolski ihr kurz den Kopf zu. Was die aufgedrehte Isolde als Aufforderung zu einer Plauderei missversteht. »Um halb acht ist Personalfrühstück in der Küche, um neun ist die Herrschaft dran«, legt sie los und gluckst. »Die *Herrschaft*, daran muss ich mich auch erst mal gewöhnen. Fee hat den kleinen Frühstückssalon für unsere beiden Damen bereits hergerichtet, und die anderen putzen in der Küche die silbernen Servierplatten. Allesamt mit Wappen und schwarz angelaufen, aber Frau Prachts Backpulverpaste wirkt Wunder. Was für ein Glück, dass man in unserem Alter zur senilen Bettflucht neigt, die meisten waren schon vor dir, um fünf Uhr dreißig, unten und sind seither putzmunter.« Isolde prustet aufreizend fröhlich. »*Putz*munter ist gut! Jedenfalls: Ich finde, wir Rentner sind besser als unser Ruf. Vor allem du – alter Zausel.«

Krapolski tritt an die Bank, nimmt widerwillig den Kaffee entgegen und trinkt einen Schluck. Aua, viel zu heiß, und Milch fehlt außerdem, aber er will die fürsorgliche Isolde bei all seiner Wut nicht anraunzen oder beleidigen. Das hat sie nicht verdient. Lebensfreude und naive Unschuld sind schließlich keine Schande.

Beleidigen würde er gern eine ganz andere Frau. Und zwar

gründlich. Genau genommen sogar zwei. Ad eins diese aufgeblasene, strunzdumme Luxus-Schnepfe Katja von Aschberg, die sich hier als hochfeine Dame aufspielt, aber das Gegenteil ist, und ad zwei Henny.

Jawohl, seine Henny auch!

Was fällt der ein, dieser Katja zuliebe in die Rolle der herablassenden Burgherrin zu schlüpfen und ihre komplette Reisegruppe als Dienstboten auszugeben? Nur weil diese hirnlose Schnepfe Katja sie alle für ebensolche hält.

Und wozu dieses beschämende Theater? Um Konstantins künftige und selten dämliche Ex-Frau zu beeindrucken! In der vagen Hoffnung, dass die irgendetwas gegen Konstantins Baupläne unternehmen kann und wird, wenn man ihr nur tief genug in den Hintern kriecht.

Als ob!

Diese falsche Blondine hat – vertraut man Henny, der momentan aber überhaupt nicht zu trauen ist – lediglich geheimnisvolle Andeutungen in diese Richtung gemacht und sodann dreiste Forderungen gestellt.

Jaha, das kann sie. Wie alle von und zu Aschbergs.

Henny inklusive. Unfassbar!

Es sind unannehmbare Forderungen, die Katja gestellt und die Henny gestern Nacht nichtsdestotrotz einfach so an ihre Mieter und angeblich besten Freunde weitergegeben hat. Zusammen mit einer langen Liste von Anweisungen und Wünschen der blondierten Zicke. Die halbe Burg will Henny ihr zuliebe auf den Kopf stellen, damit diese Trulla ein Fest für irgendeinen amerikanischen Jetset-Schnösel mit Anhang schmeißen kann.

Henny hat sie doch nicht mehr alle!

Krapolski stellt den Kaffeebecher ab, ergreift wieder sein Beil, holt aus.

»Jetzt mach doch mal halblang«, mischt sich Isolde wie zur

Antwort in seine Gedanken, erhebt sich und bezieht Posten an seiner Seite. Sie deutet auf den stattlichen Holzhaufen neben ihm. »Wir wollen doch nicht Hennys ganzen schönen Wald verfeuern. Für ein kleines Kaminfeuer beim Ball reicht's bereits dicke.« Sie verdreht schwärmerisch die Augen. »Hach, das wird ein Fest! Drei ganze Tage essen, tanzen, feiern. Und wir alle mittendrin.«

Krapolski schnaubt. »Als Hennys Dienstboten, nein, danke, kommt nicht infrage.«

Isolde streichelt erst zärtlich ihre Schürze glatt und dann Krapolskis Arm. »Ach, hab dich nicht so, Fritz. Ist doch alles nur Komödie. Apropos, hast du schon einen Blick in den mysteriösen Ballsaal geworfen? Soll ja mächtig Arbeit werden, den in einer Woche wiederherzurichten. Wenn ich Henny gestern recht verstanden habe, ist er seit gut einem halben Jahrhundert nicht mehr benutzt worden. Alma Lampe fahndet bereits nach einer extraweichen Zahnbürste für die Kronleuchter, aber ob das reicht … Und Per Bellhaus jammert ständig wegen irgendwelcher einzigartiger Fledermäuse, die nicht gestört werden sollen. Wie wir die wohl verscheuchen können?«

»Geht mich nichts an«, knurrt Krapolski und lässt das Beil erneut sausen. Zack. »Ich bin ja nur der Butler.«

Von wegen!

Isolde kichert schon wieder. »Und was für ein Butler du bist. Immer Herr der Lage.«

»Das war ein Scherz, Isolde! Meine kleine Einlage gestern war eine Ausnahme und wird auch eine bleiben«, belehrt Krapolski sie.

»Ach, komm schon, sei kein Spielverderber, Fritz. Ohne dich wäre alles nur ein halber Spaß«, schmeichelt Isolde. »Henny braucht dich. Denk nur daran, wie erschöpft und zermürbt sie gestern bei unserem Treffen aussah, sie wirkte geradezu verzweifelt. Ich möchte mal wissen, warum. Jetzt besteht doch wieder Hoffnung. Ein wenig zumindest.«

Krapolski zieht sich hinter unverständliches Gegrummel zurück. *Verdammt, ja!* Isolde hat recht. Henny sah gestern Nacht wirklich sehr blass und mitgenommen aus.

Das war auch der einzige Grund, warum er ihr nicht auf der Stelle und in aller Deutlichkeit die Leviten gelesen hat. Aber das wird er nachholen. Noch heute Morgen, sonst explodiert er. Ihn so zu hintergehen! Ihm das Heft des Handelns aus der Hand zu nehmen! Warum vertraut Henny ihm nicht mehr? Er hat immer eine Lösung gefunden, auch in schwierigsten Lebenslagen. Er ist ein Meister für ungewöhnliche Lösungen, das muss sie doch wissen.

»Wie du die beschwipste Katja von Aschberg gestern aus der Bibliothek hinauskomplementiert hast, damit Henny uns endlich über alles aufklären und uns in ihre Pläne einweihen konnte, war einmalig«, gerät hinter ihm Isolde ins Schwärmen. *»Gnädige Frau, Ihr Bett ist gerichtet.«* Sie seufzt verzückt. »Das blondierte Gift hat richtig Muffensausen gekriegt. Klang ja auch mehr so, als wolltest du sie direktemang zum Schafott abführen.«

Brillante Idee, findet Krapolski und zerteilt – Zack – einen weiteren Klotz.

17.

Alles ist ganz so wie gestern: Gehen, einfach gehen, draußen sein, frei und vor allem allein, ist und bleibt ein Geschenk. Das größte Geschenk überhaupt, findet Regina, denn es verschafft ihr inneren Frieden. Mehr verlangt sie nicht vom Leben.

Nicht mehr, korrigiert sich Regina, während sie eine verlassene Weide quert und den Waldsaum erreicht.

Begierig atmet sie die harzige Waldluft ein, den Geruch von Laub und Baumblüte, genießt den weich federnden Boden und ihre Erleichterung darüber, die einzig richtige Entscheidung getroffen zu haben: Sie wird die Burg noch heute Morgen in Richtung Berlin verlassen und damit Hoffnungsthal, das Hochhaus und jeden und alles, was damit zusammenhängt, radikal hinter sich bringen. Sie wird einen klaren Schnitt machen. Endgültig.

Sie ist nun mal eine Einzelgängerin, ob eine geborene oder im Lauf ihres Lebens dazu gewordene spielt überhaupt keine Rolle. In ihrem Alter ändert man nichts mehr daran, wer man ist, die Sache ist gelaufen. Solo stellt sie sich den Herausforderungen und Zumutungen des Lebens nun mal am liebsten. Schon als alleinerziehende Mutter ist sie damit bestens gefahren. Der Überlebenskampf nach dem Unfall mit all seinen Folgen war aufreibend genug und der Verzicht auf allzu nahe Bekanntschaften, intime Freundschaften oder etwa Liebesbeziehungen eine Befreiung und Entlastung. Überdies konnte sie als Einzelgängerin im Leben anderer keinen Schaden mehr anrichten, sie enttäuschen und verletzen oder sonst wie beschädigen und damit schlussendlich auch sich selbst nicht aufs Neue schaden.

Sei ein Segen und kein Fluch, hat Frau Mattka immer gesagt. Damit hatte sie wie mit so vielem recht. Sie war selbst eine Meisterin darin, für ihre Nächsten und Liebsten ein Segen zu sein und damit glücklich. Wirklich glücklich. Nur leider wird sie – Regina – immer zum Fluch und einer Zumutung, sobald sie sich zu sehr auf Menschen einlässt.

Das gilt, so haben die letzten beiden Wochen bewiesen, besonders für Menschen aus ihrer Vergangenheit. So unleidlich, aufbrausend, gereizt und unglücklich hat sie sich seit Ewigkeiten nicht mehr erlebt. Das muss sie sich nicht geben und auch nicht all jenen zumuten, die meinen, sie zu kennen und zu mögen, gar zu lieben, nur weil sie sich ein geschöntes Bild der kleinen, niedlichen, tapferen Träumerin Nina bewahrt haben und störrisch daran festhalten. Die niedliche Nina gibt es nicht mehr, vielleicht gab es sie nie. Vielleicht war die Wahrheit immer eine ganz andere.

Energisch streicht Regina einen Schwung grünender Holundertriebe beiseite, die ihr entgegenranken. Einzig Fee wird künftig und auf immer Zutritt zu ihrem Herzen behalten. Sofern ihre Tochter das will und wann immer sie es möchte.

Reginas Miene verdüstert sich.

Die Schattenbezirke ihrer Vergangenheit gehen allerdings auch Fee nichts an, sie hat sie nicht umsonst stets von ihrem Kind ferngehalten.

Ein weiterer Grund, von hier zu verschwinden, denn die Schatten in ihr werden wieder mächtiger, und sie selbst wird deshalb immer feindseliger im Umgang mit Menschen. So hat Fee sie nie erleben müssen, und so soll Fee sie auch nie erleben, hat Regina beschlossen.

Sie wird die Räumung von Mattkas Wohnung einer Entrümpelungsfirma überlassen und alles andere von Berlin aus klären. Oder von Timbuktu oder von sonst wo, schließlich ist sie frei zu gehen, wohin immer sie will. Vollkommen frei und bindungslos. So frei, wie sie es als Mutter über Jahre nicht war und wie sie es sich von Jugend an ersehnt hat. Und diesmal ohne alberne und gefährliche Träume von Ruhm, Reichtum oder – noch dümmer – großer Liebe.

Du weißt, dass du bei uns immer ein Zuhause haben wirst, Nina, mischt sich unvermittelt Frau Mattkas Stimme in ihre Gedanken. *Immer.*

Du gehörst zur Familie. Heimat ist da, wo deine Menschen sind, ergänzt Herr Stachulla, und Frau Greulich drängt ihr mal wieder Streuselkuchen und Kakao in Rosentassen auf.

Nein, nein, nein, kommt mir nicht so, wehrt Regina ihre imaginären Begleiter der letzten Tage grimmig ab. Diese Zeiten sind vorbei, sie braucht und will keine Ersatzfamilie mehr, die sie über den Tod der Mutter und einen haltlosen, jähzornigen Vater hinwegtrösten, sie ist erwachsen, sie ist selbst Mutter, und das ist gut so. Davon einmal abgesehen: Mit Toten kann man nicht zusammenleben. Höchstens auf dem Friedhof.

Aber leider kann man mit Erinnerungen nicht verhandeln, sie kommen und gehen, wie und wann sie wollen. Ein Geruch kann sie wecken, ein Geräusch, ein Lied, ein vergessenes Wort und eben imaginäre Stimmen. Oder Frau Mattkas Tagebuch.

Regina beschleunigt verärgert ihre Schritte.

Zum Teufel damit, sie war schon mal weiter, viel weiter! Und seit Jahren nicht mehr in solch beklemmend düsterer Stimmung.

Es war ein Fehler, gestern Nacht noch in Frau Mattkas Tagebuch zu blättern und die Erinnerungen weiter anzufüttern, ein dummer Fehler. Sie hatte gehofft, mit diesem freiwilligen Abstecher in die Vergangenheit den bösen Schatten genau wie den gütigen Gespenstern ihrer Kindertage die Macht zu nehmen. Immerhin heißt es »Man muss den Teufel an die Wand malen, um ihn zu bannen«, und ganz ähnlich funktioniert doch auch Psychotherapie.

All das gilt offenbar aber nicht für Frau Mattkas Tagebuch. Mattka, Stachulla und Greulich – längst verstorben und begraben – haben dank dieser Bettlektüre nur noch mehr Zugriff auf ihre Gegenwart gewonnen.

Das muss endlich aufhören, trotzt Regina gegen sich an. Sie entwickelt eine zunehmend gefährliche und sinnlose Tendenz, eine Bilanz ihres eigenen Lebens zu ziehen. Dabei kann – anders als bei Menschen wie Luiselotte Mattka, der Greulich und Stachulla – nichts Gutes herauskommen. Überhaupt nichts Gutes. Sie ist nun mal kein liebenswerter, verlässlicher und zum Guten begabter Mensch, sie hat in ihrem Leben eine Menge Dummheiten begangen und Fehler gemacht, für die sie sich schämt und wegen der sie sich schuldig fühlt.

Zu Recht. So viel ist klar. Doch sich ihre Dummheiten immer und immer wieder vorzuwerfen löscht sie auch nicht aus. Das einzig heilsame Lebensrezept für sie ist und bleibt, weiterzumachen, ohne einen Blick zurückzuwerfen, weder im Zorn noch voller Reue, ohne Vorwürfe an andere oder sich selbst gegenüber. Sie muss nach vorne leben, nach hinten geht es schließlich schlecht. Was zählt, ist allein die Gegenwart oder, wie es – weit poetischer – irgendein Buddhist einmal formuliert hat: Im Hier und Jetzt zuhause zu sein.

Und nur dort.

Als Mutter hat ihr diese Regel stets geholfen, und die kleine Fee war wie alle Kinder ein wunderbarer Lehrmeister und der schönste Anlass dafür, sich ganz und gar der Gegenwart zu öffnen. Da will sie wieder hin, nicht mehr als Mutter, das ist nun einmal vorbei, aber sie kann und will es auch allein schaffen, sich dem Zauber der Gegenwart zu öffnen.

Regina reckt das Kinn, nickt sich selbst Mut zu, wählt eine forschere Gangart und kommt über eine heimtückische Baumwurzel ins Stolpern. Hoppla, das kommt vom vielen Grübeln über Vergangenes! Zurück zum Hier und Jetzt.

Bis ihr Taxi gegen halb zehn an der Burg eintrifft – sie musste es aus dem über vierzig Kilometer entfernten Bitburg herbeordern, und ein früherer Termin war leider nicht frei –, hat sie noch reichlich Zeit, um das Alleinsein einzuüben, diesen Wald zu genießen und daraus Kraft zu schöpfen.

Für eine wahre Himmelfahrt von hier bis Berlin, seufzt Regina innerlich, *schon gar an einem Samstag so wie heute*. Sie geht in Gedanken kurz ihre verschlungene Reiseroute durch. Fahrpläne sind unverfängliches Gedankenfutter.

Über acht Stunden wird sie unterwegs sein, mit Regionalbussen und Regionalzügen, die an jeder Milchkanne halten, und am Ende endlich mit einem ICE. Allein bis zum Kölner Hauptbahnhof braucht sie von hier aus vier zermürbende Stunden. Schneller wäre ihr bedeutend lieber, zumal sie momentan die Füße kaum stillhalten kann.

Deshalb ist es gut, dass sie sich für diesen ausführlichen Waldspaziergang statt fürs Rumsitzen und Warten entschieden hat. In der Burg gibt es für sie nichts mehr zu tun. Rucksack und Koffer sind gepackt, Fee ist seit gestern Abend informiert, und weder sie noch Per Bellhaus' Appell und Bitte um Hilfe können sie zurückhalten. Genauso wenig wie Henny, Krapolski und die anderen Spinner.

Nun ja, nicht Spinner, eher unverbesserliche Träumer, mildert Regina ihr so hartes wie ungerechtes Urteil ab. Es ist ja nicht so, dass sie Henny oder den anderen Hochhausbewohnern keinen Erfolg wünscht.

Im Gegenteil wird sie Henny und den anderen auf ihre Weise und mit einer gerichtlichen Auseinandersetzung mit Konstantin um Frau Mattkas Testament in der Hochhausfrage ja sogar beistehen. Eher indirekt und aus eigenen Interessen, vor allem dem, den Preis für Frau Mattkas Wohnung hochzutreiben, aber immerhin.

Und jetzt endlich Schluss mit dem Unsinn! Ob sie sich über

Hennys Probleme den Kopf zerbricht oder nicht, spielt doch gar keine Rolle. Es sind nicht ihre.

Regina biegt in einen vielversprechenden Pfad ein. Er ist schmal, windungsreich und dicht bewachsen, gesäumt von hohen Buchen, deren Kronen ein schützendes Dach über ihr bilden. Das Morgenlicht fällt in Streifen durch das Blättergewirr. Kurz hält sie inne, fühlt sich einen winzigen Moment lang vollkommen geborgen. Das ist es. Das Hier und Jetzt. Hier zählt nur die Gegenwart, hier fängt die Welt jeden Morgen neu an. Wie erfrischend.

Regina schließt kurz die Augen.

Natürlich ist ihre Tochter nicht glücklich über ihren Entschluss, einfach wegzugehen, aber Fee weiß, wann sie ihre Überredungsversuche besser einstellt. Sobald Regina einen endgültigen Entschluss gefasst hat, hält sie daran fest. Fee kennt das. Und Regina hat weder ihrer Tochter noch sonst jemandem heute Morgen eine Gelegenheit gegeben, seine Überredungskünste noch einmal an ihr auszuprobieren. Sie ist einfach früh raus aus dem Bett und ab in den Wald.

Lediglich Fritz Krapolski ist ihr auf dem Weg hierher kurz begegnet, aber der hat nicht groß nachgefragt, ihr sogar eine »gute Reise« gewünscht, und er schien das ernst zu meinen. Fast klang es so, als wollte er sie zu ihrem Entschluss beglückwünschen. Oder als wolle er sie loswerden.

Wozu er wohl ein Beil bei sich trug? Na ja, Krapolski eben. Er war immer schon unberechenbar und ein bisschen verschroben.

Ein modernder Wegweiser kündigt rechter Hand einen Rundwanderweg von sechs Kilometern Länge an, den Mühlenpfad. Per Bellhaus hat ihn ihr gestern Abend wärmstens empfohlen. Regina hatte ihn noch einmal in seiner Wohnung aufgesucht, um ihm ihren Entschluss, von hier wegzugehen und sich in nichts einzumischen, kurz zu erläutern und ihn zu bitten, diese Entscheidung nicht persönlich zu nehmen. Das musste sein. Ihre panische Flucht vom Aussichtsturm war ihr dann doch überstürzt und albern vorgekommen. Der junge Mann hat sie schließlich nicht bedroht, beleidigt oder beschimpft.

Per Bellhaus hat ihre Erklärungen erstaunlicherweise akzeptiert, hat im Gegenzug lediglich von der Gegend und seinem Leben hier erzählt. Der sonst so maulfaule Kerl kann verblüffend anschaulich erzählen, wenn er will. Das muss Regina ihm zugestehen. Vor allem vom Wald. Den hiesigen scheint er zu kennen wie seine Westentasche.

Vielleicht sollte sie dem Mühlenpfad eine Chance geben. Regina zieht ihr Handy aus der Hosentasche, wirft einen Blick aufs Display. Gerade mal halb acht. Ihr bleibt genügend Zeit für den Rundweg. Also auf.

Regina folgt dem Wegweiser und kehrt in Gedanken kurz zu Fee zurück, weil sie – zugegeben – in dieser Hinsicht noch immer das Gewissen drückt. Leichtgefallen ist es ihr nicht, so abrupt von ihrer Tochter Abschied zu nehmen, aber nun … im Gegenzug mischt sie sich auch nicht in Fees Pläne ein.

Ihre Tochter kann so stur und kompromisslos sein wie sie selbst. In diesem Fall verfolgt sie allerdings völlig absurde Ziele. Fee will weitere kostbare Urlaubstage opfern, um auf der Burg zu bleiben und den Senioren in ihrem zunehmend grotesk anmutenden und überdies aussichtslosen Kampf um das Hochhaus beizustehen.

Regina runzelt missvergnügt die Stirn.

Ihre Gedanken scheinen sich ebenfalls für einen Rundwanderweg entschieden zu haben. Zu Fuß kommt sie gut voran, aber in Gedanken nicht. Schon gar nicht, wenn es um Fees Glück und Wohlbefinden geht.

Was soll's. Mutterschicksal.

Warum kann ihr geliebtes Kind nicht einfach mal unbeschwert das Leben als schöne junge Frau genießen? Mit Menschen ihrer Altersklasse, sorglos sein, flirten, feiern, reisen, sich verlieben. Das vor allem. So wenig Regina sich selbst noch eine Beziehung ersehnt, so sehr wünscht sie ihrer Tochter diese Erfahrung – mit besserem, mit dem allerbesten Ausgang. Herrje, man ist nur einmal jung, und Jugend lässt sich nicht nachholen!

Aber Fee begeistert sich mehr und mehr für den Seniorenclub, und mit dem einzigen Altersgenossen in der Runde – Per Bellhaus – steht sie auf Kriegsfuß. Sie scheint ihn regelrecht zu verabscheuen. *Schade drum*, findet Regina, aber Fee ist mit dem Herzen eben ganz bei der Hochhausrettung. Angeblich, so behauptet sie, »tut sich gerade schwer was auf der Burg«. Henny habe gestern einen vielversprechenden Gast empfangen und entwickle einen äußerst originellen neuen Plan zur Hochhausrettung.

Wie genau der aussehen soll, wusste Fee beim Abschied gestern Nacht nicht zu sagen, nur dass ein großer Ball auf der Burg mit ebenso vermögenden wie einflussreichen Gästen geplant sei. Regina hat nicht weiter nachgehakt, Hennys Kellerfest mit Schaumparty war ihr originell genug.

Gut möglich, dass es sich bei Hennys neuem Rettungsplan mit Fest und Tanzeinlage um das glanzvolle Vorspiel zu dem von Per Bellhaus befürchteten Verkauf der Burg und des Waldes handelt. Vermutlich will Henny potenzielle Investoren umschmeicheln und beeindrucken. Wozu sie zweifelsohne Talent hat. Nun, vielleicht kommt es ja tatsächlich zu einem Geschäft, das Henny genügend Geld einbringt, um Konstantins Hochhaushälfte zu erwerben. Obwohl … Regina runzelt erneut die Stirn … der doch sicher nicht verkaufen wird. Zudem liebt Henny diese Burg und … Ach was!

Regina schüttelt energisch den Kopf, das interessiert sie doch nicht. Schon gar nicht will sie zwischen die Fronten von

Wald- und Hochhausrettern geraten. Denn so viel scheint sicher: Per und Henny dürften sich demnächst heftig in die Haare geraten. Dabei wünscht sie Henny alles Glück der Welt, denn Per scheint – seiner Waldschrat-Optik zum Trotz – ein ebenso entschlossener Kämpfer wie Ekel Konstantin zu sein. Noch heute Morgen will er mit Henny reden und sowohl juristische Maßnahmen als auch öffentlichkeitswirksame Aktionen zur Waldrettung androhen. Und das, obwohl er sie sehr schätzt, sogar liebt, wie er betont hat.

Ob er die Bäume besetzen will? Ein Waldcamp mit lauter Ökoaktivisten organisieren? Zuzutrauen wäre es ihm, und bestimmt ist er in dieser Szene gut vernetzt.

Henny wird sich in jedem Fall warm anziehen müssen, wenn sie es mit gleich zwei, obendrein völlig verschiedenen Gegnern ihrer Pläne aufnehmen will. Ein bisschen viel Kampf und Krawall wegen eines über sechzig Jahre alten Hochhauses und für eine alte Dame.

Und jetzt endlich Schluss mit dem Unsinn! Sie ist raus aus der Nummer. Basta. Na ja, noch nicht ganz. Noch liegen etwa 5,5 Kilometer Rundwanderung in Hennys Wald vor ihr.

18.

Konstantin von Aschberg mahlt mit den Kiefern und tritt grimmig das Gaspedal seines brandneuen BMW-8er-Cabrios durch, setzt zu einem Überholmanöver an. Der Motor brüllt kurz auf, deutet die Urgewalt des potenten 530 PS starken Motors an.

Wie ein von Ferne schlagartig herannahendes Gewitter rast er auf die linke Spur, fegt auf Anhieb diverse Wochenendschleicher beiseite und zuletzt einen lächerlichen Angeber-Audi Jahrgang 2017, der tatsächlich versucht hat, ihm zu entkommen.

Von wegen »Vorsprung durch Technik«! BMW, das ist Freude am Fahren! Befriedigt drückt Konstantin sich tiefer in den hellen Ledersitz, ergötzt sich am griffigen Sportlenker, dem digitalen Cockpit und der Tatsache, dass die ihn umströmende Frischluft dank Windschott und hochgefahrenen Seitenscheiben trotz aufgeklapptem Verdeck perfekt und sehr frisurfreundlich dosiert ist. Oh ja, dieser Wagen ist ein Hochgenuss mit Klasse, kraftvoll, elegant und dabei spielend leicht zu lenken.

Anders als seine Beifahrerin, die sich, dem Tempo und seinem sportlich offensiven Fahrstil geschuldet, übertrieben starr in ihren Sitz drückt und ausnahmsweise die Klappe hält.

Wenigstens das.

Sein Blick streift für Millisekunden die schreckensbleiche Britta Bönsch, die mehr denn je an Morticia Addams erinnert und sein Hochgefühl ausbremst. Dieses Profil! Dieser römische Zinken, ach was, die ganze Frau. Ein Albtraum!

Mein Albtraum.

Konstantins Kiefer beginnen wieder zu mahlen. Erneut gibt

er Gas, wechselt noch einmal auf die Überholspur. Hat in Sekunden freie Bahn. Ihn treibt ein Fluchtimpuls, das ist ihm klar. Er ist ja nicht dumm. Nur leider entkommt er seiner Beifahrerin selbst mit zweihundert Sachen nicht.

Konstantins Laune trübt sich ein.

Das wundervolle werksneue Cabrio kann ihn leider nicht nachhaltig über das Eheversprechen hinwegtrösten, das Britta Bönsch ihm im Gegenzug für ein paar Informationen über Hennys Verbleib und ihre weiteren Pläne, abgepresst hat. *Ein Eheversprechen.*

Unfasslich, aber wahr: Er ist verlobt. Seit gestern. Wieder einmal. Diesmal ganz gegen seinen Willen und seine Absichten, aber darunter war leider nichts zu machen. Lästig. Und natürlich eine reine Posse. Zumal er noch nicht einmal geschieden ist.

Gebe Gott, dass Katja nichts von diesem Vorgang erfährt – sie würde vermutlich schäumen und ihre Forderungen an ihn aus reiner Missgunst in noch astronomischere Höhen schrauben. Natürlich gilt das Schuldprinzip bei Scheidungen nicht mehr, aber ein eitles Miststück wie Katja darf man nie unterschätzen und keinesfalls unnötig reizen, schon gar nicht wenn es auf Kriegsfuß ist.

Außerdem hat er mit dieser dämlichen Scheinverlobung einen wichtigen Joker verspielt. Er kann die Scheidung nun nicht mehr durch vorgetäuschte Versöhnungsversuche mit Katja hinauszögern, wozu ihm seine Anwälte geraten haben. Allein zu dem Zweck, die Unterhaltsstreitigkeiten für Katja so nervenaufreibend und kostspielig wie möglich zu gestalten, versteht sich. Seine künftige Ex-Frau ist zwar keineswegs bettelarm, aber er ist deutlich reicher. Er hätte ihr das Leben und die Scheidungsverhandlungen zur Hölle gemacht. Dank Britta Bönsch muss er den Ball in dieser Hinsicht nun erst mal flach halten.

Konstantin setzt den Blinker und fädelt knapp vor einem Tiefkühllaster wieder in die rechte Spur ein. Wirklich, diese absurde Verlobung ist verdammt lästig, die reinste Selbsterniedrigung. Und ein teurer Spaß dazu. Er wird die dabei entstandenen Kosten kaum als Betriebsausgaben oder die außergewöhnliche Belastung, die sie ist, absetzen können.

Nein, das geht bei aller Liebe nicht.

Liebe!?

Konstantin zürnt sich kurz selbst. Wie kann er dieses Wort im Zusammenhang mit seiner unfreiwilligen Blitzverlobung und Britta Bönsch auch nur denken?

Nein, mit Liebe hat dieser unangenehme Vorgang nichts zu tun. Aber was blieb ihm übrig? Er musste nachgeben. Es hat oberste Priorität, dass er Henny einen Schritt voraus bleibt und nicht sie ihm. Und leider weiß nur Britta Bönsch, wohin Henny und ihr Seniorenclub gestern Morgen verschwunden sind.

Mehr als »Das errätst du nie« hat sie bislang nicht preisgegeben, und leider hat sie recht damit. Zu allem Überfluss sitzt die Familie ihm wegen der Abrissplanung im Nacken und will Termine festklopfen, und irgendein dämlicher neuer Lokalsender – ein »unabhängiges Bürgerradio für Senioren« – hat kürzlich einen kritischen Report über die Neubaupläne der Aschbergs in Hoffnungsthal und Rentner, denen deshalb die Obdachlosigkeit droht, gesendet.

Schrecklicher Tränendrüsenjournalismus. Einige von Hennys Mietern haben sogar Interviews gegeben, lauter Gejammer über den Verlust der vertrauten Umgebung, der Freunde, drohende Einsamkeit, nicht zu vergessen das Genöle über Krankheiten und Behinderungen. Herrje, er ist schließlich nicht das Sozialamt, sollen sie doch da hingehen und jammern!

Untermalt wurde das Ganze mit Baugeräuschen, die seine Handwerker und Gerüstbauer seit einer Woche im Hochhaus produzieren. Sie wurden als Beweis dafür herangezogen, wie kriminell er als Vermieter vorgehe. *Lächerlich!* Er bedient sich nur durchaus üblicher Methoden, um Herr über sein Eigentum zu bleiben.

Konstantin zieht ärgerlich die Brauen zusammen, schaltet einen Gang höher. Hinter dieser Schmierenkomödie steckt garantiert Henny, vermutlich sogar hinter dem ganzen Bürgerradio. Solche Sendungen hört zwar kaum ein Schwein, und Werbeeinnahmen dürften sie ebenfalls kaum generieren, aber der Aschberggruppe ist etwas darüber zu Ohren gekommen, und es hat ihr missfallen.

Die Aschbergs haben Presse, Funk und Fernsehen gewöhnlich gut im Griff. Aber das *Unabhängige Bürgerradio von Senioren für Senioren* hatte keiner auf dem Schirm. Senioren, noch dazu vergleichsweise mittellose, die sich selbst zu Wort melden, also bitte!

Wer denkt sich so einen Quatsch aus, was fällt diesen funkenden Kalkleisten ein? Selbst Radio machen! Gibt es den Kirchenfunk oder so was wie *Melodien für Millionen* nicht mehr, um sie zu unterhalten? Noch dazu sind diese senilen Hobbyreporter über das Internet quasi flächendeckend hörbar und haben angekündigt, »am Thema dranbleiben« zu wollen.

Tja, auch seine Anwälte bleiben dran und basteln bereits an einer einstweiligen Verfügung, einer Klage wegen Rufschädigung und einem Senderverbot.

Konstantin würgt den Lenker. Wegen solch einem Blödsinn musste er sich gestern aus dem Stand heraus verloben!

Zum Schein, natürlich nur zum Schein, beruhigt er sich nochmals. Er wird diese lächerliche Verbindung lösen, sobald er Henny und ihren lästigen Seniorenclub entdeckt hat. Seine Anwälte haben ihm völlig gelassen versichert, dass er das jederzeit ohne schädliche Konsequenzen tun könne – und solle. Kranzgeld oder ähnlich antiquierte Kompensationen für ein gebrochenes Eheversprechen gibt es im deutschen Recht schließlich seit Jahrzehnten nicht mehr. Oder sogar seit Jahrhunderten? Egal, das Ganze war für seine Anwälte eine Lachnummer.

»Zwangsheirat für Männer dürfte ein allgemein unbekanntes Phänomen sein«, haben sie gemeint.

Trotzdem. Es ist eine beschämende Niederlage, zumal sich Konstantin beim Anwaltsgespräch kurz der Gedanke aufgedrängt hat, dass seine Anwälte ihn für die Lachnummer halten könnten. Ihre Tonlage wirkte verdächtig heiter.

Anderes Thema!

Er wird auch diese Niederlage in einen Sieg verwandeln. Britta Bönsch ist wahrhaftig keine ernsthafte Gegnerin für ihn, nur lästig. Und leider keine Frau, die ihn auch nur annährend schmückt oder amüsiert. Hoffentlich muss er sich nicht allzu oft mit dieser optischen Katastrophe in der Öffentlichkeit zeigen.

Na ja, beruhigt er sich, *für die dämliche Eifel wird ihr aufdringlich neureicher Möchtegern-Charme genügen.* Immerhin hat er Britta überzeugen können, dass sie die Verlobung erst einmal geheim halten und während dieser kleinen Reise unter falschem Namen in Hotels einchecken. Der laufenden Scheidung und seines guten Rufes wegen. Natürlich hat er auch von ihrem, also Brittas, gutem Ruf gesprochen und davon, dass er die von Aschbergs zunächst von seiner Wahl überzeugen müsse. Leider hat sie dann auf ihrem Nachnamen als Tarnung bestanden, weshalb er als Herr Bönsch auftreten muss.

Ein blaues Hinweisschild kündigt die Ausfahrt Bitburg an. Konstantin setzt den Blinker, wechselt flink wie ein Panther auf die rechte Spur, nimmt die Ausfahrt. Dort muss er das Tempo leider erheblich drosseln.

Morticia Bönsch erwacht spontan wieder zum Leben. »Nach der Ausfahrt links«, weist sie ihn an.

Herrje, hält die ihn oder sein Deluxe-Navi für debil?

»Und wohin genau geht es dann?«, verlangt er zu wissen. Das hat sie ihm nämlich auch noch nicht verraten. Er kommt sich vor wie ein Esel, der einer Angel mit Karotte hinterherzockelt, die ihm vor der Nase baumelt.

»Erst einmal in unser wundervolles Hotel«, antwortet Britta Bönsch und bleibt nebulös. »Vier Sterne, Wellnesslandschaft, erstklassiges Restaurant, ein echter Geheimtipp, den ich im Reisebüro nur an meine zahlungskräftigste Kundschaft weitergegeben habe. Vertrau mir. Wir müssen doch in Ruhe unsere Verlobung feiern, und ich möchte ein oder zwei Beautybehandlungen genießen, bevor es weitergeht.«

»Wohin weiter?«, versucht es Konstantin noch einmal.

»Verrat ich nicht«, flötet Britta Bönsch neckisch, reckt das Kinn und stößt einen schwärmerischen Seufzer aus. »Genieße doch einfach mal das Leben, Konstantin! Und meine Überraschungen. Apropos«, sie wendet ihm lächelnd den Kopf zu. »Für dich habe ich auch ein paar Beautybehandlungen gebucht. Wir wollen schließlich den besten, den allerbesten Eindruck machen, wenn wir demnächst auf Gräfin Henny und ihren Rentnerclub treffen, nicht wahr?«

Konstantin begutachtet sie mit einem angewiderten Seitenblick. Die Bönsch hat sich ein sündteures Hermès-Kopftuch umgeschlungen, trägt ein Victoria-Beckham-Etuikleid und eine Gucci-Sonnenbrille – alles erst gestern Nachmittag auf der Kö erstanden. Auf seine Kosten, versteht sich. Sie sieht sich selbst offenbar als Wiedergängerin von Audrey Hepburn in *Frühstück bei Tiffany* oder als Grace Kelly in *Über den Dächern von Nizza*.

Mit dem Zinken! Absurd!

An ihrer linken Hand glitzert ein Diamantring von Cartier. Kein obszön teurer Ring, aber auch kein ganz billiger. Wäre es nach ihm gegangen, hätten sie das Ding aus einem Kaugummiautomaten gezogen. Wäre passend gewesen, schließlich entstammt Britta Bönsch einer Sippschaft von Kioskbetreibern.

Er und Britta Bönsch – es ist und bleibt unfassbar!

Konstantin bremst am Ende der Ausfahrt ab. Es riecht streng nach Düngemitteln und Kuh. Wie passend.

Die Kuh neben ihm kuschelt sich über die Mittelkonsole hinweg kurz an ihn. »Ach, Konstantin, ist es nicht herrlich hier und mit uns?«, fragt sie und scheint das ernst zu meinen.

Konstantin fährt ruppig an, schüttelt die anschmiegsame Britta mit einem Schnellstart von sich ab. Der von einem Klappenauspuff satt verstärkte Motorsound des Cabrios bringt seine Verlobte verlässlich zum Schweigen.

19.

Per Bellhaus hatte recht. Der Mühlenpfad ist wunderschön. Die Hälfte des Weges hat Regina mittlerweile geschafft. In der Ferne murmelt ein angekündigter Bach. Welch ein beruhigendes und zugleich aufmunterndes Geräusch!

Bellhaus hat ihr gestern Abend erzählt, dass es hier früher viele Bachläufe und einige Mühlen gab. Wassermühlen für Korn und Holz, später zum Antrieb erster Maschinen.

Der Wald wird mit jedem Schritt merklich feuchter, die Baumstämme tragen vereinzelt Moosbärte, Pilze wuchern auf Totholz und verrottenden Stümpfen, die eifrige Käfer mit schillernden Panzern besiedeln. All das ist ein Beweis dafür, hat Per Bellhaus ihr erklärt, wie gesund dieser Wald noch oder wieder ist. Wofür nicht zuletzt er als Hennys Forstbeauftragter und – unter seiner Anleitung – die Studenten der Forstakademie, an der er hauptberuflich forscht und lehrt, Sorge tragen.

Ja, der Sonderling mit Dutt ist tatsächlich Wissenschaftler. Und leidenschaftlicher Waldfreund. Ihm könnte Regina stundenlang zuhören. Wirklich. Sie hält kurz inne, um mit einer Mischung aus anfänglicher Abscheu und wachsender Bewunderung eine gewaltige Kaskade rosettenförmiger blaugrauer Pilze zu begutachten, die einen gewaltigen Baumstrunk überwuchern und seine Verrottung beschleunigen.

Wenn man die Pilzkolonie eingehend betrachtet, entwickelt sie eine immer größere Faszinationskraft. *Sie ist auf bizarre Weise ausnehmend hübsch*, stellt Regina fest. Es dürfte sich um Schmetterlingstrameten handeln, wie sie gestern Abend von Per Bellhaus lernen durfte.

Ganz begeistert und sehr plastisch hat er über die einzigartige Lebensgemeinschaft im Wald erzählt, vom Kreislauf des Werdens und Vergehens und von einem ausgeklügelten Kommunikationssystem zwischen den Bäumen. Offenbar verbindet sie eine Art unterirdisches Bio-Internet, das aus weitverzweigten Pilzgeflechten besteht. Diese Vernetzung ermöglicht ihnen, Bellhaus zufolge, eine hochwirksame natürliche Kooperation bei Schädlingsbefall oder Wassermangel, die es noch genauer zu erforschen gilt. Es handelt sich um sein Spezialgebiet.

Fest steht wohl, dass Bäume sich über drohende Trockenheit austauschen können und dann – quasi solidarisch – den Wasserverbrauch drosseln, damit genug für alle bleibt und jeder Einzelne überleben kann. Im Fall von Schädlingsbefall ermöglicht die Vernetzung offenbar eine rechtzeitige Produktion von Abwehrstoffen.

All das hat Regina an einen angestaubten Lieblingsspruch aus der Ökoszene der Achtzigerjahre erinnert, die damals nicht die ihre war: *Leben wie ein Baum, einzeln und frei, doch brüderlich wie ein Wald, das ist unsere Sehnsucht.*

Es klingt in ihren Ohren nach wie vor nach Pubertät, Ökokitsch und alternativer Kalenderpoesie, doch Bellhaus, das muss sie zugeben, hat mit Kitsch nichts am Hut. Der ist ein waschechter Wissenschaftler, der Fakten und ernsthafte Forschung schätzt, seine diversen Tätigkeiten liebt und deshalb so eindrücklich davon zu erzählen weiß. Sicher ist er ein hervorragender Lehrer und bei seinen Studenten beliebt.

Kurz: Sie mag den jungen Mann.

Ein wenig hat er sie in seiner bedingungslosen Hingabe und seinem Einsatz für die Sache an Fee erinnert. Ob ihre Tochter weiß, dass Bellhaus an einer Akademie forscht und unterrichtet? Allem Anschein nach nicht, sonst würde sie ihn nicht als abgedrehten Sonderling mit merkwürdiger Haartracht abtun und so behandeln.

Das ist er nämlich nicht.

Sie wünschte, sie selbst hätte im Leben eine auch nur entfernt ähnlich sinnvolle Beschäftigung wie Bellhaus gewählt. Stattdessen war ihr Leben eine Aneinanderreihung von Fehlentscheidungen und mehr oder minder reine Verschwendung. Denn sinnvoll, da ist Regina seit Langem ehrlich zu sich selbst, war ihr berufliches Leben, ihre Kurzkarriere als Möchtegern-Star und zuletzt als freischaffende, lächerlich gering entlohnte und unterbeschäftigte Maskenbildnerin nicht.

Heutzutage würde ihre Biografie als Werbegesicht der Achtziger, als *Bravo*-Girl, *Playboy*-Mieze, leicht bekleidete Seriendarstellerin und Trashkino-Heldin mit illusorischen Hollywoodträumen gerade mal für eine Teilnahme im *Dschungelcamp* reichen. Reginas Miene verfinstert sich kurz. *Nein, nicht einmal das*. Schließlich hat sie nach ihrem Unfall alles dafür getan, um komplett in Vergessenheit zu geraten und nie wieder Schlagzeilen zu machen. Immerhin das ist ihr gelungen. Alles in allem eine erbärmliche Lebensbilanz!

Es ist nie zu spät zu sein, wie man gerne gewesen wäre, flüstert Frau Mattka ihr zu.

Das ist Unsinn, wehrt Regina ab.

Von ihrer Tochter abgesehen, ist ihr nichts in ihrem Leben irgendwie gelungen. Im Gegenteil. Sie ist der wandelnde Misserfolg. Und daran ist weder der Unfall schuld noch Fees mutmaßlicher Erzeuger, sondern ganz allein sie selbst.

Sie hätte an jenem verhängnisvollen Abend niemals neben Anton Achleitner im Wagen sitzen, ihm als Agenten niemals blind vertrauen und noch weniger je mit ihm schlafen dürfen. Auch wenn es nur ein einziges Mal geschehen ist. Liebeskummer, egal, wie vernichtend er sich anfühlt, war und ist keine Entschuldigung für eine derartig absurde Fehlentscheidung und einen betrunkenen One-Night-Stand mit einem ausgemachten Idioten.

Ihr sogenannter Agent war ein Sohn aus gutem Hause, gut aussehend, mit Geld und einem gewissen Charme gesegnet, aber vor allem war er ein großmäuliges, komplett amoralisches, von sich selbst berauschtes Arschloch. Das wusste sie sehr gut. Wusste es von Anfang an. Und sie hätte ebenso wissen können, dass die Einladung zu Probeaufnahmen in Hollywood, die Achleitner wunderbarerweise organisiert hatte, einen Haken haben musste.

Von wegen »Ich bring dich groß raus. Ich hab erstklassige Kontakte. Vertrau mir, Babe«!

Das hätte sie niemals, niemals tun dürfen. Doch ihre alberne Sucht nach einer Hollywoodkarriere hatte sie längst sämtliche inneren Stoppschilder überfahren lassen.

Reginas Mund verzieht sich zu einem bitteren Strich. Der Aufprall auf die Leitplanke war eine geradezu logische Konsequenz.

Immerhin, sinniert Regina voll Hohn und ätzender Selbstironie, *es war eine Leitplanke auf der Traumstraße der Welt, Kaliforniens Highway 1*. Der Unfall geschah kurz vor ihren ersten Probeaufnahmen in San Fernando Valley, dem Hauptquartier der größten Pornoproduzenten Hollywoods. Letzteres hatte sie nicht gewusst.

»Geht nur um ein paar Auftritte, Babe. Ausschließlich Softcore, versteht sich. Hardcore ist eine andere Hausnummer. Gut fürs schnelle Geld, tödlich fürs Image«, hat Achleitner sie nach einer bald achtzehnstündigen Anreise aus Deutschland auf der Fahrt dorthin aufgeklärt. »Aber Softcore ist okay. Das wird deine Eintrittskarte ins große Kino. Wenn du wüsstest, welche großen Stars vor ihrem Durchbruch in Erotikmagazinen und -filmen mitgewirkt haben, würdest du staunen. Und wenn man sich überdies einigen einflussreichen Produzenten gegenüber körperlich zugänglich zeigt, ist die Sache geritzt. Machen viele so. Vor allem die ohne amerikanischen Pass.«

Ich nicht!

Unbändiger Zorn steigt in Regina auf, ganz so wie damals.

Noch im Auto hat sie einen Riesenkrach mit Anton angezettelt. Gott, war sie wütend! Anton war es nicht minder, außerdem war er mal wieder hyperaktiv auf Koks und sein Körper wie der ihre im Jetlag-Modus. Deshalb hat Achleitner nicht nur die Beherrschung über sich selbst, sondern auch die über den Wagen komplett verloren. Das war's. *Finito.* Achleitner war sofort tot, sie ist erst im Krankenhaus wieder aufgewacht.

Ja, es ist wahrlich eine beschissene Lebensbilanz, die sie mit niemandem teilen möchte. Auch Fee kennt sie nicht in ihren letzten scheußlichsten Einzelheiten. Warum auch? Heutzutage wird einander oft viel zu viel gebeichtet, als würden Probleme verschwinden, wenn man sie mitteilt. Stattdessen erhöht man nur die Anzahl der Menschen, die sich darüber Gedanken machen müssen.

Fee will sie davor bewahren. Das wollte sie immer.

Und trotzdem ... Es gibt da etwas ... etwas, das auch Fee betrifft. Ein letztes Geheimnis und ihr schwerstes. Bedrückt hält Regina vor einem betagten Ahorn inne, streckt haltsuchend die Hand nach seinem Stamm aus, weil sie eine Welle von Übelkeit überkommt. Nur gut, dass sie hier ganz allein sein kann mit ihren mit einem Mal sehr lebhaften Erinnerungen.

Nicht ganz.

Hinter ihr beginnt es zu summen. Jemand summt *Mein Freund, der Baum*, den Uralt-Schlager von Alexandra.

Erschrocken, aber noch mehr empört wirbelt Regina herum.

»Was machst *du* hier?«, fährt sie auf.

Zur Antwort singt Kai Krapolski mit leisem Spott in der Stimme die ersten beiden Songzeilen. »Ich wollt dich längst schon wiedersehen, mein alter Freund aus Kindertagen, ich hatte manches dir zu sagen ...« Er bricht die Gesangseinlage ab. »Redest du immer noch lieber mit Bäumen und Eichhörnchen als mit Menschen?«

Regina beißt die Zähne zusammen. Sie hatte vergessen, wie ätzend penetrant Kai sein kann. Und wie hartnäckig. Jetzt weiß sie es wieder.

»Im Ernst, Nina –«

»Nenn mich nicht so! Ich heiße Regina.«

»Okay, dann eben Regina. Ich denke, wir zwei sollten uns endlich ungestört und wie Erwachsene unterhalten. Nach allem, was zwischen uns mal war und was passiert ist. Ich möchte da einiges klären.«

Nur das nicht.

Außerdem gibt's da nichts zu klären. Auf gar keinen Fall.

»Wie lange läufst du schon hinter mir her?«, verlangt Regina zu wissen. *Immer schön im Hier und Jetzt bleiben!*

»Im Grunde mein ganzes Leben lang«, kontert Kai trocken.

Was für ein infamer Lügner!

Der Spott kehrt kurz in Kais Augen zurück. »Vielleicht will ich einfach in Übung bleiben? Auch wenn du es mir verdammt schwer machst. Genau wie früher.«

Sein Blick verdüstert sich mit einem Schlag, wird kalt wie die Luft nach einem schweren Gewitter mit Starkregen. Er tritt noch näher an sie heran. »Verdammt schwer. Vor allem, als du zum zweiten Mal bei Nacht und Nebel aus Hoffnungsthal verschwunden bist und mich endgültig versetzt hast. *The first cut is the deepest*, heißt es, ich fand's beim zweiten Mal schlimmer. Vor allem unter den …«, er atmet tief ein, räuspert sich kurz, »den speziellen Umständen damals.«

Reginas Herz setzt einen Schlag aus. Worauf spielt er an? Er wusste zu diesem Zeitpunkt ebenso wenig wie sie von den besonderen »Umständen«, wie er es nennt. Kai kann nichts davon gewusst haben. Kann es noch immer nicht wissen. Sie hat ihm und auch sonst niemandem gegenüber je ein Wort darüber verloren, wie und wann sie von ihrer Schwangerschaft erfahren hat – nämlich in einer kalifornischen Unfallklinik.

Regina schüttelt stumm und verwirrt den Kopf, öffnet den Mund, um zu protestieren, schließt ihn wieder. *Er kann nichts wissen*. Außerdem gab und gibt es für ihn schlussendlich nichts zu wissen. Die Sache hat sich von selbst erledigt. So wie ihre heftige kleine, so heimliche wie dämliche Affäre vor dem Unfall.

Nur gilt das anscheinend nicht für Kai.

»Warum hast du mich damals sitzenlassen?«, fragt er. »Ich habe dir gesagt, was ich für dich empfinde. Und ›empfinden‹ ist ein verdammt schwaches Wort dafür.«

»Du warst verlobt«, bricht es aus Regina hervor. »*Verlobt!* Davon hast du mir kein Sterbenswort gesagt.«

Nein, das war Britta Bönsch, erinnert sich Regina nur allzu genau. Biest Britta, die ihr nach drei unfassbar berauschenden Tagen und Nächten mit Kai durch Zufall in Hoffnungsthal begegnet ist. Oder – was weit wahrscheinlicher ist – die ihr nach einer langen Nachtwache vor Kais damaliger Wohnung aufgelauert haben muss. Britta, ihre selbsterklärte Intimfeindin von Kindesbeinen an, hat mit wenigen Sätzen und voll Genuss ihre Gefühle für Kai und ihr Vertrauen in ihn endgültig vernichtet. So viel zur heilen Hochhauswelt, die Henny und Krapolski gern beschwören.

»Ja, ich war verlobt – und fest entschlossen, mich zu trennen«, entgegnet Kai nach einer kurzen Pause. »Deinetwegen. Es ging immer um dich, und wir hätten es schaffen können, Regina. Ich war zu allem bereit, das weißt du. Warum bist du damals vor mir weggelaufen?«

Das darf nicht wahr sein, jetzt schaltet der tatsächlich seinen Harrison-Ford-Blick zu, mischt zutiefst enttäuschte Sehnsucht, Schmerz und einen Anflug unverbrüchlicher Fürsorglichkeit bei.

Verdammt, er kann das immer noch. Das ganze beschissene Programm.

Regina zieht scharf den Atem ein. »Ich bin nicht abgehauen, ich hatte einen Vertrag für Probeaufnahmen.« Der Rest geht auch Kai nichts an. Gar nichts.

»Dieser Hollywoodquatsch interessiert mich nicht. Du warst schwanger! Mit Fee und hast es mir verheimlicht.«

»Wie kommst du auf so einen Mist?«

»Ich kann rechnen. Außerdem habe ich Augen im Kopf. Fee sieht dir verdammt ähnlich. Sieht man von ihren recht markanten Ohren ab, die auf mein Konto gehen dürften. Glaubst du, ich habe das übersehen? Es ist mir direkt bei unserer ersten Begegnung vor dem Hochhaus aufgefallen. Fee ist unsere Tochter, oder?«

»Nein«, blafft Regina, taumelt, ihr wird tatsächlich schwindelig, und die Übelkeit kehrt zurück.

Kai tritt ganz nah an sie heran. »Nein? Bist du dir da wirklich so sicher?«, fragt er scharf und hält sie mit seinem Blick fest, ganz fest.

Regina senkt den ihren.

»Hast du es jemals überprüfen lassen?«, bohrt Kai gnadenlos nach.

Nein, hat sie nicht. Nie. Aus guten Gründen. Aus einer Million guten Gründen. Oh Gott, das hier ist ein Albtraum, ihr ultimativer Albtraum. Was fällt dem Kerl nur ein? Warum lässt er sie nicht endlich in Ruhe? Nach allem, was war.

Kais Körper strafft sich, seine Stimme verliert jede Wärme. »Wie konntest du mir *das* verschweigen? Und deiner Tochter!«

»Ich habe dir nichts verschwiegen«, wehrt sich Regina verzweifelt. »Ich –« Sie bricht ab.

»Ach nein?«

»Nein!« Regina wirft den Kopf zurück, kämpft die Übelkeit nieder. Wenn Kai einen Kampf will, soll er ihn haben.

»Wer ist denn dann Fees Vater?«

»Das geht dich nichts an.« Regina zaubert eine – wie sie hofft – komplett ausdruckslose Miene auf ihr Gesicht. Wozu, zum Teufel, war sie schließlich mal Schauspielerin?

Kais Miene verschließt sich ebenfalls. Die Temperatur seiner Stimme sinkt unter den Gefrierpunkt. »Das reicht mir nicht, Regina. Ich verlange einen Vaterschaftstest! Dann sehen wir weiter.«

»Dazu hast du kein Recht!«

»Doch, das habe ich, und unsere möglicherweise gemeinsame Tochter erst recht.«

Darauf gibt es nur eine Antwort.

Regina holt aus, ihre rechte Hand trifft schallend Kais linke Wange. Es muss weh getan haben, aber Kai weicht nicht, fährt sich nur wie beiläufig übers Gesicht.

»Gut möglich, dass ich die verdient habe, aber entscheidender ist, dass auch ich anscheinend einen Treffer gelandet habe. Der Test wird die Sache endgültig klären. Natürlich werden wir zunächst Fee um ihr Einverständnis bitten. Willst du sie fragen, oder soll ich es tun?«

Verdammt, die Ohrfeige war ein Fehler. Sie hat Kai nur noch wütender und entschlossener gemacht. Regina weicht einen Schritt nach hinten aus. Sie muss hier weg. Sofort. Und kann nicht weg. Jeder Fluchtweg ist versperrt, denn vor ihr steht Kai so unverrückbar wie der verflucht mächtige Baum direkt hinter ihr.

20.

Haltung, Henny, Haltung!

Aber, zum Teufel, in Gegenwart einer Frau wie Katja von Aschberg fällt es ihr ebenso schwer wie gegenüber Konstantin, höflich zu bleiben und die Fassung zu wahren. Die beiden stehen sich in Hinblick auf selbstverliebte Arroganz, bedauerliche Manieren und einem Hang zu Hinterlist in nichts nach.

Mit Katja zu frühstücken ist die Höchststrafe. Diese dumme Trine hat nichts von Isoldes liebevoll zubereiteten und tadellos angerichteten Köstlichkeiten angerührt.

Auf der frisch polierten Mahagoni-Anrichte wird der knusprige Schinkenspeck lappig, das goldgelbe, fluffige Rührei vertrocknet auf der Servierplatte, der hauchdünn geschnittene und mit Perfektion geröstete Toast ist inzwischen kalt und steinhart, genau wie die erstklassigen Rostbratwürstchen vom regionalen Metzger. Selbst von mundgerecht geschnittenem Obst und Müsli wollte die Dame nichts wissen, weil Kohlehydrate anscheinend des Teufels sind.

Stattdessen hat Katja einen *Smoothie* verlangt.

»Möglichst mit Grünkohl und Chiasamen«, hat sie Fee, die als reizende Servierkraft für den seit gestern Abend eingeschnappten Krapolski eingesprungen ist, aufgetragen.

Chiasamen. Die ist doch tralala. Als ob Isolde so einen Blödsinn auf Vorrat hätte! So was gehörte früher genau wie Jod-S11-Körnchen nur in Wellensittichfutter. Allenfalls Frau Lampes Verdauungsleinsamen dürften greifbar gewesen sein, vermutet Henny. Aber Grünkohl? Im Mai? Noch dazu zu einer Art Babybrei durchgemöllert …

Henny betrachtet skeptisch die scheußlich grüne Pampe, die Isolde in der Küche fabriziert und die Fee soeben aufgetragen hat. Katja nimmt sie mit spitzen Lippen in kleinen Schlückchen zu sich. Was da wohl drin sein mag? Hoffentlich Krötenschleim, Moos und Schneckeneier!

Katja scheint es jedenfalls zu munden. Sie tupft sich – nach einem letzten Schluck – mit einer von Froweins besten Batistservietten den Mund ab. *Hoffentlich gehen die grünen Flecken wieder raus*, sinniert Henny verärgert, als Katja sich endlich dazu anschickt, Tacheles zu reden, statt von Segeltörns und Yachtpartys vor Ibiza, Monaco oder sonst welchen Mittelmeerküsten zu schwärmen. Das alles natürlich umrahmt von ausgiebigem Namedropping in Sachen Prominenz, die sie getroffen hat oder haben will. Es scheint sich um lauter Menschen zu handeln, die in Katjas bevorzugten Fachpublikationen – *Bunte*, *Gala*, *Harper's Bazaar* und derartigem Quatsch – die Hauptrolle spielen.

Henny sagen die meisten der derzeit offenbar angesagten Namen nichts. Von den dienstälteren gekrönten Häuptern und ein paar Adligen mal abgesehen, aber die hat Katja selbstverständlich nur erwähnt und nicht getroffen. Bei aller Liebe, für diese Kreise reichen angeheirateter Fabrikantenadel und ihr Name von Aschberg denn doch nicht.

»Kommen wir zum Geschäft«, schlägt Katja einen neuen, äußerst forschen Ton an.

Endlich!

»Nachdem der dreitägige Empfang mit Ball abgemacht ist, möchtest du sicher wissen, warum mir diese Festivität auf deiner Burg so sehr am Herzen liegt, welchen Zweck ich damit verfolge und was genau ich im Gegenzug für deine Gefälligkeit und den Aufwand zu bieten habe, nicht wahr?«

Allerdings. Hennys Magen verkrampft sich kurz, hoffentlich ist der alberne Ball für Katja und ihre Freunde nicht als Verkaufsveranstaltung für ihre Burg gedacht. Gesagt hat Konstantins künftige Ex noch nichts, was darauf hindeuten würde, aber Henny fürchtet das Schlimmste.

Sie nickt zögernd und hauchdünn. Zu brennend will sie ihr Interesse nicht bekunden, weshalb sie schon gestern vornehme Zurückhaltung geübt hat.

Es war äußerst strapaziös, die fabelhaft hochnäsige Herrin von Heintzfeld zu spielen und ihre lieben Hochhausfreunde wie Personal zu behandeln. Am Ende konnte sie sich selbst nicht mehr leiden – ähnlich wie Krapolski. Immerhin, Katja hat ihre Darbietung geschluckt – und nebenher reichlich Jahrgangschampagner. Angelo hatte ihn flugs aus einem Wellnesshotel herbeigekarrt. Nur gut, dass sie so gut mit den Besitzern befreundet ist. Na ja, sie gehören ja sozusagen zur Familie.

Froweins ehemaliger Bettschatz – seine Haushälterin – hat 1951 mittels ihres beträchtlichen Erbteils den Grundstein zu dem mittlerweile florierenden Gastbetrieb gelegt, weshalb man Henny auf den Champagner den üblichen Rabatt gewährt hat.

Katja schiebt ihr Smoothieglas beiseite, streicht sich liebevoll ihr falsches Blondhaar aus dem Gesicht, tupft sich erneut und betont vornehm die Mundwinkel.

Himmel, muss die immer so ein Theater veranstalten?

»Also«, setzt Katja endlich wieder an. »Wie gestern bereits angedeutet, möchte ich die Scheidung von Konstantin beschleunigen, möglichst lautlos und ohne allzu große finanzielle Einbußen in Kauf zu nehmen. Dein Halbbruder legt mir – wie nicht anders zu erwarten war – in dieser Hinsicht einige juristische Brocken in den Weg. Die üblichen Finten: vorgetäuschte Versöhnungsversuche, ausbleibende Unterhaltszahlungen, gesperrte Kreditkarten und dergleichen. Gekränkter Stolz, nehme ich an. Einen eitlen Gockel wie Konstantin von Aschberg verlässt man eben nicht.«

Katja gönnt sich ein selbstgefälliges Lächeln und fährt fort:

»Wobei mögliche finanzielle Einbußen für mich mittlerweile zweitrangig sind. Nicht, dass ich auf das, was mir zusteht, einfach verzichten werde, aber weit wichtiger ist mir momentan eine lautlose, diskrete Scheidung ohne unschöne Streitigkeiten. Ich will eine Trennung mit Stil.«

Das ist tatsächlich neu, denkt Henny, sagt aber nichts.

Katja beugt sich vertraulich vor. Schaut sich kurz um, als fürchte sie Lauscher an der Wand. Was für ein Unsinn! Fee hat sich längst zurückgezogen. Wer hält es schon freiwillig länger in einem Raum mit Katja aus?

»Ich möchte keine Skandale und vermeiden, einem besonderen Freund damit den völlig falschen Eindruck von mir, meinem wahren Wesen, meinen Verbindungen und meiner gesellschaftlichen Stellung zu vermitteln«, erklärt Katja. »Und dabei kannst du mir am besten helfen. Ich lege größten Wert auf dein Testimonial als vollblütige von Aschberg und echte Burgherrin.«

Jetzt wird's interessant. Henny spitzt die Ohren.

»Es ist ein wirklich sehr guter Freund. Amerikaner, attraktiv, vermögend, ein Mann von Klasse und sooo elegant – er hat mit Mode Millionen gemacht und ist heute in Hollywood ein gefragter Kostümausstatter. Es ist unglaublich, wie viel Geld man damit machen kann. Darüber hinaus ist er mit Ende fünfzig genau im richtigen Alter, um sich nach dem Tod seiner Frau vor einigen Jahren noch einmal, ein letztes Mal dauerhaft zu binden.«

Ach, daher weht der Wind, begreift Henny. Diva Katja hat ein neues und anscheinend äußerst lukratives Objekt der Begierde gefunden. Noch dazu eines mit erstklassigen Verbindungen zu La-La-Land und schätzungsweise zu dem ein oder anderen Leinwandstar. Das dürfte genau Katjas Welt sein.

»Wobei er in Hinsicht auf Frauen sehr wählerisch ist«, fügt Katja gedankenverloren an. »Außergewöhnliche Schönheit und ein perfekt gepflegtes Äußeres«, Katja pausiert, um erneut ihr Haar zu streicheln, »sind nicht alles, was er sucht. Da gäbe es in seiner Branche genügend Auswahl. Ihm liegt, wie mir scheint, vor allem an echter Klasse, einem tadellosen gesellschaftlichen Background, vornehmer Herkunft, einem charakterlich reifen, menschlichen Wesen und dergleichen. Oberflächlichkeit scheint ihm verhasst zu sein. Mir geht es da ähnlich, vor allem nach meinen Erfahrungen mit Konstantin.«

Aha, Katjas anvisierte Beute scheint ein Mann mit Geschmack und Ansprüchen an Persönlichkeit und Tugenden zu sein, die Katja allenfalls vortäuschen kann. Fragt sich, wie es dann überhaupt zu dieser Freundschaft kommen konnte, aber nun ... Henny schaut versonnen aus dem Fenster. *Was Katjas erstklassige Herkunft angeht ... Erbin eines ehemaligen rheinischen Sauerkrautimperiums zu sein ist – vom strengen Geruch des Produkts einmal abgesehen – zwar nicht anrüchig, aber auch nichts, mit dem man in gehobenen Kreisen oder vor einem Mann mit erlesenem Geschmack und Statusdenken brillieren kann. Mit ein wenig Adel und dem Namen von Aschberg schon eher.*

»Verstehe«, erwidert Henny betont diskret, was ihr nicht schwerfällt, da Katjas Objekt der Begierde sie nicht im Geringsten interessiert. Was sie angeblich gegen Konstantin zwecks rascher, lautloser Scheidung in der Hand hat, interessiert sie hingegen sehr.

Katja greift nach ihrer babyblauen Versace-Tasche und macht sich mit geheimnisvoller Miene am Knipsverschluss zu schaffen. Die Tasche ist eine ganz schreckliche Geschmacksverirrung mit Troddeln, goldenen Kettchenriemen und ebenso goldenem Löwenkopfemblem, aber zu Katja passt's. Sie hatte schon immer einen bedauerlichen Hang zu gehobener Barbie-Mode. Egal, entscheidend ist, was in der Tasche drin ist.

»Es gibt Konstantin betreffend gewisse Papiere, die ich dir zeigen möchte«, kündigt Katja an und fummelt weiter an der

Schließe herum. »Ich wollte sie zunächst nur wegen der Finanzfrage und in Sachen Unterhalt nutzen, aber da ist mehr drin. Auch für dich, meine Liebe, wobei mir einfällt …«

Oh nein, jetzt lässt sie den Knipsverschluss tatsächlich wieder zuschnappen!

»Welche anderen Gäste wirst du zu unserem Ereignis einladen? Ich möchte nur sichergehen, dass wir eine wirklich hochkarätige Gesellschaft zusammenbekommen. Ein wenig alter Adel, möglichst international, wäre wunderbar und dazu ein paar frische Gesichter als schmückendes Beiwerk, die neue Generation. Hast du da noch die richtigen Verbindungen?«

Die kriegt den Hals nicht voll, zürnt Henny innerlich.

Katjas Blick bekommt etwas Bohrendes und genau denselben gierigen Ausdruck, den Henny nur allzu gut von Dämlack Konstantin kennt.

»Lass mich nachdenken«, sagt Henny vage.

Katja rückt demonstrativ ihre Handtasche näher an Henny heran. Vermutlich als Lockmittel. Also gut, wenn sie ein Handtaschenduell anzetteln will, das kann sie kriegen. Henny hebt die ihre – eine echte Kelly Bag von Hermès aus dem Jahr 1960 –, die sie diskret neben dem Stuhl abgestellt hatte, auf den Tisch.

Katja kiekst wie erwartet und deutet voller Ehrfurcht auf die Tasche. Ihre Augen glitzern jetzt wie die einer hungrigen Möwe beim Anblick einer Mülltonne. »Ist die etwa echt?«

Henny hebt erstaunt die Brauen. »Deine etwa nicht?«, stellt sie die Gegenfrage und rümpft ein wenig die Nase.

»Na ja«, sagt Katja gedehnt und wirft ihrer Versace-Tasche einen bedauernden Blick zu, »das schon, und teuer war sie auch. Also ziemlich teuer. Für eine bloße Frühstückstasche.«

Frühstückstasche – wie albern kann man noch sein?, wundert sich Henny.

Katja holt tief Luft und kann nicht widerstehen, den Preis

zu nennen. »Aber eine echte Kelly Bag, sozusagen antik, ich meine, die muss doch, meine Güte, was die wert sein muss …«

»Ich habe nicht die geringste Ahnung, meine Liebe«, sagt Henny hoheitsvoll und im Bewusstsein ihres Sieges in Handtaschenfragen. Sie knipst besagte Kelly Bag auf, entnimmt ihr einen kleinen ledergebundenen Kalender und beginnt, darin zu blättern.

»Dann lass uns mal nachsehen, wen ich dir bieten kann«, sagt sie. Ihr Kalender enthält durchaus eindrucksvolle Namen, sogar drei, vier prominente Hochkaräter. Nur leider liegen die meisten schon drei Meter unter den Stiefmütterchen oder stehen kurz davor, sind geistig nicht mehr auf der Höhe oder in Bezug auf passende Gesellschaft noch weit wählerischer als Katjas neue Flamme.

Da hilft nur Flunkern.

So wie gestern in Sachen Personal. Leider werden ihr langsam die Darsteller knapp. Vor allem glaubwürdige. *Obwohl* … Hennys Blick fährt zum Fenster. Nachdenklich kneift sie die Augen zusammen, entdeckt eine einsame Gestalt mit Fuchs im Schlepptau.

»Es muss ja nicht gleich ein Prinz von Hohenzollern sein«, rudert Katja – dank Handtaschenduell deutlich in der Defensive – derweil ein wenig zurück.

»Zumal es in Deutschland offiziell auch gar keine Prinzen mehr gibt«, informiert Henny sie höflich. »Offiziell ist der Adel in Deutschland seit 1919 ja überhaupt ganz und gar abgeschafft, so auch Kaiser, Könige und Prinzen.«

»Wirklich? Das kann nicht sein«, staunt Katja und wirkt für einen Moment vollkommen entsetzt. Die deutsche Geschichte scheint komplett an ihr vorbeigegangen zu sein. Nun ja, das ist bei vielen Adligen nicht anders, weiß Henny.

»Wie auch immer. Mein Bekannter ist wie erwähnt Amerikaner und geradezu lächerlich stolz darauf, Nachkomme eines waschechten Selfmade-Millionärs zu sein«, sinniert Katja. »Der Name von Aschberg war ihm vor allem als Unternehmerdynastie auf Anhieb geläufig, und er hat ihn ungeheuer fasziniert, aber noch mehr hat ihn meine Erwähnung von Burg Heintzfeld begeistert. Er wollte alles darüber wissen. Und über dich.«

»Über mich?«, staunt Henny.

»Eben weil du eine waschechte Burgherrin bist und zu mir gehörst«, jubelt Katja. »Äh … du bist mir hoffentlich nicht böse, aber ich habe deine Burg als uralten Stammsitz der von Aschbergs ausgegeben und als … äh … nun ja, obwohl ich nie hier war … als meinen liebsten Aufenthaltsort. Er will die Burg unbedingt sehen. Amerikaner und Burgen, du weißt schon. Ansonsten kennt er sich mit dem europäischen Adel nicht allzu gut aus. Er ist halt verrückt nach diesem Oldy-Worldy-Quatsch. Altmodischer Adelskram, *Downton Abbey* und so … Ich meine, in den USA sind sogar diese Sarah Ferguson und ihr dicklicher Prinz noch Stars. Dabei können die sich nicht mal richtig anziehen! Ein bisschen Adel wird ihm bestimmt genügen.«

Na, wenigstens das. Ein Hoffnungsschimmer.

Hennys Gehirn arbeitet auf Hochtouren und findet eine Lösung. Die Idee ist verwegen, aber Katja ist hoffentlich dumm und ahnungslos genug, um sie zu schlucken. Aber wer Fritz Krapolski auf Anhieb den hochherrschaftlichen Butler abnimmt, wer tatsächlich glaubt, dass sie – ausgerechnet sie – über einen riesigen Stab dienstbarer Geister herrscht, dem dürfte man vielleicht auch ein paar falsche Adlige unterjubeln können.

Einen Versuch ist es wert.

»Ich denke, ich könnte den Baron von Bellhaus – ein äußerst stattlicher junger Mann aus der Region – für das Fest interessieren, obwohl er Gesellschaften im Allgemeinen scheut.

Wahrer Adel eben, sehr zurückhaltend, nutzt auch nie seinen Titel.«

Hoffentlich spielt der Kerl mit und lässt sich vor allem die Haare schneiden! Der Dutt muss weg.

»Ach ja, und nicht zu vergessen Felicitas Freifrau von Sanders wäre sofort greifbar …«

»Von Sanders?«, hakt Katja skeptisch nach. »Nie gehört.«

»Meine Liebe, auch wenn gewisse Magazine etwas anderes vermitteln: Richtiger Adel, also Adel von Rang und Klasse, scheut das Licht der Öffentlichkeit.«

»Von Sanders klingt aber nicht sehr adlig«, mäkelt Katja.

»Bei den von Sanders handelt es sich um verarmten Gutsbesitzeradel, ehemalige Ostgebiete, Junkerland, das nach fünfundvierzig in Bauernhand überging et cetera et cetera, du weißt schon, Sozialismus und so«, improvisiert Henny. »Gut möglich, dass du deshalb nie von den von Sanders gehört hast, aber Felicitas von Sanders hast du bereits gesehen. Sie verbringt ihren Sommerurlaub wie in jedem Jahr auf der Burg.«

»Wo soll ich die bitte schön gesehen haben?«

»Sie hat dir soeben deinen Smoothie serviert.«

»Du meinst die dünne Blonde aus der Küche?«, fragt Katja vollkommen perplex.

»Ein liebes Kind«, fährt Henny enthusiastisch fort. »Ich habe sie ein wenig unter meine Fittiche genommen, da ihre Mutter zu meinen besten Freunden zählt. Unter echten Adligen hält man zusammen. Und bei unseren informellen Treffen geht es sehr leger und familiär zu. In der Küche findest du eine Reihe meiner adligen Freunde. Etwa den Conte von Balbarde, altes italienisches Herzogsgeschlecht.«

»Ein Herzog in der Küche?«, fragt Katja skeptisch.

»Aber ja. Man kann ja nicht immer nur rumstehen, sich bedienen lassen und Champagner trinken. Das wird auf Dauer langweilig, glaub mir.«

Ganz offensichtlich fällt Katja das schwer.

»Der Conte kümmert sich gern um den Nachtisch, da traut er meiner Köchin nicht«, flunkert Henny unbeirrt weiter. »Und um auf Felicitas zurückzukommen oder Fee, wie wir sie nennen, der habe ich ein Medizinstudium in Berlin finanziert. Im Gegenzug macht sie sich im Urlaub hier gern ein wenig nützlich. Es ist ja nicht so, dass Adel automatisch ein arbeitsfreies Leben gestattet. Wir sind nicht die Royals. Wobei mir einfällt, dass ich Lady Fearnley-Whithermore lange nicht mehr gesehen habe, ich könnte sie ebenfalls dazubitten. Wegen des internationalen Flairs. Falls sie bereit ist, ihren Landsitz bei Balmoral zu verlassen. Nun, ihre Freundin, die Queen, weilt derzeit nicht dort, es wäre denkbar. Wir müssten uns allerdings wegen ihrer Reisekosten einigen. Sie zählt – trotz Verbindungen zu den höchsten Kreisen – ebenfalls zum verarmten Adel. Englische Schlösser sind nun mal Groschengräber!«

Katja zieht nachdenklich die Brauen zusammen. »Okay, das wäre kein Problem. Die Kosten übernähme ich«, sagt sie gedehnt. »Wen hast du sonst noch so zu bieten?«

»Das kommt ganz darauf an … Also, auf dich.«

Henny deutet auf Katjas Tasche, die diese inzwischen mit eisernem Griff umklammert, als enthielte sie hochwichtige Geheimdokumente. »Meine Liebe, bevor wir hier weitermachen, würde ich zunächst gerne wissen, was du *mir* zu bieten hast.«

Jetzt gilt's.

Henny hält den Atem an.

21.

Werden die zwei denn nie fertig? Fritz Krapolskis Ingrimm wächst. Das herrschaftliche Damenfrühstück dauert jetzt schon beinahe eine Stunde. Hat Henny in Katja von Aschberg eine neue beste Freundin gefunden? Dann bleibt es nicht bei einer Standpauke für Henny. Dann ist endgültig Schluss mit lustig und mit ihm. Jawohl.

Am liebsten würde Krapolski den albernen Blechritter, neben dem er Stellung bezogen hat, die Treppe hinuntertreten. Seit mindestens zwanzig Minuten belauert er nun schon die Tür zum Frühstückssalon im ersten Stock. Er liegt am Ende eines dunklen Korridors, und es riecht nach Staub aus hundert Jahren und – mal wieder – nach toten Tieren.

Die ganze holzgetäfelte Wand entlang starren Wildschweinköpfe aus Glasaugen in die Gegend. Die müsste man dringend abhängen, zumal Henny sie hasst, aber er krümmt hier für sie keinen Finger mehr.

Ah, endlich, die Salontür öffnet sich. Katja von Aschberg tritt in den Korridor. »Also dann«, sagt sie in den Salon hinein, »bis später, Henny. Warte nicht mit dem Abendessen auf mich. Mein Fahrer holt mich gleich ab. Ich brauche ein wenig Abwechslung von der Einöde hier und neue Garderobe für den Ball. Ich werde wohl auch über Nacht nicht hier sein – Düsseldorf und die Kö liegen leider nicht um die Ecke.«

Katja von Aschberg schließt die Tür, stolziert in bester Laune den Korridor hinab. Widerwillig beginnt Krapolski, den Säbel des Blechritters mit einem Lederlappen zu polieren. Irgendeinen Vorwand musste er schließlich finden, um seine Anwesenheit im Korridor zu rechtfertigen. Waffen polieren sieht zumindest nach einer halbwegs männlichen Beschäftigung aus. Auch wenn die reichlich stumpf und bloße Dekoration sind.

Als die Schnepfe den oberen Treppenabsatz erreicht hat, spricht sie ihn unvermittelt an: »Was ich Sie noch fragen wollte, Krapolski. Besitzen Sie auch so etwas wie eine festliche Livree? Oder zumindest den üblichen Frack? Wenn nein, dann bin ich gerne bereit, in Ihr Erscheinungsbild zu investieren. Sie haben es verdient. Es wäre zu schade, wenn meine kleine Gesellschaft Sie nicht in vollem Glanz erleben dürfte.«

Was sagt man dazu?

»Ich besitze alle für meine Aufgaben erforderliche Arbeitskleidung«, entgegnet Krapolski schroff.

»Oh, sicher, sicher. Ich wollte Sie nicht beleidigen. Übrigens werde ich Sie von nun an Friedrich nennen. Das ist weit vornehmer, hat Henny gemeint, und sei dem ersten Diener des Hauses gegenüber angebracht. Man legt ja Wert auf ein vertrauensvolles Verhältnis und gute Zusammenarbeit. Ich mag Sie, Friedrich, ich mag Sie sehr, bitte bleiben Sie ganz so, wie Sie sind.«

Worauf die Schnepfe sich verlassen kann.

Katja von Aschberg schenkt ihm ein strahlendes Lächeln, dreht sich um und entschwebt in Richtung Eingangshalle.

Friedrich? *Friedrich?* Krapolski schäumt.

Jetzt reicht's endgültig. Er ist kein Friedrich, war nie einer und wird nie einer werden. Auch nicht für Henny. Achtlos feuert er den Lederlappen zu Boden, stapft, nein, stürmt den Korridor hinab, reißt die Salontür auf und entdeckt eine versonnen dreinblickende Henny.

Sie steht an einem Fenster im hinteren Teil des Raumes, sieht aus wie der Inbegriff stillen Glücks. Das Sonnenlicht, das durch die alten, leicht schlierigen Fensterscheiben fällt, bringt die Staubkörnchen in der Luft zum Schimmern und säumt ihr

Profil wie mit einem zarten goldenen Pinselstrich. Auf ihren Schultern liegt ein Wollschal, dessen dunkles weiches Blau an Dämmerlicht erinnert.

Schluss, sofort Schluss!, ruft Krapolski sich zur Ordnung, er darf jetzt nicht ins Lyrische abgleiten.

Stattdessen schlägt er krachend die Tür hinter sich zu. In einer Vitrine erzittert Geschirr, auch Henny zuckt zusammen, dreht sich verschreckt zu ihm um.

»Oh, du«, sagt sie erleichtert und so, als erwache sie aus einem tiefen Traum. Dann geht in ihrem Gesicht die Sonne auf, strahlend stürmt sie auf ihn zu. »Ich habe fantastische Neuigkeiten, Fritz! Ganz fantastische Neuigkeiten. Wir müssen dringend alles für Katjas Gesellschaft und den Ball am Samstag vorbereiten –«

Krapolski nutzt seine flach ausgestreckte rechte Hand als Stoppschild, bevor Henny ihm mir nichts, dir nichts um den Hals fallen kann.

Was fällt der ein?

»Sag mal, willst du mich verarschen?«, donnert er.

Henny zuckt zurück, ihre Miene wird streng. »Mein Lieber, dieses Wort ziemt sich nicht aus deinem Mund!«

»Noch weniger ziemt es sich, mich als Butler zu missbrauchen, hinter meinem Rücken alberne Feste für lauter Idioten zu planen und dieser Ziege Katja zu gestatten, mich Friedrich zu nennen. *Friedrich!* Bist du jetzt von allen guten Geistern verlassen? Oder zeigst du nur deine wahre Natur, Henriette von Aschberg?«

»Aber Hölderlin hieß doch auch so!«, wirft Henny schmeichelnd ein. »Und Engels ebenfalls! Das müsste dir doch gefallen.«

Krapolski antwortet mit einem verächtlichen Schnauben.

Henny tut so, als habe sie es überhört, und schaltet ihr Lächeln auf hundert Watt hoch. Sie wagt es sogar, ihm die Hand auf den Arm zu legen, ihn begütigend zu streicheln und etwas von »mein armer Liebling« zu murmeln.

»Henny! Treib's nicht auf die Spitze«, schimpft Krapolski und schüttelt ihre Hand ab.

Henny legt den Kopf schief und lächelt immer noch. »Was hältst du davon, mein Hochhaus so bald wie möglich in eine Genossenschaft zu verwandeln?«, fragt sie. »Jeder Mieter wird Anteilseigner, die Mieteinnahmen und mein Vermögen fließen zum größten Teil in einen Fonds für Reparaturen, Renovierungen und Unterhalt. Vielleicht können wir sogar eine richtige Baugenossenschaft ins Leben rufen und weitere bezahlbare Mietshäuser in Hoffnungsthal realisieren. Alles auf gemeinsamen Beschluss hin, versteht sich. Meine Anwälte werden selbstverständlich einen entsprechenden Vertrag ausbaldowern. Einen ganz und gar wasserfesten. Na, was meinst du dazu, Genosse?«

Sie lacht übermütig.

Krapolski stutzt und gerät aus dem Konzept.

Himmel, jetzt ist Henny komplett durchgedreht. Sie leidet unter völligem Realitätsverlust. Ja, so muss es sein. Auch wenn Krapolski diese Erklärung nicht behagt, eine andere kann es für ihr Verhalten nicht geben. Henny hatte schließlich tatsächlich mal was mit den Nerven. Und das nicht zu knapp. Zwei Jahre Psychiatrie.

Gut möglich, dass das ein Rückfall ist, wenn auch diesmal nicht aus Liebeskummer, sondern wegen ihrer dämlichen Familie. Egal. Was macht man nur mit einer Irren? Anschnauzen verbietet sich, aber widersprechen muss er doch.

Krapolski wählt einen behutsamen Ton, auch wenn's ihm schwerfällt. »Tolle Idee, Henny, aber da wäre noch dein Bruder –«

»Halbbruder«, korrigiert Henny und setzt erneut ihre strenge Miene auf. »Noch dazu adoptiert. Von direkter Verwandtschaft kann keine Rede sein, schon gar nicht von Liebe oder Brüderlichkeit in ihrem schönsten Sinne. Du weißt schon: *liberté, egalité, fraternité.*«

Jetzt zitiert sie auch noch die Französische Revolution. Fürchterlich! Krapolski kann eine unwirsche Handbewegung nicht unterdrücken. »Ist doch wurscht. Konstantin wird jedenfalls nicht dafür sein, eine Genossenschaft zu gründen, immerhin gehört ihm die Hälfte des Hochhauses, und er will satten Profit machen. Schon vergessen?«

In Hennys Augen tritt ein fröhliches Glitzern. Richtig verschmitzt sieht sie aus und so, als wolle sie gleich loskichern.

»Nicht mehr la-han-ge«, trällert sie.

Oh Gott, wenn sie jetzt auch noch zu singen anfängt, ist Krapolski mit seinem Latein am Ende.

Henny beginnt wirklich zu singen, *Money, money, money* von ABBA. Nicht zum Aushalten. Wo ist seine alte Henny hin? Die einzig wahre Henny?

Die neue eilt – nein, tänzelt – zurück zu ihrem Platz am Frühstückstisch, greift nach ihrer Handtasche, kehrt zu ihm zurück und hält sie triumphierend hoch. »Rate mal, was ich hier Schönes habe? Na?«

»Eine Handtasche«, erwidert Krapolski, erneut um einen behutsamen Ton bemüht.

»Du alter Muffkopf, das weiß ich selbst. Es ist sogar eine echte Kelly Bag. Riemann hat sie mir zum ersten Hochzeitstag geschenkt. Ich habe sie so gut wie nie genutzt, weil ... nun ja ... Riemann und ich ... Du weißt schon ... viel Liebe war da nicht, schließlich galt sein Interesse vornehmlich dem anderen Geschlecht. Egal, Katja würde für diese Tasche morden, sie scheint enorm viel wert zu sein.«

Sicher kein ganzes Hochhaus, denkt Krapolski, sagt aber nichts, sondern lässt Henny einfach weiterplaudern in der Hoffnung, dass ihr Anfall von geistiger Verwirrung einfach vorübergeht.

»Mit dieser Tasche habe ich Katja im Sturm genommen. Kein Wunder, ihre babyblaue Frühstückstasche – stell dir vor, sie hat Taschen nur fürs Frühstück …«

Krapolski beschleicht echtes Entsetzen. Modegeplapper ist ihm zuwider. »Henny, bitte fang dich, was ist los mit dir?«

»Oh, verzeih, ich gerate mal wieder ins Plaudern und rede Unsinn.«

In der Tat.

»Jetzt guck nicht so besorgt, Fritz. Viel wichtiger ist natürlich, was ich *in* der Tasche habe. Eine monetäre Vernichtungswaffe! Eine finanzielle Bombe! Katja hat sie mir soeben überreicht. Es geht um Geld, um sehr viel Geld. Eine wirklich unanständig hohe Summe.«

Sie knipst die Tasche auf und zieht ein Blatt heraus.

»Lies das«, befiehlt sie ihm im gräflichen Ton.

Krapolski runzelt die Brauen.

»Bitte, mein Lieber«, sagt Henny und klingt, als sei sie wieder halbwegs klar im Kopf.

Widerwillig nimmt Krapolski das Papier entgegen. Nach einem Scheck oder einem Kaufvertrag für Heintzfeld sieht das nicht aus. Es handelt sich vielmehr um eine Art Kontoauszug, um einen ziemlich merkwürdigen Kontoauszug, er wird nur allmählich schlau daraus. Sehr allmählich.

Immerhin scheint Henny ihrem albernen Gebaren zum Trotz nicht komplett irre geworden zu sein. Das Papier hat tatsächlich Sprengkraft – falls es echt ist und das, was er glaubt.

»Ist das …?«, fragt er vage und noch immer auf der Hut.

Henny nickt emphatisch. »Ja, das dürfte für Konstantin als Hochhauseigner der Anfang vom Ende sein. Vielleicht sogar sein Aus im Aschbergclan. Das Blatt ist freilich nur eine Kostprobe und eine Kopie, aber wir bekommen mehr davon und außerdem Originale, wenn wir den Ball ganz nach Katjas Wünschen veranstalten. Mit mir als Gräfin von Aschberg, den anderen als Dienstboten oder in der Rolle hochnobler Gäste und dir – so leid es mir tut – als Butler. Katja hat einen Narren an dir gefressen. Kein Wunder, du bist ein ganz hervorragender Butler. Also, sind wir im Geschäft, *Friedrich*?«

Krapolski wirft erneut einen Blick auf das Papier, runzelt die Stirn, kämpft mit sich.

»Stets zu Diensten, gnädige Frau«, knurrt er endlich widerwillig.

Wieder will Henny ihm um den Hals fallen.

Nicht mit ihm!

»Dienst ist Dienst und Schnaps ist Schnaps. Daran habe ich mich ein Leben lang gehalten. Und mit Vorgesetzten geh ich nicht ins Bett.«

»Och, Fritz«, schmollt Henny und zieht eine Schnute. Sie schmollt ganz reizend. Das muss man zugeben.

»Nichts da.« Krapolski bleibt standhaft. »Erzähl mir lieber, warum Katja uns so großzügig, ja, geradezu selbstlos ihre Erpressungsunterlagen gegen Konstantin zur Verfügung stellt. Scheint mir mehr als verdächtig. ›Käse umsonst gibt's nur in Mäusefallen‹, heißt es in Russland. Sie könnte ihren Gatten mit diesem Material doch auch sehr gut allein, ohne Umwege, unter Druck setzen und ihm ein Vermögen aus der Tasche ziehen. Warum sollte sie uns helfen wollen?«

Henny dreht sich zum Fenster und summt zur Antwort. *Die Liebe ist ein seltsames Spiel*. Eine Strophe lang, dann stoppt sie abrupt und nimmt Haltung an. »Das wär dann alles, Friedrich, es sei denn …«

Wenn Henny so weitermacht, wird *er* verrückt, verdammt noch eins. »WAS?«

»Es sei denn«, fährt Henny aufreizend fröhlich fort, »du kommst heute Nacht zu mir ins Turmzimmer. Zwecks Versöhnung. Dann erzähle ich dir auch gerne, warum Katja …« Sie unterbricht sich erneut, kneift die Augen zusammen, tritt ganz nah ans Fenster vor sich und starrt entgeistert in den Park hinab. »Himmel. Was ist da draußen denn los? Schau nur«, sagt sie und deutet nach unten.

Widerwillig tritt Krapolskis näher an sie heran, schaut ebenfalls nach unten. Henny hat recht, draußen im Park gehen wirklich erstaunliche Dinge vor sich. Krapolski runzelt verwirrt die Stirn. Da kann doch was nicht stimmen – *oder vielleicht gerade doch?*

Henny klatscht aufgeregt in die Hände. »Sieht so aus, als habe Regina sich besonnen. Das trifft sich gut, wo ich sie doch als Lady Fearnley-Whithermore einsetzen muss.«

»Als wen?«, fragt Krapolski verdattert, ohne den Blick vom Fenster zu lösen.

»Das erkläre ich dir heute Nacht im Turmzimmer. Jedenfalls: Es ist nach zehn, sie ist noch hier, sie trägt keinen Hut und – noch wichtiger – sie zeigt Gefühle! Vielleicht hatte unsere fantastische Frau Mattka am Ende doch recht«, haucht Henny verzückt und lehnt sich mir nichts, dir nichts an ihn an. »Sie läuft deinem Sohn ja geradezu hinterher. Ach, die beiden wären wirklich ein so schönes Paar. Und wir so eine Art Brauteltern!«

Wenn Henny richtigliegt, dann ist die Liebe das seltsamste Spiel, das sich denken lässt, findet Krapolski.

Draußen im Park läuft Regina tatsächlich sichtlich aufgelöst seinem Sohn hinterher. Kai marschiert in strammer Boxerpose wenigstens zwanzig Meter vor ihr her, will offensichtlich nichts von ihr wissen. Wo es doch die ganzen Tage andersherum lief und geplant war.

Gut, Kai hat zwar nicht eben den flammendsten Verehrer gegeben, aber geflirtet hat er schon, und er hat beharrlich Reginas Nähe gesucht, woraufhin diese stets Fersengeld gegeben hat. Mit diesem Arrangement scheint es vorbei zu sein. Es hat sich in sein Gegenteil verkehrt. Ist das Kais neue Taktik? Hat er Regina weichgeklopft und gibt nun den Unnahbaren? Eine ziemlich schäbige Taktik, wenn's so ist, aber wirkungsvoll.

Und wo zum Teufel ist Ninas Stolz auf einmal hin? Sie stolpert, fällt kurz auf die Knie, richtet sich wieder auf, setzt die Verfolgung wild gestikulierend und rufend fort.

Krapolski will einen Fensterflügel öffnen, um zu hören, was sie ruft. Leider klemmt das Ding. Mit einem gewaltigen Ruck überwindet er den Widerstand. Ein gellendes »Bitte, Kai!«, dringt an seine Ohren. Und dann: »Bleib stehen, und hör mir zu!« Keine Frage, Regina fleht Kai verzweifelt um Aufmerksamkeit an.

Warum das? Was hat Kai nur mit ihr angestellt?

Und warum kennt sein Sohn mit einem Mal so gar kein Erbarmen?

22.

»Um zehn sind wir mit Professor Ofenstern und Gattin im Buddhabad verabredet, und danach habe ich uns eine ayurvedische Partnermassage mit Stirnguss und tibetischem Mönchsgesang gebucht, Liebling. Wegen deiner ständigen Kopfschmerzen. *Ich schlüpf schon mal in etwas Bequemes*, um es mit James Bond zu sagen.« Britta Bösch lacht munter und versucht sich an einem Schlafzimmerblick.

Um halb zehn Uhr morgens.

Die hat sie doch nicht mehr alle.

Konstantin schweigt. Britta nicht.

»Möchtest du auch schon in deinen Bademantel wechseln? Ach, diese Bademäntel sind unfassbar kuschelig, und jeden Tag hängt ein neuer im Bad! Heute in Salbeigrün. Das nenn ich stilvollen Luxus! Willst du mal sehen?«

»Später«, knurrt Konstantin und nimmt erschöpft auf dem Double-Kingsize-Bett mit Brokathimmel Platz, während Britta unablässig plaudernd im Zimmer herumwuselt. Nichtstun ist entsetzlich anstrengend und Entspannung mit Britta Bönsch gänzlich unmöglich.

Und jetzt soll er sich schon wieder ausziehen?

Er hat sich erst vor einer Stunde fürs Frühstück angekleidet. Sorgsam angekleidet. Man fühlt sich ja gar nicht mehr als Mensch, wenn man ständig ohne Blazer und Krawatte – also quasi nackt – unter Menschen muss.

Das Frühstück war dank Brittas Beautyknall eine karge Angelegenheit mit Weizenschrot und einem Cleansing-Smoothie. Diese erpresserische Nervensäge erinnert ihn mehr und mehr an Katja – nur hässlicher, älter und noch weniger amüsant.

»In einer halben Stunde müssen wir unten sein«, mahnt Britta. »Oh, ich vergaß, nach der Partnermassage hast du dann noch ein Molecular Facial Classic nach der Methode Dr. Sturm. Die Haut soll danach glatt wie ein Babypo sein.«

Sein Gesicht ist kein Babypo, Kreuzdonnerwetter noch mal! Und gegen Falten gibt es Botox, das man sich innert fünfzehn Minuten während der Mittagspause spritzen lassen kann – ohne dafür einen Bademantel tragen zu müssen.

Britta Bönsch verschwindet bestens gelaunt im Badezimmer der Turteltauben-Suite und schmettert Shirley Basseys *Big Spender*, dass die Kacheln davon widerhallen.

Turteltauben-Suite!

Darauf hat sie bestanden. Sie hat den Rezeptionisten, sämtlichen Kellnern und allen Hotelgästen, derer sie bislang habhaft werden konnte, weisgemacht, dass sie und ihr »lieber Konstantin« frisch verheiratet seien. Nur verlobt – zum Schein verlobt, wohlgemerkt – reicht der dummen Ziege nicht mehr. Am liebsten hätte sie die Hochzeitssuite gebucht, aber die war Gott sei Dank vergeben.

Womit hat er das nur verdient?

Drei Tage – und nicht zu vergessen drei Nächte – ist er jetzt schon mit Britta Bönsch in diesem Spa-Hotel in der Mitte von nirgendwo eingesperrt, muss ständig im Bademantel und als Pantoffelheld herumschlurfen, sich massieren, peelen, bedampfen und ausreinigen lassen und abends Kopfschmerzen vortäuschen, damit sie ihn nicht zum Äußersten zwingen kann. Na ja, vortäuschen muss er da nicht viel. Ohne Dolormin extra wäre er längst durchgedreht, und Sex mit Britta ist wirklich das Letzte, wonach ihm der Sinn steht.

Die Candlelight-Dinner am Abend sind auch kein Trost, da gibt es zwar etwas Anständiges zu essen und die Küche ist erlesen, aber in einer Gesellschaft, die zu großen Teilen aus Glatzköpfen und Gebissträgern besteht, eine Romanze mit einer Vogelscheuche wie Britta Bönsch vorzutäuschen ist reinste Folter. Zumal all jene Gebissträger und Glatzköpfe, die Vermögen und Anspruch auf einen gewissen gesellschaftlichen Status und Ansehen erheben können, selbstverständlich mit einer parketttauglichen Ehefrau – gern um einige Jahre jünger – oder einer ansehnlichen Geliebten zugegen sind.

Ja, im Wellnessressort Mühlenbach nahe der Luxemburger Grenze logieren einige gesellschaftlich durchaus diskutable Gäste, darunter private Vermögensverwalter von Rang, Vertreter des Spitzenmanagements, emeritierte Universitätsprofessoren, ehemalige EU-Granden et cetera et cetera.

Umso mehr schmerzt es Konstantin, hier als obskurer Herr Bönsch zu firmieren, der »irgendwas mit Immobilien« zu tun hat, was aus Brittas Mund schrecklich windig klingt – und das, wo er die ihm zustehende Rolle als tonangebender Primus inter Pares, wirtschaftlich bedeutsame Führungskraft und Mann von Adel einnehmen könnte.

Es gehört zu Konstantins ehernen Grundsätzen, potenziell wertvolle soziale Kontakte zu knüpfen, denn entweder man ist im Spiel und sucht solche Kontakte, oder man ist draußen, bleibt ganz unten auf der sozialen Leiter und kann sich nur noch mit Verlierern anfreunden. Den Britta Bönschs dieser Welt.

Flausch-Bademäntel tragen und Mönchsgesänge und Massageklimbim über sich ergehen lassen zu müssen, so was würde er nicht einmal seinem schlimmsten Feind gönnen. Und wozu der Zirkus? Er ist seit Samstag keinen Schritt weitergekommen.

Heute ist bereits Dienstag, und Morticia Bönsch schweigt, was Henny betrifft, wie ein Grab. Was, wenn sie gar nichts über deren Verbleib weiß? Luxemburg klingt so gar nicht nach Henny. Oder besitzt sie dort noch Schwarzgeldkonten? Oha!

Kein halbwegs vernünftiger Mensch parkt heutzutage noch sein Geld in Luxemburg, da gibt es weit sicherere Alternativen, aber zu Henny könnte das passen. Oder?

Himmel, jetzt setzen schon wieder die Kopfschmerzen ein!

»Bist du schon ausgezogen?«, flötet Britta ihm vom Badezimmer aus zu.

»Ich muss noch mal weg«, sagt Konstantin gereizt und erhebt sich vom Bett.

»Weg? Wohin?«

»Ich brauche neue Kopfschmerztabletten«, erwidert Konstantin und ist bereits an der Tür.

»Aber die kannst du doch beim Zimmerservice be–«

Den Rest ihrer Worte verschluckt die schalldichte Tür der Luxussuite. Konstantin hat sie mit Schwung hinter sich zugezogen. Er braucht dringend eine kurze Atempause. Und vielleicht einen kleinen Whisky. Hoffentlich ist die Bar bereits geöffnet.

Rasch eilt er die Treppe zur Empfangshalle hinab und quert den glänzenden Marmorboden in Richtung Mühlentreff. Ah, die Türen sind geöffnet.

Als Konstantin die Rezeption passiert, nickt ihm der Hotelchef höchstpersönlich freundlich zu. Dass der hier den Concierge macht! Der Mann ist in ein Telefonat vertieft, klingt richtig ehrerbietig und klickt sich parallel durch eine Computerdatei. Vermutlich geht es um die Buchungsanfrage eines besonders wichtigen Gastes. Ha, wenn der Mann wüsste, wie wichtig *er* – Konstantin von Aschberg – ist! Aber leider …

Konstantin ist schon mit einem Fuß in der Bar, als ein Gesprächsfetzen an sein Ohr dringt, der ihn in der Bewegung einfrieren lässt.

»Und, war der Champagner recht, Henny?«

Henny? Konstantin macht einen Schritt nach hinten, stellt die Ohren auf.

Der Hotelchef plaudert munter weiter: »Ja, die Luxemburger verstehen was von guten Weinen. Wir können dir gerne noch eine Kiste liefern, dein armer Busfahrer muss sich nicht extra herbemühen, zumal die sechzig Kilometer durch Berg und Tal für sein betagtes Gefährt kein Pappenstiel sind.«

Henny und ein Busfahrer, der hier Champagner abholt. Das kann kein Zufall sein.

Konstantin dreht sich um, schleicht sich verstohlen an die Theke heran.

Der Concierge klickt sich nach wie vor durch eine Datei und konzentriert sich zeitgleich auf das Telefongespräch. Genau wie Konstantin.

»Oh, womit kann ich dir dann aushelfen, meine Liebe? … Aha, mmh, ein Ball, was für eine schöne Idee … Schon Samstag … Lass mal sehen … Wir haben derzeit tatsächlich einige recht bedeutende Gäste im Haus, Henny. Ich spreche sie gern wegen deines Festes an … Ja, schriftliche Einladungen wären eine gute Idee, wer kann schon einer Einladung auf Froweins Burg widerstehen! Er ist hier nach wie vor Legende, und meine Urgroßmutter war ihm auf ewig dankbar für das Erbe und die Mühle – so wie wir. Übrigens, hättest du Interesse an einem Cateringangebot von unserer Seite?«

Hat Henny anscheinend nicht. Dafür braucht sie dringend örtliche Handwerker. Wozu das? Will die schon wieder Aschberg-Geld für Unsinn verschwenden? Noch dazu auf ihrer dämlichen Burg? Oder plant sie einen Verkauf, um ihre Konten aufzufrischen und für weitere Kampfmaßnahmen gegen ihn gerüstet zu sein?

Egal. Konstantins Kopfschmerzen sind komplett verflogen. Gut so, er braucht einen klaren Kopf, um einen Plan zu schmieden, jetzt, wo er herausgefunden hat, wo die durchtriebene Henny steckt.

Ganz ohne Britta Bönsch!

Das Leben könnte nicht schöner sein.

Jetzt muss er nur noch herausfinden, was Henny auf Heintzfeld in der Hochhausfrage ausbaldowert.

»Entschuldigen Sie«, wendet er sich leutselig an den Hotelchef, nachdem dieser Henny seine Hilfe bei der schwierigen Suche nach sofort einsatzbereiten Handwerkern zugesagt und den Hörer aufgelegt hat. »Ich hätte eine Frage, besser gesagt einen Vorschlag in Sachen Handwerker. Zufällig besitze ich als Bauherr in dieser Hinsicht erstklassige Kontakte.«

Oh ja, die besitzt er in der Tat, und das nicht nur zu Handwerksbetrieben. Konstantin frohlockt. Diesmal wird er alles richtig machen, diesmal wird er einen gut geschulten Privatdetektiv unter den Männern platzieren, der Hennys weitere Schritte und Vorhaben mit Argusaugen überwachen wird.

Britta Bönsch ist als Informantin Geschichte.

Und er ein Teufelskerl.

Dabei fällt ihm ein, dass ein wenig Sabotage bei den diversen Bauarbeiten auch eine Option ist. Niemand kennt sich mit Pfusch am Bau besser aus als er. Aber natürlich! Wenn er will, kann er Hennys blöden Ball einfach platzen lassen. Ein wenig Schwarzarbeit und eine überraschende Kontrolle durch die Behörden wären ebenfalls eine Möglichkeit. Oder die Bauaufsicht, so eine Burg ist an irgendeiner Stelle bestimmt einsturzgefährdet und damit eine Bedrohung für Leib und Leben.

23.

Fee sucht eine Schere aus. Sie hat eine hübsche Ledermappe mit einem ganzen Scherenset zum Kürzen, Slicen, Effilieren und Modellieren aufgeklappt, eine Leihgabe ihrer Mutter, die als Maskenbildnerin über bestes Profiwerkzeug verfügt und stets einige Utensilien bei sich trägt. Reine Gewohnheitssache.

Fee legt eine extrascharfe Schere für den Grundschnitt zurecht und einen Kamm. Henny musste drei Tage mit Per über einen präsentablen Schnitt und die ihm zugedachte Rolle bei Katjas Ball verhandeln, bevor er nachgegeben hat. Am Samstag wird er nun als Baron Bellhaus auftreten – seinem Wald zuliebe. Allerdings nur kurz, allenfalls eine Stunde, darauf hat er ohne jegliche Begeisterung für Hennys originellen Plan bestanden. Der Kerl hat einfach keinen Humor und entschieden zu wenig Teamgeist.

Selbst ihre Mutter ist Henny – oder wem auch immer zuliebe – zu mehr bereit. Genau wie Per ist sie Katja noch nicht begegnet und wird nun bis ein oder zwei Tage vor dem Ball in Deckung bleiben, um dann als englische Lady Soundso offiziell anzureisen und eine kleine Story über einen entstellenden Reitunfall zu erzählen haben. Ansonsten wird sie sich in Sachen Konversation so hochnäsig wie vornehm zurückhalten. Eine Rolle, die sie sicher zu bewältigen weiß, denn eisernes Schweigen liegt Regina, ihr Englisch ist gut, ihr kaum hörbarer Akzent dürfte in amerikanischen Ohren als schottisch durchgehen, und immerhin war sie mal Schauspielerin.

Der so plötzliche wie komplette Sinneswandel ihrer Mutter verwirrt Fee allerdings immer noch. Warum sie sich so unversehens zum Bleiben und für Hennys Pläne zur Wald- und Hochhausrettung entschieden hat, hat sie ihrer Tochter nämlich nicht verraten. Mit keiner Silbe. Fee hofft, dass Bellhaus etwas zur Lösung dieses Rätsels beitragen kann, weshalb sie sich als seine Friseurin gemeldet hat.

Sie hofft, dass Per ihr trotz seines Hangs zu Wortkargheit erklären kann, warum ihre Mutter nach einem Waldspaziergang am Samstag urplötzlich beschlossen hat zu bleiben. Anscheinend sind Per und sie nämlich ziemlich dicke und hatten geheime Treffen, sogar in dessen Wohnung. Warum auch immer. Regina ist von diesem Förster mächtig angetan, so viel immerhin konnte Fee aus ihrer Mutter herausholen.

Hinter ihr geht die Tür zu ihrem hübschen Turmschlafzimmer. Fee wendet den Kopf. Per Bellhaus schlurft sichtlich schlecht gelaunt in den Raum, schleppt sich nachgerade zu dem Stuhl, den sie vor einem bodentiefen Wandspiegel aufgestellt hat, und nimmt Platz. Nicht einmal »Guten Morgen« sagt er.

Fee grüßt umso herzlicher und wirft ihm flugs ein Betttuch über Oberkörper und Schultern, befestigt es in seinem Hemdkragen, streicht es glatt. Voll Tatendrang löst sie Per Bellhaus' Dutt.

Seine dunklen Haare fallen lang, glatt und glänzend über seinen Nacken und bis tief zwischen seine Schulterblätter. Fee greift hinein. Wow, der Mann hat kräftiges Haar. Haar, um das ihn manche Frau beneiden würde. Dass er so trotzig an seiner Mähne hängt, ist trotzdem albern. Schließlich geht es hier um einen guten Zweck, sogar um zwei.

»Und? Wie viel darf ich abschneiden?«, fragt sie endlich über Pers Kopf hinweg in den Spiegel, der seine abweisende Miene zeigt.

»Am besten gar nichts, Delilah«, knurrt er zwischen zusammengebissenen Zähnen, seine Brauen werden zu einem geraden, zornigen Strich.

Fee lässt die Schere sinken, hebt in gespieltem Staunen die Brauen. »Delilah? Ich heiße Felicitas, schon vergessen?«

Per verdreht die Augen. »Nie Religionsunterricht gehabt?«

»Nein«, flunkert Fee, »ich hatte immer nur Philo.«

Per seufzt ob ihres Unwissens. »Laut Bibel war Delilah eine junge Frau, die Samson, einen von Gott geweihten, unbesiegbaren Helden verführt und ihm im Schlaf seine Haare hat abschneiden lassen, um ihn seiner göttlichen Kräfte zu berauben. Sie gehörte angeblich zum Stamm der Philister, aka miese Verräter«, belehrt er Fee.

»Ach, und ich dachte immer, Samson wäre dieser flauschige Riesenteddy mit Schnuffeltuch aus der Sesamstraße. Egal, hat's denn geklappt?«, fragt Fee schelmisch.

»Was?«

»Das mit dem Raub der Kräfte.«

»Ja, ist aber alles nur eine Legende.«

»Da bin ich aber froh, ich hatte nämlich nicht vor, dich vor dem Haareschneiden zu verführen. Also, ich schlage vor, ich kürze um zehn Zentimeter, dann kannst du immer noch Pferdeschwanz statt Dutt tragen, und es wächst schnell nach. Pferdeschwanz findet Henny okay, weil Karl Lagerfeld ihn vor Jahren salonfähig gemacht hat. Hauptsache, kein Kuhfladen auf dem Kopf, hat sie gemeint.«

»Henny sollte sich lieber zurückhalten«, grummelt Bellhaus. »Die kann froh sein, dass ich bei dem Blödsinn am Samstag mitmache.«

»Wer einen Wald retten will, muss Opfer bringen«, sagt Fee streng. »Und ein paar Haare zu lassen ist weitaus bequemer als wochenlang Bäume zu besetzen, in feuchten Waldlagern zu hausen und mit der Polizei in Konflikt zu geraten. Ich nehme an, so ähnlich hattest du dir das mit der Waldrettung vorgestellt, oder?«

»Ganz sicher nicht. Es gibt sinnvollere Alternativen, aber

du hältst mich ja anscheinend für einen weltfremden Spinner«, grummelt Per Bellhaus abweisend.

Fee schweigt vielsagend und kämmt seine beeindruckende Mähne noch einmal aus.

»Wie wäre es mit einer Haarwäsche?«, fragt sie. »Ein Nassschnitt wäre exakter.«

»Danke, ich hab schon geduscht. Und jetzt mach endlich, ich hab zu tun.« Wie unter Schmerzen schließt Bellhaus die Augen.

Gute Güte, wie albern kann man noch sein!

Fee zückt die Schere, schneidet quer zum Kamm. Sie schneidet bedächtig, mit chirurgischer Präzision und hochkonzentriert. Bellhaus' Haare trudeln in Büscheln zu Boden.

»Sag mal, kannst du so was überhaupt?«, fragt Bellhaus misstrauisch in die Stille, wahrscheinlich hält er ihren Hang zur Perfektion für dilettantisches Zögern.

Blödmann.

»Wer exakte OP-Schnitte beherrscht und offene Wunden nähen kann, kann auch Haare schneiden, außerdem hab ich das von einer hervorragenden Maskenbildnerin gelernt. Meiner Mutter«, entgegnet sie.

Bellhaus verfällt wieder in Schweigen, die Stille zwischen ihnen dehnt sich aus.

Fee ergreift die Gelegenheit für ein paar kleine Erkundigungen. »Wie hast du es eigentlich geschafft, meine Mutter von der Abreise abzuhalten?«, fragt sie forsch ins Blaue hinein.

»Ich?«, fragt Per perplex zurück.

»Ja, du. Meine Mutter hat mir von eurer kleinen Konferenz in deiner Wohnung am Abend vor ihrer geplanten Abreise erzählt. Muss eine Art Proseminar über die Ökologie des Waldes gewesen sein, wenn ich es recht verstanden habe. Baumfressende Pilze kamen auch drin vor. Meine Mutter hat regelrecht davon geschwärmt. Also von den Pilzen. Es erstaunt mich allerdings, dass sie sich deswegen gegen ihre Rückkehr nach Berlin entschieden hat.«

»Sagt sie das?«, fragt Per, der offenbar ehrlich verblüfft ist.

Fee nickt dem Spiegel und seinem Gesicht zu.

Pers Staunen wächst sichtlich. »Deine Mutter«, rafft sich der junge Mann nach kurzem Nachdenken zu einer Antwort auf, »scheint sich ehrlich für Naturbeobachtung zu interessieren und für das, was ich gesagt habe. Trotzdem stand ihr Entschluss zu gehen am Ende felsenfest. Dass sie wegen des Waldes geblieben ist, scheint mir daher mehr als unwahrscheinlich.«

Fee geht es nicht anders.

»Habt ihr wirklich nur über Bäume und Pilze palavert?«, platzt es aus ihr heraus, bevor sie sich bremsen kann. »Oder war da mehr zwischen euch?«

Pers Brauen werden zu einem erzürnten Strich. »Was meinst du mit mehr?«

Das weiß Fee selbst nicht so genau. Noch weniger weiß sie, wie und warum sie auf eine derart abwegige Frage kommt. Ihre Mutter hat über die Jahre vielleicht drei oder vier Verehrer gehabt und nie mehr als einen Flirt daraus werden lassen, noch weniger hat sie jemals Tendenzen gezeigt, sich für jüngere Männer zu interessieren. Aber nun, Bellhaus scheint etwas zu haben, was ihre Mutter aufrichtig interessiert und – vielleicht, vielleicht – anzieht.

Himmel, liegt sie mit ihrer albernen Vermutung am Ende richtig? Hat ihre Mutter sich in den jungen Kerl – der ohne Dutt merklich besser, sogar richtig anziehend aussieht – verguckt? Wäre eine mögliche Erklärung für ihr sonderbares Verhalten, oder?

Fee holt tief Luft. »Meine Mutter ist eine attraktive Frau«, deutet sie vielsagend an. *Und eine einsame*, ergänzt sie für sich.

Per versteht, was sie nicht sagen will. »Sag mal, für was oder wen hältst du mich eigentlich?«, zürnt er.

Fee gibt darauf lieber keine Antwort. Sie weiß es mit einem Mal auch nicht mehr so genau.

Pers Gesicht verschließt sich. »Bist du jetzt endlich fertig?«, schnappt er und zerrt sich das Betttuch vom Oberkörper. Eine Wolke von Haaren fällt zu Boden.

»Ich muss den Schnitt noch begradigen«, erwidert Fee um Coolness bemüht.

»Nicht nötig.« Er erhebt sich. »Ich mag es krumm und schief. Außerdem soll ich dieser dämlichen Katja bis zum Ball aus dem Weg gehen. Sie kommt irgendwann gegen Mittag zur Burg zurück. Am besten, ich verschwinde im Wald, der dürfte der Dame zu schmutzig sein.«

Er stapft in Richtung Tür, wo er sich unerwartet noch einmal umdreht. »Ich hätte auch noch eine Bitte«, sagt er gedehnt.

Fee spitzt überrascht die Ohren.

»Hilfst du mir heute Nacht bei der Fledermauskontrolle im alten Ballsaal? Die Senioren sind deswegen etwas hysterisch, die würden die Tiere nur unnötig stören oder verängstigen. Ich brauche jemanden mit Fingerspitzengefühl und guten Nerven, falls wir tatsächlich fündig werden sollten.«

Ach, darum geht es. Viecher mal wieder.

Fee nickt kaum merklich, sagt »Jaja«. Viel mehr interessiert sie immer noch das rätselhafte Verhalten ihrer Mutter. Warum zum Teufel ist sie noch hier? Und was soll diese elende Geheimniskrämerei? Freilich, jetzt nachdem Krapolski allen eröffnet hat, dass Katja von Aschberg im Gegenzug für den albernen Ball solides Erpressungsmaterial anbietet, scheint Hennys Rettungsidee ein wenig solider, aber ist es das, was ihre Mutter zum Bleiben bewegt hat? Sicher nicht.

Per öffnet die Tür, zögert kurz. »Bei ihrem letzten Waldspaziergang hat Regina noch Kai Krapolski getroffen. Hab die beiden hinterher zusammen im Park gesehen. Vielleicht weiß der

Mann mehr als ich. Die beiden waren ja wohl mal ein Paar.« Sagt's und zieht die Tür hinter sich zu.

Kai Krapolski?

Fee runzelt die Stirn. Was könnte der mit dem seltsamen Sinneswandel ihrer Mutter zu tun haben? Ob es am Ende wirklich wieder zwischen *den* beiden gefunkt hat? Haben sie sich im Wald ihre unverbrüchliche Liebe gestanden?

Sie greift nach einem bereitgelegten Handfeger, geht in die Hocke und kehrt Pers Haare auf.

Nein, das ist Quatsch, entscheidet sie.

Alte Liebe kann nicht im Spiel sein. Denn erstens geht Regina ihrem Jugendschwarm nach wie vor konsequent aus dem Weg – genau wie Kai ihr –, und zweitens wirkt sie nicht verliebt, sondern ausgesprochen bedrückt. Irgendetwas lastet auf ihr, etwas sehr Ernstes, über das sie partout nicht reden möchte, und Fee hat den Verdacht, dass Reginas Verschwiegenheit diesmal nicht allein mit unseligen Kindheitserinnerungen zu tun hat.

Nur womit dann?

Und warum geht ihre Mutter nicht nur Kai komplett aus dem Weg, sondern – und das tut weh – vor allem ihr?

24.

»Der Ballsaal ist für uns leider noch tabu. Bellhaus will heute Abend erst einmal untersuchen, ob sich dort Fledermäuse eingenistet haben«, erklärt Krapolski im Ton des Vorarbeiters, ganz so, wie er es viele Jahre seines Lebens getan hat. »Da muss man mit Bedacht vorgehen.«

In der Hand hält er Listen mit den heute anstehenden Arbeiten. Um ihn herum in der Eingangshalle haben sich wieder alle Senioren und sein Sohn Kai versammelt. Sie sind bewaffnet mit Putzeimern, Schrubbern, Werkzeugen und Leitern und bekunden ungebrochenen Arbeitseifer. Krapolski verteilt die Listen. Der Trupp beginnt zu lesen, zu scherzen und zu wispern.

»Da brauche ich aber noch viel Essigessenz«, freut sich Frau Pracht.

»Und warmes Bier«, ergänzt Frau Lampe. »Nichts geht über warmes Bier als Holzpolitur! Mit etwas Honig vermischt.«

»Das arme Bier«, protestiert Herr Fröhlich.

Ja, die Stimmung im Team ist auch nach zweieinhalb Tagen harter Arbeit noch immer prachtvoll. Seit sie von Katjas Erpressungsmaterial wissen, kennt die Begeisterung für den Ball keine Grenzen mehr. Auch Krapolskis Laune hat sich gehoben. Sein Groll auf Henny hat merklich nachgelassen.

Vielleicht, allerdings nur sehr vielleicht, überlegt Krapolski, wird er seine Herzdame heute Nacht tatsächlich mal wieder im Turmzimmer besuchen. Wäre an der Zeit. Aus Gründen der Sehnsucht, aber vor allem, um endlich mehr über Katjas wahre Beweggründe für die Bereitstellung der Papiere und diese Riesensause auf der Burg herauszufinden.

Krapolski kann noch immer nicht glauben, dass die dumme Trulla so mir nichts, dir nichts bereit ist, Henny ihre Erpressungsunterlagen gegen Konstantin zu übergeben, nur um ein paar Jetset-Affen die Burggräfin vorzuspielen. Es muss für Katja um mehr gehen, um viel mehr. Nur um was?

In dieser Frage hält Henny nach wie vor dicht. Sie speist ihn bei Nachfragen mit fröhlichem Small Talk ab und geht ihm großräumig aus dem Weg, um ausführliche Dialoge zu vermeiden. Keine Frage, sie will mit dieser Heimlichtuerei eine Nacht im Turmzimmer herbeiführen. Raffiniertes Luder! Er mag Luder, aber bei aller Raffinesse befürchtet Krapolski, dass Henny in Bezug auf Katja zu gutgläubig, zu vertrauensselig ist. Momentan ist sie mit Regina und Ex-Floristin Odry im Park unterwegs, um nach einem Stellplatz für ein großes Partyzelt und nach Schnittblumen zur Deko Ausschau zu halten. Ja, seine gewiefte Henny macht sich absichtlich rar, um ihn zurück an ihre Seite zu bringen.

»Wegen die Fledermause«, meldet sich Angelo in Krapolskis Gedanken hinein zu Wort und schaut von der Liste auf. »Habe ich eine Losung. Sinde im Nullkomanix weg. Dann wir könne Kronleuchter putze unde die Saal entrumpeln! Iste kein Problem, ich flitze nur schnell in meine Zimmer.« Sagt's und verschwindet in Richtung Dienstbotentrakt.

Krapolski schaut ihm zweifelnd hinterher. Was der nur vorhat?

»Wir könnten die Viecher, falls es wirklich welche gibt, auch einfach hängen lassen und Katjas Ballgästen schaurige Dracula-Geschichten servieren«, sinniert Isolde. »Wenn die nur halb so dämlich wie ihre Gastgeberin sind, glauben sie's vielleicht. Ich biete mich außerdem gern für Nachtschichten als Froweins Gespenst an. Ich meine, eine Burg ohne Gespenst ist doch gar keine Burg!«

»Oh ja, oh ja. Wir könnten nachts mit Ketten rasseln«,

schlägt Frau Pracht vor, andere begeistern sich für einen Auftritt in klappernder Ritterrüstung. Die Stimmung steigt.

»Nichts da«, geht Krapolski dazwischen. »Ich will hier kein Kasperletheater. Und was die Fledermäuse betrifft: Die werden nicht für irgendwelchen Zirkus missbraucht, die müssen geschont werden.« Das hat er Bellhaus fest versprochen.

Krapolski setzt seine Morgenansprache fort. »Also: Das Erdgeschoss haben wir mehr oder minder durch. Ihr wart die letzten beiden Tage alle sensationell tüchtig«, lobt er.

Das waren seine alten Kämpen in der Tat. Bis weit in den Abend hinein haben sie seit Samstag gemeinsam geschrubbt und gewienert, mit Bellhaus Möbel in den Keller geschleppt, Teppiche eingemottet, Glühbirnen ersetzt, hie und da Stromkabel neu verlegt, wobei auch Kai halbwegs nützlich war. Mit Stromproblemen kennt sein Sohn sich dank seiner Band schließlich aus. Auch wenn er seit dem rätselhaften Streit mit Regina extrem mies gelaunt ist und dazu neigt, ab und an Minus- und Pluspol zu verwechseln. Ja, da muss er ein Auge drauf haben. Hauptsache, Kai hat zu tun. Ordentlich Anpacken ist bei Liebeskummer oder ähnlichen Gefühlsmalaisen seiner Erfahrung nach immer die beste Medizin.

»Das Ergebnis unserer Bemühungen lässt sich wirklich sehen«, lobt Krapolski noch einmal.

»Man darf nur nicht allzu genau hinschauen«, findet Essigessenz-Fan Pracht. Alma Lampe murmelt voll Bedauern Zustimmung.

»Keine Bange«, beruhigt Krapolski sie. »Henny meint, ein bisschen Rost, Moder und Staub gehören in einer Burg dazu, alles andere wäre stillos.«

»Für Feiglinge können wir ja Desinfektionsspray in den Zimmern bereitstellen«, schlägt Isolde vor. »Ein paar Mausefallen, unauffällig unter den Betten platziert, wären sicher auch nicht verkehrt. In der Küche hatte ich bereits Besuch.«

»Igitt!«, rufen unisono Frau Lampe und Frau Pracht.

Wenn die wüssten, denkt Krapolski insgeheim. Mausefallen dürften kaum gegen Marder, Waschbären oder Siebenschläfer helfen, die sich laut Bellhaus ebenfalls gerne mal ins gewöhnlich verwaiste Burggemäuer verirren und hier im Winter sogar Dauerquartier nehmen. Besser, er verschweigt seinem Hilfstrupp Tiere dieser Größenordnung. Allmählich kann er Froweins Liebe zu Flinten jedenfalls ein wenig besser nachvollziehen. Ratten hat er in seinen fernen Barackentagen mit der Luftpistole selbst den Garaus gemacht. Die dreisten Biester saßen oft mit am Frühstückstisch. Nun, zurück zum eigentlichen Thema.

»Morgen Nachmittag werden hoffentlich Profihandwerker für unumgängliche Fensterreparaturen und eine Dachkontrolle dazustoßen, außerdem Maler und Lackierer«, teilt er seinen Mitstreitern mit.

Die nicken erleichtert.

»Bravo«, ruft Isolde. »Die können wir brauchen. Vor allem ein paar Junge, Knackige fürs Auge.«

»Wir brauchen vor allem welche, die knackig arbeiten«, entgegnet Krapolski. »Die Liste unserer Aufgaben ist ellenlang. Selbst mit Hilfe der Profis können wir bis zum Eintreffen der ersten Gäste am Freitagabend nicht viel mehr als ein paar kosmetische Korrekturen vornehmen. Wir haben schließlich nur dreieinhalb Tage!«

Das ganze Programm ist in seinen Augen ein ziemlicher Pfusch am Bau. Mehr als »außen hui« – in den entscheidenden Räumen – wird kaum drin sein. Nun, sie können zumindest dafür sorgen, dass es nicht in die Gastzimmer reinregnet – jedenfalls nicht allzu sehr –, dass zerbrochenes Fensterglas ausgetauscht wird, Toilettenspülungen und Wasserzufluss funktionieren. Und der Ballsaal … tja, der wird bestimmt eine Mammutaufgabe. Spätestens morgen müssen sie da rein.

»Da bine ich wieder«, meldet sich Angelo wie aufs Stichwort und leicht atemlos zurück. »Die dumme Flugmäuse sinde bald erledigt. Ich kann vertreibe im Nullkommanix mitte mein Signalhorn. Habe ich immer dabei gegen die dumme Autofahrer, die mir bedränge.«

Voll Besitzerstolz hebt er eine Stadionhupe in die Höhe und betätigt kurz den Auslöser. Ein ohrenbetäubendes Tröten füllt die Eingangshalle und bringt einen Blechritter zum Scheppern. Die Senioren hüpfen beiseite, schreien entsetzt auf.

Isolde boxt Angelo empört in die Rippen. »Hast du sie nicht mehr alle?«, schimpft sie. »Wir sind keine Fledermäuse.«

Krapolski entreißt Angelo mit strengem Blick die Druckluftdose mit aufgeschraubtem Fanfarenhorn. »Kumpel, wir sind hier nicht beim Fußball, sondern bei der Arbeit«, sagt er streng. »Und was die Fledermäuse angeht, leg dich lieber nicht mit Bellhaus an! Die Viecher stehen auf der Roten Liste, die sind akut vom Aussterben bedroht. Unser Waldschrat würde dir eiskalt den Hals umdrehen, wenn du sie störst.«

»Iche bin 73 und noche viel akuter von die Aussterben bedroht«, protestiert Angelo beleidigt.

»Ein so seltenes Original wie du gehört wirklich auf die Rote Liste«, unterstützt Isolde ihn vorwitzig wie immer. »Ach was, wir gehören alle auf die Rote Liste!«

Kopfschüttelnd deutet Krapolski mit dem Daumen hinter sich zur Treppe nach oben. »Genug gequasselt. Wir machen mit den Schlafzimmern, dem Speisesaal und den Korridoren weiter. Ich hab notiert, wo das Parkett lose ist und die Badezimmerböden echte Macken haben. Wenn Sie das bitte genauer inspizieren könnten, Herr Fröhlich?«

»Ungenaue Kontrollen kenne ich gar nicht«, antwortet der ehemalige Parkett- und Fliesenleger.

»Stimmt. Kontrollieren Sie bitte auch, ob wir irgendwo Türen neu einhängen und die Fenster ölen müssen«, fährt Krapolski fort, »Heute Nachmittag geht's dann zwecks Materialkauf zu einem Baufachhandel bei Bitburg. Teure Sperenzchen können wir uns allerdings nicht leisten. In Froweins Kellergewölben liegen noch Originalkacheln und dergleichen parat.«

»Ich werde sparsam arbeiten, ganz so wie früher«, verspricht Fliesenleger Fröhlich und schenkt Krapolski ein strahlendes Lächeln, das seinem Namen alle Ehre macht.

»Isolde, unsere Putzkolonne sollte sich erst mal den Speisesaal oben vornehmen. Du, Frau Pracht und Frau Lampe, ihr wisst am besten, was zu tun ist.«

»Worauf du einen lassen kannst«, erwidert Isolde und winkt acht ihrer Getreuen mit klapperndem Gerät bereits die Treppe hinauf. Herr Fröhlich folgt mit zweien seiner Helfer und den Werkzeugkästen.

»Und wir inspizieren im Keller und in den Gästezimmern derweil alles rund um Gas, Wasser und Schei–«, setzt Krapolski vor dem sechsköpfigen Rest der Mannschaft an, als das Eingangsportal mit Schwung aufgeworfen wird.

Katja von Aschbergs Chauffeur hält einen der Flügel auf, das Klipper-die-Klapp von Absätzen kündigt seine Chefin an. *Wieder mal zu früh. Viel zu früh.* Krapolskis Miene verfinstert sich auf Anhieb. Die Rückkehr der Nervensäge war erst für den späten Nachmittag angekündigt. *Verdammt!* Mit so einer Frau im Haus lässt sich nicht vernünftig arbeiten. Zumal sie ihn für ihren persönlichen Butler und sämtliche Senioren für ihre Lakaien hält, die nur für sie tätig sein sollen, wie ihr einsetzendes Dampfgeplauder bestätigt.

»Friedrich, da bin ich wieder«, verkündet Katja von Aschberg fröhlich trällernd. Mit einem Sammelsurium luxuriöser Papiertragetaschen eilt sie auf ihn zu, drückt ihm und den verbliebenen Senioren mir nichts, dir nichts ihre Einkäufe in die Hand und beginnt, Anweisungen zu geben: »Das kann alles auf mein Zimmer. Isolde und ihre Damen sollten dann später alles auspacken und in die Schränke hängen, aber Vorsicht, bitte! Meine neue Garderobe ist äußerst empfindlich. Isolde müsste natürlich auch einiges aufbügeln. Soweit ich weiß, gibt es dafür ja ein Extrazimmer. Kann sie eigentlich auch nähen? Oder sonst wer vom Personal? Das wäre sehr wichtig. Wir müssen sofort loslegen.«

Krapolskis Mitstreiter werfen ihm auffordernde Blicke zu. Finstere Blicke. Angelo hebt warnend seine Hupe. Ohne Zweifel erwarten alle von ihm einen donnernden Auftritt als Arbeitnehmervertreter. Ganz so wie früher. Ärgerliche Zwickmühle. Butler haben keine Gewerkschaften.

»An Ihrem neuen Frack etwa müssen sicherlich ein paar Änderungen vorgenommen werden, Friedrich«, ergänzt Katja jubelnd. »Ich habe Ihnen nämlich einen mitgebracht! In Samt, jagdgrün, mit goldenen Epauletten. Erstaunlicherweise war er stark herabgesetzt, dabei ist er so schick und ausgefallen. Am besten probieren Sie ihn direkt einmal an. Ich fand ihn in einer Herrenboutique, von der es heißt, dass Thomas Gottschalk dort früher manchmal eingekauft hat. Ach, mein wunderbarer Mr. Kleibach wird von Ihnen begeistert sein. Er und sein Designteam entwerfen schließlich Kostüme für unzählige Hollywoodgrößen und ganze Filme. Sein Auge für eindrucksvolle Garderobe ist un-be-stech-lich! Mr. Kleibach wurde bereits mit einem Oscar für Kostümausstattung beehrt.«

Es reicht, beschließt Krapolski. Die dumme Gans macht ihn nicht zu ihrem Hampelmann. Einem Hampelmann in grünem Samt noch dazu. Die hat sie nicht alle. Er nickt unauffällig Angelo zu. Angelo drückt mit Begeisterung seine Hupe. Der Effekt ist eindrucksvoll. Katja von Aschberg macht einen Satz, nur ihr Chauffeur kann einen schweren Sturz verhindern, kreidebleich und ausnahmsweise sprachlos klammert sie sich an den Mann.

Krapolski weist Angelo streng zurecht, der spielt den Bekümmerten und murmelt was von »Nur eine kleine Test. Iche muss die wilde Schwein im Park vertreiben«.

Krapolski wendet sich wieder Katja von Aschberg zu. »Pardon, gnädige Frau, aber Sie sehen, dass Ihre Wünsche warten müssen«, weist er sie – im Ton höflich, aber in der Sache unmissverständlich – ab. Er ist hier der Boss! »Ihr Chauffeur wird sich um die Einkäufe kümmern. Gräfin von Aschberg verlangt uns wirklich dringend im Park.«

Krapolski winkt seinen Trupp zum Ausgang. Er wird alle durch die Küche in den Keller dirigieren, wo Installationsarbeiten vorgenommen werden müssen, und dann wird er ein ernstes Wörtchen mit Henny wechseln. Über Katjas wunderbaren *Mr. Kleibach*. Der Name ist zum ersten Mal gefallen. Doch ohne Zweifel spielt Mr. Kleibach bei dieser ganzen Sause und in Katjas Plänen eine Hauptrolle. Nur welche? Wer bitte ist der Mann überhaupt?

Zeit, es herauszufinden, und diesmal wird er Henny keine Ausflüchte gestatten.

25.

Das Gelände rund um Burg Heintzfeld ist weitläufiger, als man denken würde, stellt Regina nach einem einstündigen Erkundungsgang mit Henny und Frau Odry fest.

Neben dem Park umfasst es einen verwilderten Obstgarten, verfallene Stallungen, Kühlkeller und diverse Wirtschaftsgebäude, darunter eine Sattelkammer, eine kleine Hufschmiede und zwei nach Südwesten gelegene Gewächshäuser, denen sie zum Abschluss ihrer Runde einen Besuch abstatten.

»Oh, Henny!«, ruft Frau Odry, in deren Armen bereits ein Bündel aus zartlila Flieder, rosa Kamelien- und blühenden Zierkirschenzweigen ruht, verzückt. »Diese wunderschönen Glaskonstruktionen, die schmiedeeisernen Verstrebungen – das ist ja herrlich! Was man hier rund ums Jahr alles züchten könnte. Selbst die exotischsten Blumen! Was gäbe ich für so ein Gewächshaus.«

Regina runzelt zweifelnd die Stirn. An erfolgreiche Blumenzucht erinnert hier nicht mehr viel. Verrottete Pflanztische, alte Kisten, rostiges Werkzeug, zerschlagene Blumentöpfe und jede Menge undefinierbares Gerümpel füllen den Raum. Viele der Glasscheiben sind zersprungen, im Dach fehlen einige ganz, die Zugangstüren hängen traurig in ihren schmiedeeisernen Angeln, und auf einer Seite wuchern Brennnesseln herein. In ihren Augen ist das Gebäude ein Totalschaden. Doch die ehemalige Floristin Odry scheint das nicht zu schrecken.

Henny lächelt liebreizend und freut sich über so viel Begeisterung. »Ja, diese Gewächshäuser waren einmal prachtvoll und wurden intensiv genutzt, wobei Onkel Frowein eher Wert auf

Salat, Gemüse und ausgefallenes Obst legte. Ich erinnere mich noch genau an die Ananas, die sein Gärtner hier mal in den Vierzigerjahren gezüchtet hat. Ananas in der Eifel! Leider waren die meisten Früchte nicht viel größer als eine Kinderfaust, überwiegend sauer und holzig.«

»Dann hätte man sie besser für Blumengestecke verwendet«, erklärt Frau Odry mit Kennermiene. »Eine kleine Ananas im Zentrum eines Gebindes hat eine wundervoll majestätische Anmutung.« Sie kraust die Stirn. »Eigentlich wäre so etwas genau das Richtige für deinen Ball, oder? Vielleicht könnte ich neben rosa Tulpen und weißen Ranunkeln ja ein paar Zierananas bestellen?«

»Nichts da«, widerspricht Henny energisch. »Wir hatten uns für den Blumenschmuck auf Landhausstil in Pastelltönen, dazu Moos und Efeu und in der Hauptsache auf Blumen und Blüten geeinigt, die mein Park so hergibt. Nur keinen Firlefanz.«

Frau Odry schaut ein wenig wehleidig auf die Blütenzweige in ihrer Armbeuge, aus denen sie bis zum Nachmittag Probegestecke für den Ballsaal komponieren will. »Ich hoffe, das genügt, um einen wirklich festlichen Eindruck zu erzeugen. Katja von Aschberg scheint mir sehr anspruchsvoll und mehr der mondäne Typ zu sein.«

»Du schaffst das schon, da habe ich volles Vertrauen in dich«, sagt Henny. »Und jetzt komm, ich zeige dir, wo du reichlich Maiglöckchen, Vergissmeinnicht, Moos und panaschiertes Efeu für den Tischschmuck findest. Mit etwas Glück blüht auch schon die ein oder andere Pfingstrose, mit noch mehr Glück sogar ein paar Hortensien. Immerhin scheint seit Ostern die Sonne, und der Mai war bislang sehr warm. Ach, und violette Akelei gibt es im Überfluss. Das reinste Unkraut, aber hübsch!«

Henny marschiert zu einer Seitentür, stößt sie auf und tritt nach draußen. Mitten hinein in ein sonnengetränktes Feld aus himmelblauen und rosafarbenen Vergissmeinnicht, die bis an den nahen Waldrand wachsen. Dort schließen sich im lichten Schatten hellblaues Lungenkraut an, durchsetzt mit weiß blühendem Waldmeister.

»Nein, wie ist das hübsch!«, ruft Frau Odry sofort.

»Eine Pracht, nicht wahr?«, freut sich auch Henny mit verträumtem Blick. »So sah es hier schon in meiner Kindheit in jedem Frühling aus. Weiter hinten im Wald wachsen wilde Erdbeeren. Winzig klein, aber unglaublich köstlich. Vielleicht kannst du einige Erdbeerranken nutzen, sie blühen ganz entzückend. Natürlich können wir sie erst am Ballmorgen pflücken, die zarten Blütchen verwelken zu rasch.«

»Nicht, wenn ich mich darum kümmere«, ruft Frau Odry fröhlich. »Regina, könnten Sie das mit den Erdbeeren notieren?«

Regina nickt gehorsam, zückt Stift und Klemmbrett. Zwei Seiten hat sie bereits mit Notizen über Pflückstellen im Park, blühende Bäume, Sträucher und über dekorative Wild- und Zuchtblumen und deren Fundorte gefüllt. Frau Odry wird später die benötigten Mengen berechnen und will am frühen Samstagmorgen mit Helferinnen ausschwärmen, um ihr Arbeitsmaterial für den Ballabend zu ernten.

Es ist erstaunlich, was Heintzfeld neben verrotteten Gebäuden an Flora zu bieten hat, findet Regina. Sie zieht zwar Wälder vor, aber der Park und die alten Gärten sind ebenfalls eine Wohltat für Auge und Seele.

Vor allem, wenn man wie sie seit Tagen in ausgesprochen niedergedrückter Stimmung ist. Immerhin, tröstet Regina sich, verschaffen der blöde Ball und die damit verbundenen Vorbereitungen ihr eine Atempause und tausendundeinen Grund, das von Kai geforderte Gespräch mit Fee über den Vaterschaftstest hinauszuschieben.

Am besten so lange, bis … bis was?

Bis ihr eine bessere Lösung eingefallen ist. Am besten eine, die einen Vaterschaftstest ausschließt. Nur wie könnte die aussehen? Ob sie noch einmal mit Kai reden soll? Ihm erklären, warum sie in den Monaten vor und auch lange nach Fees Geburt überhaupt nicht an ihn als möglichen Erzeuger gedacht hat? Warum sie diese Idee später aus guten Gründen und Fee zuliebe nicht zugelassen und für sich ausgeschlossen, sie am Ende so gut wie vollkommen verdrängt hat?

Vielleicht würde er es ja verstehen, wenn sie den richtigen Ton anschlägt, wenn sie ihn eindringlich um Verständnis bittet, wenn sie ein paar ruhige Minuten miteinander finden, an einem ruhigen Ort, und wenn er endlich zuhören würde …

Wenn, wenn, wenn!, ärgert sich Regina über ihre abwegigen Hoffnungen. Sie verhält sich nicht anders als ein kleines Kind, das sich beim Versteckspiel die Hände vors Gesicht hält, die Augen zukneift und glaubt, man sähe es dann nicht. Klar bleibt, dass Kai alles Recht der Welt hat herauszufinden, ob Fee seine Tochter ist, und sie selbst keinen wirklich stichhaltigen Grund, ihm das zu verweigern.

»Halten Sie mal«, reißt Frau Odry Regina aus ihrer Grübelei und drückt ihr das Flieder-Kirschzweig-Bündel vor die Brust. »Ich muss Vergissmeinnicht pflücken! Und Maiglöckchen. Für Probesträuße und Gestecke.« Schon ist sie weg.

Regina legt die Zweige und das Klemmbrett ab, um sich Frau Odry anzuschließen, doch im gleichen Augenblick eilt Henny über das Vergissmeinnichtfeld auf sie zu und vertritt ihr den Weg.

»Auf ein Wort, Regina«, sagt sie mit höchst bestimmtem Gesichtsausdruck und fasst Regina beim Arm. »Ich möchte mich mit Ihnen gerne noch ein wenig über Ihre Rolle beim Ball unterhalten. Auch wenn ich größtes Vertrauen in Ihre Fähigkeiten habe, wüsste ich gerne, wie Sie die Rolle der englischen Gräfin anlegen wollen. Ich hätte da ein paar Tipps, immerhin kenne ich einige englische Adlige. Wie wäre es mit einem kleinen Waldspaziergang? Frau Odry kommt ab jetzt sicher allein zurecht.«

»Ja, ja, geht ihr nur!«, ruft Frau Odry fröhlich. »Ich bin mit meinen Blumen hier vollkommen glücklich.«

Oh nein, nicht noch ein Waldspaziergang à deux!, rebelliert Regina innerlich. Damit hat sie zuletzt nur schlechte Erfahrungen gemacht. Genügt es nicht, dass sie sich bereit erklärt hat, bei Hennys albernem Zinnober mitzumachen? Noch dazu bei einem Fall von eiskalter Erpressung?

Sie öffnet den Mund, um zu protestieren, doch Henny kennt kein Pardon, führt sie mit strammen Schritten mitten hinein in einen lauschigen Buchenhain.

Ganz ehrlich? Mittlerweile hasst Regina die Stille und die Einsamkeit des Waldes.

26.

Jetzt gilt's. Auf einer kleinen Lichtung und bei einer Dreiergruppe sonnenbeschienener Findlinge angekommen, dreht Henny sich energiegeladen und mit ihrem strahlendsten Lächeln um. »Hier lässt es sich sehr hübsch und vollkommen ungestört reden. Onkel Frowein nannte diese Felsen immer seine Beicht- und Denksteine. Er kam regelmäßig her, wenn ihn Probleme quälten oder er schwierige Entscheidungen zu treffen hatte. Was ihm dank der Steine – wie er behauptete – stets gelungen ist. Es sind ihrem Wesen nach ja auch geduldige und vollkommen verschwiegene Zuhörer, die Geheimnisse zu bewahren wissen und keine Buße einfordern. Mit Pastoren hatte der alte Schwerenöter es nicht so.«

Sie klopft mit der flachen Hand auf einen der Felsbrocken. »Setzen wir uns doch.«

Herrje! Regina Sanders macht ein Gesicht wie eine verdrossene Eule, hat den Mund zu einem trotzigen Strich zusammengepresst. Außerdem trägt sie heute wieder Hut. Sie will sich offensichtlich bedeckt halten und macht keinerlei Anstalten, Platz zu nehmen. Im Gegenteil beginnt sie einen kleinen Streifzug über die Lichtung, tut so, als müsse sie dringend ein paar Bäume studieren.

Dich krieg ich schon zum Reden, denkt Henny und setzt sich.

Sie will und wird jetzt endlich herausfinden, was zwischen Kai und Regina im Argen liegt. Ein paar Ideen dazu hat sie schon, ziemlich verrückte Ideen, darum ist sie schließlich nie verlegen. Aber erstaunlicherweise liegt sie damit oft richtig. Mal sehen, ob eine ihrer schrägen Ideen hinkommt.

Kai und Regina meiden einander seit ihrem Krach im Park wie der Teufel das Weihwasser, und jeder von ihnen scheint vor unterdrückter Wut zu beben. Umso merkwürdiger ist es, dass Regina nicht wie geplant nach Berlin verschwunden ist.

Das meint auch Isolde. »Ich glaube nicht, dass Regina uns wirklich helfen will«, hat sie gesagt. »Sie wäre besser gefahren. Sie und Kai sind eine Zumutung, schlimmer als ein zänkisches altes Ehepaar. Wenn Kai Regina beim Frühstück um Zucker bittet, reicht sie ihm das Salz, wenn sie direkt nach ihm einen Raum verlassen will, schlägt er ihr die Tür vor der Nase zu, und Fritz meint, sein Sohn käme bei der Arbeit ständig mit der Elektrik durcheinander. Der Junge ist nicht mehr er selbst. Wenn du nicht aufpasst«, hat sie Henny gewarnt, »kommt es zwischen den beiden zu einem gewaltigen Knall. Unsere Fee ist deswegen auch schon ziemlich durcheinander. Ganz bedrückt ist das Mädchen, das gefällt uns nicht. Wenn die zwei so weitermachen, verdirbt das die ganze Stimmung und womöglich sogar unseren Ball!«

Das darf nicht passieren, wo doch alles gerade so schön läuft und Anlass zu Hoffnung besteht. Überdies geistert immer noch Frau Mattkas Geschichte von einer großen Liebe zwischen Kai und Regina durch Hennys Gedanken. Was, wenn es die noch gibt? Wenn auch in äußerst verbogener Form.

Dass beide mit massiv enttäuschten Gefühlen kämpfen und deshalb immer wieder aneinandergeraten, ist offensichtlich, und Henny will wissen, warum. Immerhin ist sie eine Expertin für enttäuschte Liebe. Eine reichlich sentimentale Expertin, weil ihr mit Fritz Krapolski auf den letzten Metern des Lebens, quasi im Sinkflug, noch das große Glück begegnet ist. Wäre es nicht wunderschön, wenn es für Kai und Regina etwas früher ein Happy End gäbe? Die Möglichkeit, dort neu anzufangen, wo sie zu früh aufgehört haben. Warum auch immer.

Fritz wäre sicher davon angetan, und sie selbst wäre es auch.

Aus tausenderlei Gründen. Die Liebe aus seinem Leben auszusperren ist eine schreckliche Sünde und ganz ungemein trostlos.

So, und jetzt an die Arbeit.

Henny nimmt Haltung an, streckt den Rücken. »Regina!«, ruft sie. »Ich habe nicht den ganzen Morgen Zeit, auf der Burg gibt es viel zu tun, also bitte!«

Widerwillig löst sich Regina von der Betrachtung einer Buche und schlendert zu den Felsen zurück.

Am besten, beschließt Henny, sie eröffnet ihr Verhör mit einer harmlosen, weitschweifenden Plauderei. Sie wird eine Vertrauensbasis schaffen und dann einen Überraschungsmoment abpassen, um die diffizileren Fragen zu stellen. Zunächst einmal gilt es, die schweigsame Regina überhaupt aus der Reserve zu locken.

»Reiten Sie?«, fragt Henny aufs Geratewohl.

Regina erwacht aus ihrer stummen Erstarrung, schenkt ihr einen verblüfften Blick. Das ist ein Anfang.

»Reiten?«, fragt sie irritiert nach.

»Ja, ja«, fährt Henny eifrig fort. »Ich meine als Schauspielerin. Ich dachte, das gehörte vielleicht zur Ausbildung. Wir könnten es bei der Anlage Ihrer Rolle als Lady Fearnley-Whithermore gut gebrauchen.«

Reginas Verblüffung wächst. *Sehr gut.* Mit diesem Thema hat sie offensichtlich nicht gerechnet.

»Planen Sie etwa eine berittene Fuchsjagd für Ihre Festgesellschaft?«, fragt Regina deutlich entsetzt.

»Oh nein, nein. Kein Blutsport! Die armen Füchse. Wildschweine wären natürlich eine Möglichkeit«, schweift Henny vergnügt ab. »Der Adel hat sie früher zu Pferd und mit drei Meter langen Lanzen verfolgt. In Spanien ist das, glaube ich, heute wieder erlaubt, um reiche Touristen anzulocken. Eine scheußliche Idee. Undenkbar auf Heintzfeld. Froweins Lanzen wären auch zu kurz, und Bellhaus würde mich dafür umbringen. Nein, nein, es geht mir lediglich um Ihre adlige Vorgeschichte.«

Regina schüttelt sichtlich überrumpelt den Kopf. »Tut mir leid, aber damit kann ich nicht dienen. Reiten steht nur an sehr wenigen Schulen auf dem Programm. Bühnenfechten ist eine Art Pflichtfach der klassischen Schauspielerausbildung, reiten nicht. Davon abgesehen habe ich nur eine sehr kurze Ausbildung absolviert und bin nie in Western oder Kostümfilmen aufgetreten, wie Sie wissen dürften.«

Endlich wird das Mädchen gesprächig.

»Fechten«, sinniert Henny verzückt. »Haben Sie das gelernt?«

Regina nickt vorsichtig. »Ein wenig.«

»Nun, das wäre natürlich auch eine Möglichkeit. Solch eine elegante Sportart. Für Damen durchaus geeignet, wenn auch nicht ungefährlich, wie ich annehme. Onkel Frowein«, schweift sie erneut ab, »könnte die ein oder andere passende Waffe im Arsenal haben, aber darum geht es jetzt nicht. Obwohl …«

»Sagen Sie mal, worum geht es hier überhaupt?«, unterbricht Regina sie ungeduldig, nimmt auf dem Felsen gegenüber Platz und schaut sie auffordernd an.

Ha, die hängt am Haken! Es ist doch immer wieder hilfreich, ein wenig plemplem zu wirken, stellt Henny befriedigt fest.

»Oh, sagte ich das nicht?«, tut sie erstaunt. »Wie dumm von mir. Ich habe Katja von Aschberg erzählt, dass Lady Fearnley-Whithermore, also Sie, nach einem Reitunfall gewisse Narben im Gesicht davongetragen hat. Narben sind so wunderbar geheimnisvoll, wie ich finde. Falls Katja oder ihre Gäste Sie also darauf ansprechen, wäre es schön, wenn Sie einen entsprechenden Reitunfall glaubhaft schildern könnten. Durchgehendes Pferd, missglückter Sprung über Dornengestrüpp, gescheiterter Galoppversuch et cetera, Sie wissen schon. Oder eben ein missglücktes Degengefecht –«

»Ich hatte nie ein Degengefecht«, geht Regina ärgerlich dazwischen.

»Das hoffe ich«, pariert Henny. »Bleiben wir also wie geplant bei einem Reitunfall. Der ist sicher auch eindrucksvoller zu schildern. Ich meine, ein Degengefecht! Das ist doch sicher wie Tennis. Und wie sollte es überhaupt dazu gekommen sein? Eifersucht wäre natürlich eine Möglichkeit. Unsere Lady könnte ein überaus leidenschaftliches, eifersüchtiges Geschöpf sein, das Opfer einer enttäuschten Liebe und eines untreuen Verehrers und … Ach nein, solch ein Ausbruch passt nicht zu Ihnen. Außerdem sind Sie ja Engländerin. Bleiben wir beim Reiten. Sie sollten natürlich entsprechende englische Vokabeln parat haben. Es gibt ja nicht nur das berühmte Jägerlatein, sondern auch eine recht verschrobene Reitersprache.«

Reginas Verblüffung wächst sichtlich, genau wie ihr Unmut.

»Warum bleiben wir nicht einfach bei der Wahrheit?«, entgegnet sie heftig. »Oder ist ein Autounfall nicht stilvoll genug? Ich könnte ja einen Jaguar oder Bentley einflechten, damit es vornehmer klingt.«

»Oh nein, nein, das wird nicht nötig sein. Lady Fearnley-Whithermore gehört zum bescheidenen englischen Landadel. Ihr Mann dürfte allenfalls einen uralten Range Rover besitzen, Sie selbst könnten einen klapprigen, hochbetagten Vauxhall fahren«, entgegnet Henny ungerührt. »Gibt es diese Marke noch?«

»Frau von Aschberg«, geht Regina erneut dazwischen. »Es gibt doch überhaupt keine Lady Fearnley-Whithermore!«

»Dank Ihnen wird es eine geben«, erwidert Henny unbekümmert. »Und falls Sie lieber über Ihren echten Unfall sprechen möchten, dann ist das natürlich ebenfalls in Ordnung.«

»Ich möchte nicht über meinen Unfall sprechen«, kontert Regina erzürnt. »Am besten, Sie streichen den Part mit den entstellenden Narben ganz. Ich werde sie für den Ball überschminken, es ist überhaupt kein Problem, sie so gut wie unsichtbar zu machen.«

»Und warum tun Sie das dann nie?«, fragt Henny ehrlich interessiert.

»Weil ich keinen Sinn darin sehe, mich zu verstellen oder etwas vorzutäuschen. Das habe ich als Schauspielerin oft genug getan. Ich bin einfach lieber ich selbst«, bricht es aus Regina hervor.

»Eine sehr weise Entscheidung und eine lebenslange Aufgabe, wie ich dank meines Alters zu wissen glaube«, lobt Henny. »Und doch der einzig mögliche Weg. Auf Dauer ist es schließlich sehr anstrengend vorzugeben, nicht man selbst zu sein, und seine wahren Gefühle, Wünsche und Gedanken zu unterdrücken. Oder aus seinem Herzen eine Mördergrube zu machen. Meiner Erfahrung nach ist das sogar ein todsicheres Rezept, um unglücklich zu sein. Und allein, sehr allein.«

Sie seufzt vielsagend und setzt eine kurze Pause, wirft Regina einen freundlichen und insgeheim lauernden Blick zu. *Keine Reaktion, oder doch?* Da ist ein winziges, fast unwillkürliches Zwinkern um Reginas Augen, kein fröhliches Zwinkern.

»Für Katja von Aschbergs Ball müssten Sie das allerdings tun. Ich meine, nicht Sie selbst sein«, setzt sie fort. »Fühlen Sie sich einem solchen Auftritt wirklich gewachsen? Wir sind natürlich alle sehr dankbar für Ihr plötzliches Hilfsangebot, da uns echte Gäste weitgehend fehlen, aber käme Ihr Auftritt wirklich von Herzen? Sie waren bislang nicht sonderlich interessiert an der Rettung unseres Hochhauses und meinem Kampf gegen Konstantin. Was hat Sie veranlasst, Ihre Meinung so grundlegend zu ändern?« Henny pausiert kurz, dann wagt sie einen Vorstoß. »Könnte Kai Krapolski damit zu tun haben?«

»Das geht Sie nichts an, Frau von Aschberg!«, fährt Regina sie mit einem vernichtenden Blick an und bricht ab. In einem Gebüsch hinter ihr ist ein wüstes Rascheln zu vernehmen, sie reißt den Kopf herum.

Henny spitzt ebenfalls die Ohren. »Muss ein Wildschwein gewesen sein«, sagt sie, als sich nichts mehr rührt und sie erneut Stille umfängt. »Also noch einmal: Sind Sie wirklich geblieben, um uns zu helfen, oder haben Sie einen anderen Grund?«

Erneut hält ein überraschendes Geräusch Regina von einer Antwort ab. Diesmal sind es stampfende Schritte, begleitet von einem wütenden Schnauben.

Herrje, kann man in diesem Wald denn nicht ein Mal allein sein?, ärgert sich Henny. Sie hat doch absichtlich eine Stelle fern von der Burg gewählt, die außer ihr – und Bellhaus – niemand kennen dürfte. Froweins Nachdenksteine sind ein sozusagen heiliger und geheimer Ort.

Nicht mehr.

Das Gebüsch hinter Regina teilt sich, und Fritz Krapolski tritt auf die Lichtung. Henny wird schwindlig vor Schreck. Ihr Fritz sieht nach Ärger aus, nach mächtigem Ärger.

»Henny!«, donnert er. »Schaff mir diese Aschberg-Schnepfe aus dem Weg, oder du kannst den Ball vergessen! Mit dieser Frau im Haus kann ich nicht arbeiten, egal, was sie gegen Konstantin in der Hand hat. Und wer zum Teufel ist dieser Mr. Kleibach, der heute Abend eintrifft? Am Ende noch mit den ganzen blöden Gästen im Schlepptau. Ist er Katjas Liebhaber? Und noch so ein selbstverliebtes, reiches Arschloch wie dein Bruder?«

Henny erstarrt, fühlt, dass sie bleich wird, dass alles Blut zu ihrem Herzen zurückzustürzen scheint und sich ihr Herz entsetzt verkrampft und schmerzt. *So ungefähr könnte sich ein Infarkt anfühlen*, denkt sie noch, dann wird ihr vollends schwindelig vor Angst und schwarz vor Augen.

Sie hört sich wie aus weiter Ferne verwundert »Gernot kommt« stammeln und Krapolski entsetzt um Hilfe schreien.

Oder ist das Einbildung?

Dann wird alles völlig schwarz, und sie fällt ins Nichts. Fällt und fällt und fühlt sich dabei merkwürdig leicht, federleicht.

27.

Puh, das ist gerade noch mal gut gegangen! Niemand hat ihn entdeckt. Kein Wunder, bei der ganzen Aufregung um Henny. Ob sie einen Herzanfall hatte? Sah ganz danach aus. Vielleicht war es sogar ein schwerer Infarkt? Am Ende womöglich ein finaler? *Möglich wäre es*, glaubt Konstantin von Aschberg. *Und überaus wünschenswert*.

Selbst für Henny, denn wer darf schon mit einem solch raschen, vergleichsweise schmerzlosen Tod rechnen? Die reinste Gnade, dieses Zack-und-weg-das-War's. Konstantin nickt energisch. Genau. Er fühlt leise Hoffnung in sich aufkeimen und teilt ein letztes Gebüsch, das ihn von dem Waldweg trennt, auf dem er seinen BMW geparkt hat.

Henny ist einfach so vom Stein herabgesackt und sah dabei totenbleich, beinahe grün aus, jedenfalls äußerst ungesund. Glücklicherweise ist in dieser Gegend weit und breit kein Krankenhaus zu finden, das auf solche Notfälle spezialisiert sein dürfte. Und ein Rettungshubschrauber wird hier nur schwerlich landen können. Er schaut kurz in den hohen frühlingsblauen Himmel über sich. Bis der überhaupt hier wäre!

Konstantin verzieht den Mund. Nur dumm, dass mit dieser Fee eine Ärztin vor Ort ist. Regina Sanders ist sofort losgesprintet, um ihre Tochter zu holen, während sich dieses Faktotum Krapolski die Jacke vom Leib gerissen hat, um Henny damit zu wärmen, und sich an einer Mund-zu-Mund-Beatmung zu versuchen. Dabei war er selbst bleich wie der Tod. Ob Krapolskis Bemühungen etwas genutzt haben, weiß Konstantin nicht. Er musste Fersengeld geben.

Wirklich zu dumm, dass er seinen Beobachtungsposten im Gebüsch unmöglich länger halten konnte. Auf Krapolskis gellendes Hilfegeschrei hin kamen urplötzlich aus allen Richtungen Hennys dämliche Rentner herbeigeeilt. Seltsamerweise trugen sie Monteursanzüge und hatten noch Werkzeug in der Hand, ein besonders aufgescheuchtes Huhn flitzte mit einer Kiste Grünzeug und Blumen kaum einen halben Meter von ihm entfernt heran.

Wozu auch immer sie das Zeugs braucht. Helfen wird es Henny garantiert nicht.

Guter Gott! Ihr plötzliches Ableben wäre eine wirklich ungemein günstige Lösung. Für ihn und den gesamten Aschbergclan. Er wäre sofortiger Alleinerbe des Hochhauses, könnte allen Mietern spielend kündigen und sämtliche Abrisspläne und Bautermine einhalten.

Konstantin kramt seinen elektronischen Türöffner aus der Hosentasche, drückt den Kontakt. Sein geliebter BMW begrüßt ihn mit einem Blinker-Zwinkern. Schändlich, dass er ein so schönes Fahrzeug in derart schmutzigem Gelände abstellen musste. Die reine Wildnis ringsum, taugt nicht mal als Bauland. Aber alles in allem hat sich die Wahl dieser Parkgelegenheit dennoch als Glücksfall entpuppt.

Er wollte sich von hinten an die Burg heranschleichen, um die Lage ein wenig zu sondieren, und ist dabei über Henny und Regina Sanders und jede Menge nützliche Informationen gestolpert. Und einige äußerst bedenkliche.

Konstantin reibt sich unwillkürlich das rechte Knie. Er ist nämlich tatsächlich gestolpert. Über eine Baumwurzel, was für reichlich Geraschel im Unterholz gesorgt hat. Dankenswerterweise hat Henny die Geräusche als Wildschweinlärm abgetan, und zum Glück konnte er einen Fluch unterdrücken, obwohl der Fall schmerzhaft war und seine Hose nun erbärmlich aussieht. Hoffentlich kann die Reinigung da was machen. Wird peinlich sein, mit so einer verschmutzten Hose ins Hotel zurückzukehren.

Anderes Thema! Wichtig bleibt, dass sich sein erster Ausflug auf die Burg gelohnt hat. Er hat mehr und weit interessantere Erkenntnisse gewonnen als gedacht, dazu Hennys vielversprechender Anfall. *Ja, die Sache hat sich gelohnt. Ich habe tatsächlich das Zeug zu einem erstklassigen Spion*, tröstet sich Konstantin.

Er besteigt mit wachsender Zuversicht den Wagen, lässt den Motor an, gibt behutsam Gas. Ein paar Schlaglöcher und Furchen können seinem prachtvollen Wagen zwar nichts anhaben, aber kratzende Brombeerranken könnten den Lack beschädigen. Also fährt er im Schritttempo.

Das gibt ihm außerdem Gelegenheit, das gesammelte Material gedanklich zu sortieren und Pläne zu schmieden. Über Hennys Gesundheitszustand kann er sich telefonisch vom Hotel aus erkundigen. Er wird sich beim Anruf in Heintzfeld als Mitarbeiter des Wellnessressorts Mühlenbach ausgeben und so tun, als hätte er wegen des anstehenden Balls noch ein paar Fragen an die Burgherrin.

Was seine künftige Ex-Frau mit dem Ball im Schilde führt und auf Heintzfeld bei Henny zu suchen hat, ist Konstantin schleierhaft. Noch. Eins scheint ihm sicher: Katja hat irgendeine Gemeinheit im Sinne.

Wie meinte dieser Krapolski noch? *Egal, was Katja gegen Konstantin in der Hand hat* … Es kann nur etwas sein, das ihm schaden soll. Und den Hochhausabriss verhindern kann. Warum sonst würde Katja sich ausgerechnet Henny als Verbündete für ihre undurchsichtigen Intrigen erwählen? Und warum hätte sich seine hochnäsige Halbschwester auf eine derartige Veranstaltung einlassen sollen, wenn sie sich nicht etwas von der Zusammenarbeit mit Katja verspricht? Es ist glasklar, dass er diesen Plan durchschauen und unterwandern muss. Nur wie?

Konstantin reckt sich. Na, ihm wird schon etwas einfallen. Außerdem kommen ab morgen Nachmittag seine Handwerkerdetektive auf der Burg zum Einsatz. Ha!

Bleibt noch das Rätsel um den mutmaßlichen Ballgast Kleibach. *Gernot Kleibach*, wenn man Hennys letztes Stöhnen als Vornamen hinzufügt. Der Name sagt ihm nichts, gar nichts. Er wird es mit einer Internetrecherche versuchen. Interessant wäre es schon, mehr über diesen Herrn herauszufinden. Immerhin hat sein Name bei Henny allem Anschein nach eine Herzattacke ausgelöst. Wieso ist ihr wegen eines Mr. Kleibach ein derartiger Schreck durch die Glieder gefahren? Ein Todesschreck sozusagen.

Ein heftiger Klatscher lässt Konstantin heftig zusammenzucken, lenkt ihn von seinen wichtigen Überlegungen und vom Waldweg ab. Sein BMW gerät kurz ins Schlingern, panisch muss Konstantin gegenlenken, ein ratschendes, reißendes Geräusch verrät ihm, dass die Beifahrertür bei seinem Ausweichmanöver mit einem Brombeerbusch in unschönen Kontakt gerät.

Das ist schlimm genug, aber ebenso unschön, geradezu ekelhaft ist der riesige grauweiße Fleck und ein Schweif aus schmierigen Spritzern, der seine Sicht durch die Windschutzscheibe und auf den Waldweg behindert hat. Daher das klatschende Geräusch und sein ungelenkes Fahrmanöver.

Scheißvögel! Natur ist zum Kotzen.

28.

Müde und erschöpft erklimmt Fee die Treppe zum Ballsaal im ersten Stock der Burg. Er liegt gegenüber vom frisch geputzten Speisesaal, auf der anderen Seite der riesigen Galerie über der Eingangshalle. Draußen ist es längst dunkel, sogar stockfinster, denn passend zum ganzen Elend des zurückliegenden Tages haben sich dichte Wolken vor den Mond geschoben. Einen Dreiviertelmond, der noch gestern die ganze Umgebung der Burg in magisches Zauberlicht getaucht hat und Henny auf eine mondbeschienene Ballnacht hoffen ließ. Wie ein Kind hat sie sich darüber gefreut. Alles schien perfekt, sogar die Natur auf ihrer Seite, und Henny war entsprechend munter.

Vorbei, seufzt Fee innerlich und nimmt die letzten Stufen zum oberen Treppenabsatz. Das Licht im endlosen Korridor vor ihr ist bestenfalls schummrig, Wandlampen werfen ein spärlich flackerndes Licht, das Froweins Blechritter, ihre Schwerter, Morgensterne und Lanzen matt blinken lässt.

Sie sehen aus wie missgünstige Gespenster, registriert Fee. Ja, ein wenig gruselig ist es hier schon. Überhaupt ist sie nicht gern hier, statt bei den anderen in der heimeligen Küche im Untergeschoss zu sitzen. Aber Isolde hat sie an die Fledermausjagd mit Per Bellhaus erinnert, die Fee über die Aufregung um Henny komplett vergessen hatte.

»Der liebe Junge wartet sicher schon auf dich«, hat Isolde sie eben nach einem Krisengespräch aller Senioren bei beruhigendem Kamillentee ermahnt. Nicht mal einen Happen essen durfte Fee, dabei dampfte und blubberte es auf dem Herd verlockend.

»Nun geh schon, Liebes«, hat Isolde sie geradezu gedrängt. »Wir kümmern uns um Henny. Die Nachtwachen sind verteilt, und Krapolski kriegst du ohnehin nicht von Hennys Bett weg. Falls wir dich brauchen, wissen wir, wo du zu finden bist. Ich habe für Bellhaus und dich außerdem ein kleines Picknick zurechtgemacht und zu ihm heraufgeschickt. So eine Fledermausjagd macht bestimmt hungrig.«

Angelo hat noch irgendetwas Verdrehtes über eine hilfreiche Hupe vorgetragen, woraufhin ihn der Rest der Mannschaft energisch zum Schweigen gebracht hat.

»Keine Hupe! Nicht in Hennys Zustand«, hat Isolde ihn angeblafft. »Du kannst für Henny deine Tortellini in brodo als Snack zubereiten. Sicher wird sie vor Mitternacht noch mal wach. Nur bitte ohne Tortelloni, die Rinderbrühe reicht. Sie muss ordentlich essen, hat der Doktor gemeint. Und bei Krankenfällen geht nichts über eine Kraftbrühe. Vielleicht besinnt sich Henny dann auch wegen des Balls! Einfach absagen wollen, ts! Wo denkt die hin? Wo doch schon Gäste da sind. Wir machen weiter wie bisher. Angelo, im Kühlraum liegen Suppenfleisch und Markknochen, *avanti popolo.*«

An was die patente Isolde alles denkt, staunt Fee noch immer. Ihre Rolle als Küchenchefin und Ersatzteamleiterin nimmt sie – aller Aufregung zum Trotz – jedenfalls verdammt ernst. Doppelt ernst, seitdem Henny angedeutet hat, das Fest ausfallen lassen zu wollen, und Fritz Krapolski ganz in der Rolle des Krankenpflegers aufgeht.

Sogar für Katja von Aschberg hat Isolde mit Hilfe ihres Trupps ein Abendessen gezaubert – kohlehydratfrei. Und als dieser mysteriöse Mr. Kleibach vorhin um halb neun noch eingetroffen ist, hat Isolde ihm ebenfalls einen opulenten Imbiss angeboten, den der Mann ausgesprochen höflich und das sogar in hervorragendem, wenn auch akzentreichem Deutsch ablehnen wollte.

Als dieser Mr. Kleibach dann noch von Hennys Schwächeanfall erfahren hat, sah er überaus erschrocken und ehrlich besorgt aus und schlug seine sofortige Übersiedlung in ein Hotel vor.

»Ich kann Ihnen unmoglich zur Last fallen«, hat er gemeint. Wirklich – von den Umlauten abgesehen sind seine Deutschkenntnisse erstaunlich gut!

Dafür kennt der Mann Isolde schlecht. »Für wen halten Sie mich? Ich schicke niemanden hungrig in die Nacht! Schon gar nicht nach so einer langen Anreise. Amerika, nicht wahr?«

»Nein, ich komme von Dreharbeiten in Prag«, hat Mr. Kleibach sie freundlich korrigiert. »Keine allzu lange Reise also, nur eine etwas umständliche.«

»Und eine, die hungrig macht«, hat Isolde insistiert.

Jetzt sitzt Mr. Kleibach also mit Katja von Aschberg im Speisesaal und muss fürstlich essen und anscheinend auch flirten. Katja hat sich schwer in Schale geworfen und sich dann wie eine Klette an ihn rangehängt. Außerdem hat sie sich jede Störung »durch das Personal« verboten. Keine Frage, sie ist auf Beutezug. Ist Mr. Kleibach es ebenfalls?

Kurz verweilt Fee bei der Balustrade und wirft über die unter ihr liegende Eingangshalle hinweg einen Blick auf die andere Seite der Galerie. Ob sie sich hinüberschleichen soll, um den Lauscher an der Wand zu spielen?

Sie ist ebenso neugierig wie die anderen auf den mysteriösen Mr. Kleibach, den unverkennbar ein Hauch von großer Welt und Hollywood umweht. Ansonsten ist er wirklich ausgesprochen höflich, geradezu vornehm in all seiner Zurückhaltung und unaufdringlich elegant gekleidet. Also das genaue Gegenteil von Katja von Aschberg. Was die beiden nur verbindet? Ihr Modegeschmack sicher nicht. Es wäre interessant herauszufinden, worum sich ihr Tête-à-Tête dreht.

Nein, entscheidet Fee sich endlich gegen einen Lauschangriff. Er ist überflüssig. Das Auskundschaften des Mannes werden Isolde, Frau Pracht, Frau Lampe und Frau Odry in Gemeinschaftsarbeit und gewiss äußerst effektiv erledigen, damit sie zum Frühstück mit einer aussagekräftigen Analyse der Beziehung zwischen Katja und Mr. Kleibach aufwarten können. Sie wollen kontrollieren, wer diese Nacht welches Bett benutzt, ob sie solo oder zusammen nächtigen. »Ich weiß, ob jemand in einem Bett wirklich geschlafen oder nur die Wäsche zerwühlt hat, um das vorzutäuschen«, hat Frau Lampe behauptet.

»Zahnbürsten verraten ebenfalls einiges. Nass oder trocken, das ist die Frage«, hat Frau Pracht ergänzt.

Über aufmerksames Hauspersonal zu verfügen hat auch Nachteile, findet Fee. Trödelnd nimmt sie den Weg zum Ballsaal wieder auf. Sie hat wirklich überhaupt keine Lust auf eine Fledermausjagd und ein weiteres Geplänkel mit dem übellaunigen Bellhaus, aber wie die Rentner ist sie fest entschlossen, an den Ballplänen und der Dienstbotenscharade festzuhalten. Sie haben sich an ihre Rollen gewöhnt, und das Projekt macht Spaß, auch wenn Henny kein Interesse mehr daran zu haben scheint. Im Gegenteil zeigt sie plötzlich einen großen Widerwillen.

Kein Wunder nach dem heutigen Zwischenfall, den die Burgbewohner vor Katja, Herrn Kleibach und einem besorgten Anrufer aus dem Mühlenhotel auf Hennys Wunsch hin zu einer kleinen Unpässlichkeit heruntergespielt haben. Etwas bedenklicher war die Sache schon, wenn auch kein Herzinfarkt, beruhigt Fee sich und ihr Arztgewissen, während sie vor der Ballsaaltür erneut innehält.

Das ambulante EKG war tatsächlich vollkommen unauffällig, nicht das Geringste spricht für einen Infarkt, alles hingegen für einen Fall großer Erschöpfung. Genau dasselbe hat auch der am Nachmittag hinzugezogene Landarzt Polke – ein imponierend erfahrener älterer Herr –, der Henny schon seit Jahren kennt, bestätigt.

Zum Zeitpunkt seines Hausbesuchs saß Henny wieder ganz Dame und aufrecht im Bett – in einem zauberhaften hauchzarten Negligé samt Mohair-Jäckchen, frisch frisiert und mit rosigen Wangen. Wobei diese sich eher den Künsten von Regina verdankten als einer spontanen Genesung, weiß Fee.

Henny hatte darauf bestanden »ordentlich aufgehübscht« zu werden, bevor der Arzt kommt. »Man will ja nicht klapprig wirken!« Krapolski, der keinen Millimeter mehr von ihrer Seite weichen wollte, hat die Augen verdreht und geschäumt, als er aus dem Schlafzimmer geschickt wurde, aber Henny ist fest geblieben.

»Ich darf unserem lieben Herrn Polke doch keinen Schreck einjagen. Das wäre unschicklich. Der Mann ist weit über siebzig und hat genug ernsthafte Fälle in Behandlung, während ich nur nutzlos im Bett liege«, hat sie gemeint. Sodann hat sie von Regina eine Profibehandlung erbeten und bekommen, samt Gesichtsmassage und allem Pipapo. Ihre Mutter hat sich geradezu überschlagen und war mit einem Mal ganz die Alte: zugewandt, zuvorkommend und die Freundlichkeit in Person. Zu Fees Freude war nichts davon gespielt.

Vermutlich hat Hennys Anfall ihrer Mutter einen gehörigen Schrecken eingejagt und ihr klargemacht, wie zerbrechlich die Hochhausgräfin, immerhin eine alte Vertraute, mittlerweile ist. Henny hat Reginas Zugänglichkeit sofort genutzt, um ihr energisch das Du anzubieten, und Regina hat akzeptiert. Gut so. Auch Reginas Kriegsbeil mit Kai Krapolski scheint begraben zu sein, zumindest vorübergehend. Die beiden haben bei Hennys Rücktransport zur Burg gemeinsam ihr Bestes gegeben, die Nerven bewahrt, die anderen Rentner und vor allem Fritz Krapolski beruhigt, die ganze Situation gemanagt, nachdem Fee eine kurze Untersuchung vor Ort vorgenommen und grünes Licht gegeben hatte.

Leider wirkt ihre Mutter immer noch so, als bedrücke sie

eine andere, sehr große Sorge, über die sie mal wieder nicht sprechen will. Jedenfalls nicht mit ihr.

Fee erreicht die Tür zum Ballsaal, eine bleierne Müdigkeit überkommt sie. Das ganze Durcheinander und dieses elende Gefühlswirrwarr zehren an ihr. Sie wird nur kurz in den Ballsaal hineinschauen und Per absagen. Ihr Bereitschaftsdienst für Henny ist wichtiger als ein paar dämliche Fledermäuse. Vorsichtig drückt sie eine Klinke herab, stößt langsam den linken Portalflügel der Saaltür auf.

Herrje, ist das dunkel da drin! Der Korridor war schon düster, aber hier herrscht praktisch finstere Nacht. »Per!«, ruft sie gedämpft und betritt zögernd den Saal.

Keine Antwort.

Ihre Augen suchen nach einer Lichtquelle, gewöhnen sich langsam ans Dunkel, und endlich erkennt sie rechter Hand die Umrisse von deckenhohen Bogenfenstern, hinter denen echte Nacht herrscht und ein Himmel, an dem der Mond bleich durch die Wolkenlücken leuchtet und hie und da ein paar Sterne blitzen.

Tastend bewegt sie sich in den Raum, ihre Füße gleiten über Parkett, das spürt sie. »Per?«, ruft sie noch einmal fragend. »Herr Bellhaus?«

Am anderen Ende des Saales leuchtet eine Taschenlampe auf.

»Bin hier«, erwidert Per und erhellt den Weg zu sich mit dem Strahl der Taschenlampe. »Schön, dass du kommst. Ich hatte eigentlich nicht mit dir gerechnet, habe aber mit dem Essen gewartet«, fügt er hinzu. Er klingt ganz ungewohnt freundlich. So freundlich, dass Fee ihm nicht sofort eine Absage an den Kopf werfen will.

Rasch durchschreitet sie den Saal, erkennt im Lichtstrahl kostbare dunkle Einlegearbeiten auf golden leuchtendem Holzgrund. Hie und da fehlt Parkett, aber doch ist erkennbar, dass

Hennys Urgroßonkel hier offensichtlich keine Kosten gescheut hat. Sie erreicht das Ende des Lichtstrahls. Per knipst die Taschenlampe aus, vor Fees Augen wird es schlagartig wieder schwarz, sie stolpert über ein loses Parkettstäbchen. So viel zu seinem plötzlichen Anfall von Höflichkeit.

Dann vernimmt sie ein reißendes Geräusch. Ein Streichholz glüht auf, taucht Pers Gesicht kurz in Licht. Er führt das Flämmchen von sich fort zu einem prachtvollen Kerzenleuchter und entzündet nacheinander fünf Kerzen, bevor er das Hölzchen wieder auspustet.

»Nimm Platz«, sagt er und macht eine einladende Geste. Fee erkennt ein Podest – vermutlich für ein Orchester gedacht –, das Per in einen unwirklich anmutenden Picknickplatz verwandelt hat. »Du bist sicher erschöpft und – wie ich hoffe – hungrig«, sagt er. »Isolde hat sich selbst übertroffen.«

»Haben wir Weihnachten?«, platzt es aus Fee heraus.

Ein wenig sieht es dank der Kerzen und der silbernen Platten, die Per auf dem Podest auf einer riesigen Flanelldecke arrangiert hat, so aus. Die Platten sind mit lauter Köstlichkeiten gefüllt, kleinen Blinis mit rotem Forellenkaviar etwa und appetitlich angerichteten Hühnerkeulen, daneben gibt es silberne Schüsseln mit Salaten, eine silberne Brotschale, einen Obstteller und dazu feinste Leinenservietten und zierliches altmodisches Besteck. Zusammen ergibt alles ein wunderschönes Stillleben, an dessen Rand Per Bellhaus im Schneidersitz präsidiert. Er sieht ein wenig wie ein Märchenprinz aus vergangenen Zeiten aus, zumal neben ihm sein junger Fuchs kauert, mit leicht geöffnetem Maul hechelt und sie aus weisen Augen anfunkelt.

Märchenprinz? Fabelfuchs? Herrje, so ein Unsinn! Ich bin wirklich vollkommen übermüdet, tadelt sich Fee, steigt auf das Podest und nimmt am anderen Rand der Decke Platz.

»Tut mir leid wegen des Fuchses, manchmal werde ich ihn einfach nicht los«, erklärt Per. »Sie ist eine junge Fähe. Ich hab sie als verletzten Welpen gefunden und aufgezogen. Das scheint sie missverstanden zu haben. Sie ist zwar inzwischen recht unabhängig und viel allein im Wald unterwegs, kommt aber immer wieder zu mir zurück.«

»Ihnen ist klar, dass Füchse unter anderem Tollwut übertragen können?«, fragt Fee streng und deutet kurz auf das Tier, das zugegebenermaßen sehr hübsch und ganz und gar nicht nach Tollwut aussieht.

»Minka nicht«, sagt Bellhaus gelassen.

»Das ist *Minka!*«, entfährt es Fee sehr laut und bevor sie sich bremsen kann.

»Was dagegen?«, fragt Per erstaunt nach. »Henny hat sie so getauft, ich hab sie anfangs ehrlich gesagt nur ›kleines Biest‹ genannt, als Welpe war sie ziemlich bissig. Hat sie sich aber abgewöhnt.«

Das darf doch nicht wahr sein, ärgert sich Fee. Pers angebliche Freundin ist also in Wahrheit nur ein Fuchs? Wie konnte Henny sie nur so aufs Glatteis führen! Wobei … hat Henny das wirklich getan, oder war das nur ein Missverständnis? Wann haben sie zum ersten Mal über Minka gesprochen? Beim Kellerfest, und dann kam Angelo dazwischen und hat nach Grappa verlangt. Verdammt, das Ganze war wirklich ein gigantisches, peinliches Missverständnis! An dem sie selbst Schuld hat. *Wirklich zu ärgerlich. Wie dumm kann man noch sein?*

»Minka wird regelmäßig vom Tierarzt gecheckt«, erläutert derweil Per. »Ihre einzige Krankheit ist, dass sie sich nicht auswildern lässt, extrem anhänglich ist und mich für ihren Rudelführer hält. Ich hoffe, mit ihrer ersten Ranzzeit im kommenden Januar oder Februar ändert sich das. Es gibt ja Gott sei Dank noch genügend stattliche Rüden hier im Revier.«

Die junge Füchsin legt ihren hübschen Kopf schief und wirft ihm einen kecken Blick zu. Ganz so, als wolle sie sagen: »Du kannst mich mal, ich bleibe.«

Fees Ärger verflüchtigt sich und weicht einem unbändigen Bedürfnis, laut loszulachen. Über sich. Was sie auch tut, und was Per Bellhaus missversteht.

»Ich meine das ernst«, sagt er. »Ich will nicht mein Leben lang von einer emotional verwirrten Füchsin umgeben sein. Manche halten mich deshalb schon jetzt für komplett verschroben.«

»Tatsächlich?«, fragt Fee betont ungläubig und muss wieder losprusten.

»Das ist nicht witzig«, grummelt Per.

»Sorry.« Fee würgt ihr Lachen ab, schüttelt den Kopf. »Ich lache nicht über dich, äh … Sie. Ich, äh … ich amüsiere mich nur über Minka. Sie ist ein wirklich erstaunliches Tier«, redet sie sich heraus.

Ihr Herrchen – falls man das so sagen kann – ist nicht weniger erstaunlich.

Per Bellhaus zieht aus der Dunkelheit einen Champagnerkübel zu sich heran. Eiswürfel klirren, er nimmt eine Flasche heraus und beginnt, den Korken zu entdrahten.

»Champagner?«, fragt Fee vollends verwundert. »Wir sind doch wegen der Fledermäuse hier. Was hat sich Isolde denn dabei gedacht?«

Oder du, durchzuckt sie kurz ein Verdacht. Am Ende ist die ganze Fledermausjagd nur eine Finte, um … *Ach was, das ist absurd*. Der Mann ist ein knurriger Spinner, er hat sicherlich kein Talent zum romantischen Verführer, der nächtliche Picknicks in leeren Ballsälen arrangiert – mit zahmem Fuchs.

Per Bellhaus beantwortet ihre Frage mit einem Schulterzucken. »Ich hab das mit den Fledermäusen schon geprüft. Hier gibt es keine, die haben sich anscheinend unters Dachgebälk des Südturms verzogen.« Er richtet seinen Blick leicht besorgt nach oben. »Da dürften sie sicher vor uns sein. Und was das Picknick betrifft … Vielleicht glaubt Isolde, dass du eine kleine

Aufmunterung brauchst? Ich meine, so als Küchenfee, Friseurin, Notärztin und Adelsdarstellerin hast du hier auf der Burg immerhin reichlich um die Ohren.«

Fee runzelt die Brauen. Will der sich jetzt über sie lustig machen? Und hat er das mit den Fledermäusen vielleicht längst gewusst?

»Wie geht es Henny jetzt«, fragt Bellhaus und klingt unvermittelt ernst.

Froh über seinen sachlichen Ton gibt Fee Auskunft: »Sie schläft. Herzschlag und Puls sind unauffällig, die Atmung völlig in Ordnung. Sowohl mein als auch Polkes ambulantes EKG-Gerät haben mehrfach eine störungsfreie Herzfunktion festgestellt. Henny war laut Krapolski weniger als eine Minute weg und ist mühelos und ganz von selbst wieder zu sich gekommen.« Sie holt kurz Luft. »Um dann sofort Krapolski zu beschimpfen, der sich gerade an einer Mund-zu-Mund-Beatmung versuchen wollte. Nach einem Herzinfarkt klingt das nicht.«

»Nein«, stimmt Per Bellhaus zu und gestattet sich ein Lächeln. »Das klingt eher ganz nach Henny, wie sie leibt und lebt. Nur keine Schwäche zeigen, ganz die Gräfin.«

Er gießt vorsichtig Champagner in eine Sektflöte und reicht sie an Fee weiter. Kerzenlicht bricht sich im Kristallglas, lässt die Champagnerbläschen funkeln. Fee kann nicht widerstehen und nimmt einen Schluck. Herrlich!

»Genügt denn eine ambulante Überprüfung?«, fragt Bellhaus.

»Morgen fahren wir zu einem Komplettcheck ins Krankenhaus nach Bitburg. Polke konnte einen Termin beim Chefkardiologen vereinbaren, obwohl Henny nichts davon wissen will. Sie glaubt, sie habe lediglich zu wenig getrunken, die Frühjahrssonne unterschätzt und einen harmlosen kleinen Kreislaufzusammenbruch erlebt.«

»Und? Glaubst du das auch? Als Ärztin?«

Fee runzelt erneut die Stirn, nimmt nachdenklich einen weiteren Schluck Champagner – das Zeug möbelt wirklich auf. »Es war eine Art Schwächeanfall, vielleicht auch nur eine Synkope, das, was man gemeinhin eine Ohnmacht nennt.«

»Wie überaus passend für eine Dame von Stand«, bemerkt Bellhaus.

Fee zieht die Stirn kraus. »Mag sein, aber dass allein die Sonne, der ermüdende Rundgang durch den Park oder Dehydration daran schuld waren, erscheint mir unwahrscheinlich. Da muss es noch einen anderen Grund gegeben haben. Ein plötzlicher Schreck vielleicht. Meine Mutter meinte, es muss irgendetwas mit Krapolskis Erscheinen zu tun gehabt haben. Davor war Henny hellwach und die Ruhe selbst.«

»Krapolski?«, unterbricht Per Bellhaus sie zweifelnd. »Dass er Hennys Herz höherschlagen lässt, ist für jedermann offensichtlich, auch dass sie sich gelegentlich heftig streiten, aber dass er sie derart in Angst und Schrecken versetzt, dass sie in Ohnmacht fällt?« Er schüttelt den Kopf. »Keine Chance. Henny ist eine taffe Frau, zäh wie Ziegenleder und ein unverwüstliches Schlachtross, wie mein Großvater zu sagen pflegte. Er musste es wissen, schließlich hat er sie hier auf Heintzfeld gemeinsam mit Frowein praktisch aufgezogen.«

»So wie du diesen wilden Fuchs«, gönnt sich Fee eine spitze Bemerkung.

»Nein, die beiden waren weitaus energischer und engagierter«, kontert Per. »Und sie hatten mehr Erfolg. Henny war ihr Augenstern und ist eine bemerkenswert unabhängige, mutige Frau geworden, wie du zugeben musst. Ein Krapolski kriegt sie nicht unter – egal wie wütend er und wie verliebt sie ist.«

Fee schüttelt den Kopf, dass ihre Haare tanzen. »Quatsch, Krapolski! Es ging um etwas anderes. Um irgendeinen Gerhard oder Gernot. Henny hat entsetzt einen derartigen Namen gestammelt, bevor sie vom Fels gekippt ist.«

»*Gernot?* Und wie weiter«, fragt Bellhaus und wirkt mit einem Mal hellwach, beinahe alarmiert. Seine Füchsin spitzt die Ohren und stößt ein winziges Knurren aus. Anscheinend kann sie es nicht leiden, wenn ihr Herrchen alarmiert ist. Warum?

Nun, der Name Gernot scheint ihm etwas zu sagen. Etwas, das er leider für sich behält.

»Meine Mutter«, setzt Fee fort, »vermutet vage, dass es sich bei diesem Gernot um Mr. Kleibach handeln könnte. Schließlich hat Krapolski nur Sekunden vorher dessen Namen, also den Nachnamen, und seine Ankunft am Abend erwähnt. Übrigens spricht dieser Mr. Kleibach erstaunlich gut Deutsch, man muss sich nur den gruseligen Kaugummiakzent wegdenken. Der Name klingt ja auch ziemlich deutsch, wobei man ihn in Amerika wohl Mr. Klyback nennt, so in etwa hat er sich jedenfalls vorgestellt ...«

Bellhaus richtet sich ruckartig auf. »Kleibach ist hier?«

Fee nickt verblüfft. »Seit etwa einer Stunde. Hast du nichts davon mitbekommen?«

»Nein. Ich war im Wald. Musste mich doch vor dieser dämlichen Katja verstecken«, murmelt Bellhaus abwesend.

»Aber du kennst ihn?«

Per Bellhaus nickt zunächst, dann schüttelt er den Kopf. »Nein, natürlich nicht. Das wäre unmöglich. Ich war noch nicht mal geplant, als der hier herumscharwenzelt ist. Davon mal abgesehen: Gernot Kleibach kann nicht hier sein.«

»Warum nicht?«, fragt Fee und richtet sich ebenfalls auf.

»Weil er tot ist«, erwidert Bellhaus schroff. »Und das ist gut so. Er war ein Riesenarschloch, hat mir mein verstorbener Großvater erzählt, und der hat sich in Menschen nur selten getäuscht. Eigentlich nie.«

»Und wer ist dann unser Mr. Kleibach? Er heißt im Übrigen nicht Gernot, sondern nennt sich Michael.«

Per Bellhaus zuckt mit den Schultern, streichelt kurz den Rücken seiner Füchsin, die sich unter der Berührung wohlig räkelt. »Keine Ahnung, wer das ist. Vielleicht ein Verwandter?«

29.

Fritz Krapolski streichelt ein Kopfkissen. Ganz zärtlich und behutsam streichelt er, nur mit dem Zeigefinger. So als sei das Kissen unendlich kostbar, so wie er gern Hennys Gesicht streicheln würde, aber die schläft, hoffentlich tief und fest, darf auf keinen Fall gestört werden. Schon gar nicht durch ihn.

Also streichelt er das Kissen, auf dem ihr Kopf ruht.

In seinem Brustkorb wummert es dumpf und kraftvoll, hin und wieder entscheidet sich sein eigenes Herz, einen rumpelnden, hüpfenden Schlag zu tun. Sympathieschmerz, nimmt er an. Es gerät seit Hennys Anfall am Morgen immer mal etwas aus dem Takt, dabei ist seine Pumpe picobello in Ordnung. Es kommt nur vor lauter Angst und Mitgefühl und Sorge aus dem Rhythmus und … ja, ja, ja … aus Liebe.

Verdammt noch eins.

Warum hat er Henny das niemals deutlich gesagt? So schlicht und richtig und überwältigend, wie es sich anfühlt, und mit den einzig bewährten Worten für dieses Gefühl. Nicht mit Hölderlin oder Klempnerarbeiten. Und natürlich, bevor sie den Anfall hatte und im Wachzustand. Während sie schlief und wenn niemand dabei war, hat er es heute schon mehrmals getan, und es ging ihm wie selbstverständlich von den Lippen.

»Ich liebe dich, Henny, hörst du«, flüstert er zur Sicherheit noch einmal in die Dunkelheit. »Ich liebe dich.«

Nein, sie hört anscheinend nichts. Sie wendet sich im Schlaf von ihm ab, er hört es am Rascheln und Knistern der

Bettwäsche. Im Durcheinander und dank der ganzen Aufregung nach dem Anfall hatten sie bislang keine Gelegenheit, vertraut miteinander zu plaudern.

Es herrschte ein ständiges Kommen und Gehen. Fee, der Arzt, Regina, jeder Einzelne ihrer Hochhausnachbarn war bei Henny am Krankenbett, um sich von ihr versichern zu lassen, es gehe ihr gut. Was Henny, die Tapfere, zugesichert hat, aber Krapolski weiß, dass das nicht stimmt. Nicht stimmen kann.

Zwischendurch musste sie immer wieder mal ein Nickerchen halten. Dabei hat er sie wie ein Löwe bewacht.

Ob sie ihm irgendwann verzeihen kann? *Egal, das ist völlig egal*, beschimpft er sich stumm. *Hier geht es nicht um dich.*

Nein, das tut es wirklich nicht, setzt er in Gedanken traurig hinzu. Er ist ja nicht vollkommen dumm oder gefühlstaub. Er kann durchaus eins und eins zusammenzählen, auch wenn er an einigen Stellen raten musste. Seine Schultern sacken herab, ganz geschlagen fühlt er sich. Matt. Egal.

Die Hauptsache ist, Henny wird wieder ganz gesund. Fee und dieser Landarzt Polke haben keinen Zweifel daran, dass sie bald wieder ganz die Alte ist. Krapolski schon. Nie wird er vergessen, wie Henny so totenbleich und so entsetzt, so bis ins Mark erschüttert, von dem Felsen geglitten ist. Schlaff wie eine Gliederpuppe, direkt vor seinen Augen, und er hat daran Schuld. Nur er.

Na ja, nicht ganz, aber das ist unwichtig. Vollkommen unwichtig. Er war es, der herumgebrüllt und seine Henny bis aufs Mark erschüttert, ihr Herz verletzt, eine alte Wunde aufgerissen, sie zu Fall gebracht hat. Nicht mit Vorsatz, natürlich nicht, aber das ändert nichts am Effekt.

Nie, nie wieder wird er mit Henny streiten. Über nichts, gar nichts. Was war er nur für ein alter Esel! Sein Zornesausbruch auf der Lichtung war unverzeihlich, widerlich, völlig überzogen. Wie ein Krawallmacher auf sein Mädchen loszugehen, herumzuschreien, zu toben, anstatt es zu sagen, immer wieder zu sagen: »Ich liebe dich, Henny! Bleib bei mir. Ich kann ohne dich nicht leben.«

Es geht wirklich ganz einfach. Man muss nur in Übung kommen. Und darum sagt Krapolski es gleich noch einmal und noch einmal und –

»Mach das Licht an, du alter Trottel«, antwortet das Kopfkissen. »Ich würd gern sehen, wie ein Fritz Krapolski aussieht, wenn er in Endlosschleife Süßholz wie bei Rosamunde Pilcher raspelt.«

»Henny!«

In Krapolskis Herz geht die Sonne auf. Sie hat ihn Trottel genannt! Sie schimpft wieder mit ihm und versucht, ihn herumzukommandieren. Das ist ein gutes Zeichen, ein fabelhaftes Zeichen, das allerbeste. Wirklich unhöflich oder ausfallend wird die höfliche Henny schließlich nur gegenüber Menschen, die ihr etwas bedeuten. Anscheinend liegt ihr doch noch etwas an ihm.

»Licht an«, fordert Henny, »aber dalli!«

Ach, dieses wunderbare Geschöpf. Krapolski tastet mit zitternden Fingern nach dem Schalter der Nachttischlampe. Endlich flammt sie auf, taucht das Kopfkissen in weiches gelbes Licht, genau wie Hennys wunderschönes, herrliches, unverwechselbares – und ziemlich nachdenkliches – Gesicht. Krapolski stutzt. *Himmel, wie traurig sie aussieht!* Noch viel trauriger als befürchtet. Unter ihren Augen liegen dunkelgraue, fast schwarze Schatten. Ihr forscher Befehl hat ganz anders geklungen. Viel mehr nach ihr selbst.

Am liebsten würde Krapolski die Lampe wieder ausknipsen. Sofort. Eine derartig todtraurige Henny ist nicht die echte Henny.

Oder vielleicht eben doch.

Bekümmert und hilflos starrt er sie an.

»Was ist?«, fragt sie.

»Du … du solltest, glaube ich, noch etwas schlafen«, stammelt Krapolski, nur um etwas zu sagen, denn in seinem Kopf geht etwas ganz anderes vor. In seinem Herzen auch. Was er aber nicht ansprechen will und darf. Nicht, solange Henny nicht vollends genesen ist. Vielleicht wird er es nie ansprechen, denn der Anfall hat nur allzu klar gezeigt, wie verletzlich sie in diesem Punkt ist, wie gefährdet, wie unheilbar verwundet. Immer noch, und das nach bald sechzig Jahren.

»Ruh dich aus, Henny«, stammelt er. »Bis du wieder ganz die Alte bist.«

Gute Güte, klingt er erbärmlich. Krapolski ärgert sich. Sie ist ja ganz die alte Henny, die verzweifelte, traurige Henny, und er konnte und kann dagegen anscheinend überhaupt nichts ausrichten. Konnte es nie. Er spielt eben nicht wirklich in ihrer Liga. Er ist für sie nicht mehr als eine kleine Affäre, eine Laune, eine –

»Danke für das Kompliment«, murmelt Henny. »Ich muss ja schrecklich aussehen, dabei habe ich den halben Tag geschlafen!«

»Tust du nicht«, protestiert Krapolski scharf. Schärfer, als ihm lieb ist, aber was wahr ist, muss wahr bleiben. »Henny, du bist so schön wie immer!«

»Immer schön ist nie schön«, zitiert Henny eine ihrer Lieblingsweisheiten. »Übrigens klingst du auch nicht nach dir selbst und siehst auch nicht so aus.«

»Du schon«, hält Krapolski trotzig dagegen.

Obwohl das wirklich nicht die Wahrheit ist. Hennys Augen fehlt das charmante, herausfordernde, ewig junge Blitzen. Das warme spitzbübische Lächeln, das gewöhnlich ihren Mund umspielt, wenn sie zu zweit allein und in einem Schlafzimmer sind, ist ebenfalls verschwunden.

Dazu diese gruseligen Schatten um die Augen.

Krapolski räuspert sich. »Möchtest du etwas essen?«, fragt er und deutet auf eine silberne Warmhaltekanne, die neben einer Suppenschale, Löffel und Serviette auf dem Nachttisch steht. »Angelo hat vorhin seine berühmte Kraftbrühe hochgebracht.«

»Habe ich bemerkt«, sagt Henny knapp.

»Du hast ihn gehört?«, staunt Krapolski. »Ich habe ihm extra befohlen, auf Socken und Zehenspitzen hereinzukommen, damit du durchschlafen kannst.«

»Socken nützen bei knarzenden Dielen nichts, mein Lieber. Außerdem war ich wach. Die ganze Zeit. Ich hatte nur keine Lust auf noch mehr Fürsorge. Regina war da, um mir Wasser zu bringen – schwefliges Fachinger mit viel zu wenig Kohlensäure, pfui! –, Isolde hat eine Zusatzdecke, Obst, Blumen und immer neue Sandwiches reingetragen, Fee meinen Puls gemessen. Frau Lampe, Frau Pracht und Frau Odry haben vor der Tür wiederholt nachgefragt, wie es gerade um mich steht, ob ich schlafe oder Baldrian brauche und ob sie dich nicht endlich ablösen dürfen.« Henny pausiert kurz. »Man kommt sich ja todkrank vor.«

Krapolskis Herz schlägt höher. Da war kurz wieder dieses Blitzen in ihrem Blick. Oder nicht?

»Und du«, fährt Henny fort, »hast zweiunddreißigmal ›Ich liebe dich‹ gesagt. Das sollte für die nächsten fünf bis zehn Jahre reichen. Ach was, bis in alle Ewigkeit! Und jetzt reich mir mal den Handspiegel, er liegt in der obersten Schublade. In diesem schlampigen Zustand kann ich unmöglich essen. Schon gar nicht Angelos fabelhafte Kraftbrühe. Das wäre ein Sakrileg.« Sie deutet auf den Nachttisch.

Krapolski beeilt sich, ihrem Wunsch nachzukommen.

Henny stemmt sich in den Kissen hoch, greift nach dem Spiegel, schaut hinein und schüttelt entsetzt den Kopf. »Ts, ts! Habe ich es mir doch gedacht! Kein Wunder, dass ich nicht nach mir selbst aussehe. Das hättest du mir gleich sagen können.« Sie wirft ihm einen tadelnden Blick zu.

»Was?«, fragt Krapolski verdutzt.

»Dass mit den Panda-Augen! Gute Güte, ich sehe ja aus wie eine Tüte Hau-mich-blau.«

»Was sind Panda-Augen?«

»Das Ergebnis einer unverzeihlichen Nachlässigkeit. Ich habe vergessen, Reginas Wimperntusche abzuschminken«, sagt Henny streng und wirft ihrem Spiegelbild einen strafenden Blick zu. »Du hättest nicht zulassen dürfen, dass ich mich derart gehen lasse und wie eine Furie ausschaue.«

»Henny, du liegst im Bett und bist krank. Es ist doch völlig schnuppe, wie du aussiehst!« Dass die Augenschatten anscheinend aus Wimperntusche bestehen, beruhigt ihn dennoch ungemein.

»Hol mir mal die Wattebällchen und das blaue Fläschchen aus dem Badezimmer. Es steht auf dem Waschbord«, verlangt Henny, und Krapolski gehorcht.

Verzückt beobachtet er Henny beim Abschminken. Die Schatten waren tatsächlich nicht echt.

»Und jetzt die Suppe«, sagt sie, nachdem sie sich kurz mit dem Kamm durch die Haare gefahren ist, ihr Bettjäckchen zurechtgezupft und die Bettdecke über ihren Beinen geglättet hat.

Flugs zaubert Krapolski ein Frühstückstablett mit ausklappbaren Füßen hervor, das die umsichtige Isolde neben dem Bett deponiert hat, setzt es vor Henny aufs Bett, gießt Suppe in die Schale, reicht ihr Serviette, Löffel und ein Körbchen mit Weißbrot ohne Rinde.

Henny schüttelt lächelnd den Kopf. »Keine Rinde? Ich habe noch Zähne«, scherzt sie. »Und warum fehlen die Tortelloni?«

»Isolde meinte, die seien noch zu schwer für deinen Magen.«

»Mein Magen ist mein geringstes Problem und äußerst belastbar«, erwidert Henny und beginnt, mit Appetit die Suppe zu löffeln. Ab und an nimmt sie einen zierlichen Bissen Brot dazu, tupft sich den Mund und ist mal wieder ganz Dame. Kurz, sie benimmt sich so, als sei nichts vorgefallen.

Soll das jetzt so bleiben?, fragt sich Krapolski und fühlt leisen Ärger in sich aufsteigen. *Halt dich zurück!*, ermahnt er sich. *Halt dich zurück!*

»Wie viel Uhr haben wir?«, fragt Henny, nachdem sie die Suppe gegessen und Krapolski das Tablett abgeräumt hat.

»Kurz nach 23 Uhr«, antwortet er nach einem Blick auf seine Armbanduhr.

»So früh noch«, wundert sich Henny. »Herrlich, die Nacht ist noch nicht ganz verloren.« Sie schlägt einladend die Decke ein wenig zurück. »Wie wäre es, wenn wir noch ein wenig Versöhnung feiern? Es ist schließlich das erste Mal seit unserem großen Streit, dass du in mein Zimmer zurückgekehrt bist.«

Krapolski zögert kurz. »Henny, das kann ich nicht«, sagt er endlich. Was wahr ist, muss eben wahr bleiben.

Henny hebt erstaunt die Brauen. »Ich dachte nur an ein harmloses Kuschelründchen! Mehr nicht. Außerdem kannst du die Butler-Rolle für immer an den Nagel hängen. Ich gebe mich geschlagen. Der Ball findet nicht statt, und Katja fliegt morgen raus. Genau wie ihr erster Gast. Er ist heute Abend eingetroffen, oder? Diese dämliche Trulla hat mich schändlich hintergangen. Uns fällt bestimmt etwas anderes ein, um unser Haus zu retten.«

Krapolskis Ärger meldet sich mit Vehemenz zurück. Zum einen, weil Henny so leichtfertig über die Hochhausrettung spricht, für die sich ihre sämtlichen Freunde seit Tagen den Hintern aufreißen, für die sie sich zum Narren machen und zu ihrem Personal. Zum anderen, weil sie mit ihm einfach weitermachen will wie bisher. So, als wäre nichts Entscheidendes geschehen. Das vor allem!

So geht das nicht. Nicht mehr. Er druckst herum, springt endlich von seinem Stuhl neben Hennys Bett auf, beginnt, im Zimmer auf und ab zu laufen.

»Fritz«, fragt Henny freundlich, »was ist denn?«

Krapolski schweigt.

»Wirklich, mir geht es so weit wieder gut«, sagt sie beschwörend. »Du hast doch gehört, was Fee und Doktor Polke gesagt haben: Mein Herz funktioniert einwandfrei!«

»Glaub ich nicht«, knurrt Krapolski und muss sich sehr beherrschen, um nicht mit seinen Beobachtungen und den entscheidenden Fragen herauszuplatzen.

Genau genommen nur mit einer.

Die Henny plötzlich und ungefragt beantwortet: »Übrigens: Ich liebe dich auch!« Sie sagt es wie beiläufig und im Plauderton.

Wie gerne würde er das glauben! Kann er aber nicht.

Krapolski stoppt bei einem der dank Schlagläden vollständig verdunkelten Turmfenster ab. Mit einem Mal erscheint ihm die Luft im Zimmer stickig, schal und abgestanden. Er braucht frische Luft, er kann hier nicht mehr frei atmen.

Energisch entriegelt er das Bleiglasfenster, stößt die Schlagläden auf. Milde Nachtluft strömt ein, der Dreiviertelmond bohrt einen silbernen Lichtfinger ins Zimmer, lässt tanzende Staubkörner flimmern. Am Nachthimmel blinken Sterne, die abendlichen Regenwolken haben sich verzogen, und zu allem Überfluss ruft ein Waldkäuzchen.

Fehlt nur noch eine Nachtigall.

Herr im Himmel, so viel Romantik ist einfach zu viel des Guten und komplett fehl am Platz. So wie er. Entschlossen dreht Krapolski sich um. Hier geht's ums Ganze und darum, dass er nun mal eine ehrliche Haut ist und nicht mit einer Lüge leben kann, auch nicht Henny zuliebe.

»Gernot hieß der Mann, der dich als Achtzehnjährige geschwängert und dann sitzengelassen hat. Der Vater deines tot geborenen Kindes, der Mann, der dich verraten, dich beinahe das Leben gekostet und um den Verstand gebracht hat. Der Mann, der *einzige* Mann, den du jemals wirklich geliebt hast«, sagt er leise, denn wahre Wut, vernichtende Wut, kann auch sehr leise sein. »Der Mann, der dein Herz immer noch im Griff hat, der Mann, dessen Namen du vor deinem Herzanfall gestöhnt hast, als hinge dein ganzes Leben daran. Ist es nicht so?«

»Ich hatte keinen Herzanfall«, protestiert Henny, dann schweigt sie kurz. »Ich will darüber nicht reden«, sagt sie schließlich.

»Wir müssen darüber reden, Henny«, verlangt Krapolski und dreht sich zum Bett um.

Henny schüttelt den Kopf. »Müssen wir nicht. Du weißt das Wesentliche, und davon abgesehen ist Gernot Kleibach seit elf Monaten tot.«

»Aber auf ewig unvergessen, scheint mir«, kontert Krapolski heiser. Er räuspert sich. »Kaum hatte ich den Namen Kleibach erwähnt, hast du entsetzt aufgeschrien, bist du zusammengebrochen und hast ›Gernot kommt‹ geseufzt. War nicht schwierig, eins und eins zusammenzuzählen. Den Vornamen des Schuftes kannte ich ja. Kleibach musste der Familienname sein, das war mir sofort klar. Warum hast du mir verschwiegen, dass du über all die Jahre immer noch Kontakt zu ihm hattest?«

»Hatte ich nicht!«, ruft Henny empört.

»Ach nein? Und woher weißt du dann, dass er tot ist?«

Henny schweigt wieder, sinkt in den Kissen herab, verkriecht sich tief unter ihrer Bettdecke, als fröre sie.

Krapolski schlägt mit Schwung – dem Schwung seiner Wut – beide Fensterflügel zu. So viel Fürsorge muss sein, auch wenn sein Zorn nicht verraucht ist. Was hat Henny ihm noch alles verschwiegen? Über sich, über ihre wahren Gefühle und

Sehnsüchte? Und über jenen Mr. Kleibach, der heute so plötzlich auf der Burg aufgetaucht ist. Das kann kein Zufall sein!

»Gernot ist so gut wie vergessen«, behauptet Henny wispernd. »Ich hatte all die Jahre keinerlei Kontakt zu ihm, glaub mir das. Von seinem Tod habe ich aus einer Modezeitung, die ich sonst nie lese, erfahren. Beim Friseur. Nur eine kleine Notiz mit Foto über das Ableben eines in Amerika enorm erfolgreichen Herstellers von Konfektionsware, den Erfinder des ersten unsichtbaren Büstenhalters und von Umstandsmode von der Stange – ausgerechnet!« Henny rappelt sich unter der Decke hoch. »Ich wusste bis dahin nicht mal, dass er nach Amerika gegangen ist. Wahrscheinlich mit dem Geld, das meine Familie ihm für sein Verschwinden gezahlt hat. Er hat es gut genutzt, wie mir scheint. Für ihn hat sich dieses Geschäft gelohnt. Er hat es wortwörtlich vom Tellerwäscher zum Millionär, wahrscheinlich sogar zum Milliardär gebracht.«

Krapolski runzelt misstrauisch die Stirn. *Kann das die Wahrheit sein?*

Henny reckt das Kinn, nimmt Haltung an, versucht es zumindest. »Ich habe nicht die geringste Lust, seinen Sohn auf meiner Burg zu empfangen. Denn das muss dieser Mr. Kleibach sein. Gernots Kind – das ist zu viel! Michael Kleibach. Sein Kind und Erbe. Das Kind, das ich nie mit Gernot haben durfte und konnte, sein erstes Kind, mein einziges Kind ist hier auf dieser Burg gestorben …«

Hennys Haltung wackelt, man hört es an der Stimme, die plötzlich dünn wird. So dünn, dass Krapolski kaum zu atmen wagt.

»Ich war ganz allein bei der Geburt, so schrecklich allein, mitten in der Nacht … mit meinem toten Mädchen … mit all dem Blut und den fürchterlichen Schmerzen und voller Todesangst … Onkel Frowein war ein Jahr zuvor verstorben … Die Hebamme, die meine Eltern eingestellt hatten, taugte nur als

Bewacherin, medizinisch taugte sie nichts, hat die gefährlichen Anzeichen einer Schwangerschaftsvergiftung verkannt … oder vielleicht gedacht, mein elender Zustand geschehe mir nur recht … Sie war der kaltherzigste Mensch, der sich denken lässt …«

Henny schließt die Augen. Krapolski ahnt, dass die schrecklichen Bilder der Nacht hinter ihren Lidern wieder lebendig werden. Er will sie zurückholen, er muss sie da herausholen. Und weiß nicht, wie.

»Henny, nicht, denk nicht daran! Schon gar nicht jetzt und in deinem Zustand«, flüstert er warnend. Er eilt zum Bett, fasst sie sanft am Arm.

Henny schüttelt seine Hand ab. »Der alte Bellhaus hat schließlich von irgendwoher einen Dorfarzt geholt. Der kam viel zu spät und war völlig überfordert. Er hat eine Ausschabung vorgenommen und alles nur noch schlimmer gemacht. Und all das ist nur passiert, weil meine Familie … weil meine Familie eine heimliche Geburt verlangt hat.« Wieder bricht Hennys Stimme. »Die Schande, weißt du … Unser guter Name … unsere Stellung …«

Krapolski fasst sie an beiden Armen, und diesmal lässt er sich nicht abschütteln. »Henny, meine arme Henny, bitte, quäl dich nicht so … Es … Es ist doch vorbei.«

Was für ein dummer, dummer Kommentar, bemerkt Krapolski, noch während er ihn ausspricht. Fehlt nur noch, dass er sagt, es sei alles wieder gut. Für Henny ist es nicht vorbei, das sieht man doch.

»Ich hätte mich gegen meine Familie und diese entsetzliche Hebamme wehren müssen«, bäumt sich Henny voller Zorn gegen ihn auf. Jemand anderes ist nun mal nicht greifbar. »Ich hätte Vorsorgeuntersuchungen machen lassen müssen, in ein Krankenhaus gehen. Jeder Arzt hätte meinen viel zu hohen Blutdruck erkannt, gewusst, dass meine Kopfschmerzen, meine

Krämpfe gegen Ende der Schwangerschaft, die Bauchschmerzen und das Erbrechen, die zunehmende Verwirrtheit nichts, überhaupt nichts mit meinem Liebeskummer zu tun hatten ... Liebeskummer ...«, wiederholt sie voller Hohn und Selbsthass. »Es war ein Fall von Eklampsie. Schwere Schwangerschaftsvergiftung. In einer Klinik hätte man mich behandeln, das Kind retten können.« Ihre Stimme beginnt wieder zu zittern. Die ganze Henny zittert nun und schluchzt und wird fast durchsichtig vor Schmerz.

»Henny«, stammelt Krapolski hilflos. »Das ... das war doch alles nicht deine Schuld. Du warst achtzehn, viel zu jung und ... Bitte, Henny!«

»Ich war neunzehn, und es war meine Schuld. Versteh doch, nur durch meine entsetzliche Selbstbezogenheit, Nachlässigkeit und Feigheit habe ich mein Mädchen um sein Leben gebracht! Das einzige Kind, das mir je vergönnt sein sollte. Ich bin eine Mörderin!«

Krapolski prallt kurz zurück, dann reißt er sie in seine Arme. Er hält sie ganz fest. »Henny, hör auf! Hör sofort auf!«

Die Erkenntnis, welche Selbstvorwürfe seine Henny ein Leben lang mit sich herumgetragen hat, still und heimlich und ganz für sich allein, zerreißt ihn fast. Was für ein erbärmlicher Mensch er doch ist! Was für ein grunddummer, fühlloser Mensch!

30.

Ratlos und mit einem vollen Frühstückstablett beladen eilt Regina Sanders in die Küche. Es ist bereits halb neun, aber in Hennys Zimmer hat niemand auf ihr Klopfen geantwortet. Sie hat mehrmals geklopft und es dann aufgegeben.

Hätte sie einfach hineinstürmen sollen? Nein.

Falls Henny noch schläft – und ihr treuer Nachtwächter Krapolski ebenfalls –, ist das doch sicher das Beste für die zwei, oder?

Außerdem wollte sie die beiden nicht in ihrer trauten Zweisamkeit stören. Davon hatten sie in letzter Zeit sicher wenig genug. Seit gestern ist für Regina mehr als offensichtlich, was sie einander bedeuten, wie stark und leidenschaftlich ihre Verbindung ist. Wie unverbrüchlich. Nie wird sie Krapolskis verzweifelten Aufschrei vergessen, als Henny zusammengebrochen ist.

Ein schrecklicher Anblick – auch für sie. Henny so zerbrechlich zu sehen, die stolze, unverwüstliche Henny, die glamouröse, angebetete, aus der Ferne geliebte Heldin ihrer Kindheit. Mit einer Frau wie Henny würde eine ganze Welt sterben. Auch ein Teil ihrer Welt, ein wertvoller Teil, den sie nie wirklich gewürdigt hat, wäre unwiederbringlich verloren. So wie sie die Mattka auf immer verloren hat. Und das wäre, nein, das *ist* ein Albtraum. Zumal sie Henny kurz zuvor auf der Lichtung hat abblitzen lassen, sie sogar angefahren hat. Fast so grob wie kurz darauf Krapolski. Wie konnte sie nur?

So was tut man nicht, hört sie die Mattka sagen, und sie gibt ihr Recht. So was tut man nicht!

Natürlich hat sie eigene Sorgen, ganz gewaltige sogar, aber in ihrem Fall geht es nicht um Leben oder Tod.

Bei Henny hingegen … Regina schaudert.

Nein, da auch nicht, versucht sie, sich zu beruhigen, während sie in den Küchenkorridor einbiegt. Sowohl Fee als auch dieser Doktor Polke haben gestern allen versichert, dass Henny wieder gesund wird, dass sie dazu vor allem Ruhe braucht, viel schlafen muss. Der Termin beim Kardiologen in Bitburg ist erst heute Nachmittag und könnte anstrengend werden. Außerdem sind zusätzliche Handwerker angekündigt, die bestimmt für Lärm und Unruhe sorgen werden. Wenn Henny heute ausschläft, ist das also das Beste für sie.

Regina gelangt ans Ende des Küchenkorridors, drückt mit der Schulter die Schwingtür zur Küche auf. Isolde steht am Herd, schlägt flink Eier in eine Schüssel, rührt Eiweiß und Dotter in Windeseile zusammen. Gibt einen Schuss Milch hinein, schlägt weiter. Angelo steht noch etwas verschlafen neben ihr, röstet Speckwürfel und Zwiebeln für das Personalfrühstück in einer riesigen Pfanne.

In der Raummitte sitzen rund um den langen Tisch die restlichen Rentner. Gähnend und vergleichsweise stumm. Nur Frau Odry, Frau Lampe und Frau Pracht, bereits ausgerüstet mit Staubwedeln und Putzeimern, haben etwas zu betuscheln. Wenn Regina es richtig mitbekommen hat, haben diese Putzteufel ihre erste Runde als Zimmermädchen bereits absolviert. Die anderen sind heute alle ein wenig spät dran. Kein Wunder. War ein langer Tag gestern, ein sehr langer Tag.

Auch Kai sitzt am Tisch, wie Regina registriert. Er schaut kurz auf und gleich wieder weg, gibt sich neutral. *Gut so*. Das Drama von gestern hat ihr eigenes Drama in den Hintergrund gerückt. Eine kleine Atempause, für die sie mehr als dankbar ist.

Noch immer schiebt sie das von Kai geforderte Gespräch

mit Fee vor sich her, hofft auf eine andere, eine diskrete Lösung. Wenn sie den verdammten Vaterschaftstest wenigstens heimlich machen könnten! Vielleicht erübrigt sich dann alles Weitere. Wie kann sie Kai nur davon überzeugen? Er hört ihr nicht zu, er will ihr verdammt noch mal nicht zuhören, lehnt alle Gesprächsversuche ab. *Schluss jetzt*, darüber wird sie später nachdenken.

»In Hennys Zimmer reagiert niemand auf mein Klopfen«, sagt Regina und stellt das Frühstückstablett auf den Tisch. »Ich wusste nicht, ob ich stören soll. Ich meine, wenn Henny schläft, ist das doch sicher das Beste für sie, oder?«

Isolde wendet kurz den Kopf. »Schick gegen neun deine Tochter rauf, das ist Hennys übliche Zeit. Fee serviert Katja und Mr. Kleibach gerade das Frühstück im kleinen Salon. Als Ärztin darf die jeden stören, auch Henny und Krapolski.«

»Fragt sich nur, bei was!«, wirft Frau Pracht kichernd ein.

Isolde wirft ihr einen strafenden Blick zu. »Wir reden hier über eine Genesende, etwas mehr Feingefühl, wenn ich bitten darf.«

»Ach, komm schon. Wir haben gestern gegen Viertel vor elf noch kurz bei Hennys Zimmer vorbeigeschaut, und das war sehr interessant.«

»Ihr seid in Hennys Schlafzimmer eingedrungen?«, fragt Isolde empört. »Unserer Gräfin wird nicht nachspioniert, ist das klar? Die ist krank.« Sie hebt drohend den Schneebesen, Eiermilch tropft auf den Küchenboden.

»Natürlich waren wir nicht im Schlafzimmer, wo denkst du hin! Und übrigens: Du kleckerst«, gibt Frau Pracht nicht minder empört zurück. »Wir haben nur still wie die Mäuschen den Korridor passiert. Hinter der Schlafzimmertür ging es ziemlich turbulent zu. Krapolski hat rumgedonnert wie eh und je. Leider konnten wir nicht verstehen, worum es bei dem Streit ging. Außerdem hatten wir Wichtigeres zu tun, aber …«

Reginas Augen weiten sich vor Schreck. »Krapolski hat Henny angeschrien?« Sie will auf dem Absatz kehrtmachen, sofort nach dem Rechten sehen.

Kai Krapolski springt von seinem Stuhl auf und hält sie mit eisernem Griff zurück. »Das ist ein gutes Zeichen«, knurrt er und klingt ganz nach seinem Vater. »Wenn die zwei sich streiten, ist das ein *back to normal*. Quasi die Versöhnung.«

Regina senkt rasch den Blick, schüttelt seine Hand ab. Kai versteht, nimmt wieder Platz. Regina entwischt zur Anrichte, greift nach einem bereitliegenden Messer und beginnt, Brot zu schneiden. Nur nicht weiter auffallen. Die anderen gucken alle schon, vor allem das Klatschbasentrio um Frau Pracht.

»Jaha!«, kräht Frau Lampe. »Was sich neckt, das liebt sich. Stimmt bei den beiden immer. Was die sich schon gezankt haben! Im Hochhaus kann man es nachts manchmal durch den Fahrstuhlschacht hören. Man muss nur das Ohr eng an die Kabinenwand pressen.«

»Du fährst nachts Fahrstuhl?«, wundert sich Frau Pracht.

»Natürlich nicht. Ich steig nur ein und lausche. Der Schacht sorgt für eine sensationelle Akustik bis ins Erdgeschoss. Ja, so ein richtiger Krach hält die Liebe lebendig. Also eine *starke* Liebe. Eine schwache scheitert ja bereits an offenen Zahnpastatuben.«

»Oder daran, dass der Mann schnarcht«, ergänzt Frau Pracht.

»Es gibt auch Frauen, die schnarchen«, wirft Frau Odry ein.

»Henny nicht«, protestiert die Lampe.

»Und wenn, dann wäre es Krapolski piepegal«, versichert vom Herd her Isolde.

Wissen hier denn alle, dass Henny und Krapolski ein Paar sind?, fragt sich Regina verblüfft. Anscheinend ja, und das schon seit Langem, dabei hatte sie bislang den Eindruck, dass diese Beziehung strengster Geheimhaltung unterliegt. Nun, ein langes

Hochhausleben hat viel mit einem klassischen Dorfleben gemein, jeder bekommt alles von allen mit.

Isolde kippt mit Schwung die gequirlten Eier in Angelos Pfanne. »Nicht sofort rühren«, weist sie ihn an. »Die Eier müssen erst stocken, sonst gibt's Krümmelei!«

»Iche weiß, wie man Ruhreier macht«, schnappt Angelo. »Meine *uova strapazzate* sinde beruhmt! Unde du setzt dich mal!«

»Genau, komm zu uns!«, ruft Frau Odry. »Wir haben spannende Neuigkeiten über Katja und Mr. Kleibach. Gestern nach dem Abendessen haben die beiden sich auffällig rasch getrennt, und unsere morgendliche Bettenkontrolle in den jeweiligen Zimmern hat ergeben –«

»Verzeihung, dass ich störe«, meldet sich von der Schwingtür her eine sonore Stimme zu Wort. Eine Stimme mit unverkennbar amerikanischem Akzent. Mr. Kleibach.

Regina schreckt hoch, alle schrecken hoch.

Verdammt, die geräuschlose Schwingtür ist ein Problem, leider hat der unermüdliche Krapolski sie auch noch frisch geölt. Niemand hat Kleibach kommen hören. Ob er die letzten Bemerkungen von Frau Odry mitgehört hat? Die Gute ist jedenfalls knallrot geworden.

Oh, verdammt!, fällt es Regina ein. *Mich sollte der hier auch keinesfalls sehen, schließlich bin ich als Lady Fearnley-Whithermore laut Plan noch gar nicht auf der Burg.* Außerdem stehen englische Ladys kaum in der Personalküche herum und schneiden Brot.

Sie hat Henny gestern erst hoch und heilig versprochen, ihre Rolle so glaubwürdig wie möglich zu spielen. Außerdem verschafft ihr dieser Mummenschanz eine willkommene Ablenkung. Rasch verbirgt Regina sich neben der wuchtigen Anrichte, presst sich regelrecht an die Wand, während Mr. Kleibach zögernd den Raum betritt.

Isolde übernimmt resolut das Kommando. »Fehlt etwas

beim Frühstück, mein Herr, äh ... Mister ... Also ... *is what wrong?*« Isolde gerät sprachlich ins Schwimmen. »Angelo, sprichst du auch Amerikanisch?«, wendet sie sich hilfesuchend an ihren Beikoch.

»Iche bin Italiener«, erwidert Angelo voll beleidigtem Stolz, »unde eine Herzog!«

Regina schließt verzweifelt die Augen. *Stimmt ja, Angelo ist für den Ball als Conte Balbarde eingeplant.* Kurz steckt sie den Kopf vor und linst zu Mr. Kleibach hinüber. Er sieht nicht nach einem Mann aus, der auf derartigen Blödsinn hereinfällt, zumal er irgendwas mit Hollywood zu tun hat. Ihm dürfte miserable Schauspielerei auf Anhieb auffallen. Sie scheint ihn allerdings nicht zu interessieren. Ihn plagen andere Sorgen.

»Ihr Breakfast war köstlich«, sagt er zu Isolde. »Und Sie mussen kein Englisch sprecken. Ich verstehe sehr gut, mein Vater war Deutscher, ich habe mich immer für das Land und meine Herkunft interessiert. Sie mussen nur entschuldigen die Akzent ...« Der sich vor allem darin zeigt, dass er mit Umlauten auf dem Kriegsfuß steht, aber sein Vokabular ist fantastisch.

»Akzent?«, fragt Isolde und tut ganz erstaunt. »Den höre ich kaum heraus! Also, womit können wir Ihnen dienen?«

Bei dem Wort »dienen« schnaubt Kai Krapolski verhalten. *Scheint so, als wolle er hier die Stellung seines Vaters halten*, bemerkt Regina.

»Ich wollte fragen«, fährt der höfliche Mr. Kleibach fort, »ob es möglich ist, heute Morgen mit Henriette von Aschberg zu sprecken. Nur, wenn es ihr besser geht, naturlich. Die reizende Fee konnte mir nichts dazu sagen, unde Katja wusste auch nichts.«

»Nun, also ... wir ebenfalls nicht«, antwortet Isolde. »Ich meine, die Gräfin schläft noch. Aber keine Sorge, unser Butler war die ganze Nacht bei ihr und hat sich um alles gekummert, ich meine gekümmert, natürlich. Er tut alles für Hennys Wohlergehen, das ist sicher. Er ist ein so ergebener Mensch, also Diener!«

Das Klatschtrio um Frau Pracht kann ein Kichern nicht unterdrücken.

Kai erhebt sich geräuschvoll von seinem Stuhl. »Ich werde mal nach Henny schauen«, sagt er und ist in wenigen Schritten durch die Tür.

»Sollen wir zusamme auf die Gräfin warte und rauche eine Zigarre in die Bibliothek, Mr. Kleibach?«, wirft sich Angelo in die Brust. »Dann ich erzähle Ihnen von meine Castello in *bella Italia* unde meine Vorfahren. Iche habe nur ehrenwerte Vorfahren. Ah, *la famiglia*, es gehte nichts über die Familie! Womite ich naturlich nicht meine die Mafia! Die gibte es nur in Amerika!«

Erstmals wirkt Mr. Kleibach ernstlich irritiert. Kein Wunder, denn Angelo übertreibt gewaltig. Was Angelo selbst vollkommen entgeht. Er hakt den Amerikaner vertraulich unter und zerrt ihn zur Schwingtür. »Isolde, bitte bringe Sie uns due Espressi in die Bibliothek! Unde etwas von Ihre Geback. Die liebe Isolde macht fantastische Geback. Aber die Ruhrei!« Er seufzt dramatisch. »*Impossibile*, da ich muss immer helfe.«

»Von wegen *Geback*! Und von wegen Conte! Der bekommt allenfalls Backpfeifen von mir!«, schäumt Isolde, als die Tür zugeschwungen und die Schritte der beiden Männer verklungen sind. »So. Jetzt wird erst mal gefrühstückt! Und zwar mit Ü!«

Regina löst sich von der Anrichte. »Ich gehe lieber auch noch mal hoch zu Henny.«

»Und zum lieben Kai«, raunt – gut hörbar – Frau Pracht.

31.

»Wird das sehr laut werden?«, fragt Fee besorgt einen Zimmermann, der im Ballsaal eine Tischkreissäge aufbaut.

Der Mann antwortet nicht, was an den Schallschutzkopfhörern liegen dürfte, die er bereits aufgesetzt hat.

»Ich denke schon«, sagt anstelle des Zimmermanns Herr Fröhlich, der seinem Namen mal wieder alle Ehre macht und gut gelaunt eine Profi-Parkettschleifmaschine mit einem Schleifband bestückt. »Der Mann muss ein paar neue Fensterholme zurechtsägen. Und meine Schleifarbeiten dürften ebenfalls ein wenig lärmen, dafür ist das hier ein erstklassiges Gerät, wirklich erste Sahne. Macht Spaß, mit echten Profis zu arbeiten.«

»Aber Henny braucht Ruhe, wenn sie von ihrem Parkspaziergang mit Krapolski zurückkommt.« Was bald der Fall sein dürfte, denn hinter den Saalfenstern setzt bereits die Abenddämmerung ein. Henny braucht wirklich Ruhe, denn die Untersuchung beim Kardiologen am frühen Nachmittag war anstrengend genug. Das Ergebnis war komplett zufriedenstellend, davon haben sich Fee und Polke als Hennys Begleiter überzeugt. Aber Henny scheint noch immer nicht wirklich wieder auf dem Posten zu sein. Ganz blass und stumm ist sie. Krapolski, der ebenfalls bei der Untersuchung dabei war, weicht vor lauter Sorge keinen Millimeter mehr von ihrer Seite, schirmt sie völlig ab, als befürchte er Schlimmes.

»Sie müssen leise arbeiten und auch alle anderen dazu anhalten«, fleht Fee Herrn Fröhlich an. »Auch wenn Henny den Ball wieder erlaubt hat, müssen wir sie schonen!«

Herr Fröhlich zuckt bedauernd, aber fest entschlossen mit den Schultern. »Tut mir leid, aber wo gehobelt wird, da fallen Späne, und Handwerker sind nun mal keine Pantomimen. Jetzt mach dir doch nicht solche Sorgen, Mädchen! Hennys Turmzimmer ist weit weg.«

Fee seufzt resigniert und eilt, nachdem sie die Ballsaaltüren fest hinter sich verschlossen hat, zurück in den Korridor. Immerhin haben das Gehämmer und das Gebohre im Treppenhaus und auf der Galerie ein Ende gefunden.

Die Maler und Lackierer haben übernommen, bessern den weißen Anstrich über den mannshohen Wandpaneelen aus. Riesige Holzleitern haben sie aufgeklappt, den Dielenboden mit Malervlies abgedeckt. *Ob der Farbgeruch bis zu Hennys Turmzimmer vordringen wird?*, sorgt sich Fee erneut. *Oder der Biergeruch.*

Nein, der stammt nicht von fröhlich pausierenden Handwerkern, sondern von Frau Pracht und ihrem Putzteam. Die Damen polieren die Wandvertäfelung wie angekündigt mit Warmbier und Honig.

»Das gibt einen einmaligen Glanz«, versichert Frau Pracht soeben einem interessiert wirkenden Malermeister, der sich in Fees Augen bei der Arbeit nicht eben überschlägt. Sein Arbeitsanzug ist blütenweiß und völlig frei von Farbflecken. Er hat offensichtlich eher ein Händchen für die Damenwelt als für Pinsel und Farbwalzen.

Frau Lampe, die nicht minder eifrig als Frau Pracht das Holz bearbeitet, scheint von dem Kerl restlos begeistert zu sein. »Keine Bange«, strahlt sie den zugegeben stattlich gebauten, auf George-Clooney-Art grau melierten Mittfünfziger an. »Es bleibt genug Bier für den Feierabend übrig. Wann machen Sie übrigens Feierabend?«

»Wenn wir hier fertig sind, junge Frau«, antwortet der Charmebolzen galant. »Könnte die ganze Nacht dauern.«

Oh ja, denkt Fee grimmig, *vor allem wenn alle deinen Arbeitseifer an den Tag legen*.

Frau Lampe hat daran nichts auszusetzen. »Ein Päuschen werden Sie doch sicher einlegen. Das müssen Sie. Unsere Isolde hat zwei köstliche Braten im Ofen.«

»Riesige Braten und Gulaschsuppe extrascharf«, ergänzt Frau Pracht eifrig. »Reicht für die komplette Mannschaft, und später schauen wir mit den ersten Ballgästen gemeinsam den Film *Sündige Grenze*. Quasi als Festauftakt!«

»Ein Klassiker«, mischt sich schwärmerisch Frau Lampe ein, »den müssen Sie gesehen haben. Und eine Rarität. Henny hat ihn auf einer echten Filmrolle mitgebracht. In der Bibliothek gibt es einen Vorführapparat. Kai Krapolski hat ihn zu Ehren unseres Ballgastes Mr. Kleibach aufgebaut, weil der doch aus Hollywood ist! Er kommt später extra für die Filmvorführung aus seinem Hotel hergefahren. Und dann bleibt er hoffentlich über Nacht auf der Burg!«

»Klingt ausgesprochen reizvoll. Worum geht es denn in dem Film?«, will der Mann wissen und zwinkert Frau Lampe zu.

Frau Lampe zwinkert zurück. Fee will eher nicht wissen, worum es in einem Film mit den Titel *Sündige Grenzen* geht. Es klingt ein wenig nach den früheren Machwerken ihrer Mutter, deutschen Sexfilmchen der schlimmsten Sorte, die sie kurz vor ihrem Unfall in Amerika gedreht hat. Trotzdem spitzt Fee die Ohren.

»Wir haben keine Ahnung«, gibt Frau Pracht Auskunft. »Aber Herr Krapolski spielt darin mit. Nur in Schwarz-Weiß, aber trotzdem: Der Film soll ein-ma-lig aufregend sein.«

Krapolski hat in einem Film mitgespielt? Fee ist sprachlos vor Verblüffung und Entsetzen.

Der Malermeistercasanova ist es nicht. »Und wer ist dieser Herr Krapolski?«, erkundigt er sich interessiert.

Dieser George Clooney für Arme ist eindeutig zu neugierig, und Frau Lampe und Frau Pracht sind zu auskunftsfreudig. Fee öffnet den Mund, um das Gespräch über sündige Grenzen und Krapolski zu unterbrechen, als sie von hinten eine kräftige Hand beim Arm packt.

»Oh!«, ruft Frau Lampe verzückt, und Frau Pracht macht einen Knicks.

»Herr Baron Bellhaus, wie schön, dass Sie uns bei der Arbeit zuschauen wollen«, sagt sie mit verschwörerischem Zwinkern in Fees Richtung. »Und das, wo Sie doch erst am Nachmittag eingetroffen sind.«

Fee wirbelt herum. *Wow. Wirklich wow!* Die sündigen Grenzen sind sofort vergessen, denn so hat sie Per Bellhaus noch nie gesehen. Er trägt ein lässiges Tweed-Jackett zu Reithosen, hat das Haar perfekt, aber nicht zu perfekt gekämmt und ist glatt rasiert. Dazu kommen die Hunterboots, nicht zu edel, aber auch nicht zu salopp und gerade angemessen verschmutzt.

Ihre Mutter hat mal wieder ihr Bestes gegeben. Vor ihr steht die akzeptable Version eines Landedelmanns. Nur schade, dass sein Fuchs fehlt. Überhaupt war der Per Bellhaus von letzter Nacht ihr lieber. Na ja, nicht lieber, aber sympathischer. Vor allem, als er ihr kurz vor Mitternacht die Sternbilder erklärt hat und die dunkle Seite des Monds. Bei einem Waldspaziergang mit Fuchs.

»Kann ich dich kurz sprechen?«, fragt er sie, nachdem er Frau Lampe, Frau Pracht und dem Malermeister freundlich, wenn auch ein wenig von oben herab, also passend zu seiner Rolle, zugenickt hat. »Allein?«

»Ja, gehen Sie nur, Frau von Sander«, antwortet Frau Pracht und knickst erneut. »Wir kommen hier schon zurecht, und ihr jungen Leute habt vor dem Ball bestimmt noch einiges zu bereden.«

»Und zu verabreden«, fügt Alma Lampe verschmitzt und reichlich vorlaut hinzu. »Etwa den ersten Walzer. Ich meine, es wird doch einen Walzer geben, oder? Der Conte Balbarde liebt Walzer.«

Jetzt übertreiben die beiden das adlige Namedropping aber gewaltig, ärgert sich Fee, während sie Per Bellhaus in den Frühstücksalon folgt. *Dazu die dämliche Knickserei!* Die haben viel zu oft *Downton Abbey* geguckt – oder *Sündige Grenze*? Worum, zum Kuckuck, geht es in dem Film eigentlich? Mit ihrer Einladung an den faulen Malermeister zum Heimkinoabend haben diese beiden Klatschbasen jedenfalls eindeutig eine Grenze überschritten.

Per Bellhaus schließt energisch die Tür des Frühstücksalons. »Wie geht es Henny?«, verlangt er zu wissen.

»Nun, das Kardiogramm war unauffällig, ihr Ruhepuls und ihr Herz scheinen so weit in Ordnung zu sein, völlig im Takt …«

»Und deins?«, erweitert Per Bellhaus die Frage in sanftem Tonfall.

Fee schweigt überrascht.

»Hör zu«, beginnt Per Bellhaus erneut, fährt sich dabei nervös durchs Haar und sieht wieder mehr nach sich selbst aus. »Ich denke, ich glaube … Ich habe möglicherweise eine Ahnung, was deine Mutter so bedrückt … Durch Zufall habe ich etwas gehört … nur ein paar Gesprächsfetzen.«

»Was?«, bricht es aufgeregt aus Fee hervor. »Was ist es?«

Per beginnt einen so sinnlosen, wie nervösen Rundgang durchs Zimmer.«

»WAS?«, fragt Fee erneut, und diesmal packt sie Per Bellhaus am Arm. Ganz fest. Sie krallt sich beinahe hinein.

Per verharrt in der Bewegung. »Fee, ich erzähle dir das ungern, und nur weil …« Er bricht erneut ab.

Dieser Mann ist zum aus der Haut Fahren!, schäumt Fee. *Kann der nicht einmal etwas geradeaus erzählen, wenn es nicht um Bäume, Füchse oder Sterne geht?*

»Jetzt sag es schon«, fährt sie ihn an.

Per seufzt. »Okay, du bist mir wichtig. Ich habe dich von Anfang an … Nun ja, ich glaube, ich habe mich in dich verliebt. Darum will ich dir nicht weh tun oder –«

»Das ist doch jetzt völlig unwichtig«, geht Fee dazwischen. »Was belastet meine Mutter? Warum spricht sie nicht mit mir?«

Per Bellhaus richtet sich zu seiner vollen Größe auf. »Fee, weißt du, wer dein leiblicher Vater ist? Ich meine, bist du dir ganz sicher, wer es ist?«

Verblüfft prallt Fee zurück.

32.

»Vorsicht, Henny, gleich kommen zwei Stufen. In etwa zehn Metern.« Krapolski hakt sich bei ihr unter, spielt Blindenhund und Altenpfleger in einer Person.

Das muss aufhören, findet Henny. *Sofort!*

Ihr blöder Schwächeanfall war ein Ausrutscher, ein einmaliger Ausrutscher, sie ist wieder auf dem Damm, herrje. Zumindest körperlich, und der Rest … den wird sie so rasch als möglich einfach wieder vergessen. In der Mottenkiste verschwinden lassen.

Wer hat nur die idiotische Idee in die Welt gesetzt, Liebende müssten einander alles gestehen? Das ist Quatsch. Jeder Mensch hat Geheimnisse, die nur ihn etwas angehen, die man tief in sich vergraben muss, um zu überleben. Und um andere nicht zu verletzen. Das vor allem. Daran hat sie sich nicht umsonst ihr Leben lang gehalten.

Bis Krapolski in ihr Leben getreten ist.

Liebe ist nicht nur ein seltsames, sondern mitunter auch ein verdammt gefährliches Spiel – wer könnte das besser wissen als sie? Ach, hätte sie gestern Nacht nur geschwiegen. Stattdessen hat sie ihren lieben, lieben Fritz, den Mann auf den sie ihr Leben lang gewartet hat, in Dinge eingeweiht, ihm Schattenbezirke ihrer Seele offenbart, die ihn nur unglücklich machen können. Sie hat den Menschen, den sie so sehr liebt, dass ihr die Worte dafür fehlen – und nicht nur ihr, auch Hölderlin – zutiefst verletzt. Mit unnötigen Offenbarungen. Das ist unverzeihlich.

Sei ein Segen und kein Fluch, hat die Mattka immer gemeint.

Daran wird sie sich künftig eisern halten. Krapolski und sie müssen so rasch wie möglich wieder zur Normalität zurückkehren. Eine Liebesbeziehung ist keine therapeutische Arbeitsgemeinschaft, verflucht noch eins!

»Ich weiß, dass da Stufen sind«, fährt sie Krapolski etwas heftiger an als beabsichtigt. Sanfter fährt sie fort. »Ich kenne diesen Park und den Weg zum Teich seit meiner Kindheit. Ich habe diese Stufen immer im Sprung genommen, um schneller am Wasser zu sein. Oder im Wasser. Der Teich ist erstaunlich tief …«

»Jetzt bist du kein Kind mehr, sondern krank«, kontert Krapolski streng und unterbindet ihre Versuche, seinen Arm abzuschütteln. Anscheinend befürchtet er, sie wolle tatsächlich einen Satz ins Wasser machen.

Widerwillig lässt Henny sich die beiden breiten, äußerst flachen und vollkommen ungefährlichen Stufen zum Kiesweg herabführen, der den Teich umschlängelt. Sie musste auf Krapolskis Wunsch – nein, Befehl – für die paar Meter durch den Park wieder Isoldes schreckliche Latschen anziehen. In der Klinik hat sie die auf seinen Wunsch auch bereits getragen.

Hat der Kerl überhaupt die Spur einer Ahnung davon, was für eine Schmach das für eine Frau wie sie bedeutet? Eine Frau, die in der Öffentlichkeit stets ganz Dame war und ist, die bevorzugt auf hohen Absätzen durchs Leben schreitet. Weiß er, dass sie diese Schlappen einzig ihm zuliebe trägt? Nur ihm zuliebe?

Der wirkliche Beweis für Eleganz sind neben einer tadellosen Frisur schließlich die richtigen Schuhe, also Schuhe mit Absatz.

Wie sagte die Monroe so unsterblich schön: *Gib einem Mädchen die richtigen Schuhe, und es kann die Welt erobern.* Wie wahr, wie wahr! Außerdem kann sie sich in flachen Latschen schlecht konzentrieren und nicht gut nachdenken. Ganz nackt und wehrlos kommt Henny sich vor. Ist sie aber nicht! Wenn sie wenigstens ihre halbhohen Ferragamo-Schuhe …

Henny, schweif nicht ab.

In Gegenwart von ihrem Fritz ist das gefährlich. Nur weil sie gestern Nacht in einem Moment unverzeihlicher Schwäche abgeschweift und ins Reden gekommen ist, weiß der Mann jetzt viel zu viel von ihr. Und macht sich ständig Sorgen! Einfach schrecklich, dass man Worte und – noch schlimmer – Geständnisse nicht zurückholen kann. Tränenreiche Geständnisse. Sie hat sich völlig gehen lassen. Und Krapolski auch. Krapolski ist doch gar nicht mehr er selbst, so ohne Grummelei und Widerstand.

»Wollen wir uns kurz auf die Bank dort setzen?«, schlägt er vor. »Ich werde die Decke darauflegen, für den Fall, dass der Stein zu kühl ist.«

Himmel! In der Tat trägt er eine eingerollte Decke unter dem Arm und hat diese bereits eine halbe Stunde spazieren geführt. Zusammen sehen sie vermutlich aus wie zwei Tattergreise auf dem Weg zum Entenfüttern. Wobei Entenfüttern natürlich eine höchst erfreuliche Tätigkeit ist. Vor allem, weil die Nachfahren von Froweins Enten …

Henny, jetzt nicht abschweifen.

»Ich bin nicht krank, das habe ich von den Ärzten schriftlich«, protestiert sie stattdessen und lässt sich trotzdem zu der verwitterten Steingussbank führen, die noch aus Froweins Zeiten stammt. Krapolski meint es ja gut. Zu gut. Aber nun, im rosa Abendlicht, umschwirrt von Libellen, ist die Bank ein wirklich verlockendes Plätzchen. Man kann dort herrlich dem Abendkonzert der Vögel lauschen – und dem quakenden Liebeswerben der Frösche. Ob die schon gelaicht … *Henny!*

»Ich habe die strikte Anweisung von Fee, Doktor Polke und diesem Kardiologen, gut auf dich aufzupassen und sämtliche

Aufregungen von dir fernzuhalten«, erklärt Krapolski. »Weshalb wir noch mal über den Ball reden müssen.«

Krapolski entfaltet die Decke, legt sie in Doppellage auf die verwitterte Bank und macht eine einladende Geste.

Henny nimmt Platz. »Was den Ball betrifft, habe ich mich, wie du weißt, entschieden. Er findet statt. Nur eben ohne mich. Ich will unseren Freunden nicht den Spaß verderben, und die Hochhausrettung ist nach wie vor unser wichtigstes Ziel.«

Krapolski lässt sich neben sie auf die Bank sinken. »Das klang gestern Nacht aber noch ganz anders«, sagt er vorsichtig.

»Gestern Nacht war ich nicht bei Sinnen«, erwidert Henny verstimmt. »Den Ball kann ich nicht absagen, aber Michael Kleibach werde ich meiden.«

Meiden wie die Pest.

Hat der Kerl sie heute Morgen doch tatsächlich durch Angelo um ein vertrauliches Gespräch gebeten. Stundenlang hat er in der Bibliothek auf sie gewartet. Froweins Heiligtum. Was fällt dem Kerl ein? Hofft dieser Michael darauf, dass sie seinem Vater, dem käuflichen Schuft, posthum vergibt? Erwartet er eine tränenreiche Versöhnung? Will er sie mit Erklärungen belästigen? Oder will er nur mehr über den toten Gernot Kleibach herausfinden? Vielleicht war der ja ein schrecklicher Vater, ein eiskalter Tyrann, ein herzloser Geldmacher, ein Unternehmertyp vom Aschbergschlag und … ach, das interessiert sie doch alles gar nicht!

»Wenn du Mr. Kleibach meiden willst, warum schmeißt du ihn und alle anderen nicht einfach aus der Burg? Jetzt gleich und für immer?«, fragt Krapolski und klingt ein wenig wie er selbst.

»Ich habe Michael Kleibach bereits höflich des Hauses verwiesen«, entgegnet Henny hoheitsvoll. »Er nächtigt im Mühlenbach-Ressort.«

»Und ist heute Abend zu einer Filmvorführung eingeladen. Mit deinem Segen. Was soll das bitte?«

Henny schüttelt seufzend den Kopf. »Katja von Aschberg legt Wert, ganz besonderen Wert, auf die Zuneigung dieses Mannes, wie du inzwischen weißt, und wir legen Wert auf die finanzielle Sprengbombe, die sie gegen Konstantin in der Hand hat. Keine Bange wegen mir, ich werde mich einfach für ein paar Tage in meinem Turmzimmer verkriechen, und alles wird gut. Isolde wird mich fürstlich verwöhnen, Fee wird regelmäßig Puls und Blutdruck messen, Regina will –«

»Henny«, unterbricht Krapolski sie in ihren Ausführungen. »Du machst dir was vor. Dieser Kleibach hat sich auf diese selten dämliche Schnepfe Katja doch nur eingelassen, um dich kennenzulernen. Kein Mensch würde so was heiraten wollen. Wer so einer Trulla den Verehrer vorspielt, ist entweder nicht bei Verstand oder sehr entschlossen. Warum auch immer. Dieser Kleibach wird alles daransetzen, dir zu begegnen.«

»Das wird ihm aber nicht gelingen, basta.«

»Henny, allein die räumliche Nähe zu dem Mann, dessen Vater –«

»Du hast mir fest versprochen, dass wir nicht mehr über ihn und diese ganze Angelegenheit sprechen«, geht Henny dazwischen.

Krapolskis Stirn wird zur Gewitterfront, seine Augen werden dunkel, beinahe schwarz vor Wut und Unglück. Ja, Unglück. Wie gern sie ihn jetzt trösten würde, aber in diesem Punkt kann sie nicht nachgeben. Sie weiß, was sie getan hat. Ihre eigene Fahrlässigkeit, Dummheit und Feigheit haben ihr Kind das Leben gekostet, und das wird sie sich nicht verzeihen. Noch weniger die Tatsache, dass sie jemals einem käuflichen Verräter wie Gernot ihr Herz geschenkt hat. Niemals. Auch nicht Krapolski zuliebe, der gestern Nacht wie ein geisteskranker Prediger auf sie eingeredet hat, um sie von ihrer vollkommenen Unschuld und ihrer Opferrolle im ganzen fürchterlichen Drama zu überzeugen.

Auch das war gut gemeint, aber eben nicht gut genug. Sie will keinen Krapolski als ewigen Tröster. Sie will den widerborstigen Krapolski. Weil Widerborstigkeit genau das ist, was sie beide so tief verbindet. Und Rebellenblut. Das soll so bleiben. Bis zum Schluss.

Darum werden sie sich im Laufe ihrer weiteren Beziehung um das Thema Gernot Kleibach herummanövrieren müssen. Es beschweigen. So wie sie es ihr Leben lang getan hat, um nicht vollends irre an ihrer fehlgeleiteten Liebe zu so einem Schwächling und Verräter zu werden.

»Lass uns den Ball abblasen oder zumindest verschieben«, beginnt Krapolski erneut. »Allein der Lärm, den die Handwerker bis Freitag noch machen werden, der ganze Trubel, die vielen Gäste.« Er schüttelt den Kopf. »Das ist zu viel Aufregung. Genau die Art von Aufregung, die die Ärzte dir untersagt haben.«

»Fee nicht«, entgegnet Henny trotzig.

»Die traut sich das dir gegenüber nur nicht«, glaubt Krapolski.

Na, langsam kommt der wieder in Form. Spontan erwachen auch ihre Lebensgeister wieder.

Henny vermutet in Bezug auf Fee etwas anderes, nämlich dass Fee, obwohl sie eine fantastische und gewissenhafte Nachwuchsärztin ist, wie Doktor Polke geschwärmt hat, von anderen Sorgen abgelenkt ist. Und ihre Hauptsorge trägt den Namen Regina.

Zu dumm, ärgert sich Henny, dass ihr alberner Anfall auf der Lichtung sie davon abgehalten hat, ihre Theorien zu Kais und Reginas Streitigkeiten zu verifizieren. *Wirklich zu dumm!* Vor allem, weil sie etwas zu tun braucht, um wieder ein Segen und kein Fluch mehr zu sein. Kurz, es ist wieder an der Zeit, gründlich abzuschweifen. Nur diesmal bei glasklarem Verstand. Solange es beim Abschweifen nicht um ihre Malaisen und ihre Vergangenheit geht, dürfte das kein Problem sein. Überhaupt kein Problem. Nicht mal in Gegenwart von Krapolski.

»Mein Lieber«, macht sich Henny sofort an die Arbeit. »Hast du die Tage eigentlich mal mit deinem Sohn gesprochen? Ich meine, über die Sache mit Regina. Das müssen wir endlich klären.«

Krapolskis Miene schnappt zu wie eine Fuchsfalle. *Oho, oho!* Der ganze Mann verwandelt sich in ein Monument des Schweigens, kriegt plötzlich die Zähne nicht mehr auseinander. *Gott, sieht der grimmig aus. Zum Fürchten!*

Mit anderen Worten: Er hat mit Kai gesprochen. Noch besser: Krapolski weiß etwas. Und will es für sich behalten. So viel zu umfassenden Geständnissen und rückhaltloser Ehrlichkeit unter Liebenden. Auch Krapolski hat Geheimnisse, die er für sich behalten will.

Krapolski erwacht aus seiner Erstarrung – nach gründlicher Überlegung, wie es Henny scheint.

»Misch dich da nicht ein, Henny«, grummelt er und erhebt sich flugs von der Bank. »Es wird kühl. Ich bring dich zurück ins Turmzimmer.«

Beim Klang seiner Stimme wird Henny tatsächlich ein wenig kalt. Krapolskis Geheimnis muss eine ziemlich ernste Angelegenheit sein. Tja, so weit war sie auch schon.

Beim Streit zwischen Regina und Kai handelt es sich nicht um ein kleines Missverständnis unter potenziell Liebenden. Und die Sache hat irgendetwas mit Fee zu tun. Nur was?

Henny erhebt sich mit gerunzelter Stirn. Sie hat da so eine Idee … Aber natürlich! Das muss es sein!

33.

Früh um acht am nächsten Morgen kontrolliert Krapolski die Bau- und Renovierungsarbeiten im Ballsaal. Er hat ja sonst nichts zu tun. Hier oben eigentlich auch nicht, denn die Handwerker sind im Saal so weit durch, die Putzteufelbrigade ist bereits aktiv, und die Maler nehmen sich die letzten Gästezimmer vor. Im Keller hilft ein Teil des Männertrupps den Klempnern und Elektrikern, andere assistieren Isolde beim großen Kochen in der Küche.

Mit anderen Worten: Die Arbeit läuft auch ohne ihn, und es sieht ganz so aus, als würde bis Freitagnachmittag und damit bis zum Eintreffen der großen Gästeschar tatsächlich alles fertig werden. Er könnte also sehr gut auf Henny aufpassen, aber die hat ihn aus ihrem Turmzimmer verbannt. Angeblich, um sich von Fee untersuchen und hernach von Regina frisieren, maniküren, pediküren und »rundum aufrüschen« zu lassen. »Dabei störst du, mein Lieber. Kein Mann muss wissen, was an einer Frau natürlich schön und was nicht ganz so natürlich ist.«

Gefällt ihm gar nicht, dass seine Henny so viel Wert darauf legt, Mutter und Tochter gleichzeitig um sich zu haben. Nein, schüttelt Krapolski den Kopf, während er prüfend an einem Fenstergriff rüttelt, der wieder tadellos funktioniert, das gefällt ihm nicht.

Regina behagt es ebenfalls nicht, das hat er ihr angesehen. Das arme Mädchen – na ja, die arme *Frau* natürlich – sah aus wie eine Delinquentin auf dem Weg zum Schafott.

Was, wenn Henny eines ihrer berühmten Verhöre mit den beiden veranstalten will? Oder eine Aussprache herbeiführen?

Henny ahnt was, das ist Krapolski klar. Aber sie scheint nicht richtig zu ermessen, um welch ernste Fragen es geht. Überdies ist es für eine Aussprache noch viel zu früh. Seinem Sohn wäre es auf diese Weise bestimmt nicht recht, und Fee könnte …

»Ach Krapolski, der Film gestern war unfassbar spannend«, mischt sich Frau Lampe, die das von Herrn Fröhlich frisch geschliffene Parkett mit Bienenwachs bearbeitet, in seine Gedankenkette. »Ich hatte beim Titel *Sündige Grenzen* ja auf etwas anderes gehofft als eine True-Crime-Story, aber es war auch so sehr aufregend.«

»Oh ja«, bestätigt Frau Odry von einer schwindelhohen Leiter herab, mit deren Hilfe sie erste Efeugirlanden über den Wandpaneelen befestigt. »Und du in einer Hauptrolle! Dreimal im Bild. Einmal sogar neben Dieter Borsche als Zollfahnder. In Großaufnahme. Du als Krimineller! Da wäre ich nie draufgekommen, dass du mal so ein schlimmer Junge warst!«

»Ich war im Film nur ein Statist von vielen und *nicht* kriminell«, wehrt sich Krapolski erzürnt.

»Na, zumindest warst du ein kleinkrimineller Kaffeeschmuggler! Nicht nur im Film, oder? Im Abspann hieß es, dass mit Originalsündern und an Originalschauplätzen hier in der Eifel gedreht wurde«, beharrt Frau Pracht und taucht den Fensterwischer, mit dem sie die Fenster abzieht, in einen Putzeimer.

»Das war nicht hier, sondern in der Nähe von Monschau und Aachen, nahe der belgischen Grenze«, korrigiert Krapolski sie.

»Mr. Kleibach war jedenfalls schwer beeindruckt, und seine Flamme Katja hat zumindest so getan«, gibt Frau Pracht zurück. »Wer weiß, vielleicht holt Kleibach dich nach Hollywood. Für einen richtigen Mafiafilm! Der wunderbare Marlon Brando ist ja leider schon von uns gegangen und kann keine Paten mehr spielen.«

»Ich seh Krapolski eher als Ersatz für Al Pacino«, meint Frau Lampe.

»Sag das ja nicht Angelo«, warnt die Odry. »Das würde ihn als waschechten Italiener vor Neid umbringen.«

Mehrstimmiges Kichern.

»Ich war damals ein Kind von gerade mal neun Jahren und nicht bei der Mafia«, wehrt Krapolski sich heftig.

»Sag ich doch, kleinkriminell«, wiederholt Frau Pracht ihren dummen Scherz. »Immerhin wart ihr Pänz im Dienst einer guten Sache unterwegs. Stimmt es eigentlich wirklich, dass in der Eifel ein Dorf mit einer Kirche namens Sankt Mokka existiert, weil sie komplett durch Kaffeeschmuggelgeld wieder aufgebaut werden konnte?«

Krapolski nickt seufzend. Ja, das stimmt. Auch wenn die Kirche natürlich nur im Volksmund und von alten Menschen so genannt wird.

»Also, wenn ihr Pänz damals sogar mit dem Segen der Kirche nachts säckeweise Kaffeebohnen über die belgische und die niederländische Grenze geschmuggelt habt, kann es so schlimm nicht gewesen sein«, meint Frau Lampe.

Moralisch war es das auch nicht, denkt Krapolski grimmig und inspiziert einen weiteren Fensterhebel. Not kennt nun mal kein Gebot. Die Hungerjahre direkt nach dem Krieg waren derart knapp und karg – schon gar für Barackenbewohner –, dass es weniger als ein Kavaliersdelikt war, Kaffeesäcke auf Gewaltmärschen durch Wald und Venn zu schmuggeln, die sie belgischen Bauern und Schlitzohren in rauen Mengen abkauften und horteten. Darüber hinaus war dieser kleine Grenzverkehr höllisch anstrengend.

Das braune Gesöff war in Nachkriegsdeutschland extrem hoch besteuert, darum eine Rarität und eine unvorstellbare Kostbarkeit, für all jene, die es sich leisten konnten, Spitzenpreise zahlten. Kinder waren als Schmuggler begehrt, weil sie flink, findig, im Dunkeln schlecht zu sehen und schlecht zu fassen waren und durch jedes Schlupfloch passten.

Die Mattka hat ihm allerdings ordentlich den Hintern versohlt, als er von seiner ersten Ausreißer- und Schmugglertour in die Eifel ins Barackenlager zurückgekehrt ist. Mit Schmugglerlohn und einem Päckchen echtem Bohnenkaffee. Nicht um seine Moral war die Mattka besorgt, sondern um sein Leben. Schließlich wurde auf die Kinderbanden an der Grenze scharf geschossen, weil Übertritt und Schmuggel illegal waren.

Den Filmauftritt Anfang 1951 hat sie dann doch gestattet und sich sehr über das Statistenhonorar gefreut.

Nächster Fensterhebel. Krapolski rüttelt. *Ha, da muss noch mal eine Schraube nachgezogen werden.* Er greift in die Brusttasche seines Blaumanns und zieht einen Schraubendreher hervor.

»Stell dir nur vor«, kann sich Frau Odry nicht vom Thema lösen, »vielleicht hat Henny damals sogar von deinem Schmuggelkaffee getrunken. Hier auf der Burg. Nicht wissend, dass du ihn für sie unter Lebensgefahr gemopst hast. Ist das nicht romantisch?«

»Henny war damals ebenfalls ein Kind und hat sicher keinen Kaffee getrunken«, erklärt Krapolski unwirsch.

»Aber ihr Urgroßonkel bestimmt«, mutmaßt Frau Lampe.

Es reicht, er muss hier weg, beschließt Krapolski. Die Klatschbasenfront macht ihn heute Morgen einfach kirre. »Bin dann mal im Keller«, knurrt er. »Muss unsere Jungs und die Klempner kontrollieren.«

Das wird allerdings sicher nicht nötig sein, schließlich handelt es sich um Profis!

»*Ciao*, Pacino«, ruft ihm die Putzteufelschar hinterher. »Vergiss unsere Kaffeepause nicht.«

Krapolski knallt die Ballsaaltür hinter sich zu und prallt unvermittelt in den Malermeister, der gestern merkwürdigerweise bei der Filmnacht mit dabei war. Seltsamer Vogel. Was macht der überhaupt hier?

»Morgen«, grüßt der Mann und eilt nach links in Richtung Aufgang zum zweitem Stock. Über den geht es auch in Hennys Turmzimmer.

Krapolski pfeift ihn zurück. »Falsche Richtung!«, ruft er. »Zum Gästeflügel geht es rechts lang.« Er streckt seinen Daumen als Wegweiser aus.

»Ah ja, danke«, antwortet der Mann und dreht um. »Bin wohl noch etwas verschlafen.«

Kein Wunder, ärgert sich Krapolski, *wenn man Spätkino guckt und danach noch bis in die Puppen mit Putzteufeln und Katja von Aschberg flirtet*. Energischen Schrittes stapft er die Treppe in die Eingangshalle hinab, nimmt Kurs auf die Tür zum Untergeschoss. Eben will er die Tür öffnen, als Angelo sie von innen aufreißt. Sein Kumpel scheint in heller Aufruhr zu sein.

»Krapolski!«, schreit er. »Schnell! In die Weinkeller ist eine *grande* Katastrophe geschehen. Eine Klempner hat falsch gebohrt. *Direttamente* in eine riesige Wasserrohr! Alles schwimmt. Eine Flut … Die Wasser sturzt und fließt uberall hin, die schöne Weinflaschen auch. Wir haben gerufen der Feuerwehr mitte eine Pumpe. Aber die iste nur freiwillig. Das dauert.«

Fritz Krapolski wischt ihn beiseite, rennt in den Küchenkorridor. Angelo folgt ihm.

»Wie konnte das passieren?«, fragt Krapolski im Laufen. »Ich hatte alle Stellen markiert, an denen das Hauptrohr entlangläuft! Und Kai hat einen eindeutigen Plan dazu!«

»Kai iste nicht hier. Als es gerade losging, er musste weg«, keucht Angelo, während sie auf die Kellertreppen zuhasten.

»Henny hat übers Haustelefon nach ihm verlangt. Wegen einer dringenden Familienangelegenheit«, informiert ihn die schreckensbleiche Isolde, die umrahmt von ihren Küchenhilfen in der offenen Schwingtür zur Küche steht.

»Verdammte Scheiße!«, keucht Krapolski und stoppt ab. *Familienangelegenheit? Henny kann es einfach nicht lassen!* Egal … Darum kann er sich jetzt nicht kümmern. Jetzt gilt es, eine mögliche Flutkatastrophe zu verhindern.

»Was sollen wir nur tun?«, fragt Isolde.

»Den Haupthahn abstellen.«

»Wir wisse nicht, wo die ist«, jammert Angelo.

»Aber ich, außerdem müssen wir das Rückstauventil schließen, und jetzt Eimer holen, zack, zack, alle Mann!«, bellt Krapolski.

»Und wir Frauen?«, ruft ihm Isolde beleidigt zu.

»Ihr auch«, antwortet Krapolski im Weiterrennen. Sekunden später reißt er die schwere Eisentür zum Keller auf.

Angelo hat nicht übertrieben. Das Wasser steht im Kellervorraum wadenhoch. Und der Vorraum ist nur eine halbe Treppe von Korridor und Küche getrennt, wo es auf jede Menge ungeschützte Steckdosen in Bodennähe treffen wird.

»Sämtliche Sicherungen müssen raus! Sofort«, befiehlt Krapolski.

»Wie soll ich denn dann kochen?«, jammert Isolde hinter ihm.

»Sollen wir Henny von die Flut Bescheid geben?«, fragt Angelo.

»Auf keinen Fall«, herrscht ihn Krapolski an, stürzt die Kellertreppe hinab, kämpft sich durch einen Trupp triefnasser Rentner und Handwerker in Richtung Haupthahn. Den, der das verbrochen hat, wird er sich später vorknöpfen. Und zwar handfest.

34.

Das leise Klopfen an Konstantins abgesperrter Zimmertür steigert sich zu einem Hämmern und geht in rhythmisches Trommeln über. Das anfänglich zaghafte Rufen steigert sich allmählich zu Geschrei. Und das um halb neun in der Früh. Hoffentlich sitzen sämtliche Gäste dieses Gangs bereits unten beim Frühstück.

»Mach auf, Konstantin!«, kreischt Britta jetzt geradezu hysterisch. »Ich habe wichtige Informationen für dich!«

Ha, hätte sie wohl gern! Hat sie aber nicht, denkt Konstantin grimmig. Alles, was er wissen muss, weiß er bereits. Und von den neuesten Entwicklungen kann die Bönsch nicht die geringste Ahnung haben.

Trotzdem wird er dieser hysterischen Ziege öffnen müssen, die brüllt sonst noch das ganze Hotel zusammen. Und das, obwohl gut sichtbar das »Bitte nicht stören«-Schild an der Tür hängt. Außerdem hat sie strikte Anweisungen.

Die sie ignoriert.

»KONSTANTIN!«

»Ja doch, ich komme schon«, ruft er in Richtung Tür.

Ärgerlich erhebt er sich von einem kleinen Schreibtisch, an dem er soeben ein äußerst erfreuliches Telefonat mit einem echten Informanten geführt hat. Sein Mann auf Burg Heintzfeld hat ganz hervorragende Arbeit geleistet, genau wie seine Klempner. Der Burgkeller steht unter Wasser, womit der Ball am morgigen Freitag und damit auch Katjas wie auch immer gearteten Pläne geplatzt sein dürften. Genau wie das Hauptwasserrohr.

Konstantins Laune hebt sich ein wenig. Er zieht den Gürtel

seines Bademantels stramm – bequeme Kleidung ist bei Spionage- und Sabotagetätigkeiten angezeigt. Er entsperrt seine Zimmertür und öffnet.

Britta Bönsch fällt geradezu in den Raum, ihre Augen durchkämmen das Zimmer, sie sieht sich stumm, aber äußerst gründlich um. Konstantin ahnt, warum. Gewiss sucht sie nach verräterischen Spuren oder Indizien für die Anwesenheit einer anderen Frau.

Britta stürmt ins Badezimmer, reißt dort alle Schränkchen auf, sucht vermutlich nach fremden Zahnbürsten oder verräterischen Schminkutensilien. Für wie dämlich hält die ihn? *Eine Frau … pah!* Anders kann sie sich anscheinend immer noch nicht erklären, warum er nach seinem Ausflug nach Heintzfeld am Dienstag aus der dämlichen Turteltauben-Suite in ein Einzelzimmer umgezogen ist.

Er hat ihr erklärt, dass er dringende und sehr drängende Geschäfte zu erledigen hat, dafür eine Kommandozentrale braucht und auf keinen Fall gestört werden darf.

Mehr hat er ihr selbstredend nicht gesagt. Schlimm genug, dass die Bönsch erfahren hat, dass diverse Hotelgäste von Henriette von Aschberg eine Einladung zu einem Ball auf Heintzfeld erhalten haben. Woraus sie natürlich haarscharf geschlossen haben dürfte, dass auch ihm dadurch mittlerweile klar ist, wo sich die lang vermisste Henny aufhält. Schließlich freut sich das halbe Hotel auf den Ball.

Gesagt hat sie dazu nichts. Sie war zuletzt sehr kleinlaut und handzahm, spielt nach wie vor die Ahnungslose, die sie in den wesentlichen Punkten ja auch ist. *Tja, Game over.* Die Bönsch weiß weder, dass er vor zwei Tagen auf Heintzfeld war, noch, dass Henny eine Art Herzanfall hatte. Leider keinen tödlichen. Tja, man kann nicht alles haben. Hauptsache, die blöde Bönsch findet nichts über seine seither eingeleiteten Maßnahmen heraus.

Deshalb sorgt er dafür, dass Britta sich immer noch für seine Verlobte hält. Diesen Mummenschanz wird er erst beenden, wenn alles erledigt ist und sie aus der Eifel zurück sind. Er kann hier keine lästigen Szenen brauchen. Es ist der einzige Grund dafür, dass er allabendlich noch seinen unvermeidbaren Pflichten in der Turteltauben-Suite nachkommt. Zügig und ohne längere Aufenthalte, versteht sich. Nach dem lästigen Akt kehrt er stets in sein Zimmer zurück und verbleibt dort bis zur nächsten nächtlichen Stippvisite. Unglaublich, was er alles tun und leisten muss, um diese gründlich gescheiterte Erpresserin noch bei Laune zu halten!

Gerade kommt Britta ins Schlafzimmer zurück. »Du bist tatsächlich allein«, wundert sie sich.

»Aber natürlich, mein Schatz«, sagt er mit unterdrücktem Ärger. »Ich sagte doch, ich muss arbeiten. Ungestört arbeiten. Meine Geschäfte erledigen sich nicht von allein. Und jetzt verlass bitte meine Räumlichkeiten, wir sehen uns wie immer gegen Mitternacht!« Rasch schiebt er noch ein »Liebling« hinterher. Sicher ist sicher.

Britta macht dennoch keine Anstalten zu gehen, sondern setzt sich auf sein Bett – ausgerechnet!

»Ich sagte doch, ich habe Neuigkeiten«, beginnt sie und schenkt ihm ein Lächeln, das ein wenig ins Maliziöse spielt. Oder soll es geheimnisvoll, verrucht, verführerisch wirken?

»Und die wären?«, fragt Konstantin ablehnend.

»Ich habe unten beim Frühstück einen ausgesprochen interessanten Mann kennengelernt. Attraktiv und offensichtlich vermögend, sehr vermögend.«

Will die ihn etwa eifersüchtig machen? Wie erbärmlich und wie vollkommen aussichtslos.

»Schön«, entgegnet Konstantin geschäftig, »das freut mich. Vielleicht könnt ihr ja gemeinsam im Buddhabad entspannen. Ich habe nach wie vor zu tun. Reichlich zu tun.«

Britta weicht nicht, ebenso wenig ihr Lächeln. »Das Buddhabad? Was für eine ausgezeichnete Idee«, sagt sie. »Aber leider ist Mr. Kleibach nicht zum Entspannen hier.«

»Mr. Kleibach?«, entschlüpft es Konstantin überrascht, bevor er sich beherrschen kann.

»Du kennst ihn?«, hakt die Bönsch blitzschnell nach.

»Äh, nein ... Ich ... also ... Oder warte mal, vielleicht doch, ich denke, ich habe den Namen schon einmal gehört. In irgendeinem geschäftlichen Zusammenhang vielleicht.«

Verdammt, warum hat er das gesagt? Um seinen Schnitzer auszubügeln. Seiner Stimme war schließlich deutlich anzuhören, dass er den Namen Kleibach tatsächlich schon gehört hat. Nur leider hat er den Kerl über die ganze Arbeit, die er in Sachen Burg und Ball hatte, vergessen.

»Du hast von ihm in geschäftlichen Zusammenhängen gehört? Das glaube ich kaum«, erwidert Britta Bönsch und lächelt immer maliziöser. »Oder investiert die Aschberggruppe mittlerweile auch in Mode und Hollywoodfilme?«

Mode und Hollywood? Konstantin ist baff. Und völlig verwirrt. *Wovon redet die?* Er muss unbedingt den Namen Kleibach recherchieren, gründlich recherchieren, um komplett à jour zu bleiben.

Laut sagt er: »Nicht dass ich wüsste ... Sicher habe ich den Namen irgendwo hier im Hotel aufgeschnappt.«

Mode und Hollywood, was hat das mit Henny zu tun? Oder mit Katja? Hollywood würde zu ihr passen. Also, nicht wirklich, schließlich besitzt sie in dieser Hinsicht keinerlei Talent, nur Begehrlichkeiten in Sachen Stars, VIPs und Promis.

»Wie auch immer«, fährt Britta fort. »Unser Gespräch war äußerst aufschlussreich.« Ihr Gesicht bekommt etwas Katzenartiges, außerdem beginnt sie, sich auf dem Bett zu räkeln, fehlt nur noch, dass sie schnurrt. *Hat die einen Knall? Oder ist die nur wieder läufig oder wie immer das bei diesen Viechern heißt?*

»Möchtest du nicht wissen, worüber wir geredet haben?«, erkundigt sich Britta.

»Nein. Ich möchte arbeiten, wenn du jetzt also bitte gehen würdest ...«

Mit einem Ruck richtet sie sich auf. »Wie du möchtest. Ich habe nämlich ebenfalls zu tun.« Mit nachdenklichem Gesicht schlendert sie zur Zimmertür. »Schließlich bin ich nicht nur zum Vergnügen hier.«

Wie? Egal, Hauptsache, sie macht die Fliege, denkt Konstantin erleichtert und wendet sich sofort seinem Schreibtisch zu. Er muss diese Kleibach-Recherche angehen. Wer weiß, was der Kerl mit Katja zu schaffen hat.

»Mal sehen, was ich zuerst erledigen werde ...«, sinniert die Bönsch in seinem Rücken. »Heintzfeld besichtigen? Hm, keine schlechte Idee, etwas Kultur kann nicht schaden.«

Konstantin erstarrt. *Warum sagt sie das?* Noch dazu mit ihrer Erpresserstimme. Oh ja, er kennt diesen Ton nur allzu genau.

»Außerdem könnte ich dann gleichzeitig Henny einen Krankenbesuch abstatten und mit deiner Katja reden. Nun ja ... Vielleicht warte ich damit lieber bis zu ihrem Ball. Der reizende Mr. Kleibach hat mich für morgen dazu eingeladen.«

Konstantin wirbelt herum. »Was willst du?«, schnauzt er sie an.

»Mein Geld!«

»Welches Geld.«

»Schweigegeld, was sonst!«, erwidert die Bönsch. »Ansonsten erfährt deine Katja von unserer Verlobung. Deine zukünftige Ex-Frau dürfte unser außergewöhnliches Liebesleben sicher interessieren, auch wenn es ihr kaum gefallen wird. Mir gefällt es ja selbst nicht. Wobei mir einfällt: Henny könnte ich auch einiges erzählen.«

35.

Fee zieht eine Spritze auf, löst die Nadel aus der Glasampulle, legt diese ab, prüft mit einem Fingerschnippen, dass keine Luftbläschen in der Injektionskanüle sind. Man muss streng der Routine folgen, erst recht, wenn man innerlich leicht abgelenkt ist. Oder schwer abgelenkt. Dann ist Routine die Rettung. Fee legt die Spritze kurz in einer Schale ab, zieht ihre Einweghandschuhe noch einmal straff, greift zum medizinischen Alkohol.

»Machen Sie bitte den rechten Oberarm frei«, wendet sie sich an Henny, die aufrecht, in einem neuen Bettjäckchen und von Regina frisch frisiert im Bett sitzt. Besser gesagt thront. Henny ist eindeutig auf dem Wege der Besserung, in ihren Augen blitzt es unternehmungslustig. Sie ist wirklich auffallend, beinahe verdächtig fröhlich heute Morgen.

Anders als ich, denkt Fee, weiß aber, dass man ihr ihre wahre Laune und die in ihr tobende Wut nicht ansehen kann. Weder Henny noch Regina. Als Chirurgin ist sie im OP-Saal Profi. Hat sie sich im Griff. Immer. Und hier geht es nur um eine lächerliche Vitaminspritze. Also kein Problem.

»Ist dir nicht gut, Kindchen?«, fragt Henny und macht keinerlei Anstalten, ihren Arm freizulegen.

»Wieso?«, fragt Fee verdutzt.

»Weil du etwas abgelenkt wirkst und sehr blass aussiehst. Ist ja nicht selten, dass Ärzte auf sich selbst am wenigsten achten. Unser lieber Polke etwa raucht Zigarren wie ein Schlot. Ja, ja. *Der Schuster trägt die schlechtesten Schuhe*, pflegte mein seliger Urgroßonkel zu sagen.«

Verlegen schraubt Fee das Fläschchen mit dem medizinischen Alkohol auf, murmelt: »Mir geht's bestens.«

»Aha«, sagt Henny. Nur »aha«, und Regina wirft ihr von der anderen Seite von Hennys Bett aus einen eindringlichen Blick zu, einen besorgten, bittenden Blick. So guckt sie schon die ganze Zeit. Vorhin, kurz bevor sie gemeinsam Hennys Zimmer betreten haben, hat sie gemeint: »Fee, wir müssen endlich miteinander reden, ja? Es ist dringend.«

Pah, zu spät, die kann mich mal!, grollt Fee, während sie ein Wattepad mit Alkohol tränkt. Sie hat ihre Mutter abblitzen lassen. Dank Per weiß sie ja längst Bescheid. Und diesmal wird sie die Sphinx geben und schweigen. Wie ein Grab, so wie ihre Mutter in den letzten Tagen und Wochen. Ach was, wie ihre Mutter es ein Leben lang ihr gegenüber getan hat. Gelogen hat sie auch.

Sie hätte einen Vater haben können, den wahren und, noch wichtiger, einen lebendigen. Zumindest hätte sie von ihm wissen können. Nein, müssen. Ach was, wahrscheinlich wäre es sogar zu weit mehr gekommen, zu einer echten Beziehung. Sie mag Kai Krapolski, und er verlangt bestimmt nicht umsonst nach einem Vaterschaftstest. Und das sehr vehement, wie Per gemeint hat.

Ihre Mutter hat Kai in all den Jahren offensichtlich auch im Dunkeln gelassen. Wie konnte Regina ihm und ihr das nur antun? Dafür kann es keine Entschuldigung geben, und Fee will sie auch gar nicht hören.

»Und wie soll es jetzt weitergehen?«, reißt Henny sie unversehens aus ihren zornigen Gedanken.

»Wie?«, fährt Fee hoch. Sie fühlt sich fürchterlich ertappt. Weiß Henny am Ende irgendwas über sie, Kai und Regina?

»Na, mit dem Wattepad?«, fragt Henny freundlich. »Du bist übrigens wirklich ausgesprochen blass. Und so schweigsam. Hast du Kummer?«

»Oh, ich … äh … nein! Ich warte nur darauf, dass Sie …«

»*Du*, Kindchen, wir sind auf Du und Du. Genau wie deine Mutter und ich. Schon vergessen? Hier auf der Burg sind wir alle doch quasi eine Familie.«

Soll das eine Anspielung sein? Das muss eine Anspielung sein!

»Nein«, sagt Fee scharf. »Also … Ja, klar. Du. Ich meine, *du* musst zunächst den Arm frei machen«, rettet sie sich aus der quälend peinlichen Situation.

»Muss dieser ganze Zinnober denn wirklich sein?«, fragt Henny mit gehobenen Brauen und fixiert skeptisch die Spritze auf dem Nachttisch.

Fee nickt. »Ja, das muss sein. Doktor Polke will, dass Sie, also du, regelmäßig Aufbauspritzen bekommst. Wir wollen dein Immunsystem auf Trab halten und deine Nerven stärken.«

»Ich habe Nerven wie Drahtseile«, protestiert Henny. »Mir würde ein aufmunterndes Gespräch genügen. Mit euch zwei Hübschen. Wir haben uns sicher jede Menge zu erzählen, wo wir schon mal die Gelegenheit dazu haben.«

Nur das nicht! Wie kommt Henny auf so eine dämliche Idee? Hat Regina sie instruiert? Will sie hier die Mediatorin spielen?

»Keine Bange«, beeilt sich Fee zu erklären, »es handelt sich um ein harmloses Vitaminpräparat, vor allem B-Komplexe.« Oh ja, als Ärztin kann sie sehr geduldig sein.

»Was harmlos ist, hilft auch nicht«, wehrt Henny störrisch ab.

»Henny«, mischt sich unerwartet Regina ein. »Hör auf meine Tochter. Sie weiß, was richtig ist. Und keine Bange, Fee kann fabelhaft Spritzen setzen, man merkt es kaum.«

Fee runzelt die Brauen. Sie braucht hier keine Hilfe, verdammt! Nicht von ihrer Mutter. Dass die nun offensichtlich das Gewissen drückt, dass sie Fees radikalen Stimmungswechsel bemerkt hat und heute Morgen um sie herumschleicht wie eine demütige und reuige Sünderin, offensichtlich bereit zu einer Generalbeichte ist, macht die Sache nicht besser. Genauso wenig wie die flehenden Blicke, die sie ihr nun schon wieder zuwirft. Das genügt nicht!

»Ach, Regina, wenn du meinst, dass es sein muss, muss es wohl wirklich sein«, seufzt Henny und rollt den rechten Ärmel ihres Bettjäckchens hoch, streckt ihren Arm aus. »Dann mach mal, Kindchen.«

Kindchen? Fee explodiert innerlich. Sie ist niemandes *Kindchen* mehr, sie ist eine erwachsene Frau und Ärztin, verdammt noch mal. Erzürnt klopft sie Hennys Arm auf der Suche nach einer geeigneten Einstichstelle ab.

»Aua«, begehrt Henny auf. »Das ist ein wenig heftig!«

Fee hält erschrocken inne »Tut mir leid, das war keine Absicht. Ich meine …«

»Fee«, sagt Henny sanft. »Können wir dieses dumme Theater endlich beenden, ich weiß doch, was dich bedrückt.«

Fee springt von der Bettkante auf. »Hat meine Mutter etwa mit dir über meinen Vater gesprochen?«

»Wo denkst du hin?«, entfährt es Regina entsetzt. »Ich würde doch nie …«

Weiter kommt sie nicht, denn von draußen pocht jemand heftig an die Tür.

»Wunderbar«, seufzt Henny. »Kai kommt genau im richtigen Moment! Ich habe ihn für neun heraufbestellt.« Sie konsultiert ihre Armbanduhr. »Schon Viertel nach, er hat sich reichlich Zeit gelassen. Fee, lass deinen Vater hinein. Ich denke, darauf wartet er seit Jahren.«

»Wir wissen doch gar nicht, ob er es wirklich ist«, protestiert Regina. »Wir wissen es nicht! Fee, bitte, hör mir zu …«

Nein danke. Fee ist bereits bei der Tür, reißt sie auf und prallt zurück. Vor der Tür steht zwar ein Mann, den sie liebt, aber nicht ihr Vater.

Per Bellhaus verharrt auf der Schwelle, hält sich nicht mit

einer Begrüßung auf, stattdessen ruft er: »Schnell, Fee, Sie auch, Frau Sanders. Ich bin gerade aus dem Wald zurück. Unten ist die Hölle los, wir brauchen jede verfügbare Hilfe, bis die Feuerwehr kommt.«

»Brennt die Burg?«, fragt Henny hellauf entsetzt. Sie schlägt ihre Decke zurück und schwingt die Beine über die Bettkante.

»Nein, sie ertrinkt. Wasserrohrbruch. Im Keller. Hauptleitung«, sagt Bellhaus. »Und Sie bleiben gefälligst hier oben im Trockenen!«

36.

»Scheißkurven!«, flucht Konstantin. »SCHEISSKURVEN!«

Der Weg nach Heintzfeld ist die reinste Zumutung, wenn man es eilig hat. Und er hat es brandeilig. Das Display im Cockpit zeigt zwei Minuten nach zehn an. Die anderen haben knapp fünfzehn Minuten Vorsprung. Verdammt, er muss eine Katastrophe verhindern!

Schon wieder eine Kurve, eine Kurve so eng wie ein Nadelöhr. Er muss vom Gas runter. Hach, was nutzt ihm sein schöner BMW, wenn er ständig über tempountaugliche Rumpelpfade fahren und Haarnadelserpentinen mit enormem Gestrüpp zu beiden Seiten nehmen muss?

Und schon wieder eine Kurve!

Fragt sich, ob das hier wirklich die Abkürzung zur Burg ist, zu der ihm der Azubi hinter der Rezeption des Mühlenhotels geraten hat! Oder hat dieses Milchgesicht ihn mit Absicht in die Irre geführt, weil er dem Blödmann zunächst ein bisschen gedroht hat? Um dem Pickelgesicht am Ende einen Fünfziger über die Theke zu schieben! Einen Fünfziger! Mehr als genug für die Dorfdisco und ein paar Informationen!

Kurve, Kurve und dann eine Kreuzung. Rechter Hand lockt eine befestigte Straße. Ob er nicht besser die nehmen sollte?

Leider fehlt jegliches Hinweisschild, und Konstantin kennt sich hier nicht aus. Und was viel schlimmer ist: sein Navi auch nicht, denn zu allem Überfluss ist die Gegend hier ein gigantisches Funkloch, das sogar GPS-Signale schluckt. Er biegt daher nicht ab, bleibt der Rumpelstrecke und den Angaben seines bezahlten Informanten treu.

Ah, endlich! Der Rumpelpfad verbreitert sich merklich, flacht ab, und es öffnet sich ein schnurgerader Streckenabschnitt mit Weideland zur linken Seite. Es handelt sich um nicht viel mehr als eine Art überbreiten Feldweg, einen bei Regen matschigen Feldweg, wie die festgebackenen tiefen Traktorspuren beweisen. Egal, endlich kann er Stoff geben, seinen BMW voll ausfahren, den Vorsprung der anderen hoffentlich verkürzen, um rechtzeitig –

Oh nein! Nein, nein, nein, das darf nicht wahr sein!

Konstantin muss bremsen, um fünf Kühen und einem bescheuerten Eifelbauern die Überquerung dieses als Straße getarnten Feldweges zu gestatten. Himmel, es muss sich um den örtlichen Dorfdepp handeln, der Kerl tut, als habe er alle Zeit der Welt. Und seine Kühe auch. Eben versammeln sie sich in der Mitte des Weges, um in Ruhe die Schwänze zu heben und … *Igitt!* Und der Dorfdepp schaut nur zu.

Konstantin lässt das Fahrerfenster herab, steckt den Kopf heraus. »Geht das nicht schneller?«, schreit er den Bauern an. »Ich habe keine Zeit!«

Kühe und Bauer drehen ihm simultan und in Zeitlupentempo die Köpfe zu, ohne dass die Kühe ihre widerwärtigen Verrichtungen unterbrechen.

»Tut mir leid!«, brüllt der Bauer zurück und sieht kein bisschen so aus, als entspräche das der Wahrheit. »Was muss, das muss. Die fünf Hübschen waren ausgebüxt. Müssen zurück auf die Weide.«

»Dann geben Sie den Viechern endlich einen Tritt in den Arsch!«, schreit Konstantin, der am Ende seiner Geduld ist.

»Nä.« Der Bauer schüttelt den Kopf. »Von so was wird die Milch sauer! Außerdem ist der Weg hier nur für landwirtschaftlichen Nutz- und Forstverkehr freigegeben. Wird streng kontrolliert. Wenn die Bullen kommen, sind Sie dran.« Er spuckt aus, wendet sich ab und tätschelt die Hinterteile seiner saudummen Kühe, anstatt ihnen Feuer unter selbigen zu machen.

Das tut der doch mit Absicht.

Auf Konstantins Stirn bilden sich Schweißperlen. Die anderen haben mindestens fünfzehn Minuten Vorsprung. Sie sind in einem blöden kleinen Leihwagen unterwegs, wenn man den Worten des Azubis trauen darf, und sie nehmen die offizielle Strecke, die weit mehr Fahrtzeit braucht als dieser Trampelpfad. Aber kann ihn das noch retten? Kann er noch retten, was zu retten ist?

Es geht ja nicht nur um die blöden fünfzehntausend Euro, die er als Sofortüberweisung unter dem Stichwort »Geschenk für Ballgarderobe« auf Britta Bönschs Sparkassenkonto leisten musste. Die kann er leicht zurückholen, und die fünftausend, die er ihr in bar gegeben hat … Egal, die muss er wohl abschreiben.

Aber was fällt dieser heimtückischen Erpresserin ein, sich nach geleisteter Zahlung sofort wieder an diesen Kleibach ranzuwanzen und mit ihm zu Hennys Burg zu fahren? Hinter seinem Rücken, anstatt wie ausgemacht sofort und auf Nimmerwiedersehen abzureisen?

Hätte er sich nicht im Zuge seiner ergebnislosen Kleibach-Recherchen nach unten zum Empfang begeben, um dort mehr herauszufinden, hätte er nicht einmal etwas von dem gemeinsamen Ausflug der beiden erfahren!

Was hat diese maßlos gierige Ziege auf der Burg noch vor? Will sie weitere Gelder erpressen? Katja von der Verlobung erzählen? *Ha, soll sie mal!* Darüber gibt es schließlich nicht mehr viel zu erzählen. Alles Schnee von gestern. Für diese Information kann sie kein Geld kassieren. Schon gar nicht, wenn er rechtzeitig auf der Burg ist und Katja alles erläutert, seine Versöhnungsangebote wiederaufleben und seinen Charme bei ihr spielen lässt.

Die Verlobung mit Biest Bönsch hat er natürlich sofort nach Zahlung des Schweigegeldes gelöst. Mit mehr als deutlichen Worten. Okay, die Sache mit der »Figur wie ein Knochenmobile«, hätte er vielleicht besser weggelassen. Genau wie die »abstoßende Senatorennase«, den »unerträglichen Körpergeruch«, die »billige Kiosk-Schlampe« und den Morticia-Vergleich. Aber kann man es einem Mann von seiner Bedeutung, mit seinem Workload, seiner geschäftlichen Verantwortung verdenken, wenn er einmal ausrastet? Und die Wahrheit sagt!

Konstantin reißt sein Einstecktuch aus der Brusttasche, tupft sich die Stirn.

Na endlich.

In die Kuhherde vor ihm kommt Bewegung, die Viecher schwenken nach links in Richtung Weide. Sogar ziemlich flott. Der blöde Bauer lässt sich mehr Zeit. Konstantin tritt trotzdem das Gaspedal durch und registriert mit Freude, dass der Mann einen Satz in den Abwassergraben am Wegrand machen muss. Es muss ein sehr tiefer Graben sein.

Konstantin drosselt kurz die Geschwindigkeit und gönnt sich einen Blick in den Rückspiegel, registriert genüsslich, dass der Bauerntölpel bis zum Bauch im Dreck versinkt. Niemand hält ungestraft einen Konstantin von Aschberg auf!

Jetzt aber Tempo und freie Bahn dem Tüchtigen! Tempo tut gut. Die Landschaft ringsumher beginnt zu fliegen. Konstantin entfaltet sein unvergleichliches Rennfahrertalent und schöpft leise Hoffnung. Er wird Katja seine Scheinverlobung als Kurzschlussreaktion verkaufen. Genau! Als Irrweg eines gekränkten Ehemanns, der die Liebe seines Lebens verloren hat: Katja! *Prachtvolle Idee.* Wenn er vor der Bönsch auf der Burg ist, könnte das klappen. Er weiß doch, wie man seiner Katja schmeichelt, sie bezirzt und erobert! Dann kann Britta erzählen, was sie will, die Furie geben, ausrasten und sich komplett lächerlich machen.

Wie heißt es noch so schön bei irgendeinem Klassiker?

Wenn Frauen zu Hydranten werden ... Quatsch, Hyänen natürlich! Hyänen meint er. Jedenfalls sehen sie dann nur noch abstoßend aus, und niemand kann sie noch ernst nehmen. Außer anderen Verrückten.

Konstantin durchfährt ein plötzlicher Schreck. Ein Todesschreck. Bei »Verrückte« fällt ihm unmittelbar Henny ein.

Was, wenn die Bönsch gar nicht mit Katja, sondern mit seiner durchgedrehten Halbschwester reden will?

Konstantins Puls nimmt Tempo auf ... *Zum Beispiel über das Hochhaus*. Und was, wenn Britta ihr, also Henny – gegen Geld versteht sich –, etwas über seine, nun ja ... kleinen Listen und geschäftlichen Schachzüge verrät?

Die sind der Bönsch dummerweise nicht ganz entgangen. Irgendwem musste er schließlich von seinen famosen Finten erzählen. Ein Mann will auch mal gelobt werden. Bewundert. Anerkannt in seiner ganzen Größe. Macht macht bekanntlich einsam, und dieses Miststück hatte große Freude daran. Sehr viel Freude. Die konnte gar nicht genug über seine Raffinesse und seinen fabelhaften Geschäftssinn hören.

Konstantin wird wieder nervös, erhöht das Fahrtempo. Trotzdem setzt jetzt schiere Panik bei ihm ein. Sie verstärkt sich noch, als hinter ihm wie aus dem Nichts Sirenengeheul ertönt. Hier fährt doch wohl nicht wirklich die Dorfpolizei Streife?

Seine Augen suchen den Rückspiegel.

Nein, es ist die Feuerwehr. Vermutlich auf dem Weg nach Heintzfeld. Ganz sicher sogar. Wegen des absaufenden Kellers. Verdammt, da wird er leider Platz machen müssen. Rettungsgasse, keine Behinderung von Einsatzkräften und so.

Konstantin lenkt sein Auto an den Wegrand. Der Feuerwehrwagen rast heran, noch einmal ertönt das Sirenengeheul. Herrje, was soll der Krach? Er sieht sie doch, die Blödmänner hängen ihm jetzt fast auf der Stoßstange.

Und sie scheinen zu dumm zu sein, um ihn zu überholen. Links neben ihm ist doch massenhaft Platz, wenn man mit etwas Fingerspitzengefühl lenkt. *Nichtskönner!*

Konstantin schlägt erneut das Lenkrad ein, gibt wütend Gas, der Feuerwehrwagen zieht mit unvermindertem Geheul an ihm vorbei.

Moment mal! Moooooment!

Warum sackt sein BMW plötzlich ab? Binnen Sekunden bekommt sein Wagen Schlagseite. Ach, du Scheiße! Er hat den Abwassergraben übersehen. Verdammte Kacke! Er steckt fest. In Kuhscheiße und Matsch.

37.

»Und jetzt meine Schuhe, bitte«, verlangt Henny, »dann bin ich fertig.«

Blendend gelaunt zupft sie ihr Chanel-Jäckchen zurecht, prüft ihre Haare im Spiegel der Frisierkommode. Die gute Laune verdankt sich ihrem Überraschungsgast. Und der Tatsache, dass sie sich nicht getäuscht hat. Ihre Menschenkenntnis hat sie nicht getrogen, bald kann sie es in dieser Hinsicht mit der lieben Mattka aufnehmen. Nun ja, fast.

Henny zupft ein Löckchen zurecht. Ein Hauch von Rouge liegt auf ihren Wangen, nur die Lippen muss sie noch ein wenig nachziehen. In dezentem Rosenholz, nichts Glamouröses. Fröhliches Apricot oder leuchtendes Rot passen nun wirklich nicht zu einem Wasserrohrbruch am frühen Morgen.

»Meinen Sie diese hier?«, fragt ihr Überraschungsgast und hält in Hennys Rücken leicht verwundert Isoldes Latschen in die Höhe.

Henny zieht eine Grimasse und schüttelt energisch den Kopf. »Wo denken Sie hin! Ich will die Leute unten nicht noch weiter in Panik und Schrecken versetzen. Ich komme doch mit guten Nachrichten und will auch so aussehen.«

Sie kommt sogar mit fantastischen Nachrichten.

»Die schwarzen Lackpumps mit der Schleife, bitte«, entscheidet Henny. »Sie finden sie unten im Kleiderschrank. Ganz hinten. Ich trage sie nicht oft. Vorne stehen nur die Schuhe mit den hohen Absätzen.«

Britta Bönsch öffnet gehorsam eine quiekende Tür und taucht in die Tiefen des Schranks ab.

Braves Mädchen, so hilfsbereit und nützlich, wenn man sie zu nehmen weiß, ihr einfach mal zuhört und sie ausnahmsweise nett behandelt, freut sich Henny. *Einfach nur nett, nicht höflich und schon gar nicht wie eine ewige Außenseiterin*. Sie dreht einen Lippenstift in seiner Hülse hoch und öffnet leicht den Mund, um Farbe aufzutragen.

Wer im Hochhaus hätte Britta Bönsch so viel Verstand und Umsicht zugetraut? Oder echte Nächstenliebe? Na ja, vielleicht nicht Nächstenliebe, aber immerhin eine Art Solidaritätssinn. Niemand außer der Mattka. Und sie! Zugegeben: Ein wenig hat sie zeitweise geschwankt, und Nina-Regina wird immer ihr Liebling unter den Hoffnungsthaler Hochhauskindern bleiben, aber man muss sich auch um die leicht Verrutschten kümmern. »Manche Menschen sind eben aus krummem Holz geschnitzt«, pflegte die Mattka zu sagen.

Sorgfältig trägt Henny Lippenstift auf. Britta Bönsch hat tatsächlich einen guten Kern. Ihre Hochhauskindheit und die Kellerfeste sind nicht völlig spurlos an ihr vorbeigegangen. Genauso wenig wie die grenzenlose Neugier und ausgeprägte Klatschsucht ihrer alten, längst verstorbenen Tante, die in ihrem Kiosk neben Zeitungen und Magazinen auch brühwarmen Tratsch aus dem Viertel an den Mann zu bringen pflegte. In rauen Mengen. Dazu gab es auf Wunsch Kaffee, Kroatzbeere oder Eierlikör in Miniaturfläschchen für die Damen und einen kleinen Jägermeister für die Herren. Zwecks Nerven- und Umsatzsteigerung. Die alte Bönsch verstand was vom Geschäft.

Ihre Nichte auch, das ja, aber Brittas Forderungen für einige äußerst wertvolle Informationen sind gemäßigt und weit weniger überspannt als Katjas Wunsch nach einem für sie ausgerichteten Ball. Britta verlangt auch keinen persönlichen Butler und ähnlichen Unsinn. Nein, das Mädchen packt gern selbst an – siehe Schuhe.

»Sie meinen sicher diese hier«, meldet sie sich gerade von ihrer Schrankerkundung zurück und präsentiert die Ferragamo-Pumps.

Henny lächelt Brittas eifrigem Gesicht im Spiegel zu. »Ja, die.«

»Am besten, ich poliere sie noch einmal auf«, entscheidet Britta. »Haben Sie irgendwo ein weiches Tuch?«

Wie reizend und umsichtig.

»Im Badezimmerschrank unter dem Waschbecken finden Sie Schuhputzzeug«, erläutert Henny.

Britta eilt auf der Suche nach dem Tuch davon.

Wirklich, ein nützliches Mädchen. Und im Grunde eine waschechte Hoffnungsthalerin. Und was ihren Hang zu Lauschangriffen, Klatsch und Tratsch betrifft, nun, da setzt sie eben lediglich eine Familientradition fort. In dieser Hinsicht ist sie wahrlich keine exotische Ausnahme unter der Damenwelt des Hochhauses. Allerdings verlangt das Team Pracht nie Geld oder geldwerte Vorteile für seine Erkenntnisse und meidet Missgunst. Britta Bönsch neigt zu beidem, verzichtet heute aber darauf, von ihren Rachegelüsten gegen Konstantin mal abgesehen. Die für Henny mehr als nachvollziehbar sind.

Ja, Britta hat einen guten Kern, basta!

Warum sie den so plötzlich entdeckt hat, ist Henny natürlich glasklar: Dämlack Konstantin – ein Hohlkopf und Taugenichts in Sachen Liebe – hat für Britta den Provinzcasanova gegeben, sie belogen und benutzt, sie am Ende sitzengelassen – was sonst? –, sie überdies beleidigt und damit die rote Linie überschritten. »Römische Senatorennase«, »Knochenmobile«, »Kioskschlampe« – also wirklich. Der lernt es nie! So was kann man doch viel höflicher sagen.

Frauen sind ihm einfach überlegen, selbst so dumme Hühner wie Katja. Was natürlich tröstlich ist. Genau wie die Tatsache, dass Konstantin so überzeugt von seiner Grandiosität und Unbesiegbarkeit ist, dass er auch als Geschäftsmann zu strunzdummen Fehlern neigt. Fehlern, die der Aschbergclan ihm nie und nimmer verzeihen wird.

Henny presst ein dünnes Papiertuch zwischen ihre frisch bemalten Lippen, um überschüssige Farbe zu entfernen. Jetzt noch ein Hauch Parfüm. Etwas Frisches, Frühlingsfrohes.

Ihr Blick wandert rasch über einige Flakons, bleibt an einem zeitlos schönen Vintage-Glasstöpsel mit zwei von Marc Lalique zeitlos gestalteten Friedenstauben hängen.

Friedensturteltauben, müsste es heißen, denn die Schnäbel der Vögel berühren einander in liebevoller Innigkeit und mit eindeutiger Absicht.

Oh ja. L'Air du Temps *von Nina Ricci ist haargenau der richtige Duft für heute Morgen*, beschließt Henny. Ein filigraner, floraler und äußerst femininer Gute-Laune-Klassiker. Unternehmenslust und Frühling in Flaschen, sozusagen. Mit einem Hauch Pfirsich, Mai-Rose – passend zur Jahreszeit – und viel pfeffriger Gartennelke. Diesen Duft hat sie schon als junge Frau sehr gern getragen, und Krapolski ist ganz verrückt danach.

Britta kehrt aus dem Badezimmer zurück. »Fertig, jetzt haben Ihre Schuhe wieder den perfekten Glanz.«

In der Tat, freut sich Henny, nimmt sie entgegen und schlüpft hinein. Die Ferragamos haben zwar nur einen halben Absatz, aber man muss Kompromisse machen. Sie will Krapolski nicht vollends verärgern, wenn sie gleich mit Britta in der Halle auftaucht und damit seine Befehle missachtet. Von wegen »im Trockenen bleiben«!

Gut, das hat Bellhaus gesagt, aber Krapolski denkt natürlich haargenau so. Trotzdem muss sie jetzt sofort runter zu den anderen.

»Die Schuhe sind eigentlich ein bisschen zu schade. Viel zu empfindlich«, meint Britta Bönsch skeptisch. »Da unten herrschte das pure Chaos, als ich vorhin ankam. Und der Dreck! Die Tür zur Burg steht sperrangelweit offen, und es riecht meilenweit nach modrigem Keller.«

»Ach, das macht nichts«, wirft Henny ein. Schließlich duftet sie nach *L' Àir du Temps*.

»Aber das ganze Durcheinander in der Eingangshalle! Dazu das Gewusel der Leute, überall hinterlassen sie schmutzige Fußstapfen, tragen Küchenmobiliar, Berge von Vorräten und Töpfen in die Halle. Isolde und unsere triefnassen Nachbarn versuchen, aus der Küche zu retten, was zu retten ist, und zwischendrin laufen fluchende Handwerker herum, um die Ritter rauszuschaffen – wegen der Rostgefahr und um die Wandpaneelen abzukleben.«

»Wie umsichtig«, freut sich Henny.

»Ja, ja, schon, aber ob sie damit den Ball retten können?«, zweifelt Britta. »Im Keller haben sie eine Eimerkette gebildet, um so viel Wasser wie möglich abzuschöpfen, bis die Feuerwehr kommt.«

»Das macht nichts. Wir werden es ordnen«, sagt Henny und schreitet entschlossen zur Schlafzimmertür. Hier geht es schließlich um Heintzfeld, um ihre Burg und – noch besser – um ihr Hochhaus!

Hennys Herz macht erneut einen Freudenhüpfer, als sie in den Gang tritt. Konstantin ist erledigt. Egal, ob der Ball stattfindet oder nicht. Vermutlich kommt sie nämlich ganz ohne Katjas Papiere über Konstantins Schwarzgeldkonten voll heimlich abgezweigtem Aschberggeld irgendwo in der Karibik aus. Jetzt hat sie schließlich die Bönsch.

»Ich gehe vor«, schlägt diese hilfsbereit vor und nimmt die ersten Stufen der Wendeltreppe. »Die Stufen sind ein wenig gefährlich.«

Das ist zwar Unsinn, und außerdem gibt es einen eisernen Handlauf, aber Henny gönnt dem Kind die Freude, seine neu entdeckte Fürsorglichkeit zu zeigen, und gibt sich gern ein wenig gebrechlich. Dieser frisch entdeckte oder wiederentdeckte Charakterzug ist für Britta sichtlich aufregend. Genau wie ihre vielen hilfreichen Informationen für Henny.

Die Bönsch weiß einiges über Konstantins nachgerade mafiösen Bauerntricks, nein, *Bauherren*tricks natürlich. Noch besser: Sie hat Beweise gesammelt, etwa handschriftliche Gesprächsnotizen von Konstantin und ein Backup seiner Laptop-Festplatte, auf der dieser Dummkopf seine Pläne ausgearbeitet, eine Liste betrugsbereiter Handwerksbetriebe geführt und entsprechende Kostenrechnungen festgehalten hat. Als Rückversicherung, falls die Verlobung platzt, das Mädchen ist ja nicht dumm. Anders als Konstantin.

Hinzu kommt dessen Versuch, nein, die Tatsache, dass er Britta Bönsch heute Morgen Schweigegeld gezahlt hat. Er hat es sogar offiziell überwiesen! Britta Bönsch wird es natürlich zurücküberweisen und den Vorgang neben Konstantins weiteren Untaten offiziell zur Anzeige bringen. Noch heute Nachmittag will sie zum Anwalt und zur Polizei.

Gegen eine kleine finanzielle Entschädigung für ihre Mühen, versteht sich. Britta denkt an ein Jahr mietfreies Wohnen im Hochhaus und ein zinsfreies Darlehen, mit dessen Hilfe sie als Geschäftsfrau wieder auf die Füße kommen und den alten leer stehenden Kiosk ihrer verstorbenen Tante pachten will.

Eine ganz glänzende Idee, wo doch gleich hinter der Autobahn gerade Massen von durstigen Bauarbeitern auf dem Trockenen sitzen und sich bestimmt über belegte Brötchen, heiße Suppe, Würstchen und dergleichen freuen werden. Rund um die Riesenbaustelle gibt es keinen Supermarkt, keinen Imbiss, kein Nichts. Der Kiosk dürfte zur Goldgrube werden – zumindest für zwei oder drei Jahre.

»Gleich haben wir's in den zweiten Stock geschafft. Darf

ich Ihnen bei der letzten Stufe helfen?«, fragt Britta, wendet ihr lächelnd den Kopf zu und streckt ihre Hand aus.

Das Mädchen hat wirklich einen verdammt guten Kern. Man muss ihn nur sehen wollen und sie ein wenig unterstützen, findet Henny.

38.

Die Feuerwehr ist endlich angekommen und hat Schläuche, Absaugpumpe und allen Pipapo mitgebracht. Wurde auch Zeit. Im Keller steht das Wasser mehr als knie- und in der Küche etwa handhoch. Krapolski, der eben sämtliche Kellerzugänge entsperrt und die Fenster geöffnet hat, spricht sich kurz mit dem Zugführer ab, erläutert die Lage und den Wasserstand. Dann eilt er zurück in die Eingangshalle, schlängelt sich durch möbelschleppende Rentnertrüppchen und an der hysterisch keifenden Katja vorbei, die ständig nur »Mein Ball, mein Ball, was wird denn jetzt aus meinem Ball?« schreit.

»Der ist geplatzt. Hier gibt's allenfalls Unterwasserballett«, schnauzt sie zu Krapolskis Genugtuung ein genervter Handwerker an, woraufhin Katja »Friedrich!« kreischt. Damit meint sie ihn. »Werfen Sie diesen unverschämten Mann raus«, verlangt sie. »Er hat mich beleidigt.«

Die hat sie nicht mehr alle! Der *unverschämte Mann* reißt sich seit knapp einer Stunde wie alle anderen hier den Hintern auf. Wann kapiert die Trulla endlich, dass er hier als Katastrophenmanager agiert und als Butler ausgedient hat?

Krapolski muss Stühlen, Töpfen, Pfannen, Bergen von Konservendosen, Kartoffelsäcken und einer Kleiderpuppe – was macht die denn hier? – ausweichen. »Hier muss sofort eine Gasse gebildet werden, alles Gerümpel beiseite«, kommandiert er und erreicht endlich den Küchenkorridor.

»Eimer weg, und raus hier!«, brüllt er in den Gang. »Isolde, das gilt auch für deine Küche! Die Feuerwehr braucht freie Bahn, keinen Volksauflauf.«

»Aber ich muss meine Trockenvorräte retten«, protestiert Isolde. Heroisch wirft sie sich in Pose: »Ich bleibe bis zur letzten Kartoffel! Essen darf man nicht verschwenden. Und denk an unseren Ball.«

»Der ist geplatzt, begreif es endlich,« wiederholt Krapolski unwirsch die Worte des Handwerkers. »Der ganze Zirkus ist vorbei.«

»Die Ball findet statt, und iche bleibe auch bis zu die letzte Kartoffel«, schließt sich Angelo der Rebellion an und presst sich eine Puddingform an die Brust.

»Nichts da!«, schreit Krapolski. »Die Profis sind da und müssen Schläuche verlegen. Da sind wir nur im Weg. Die Pumpe wird bereits angeworfen. Wir sammeln uns zum Ausruhen in der Bibliothek. Die anschließenden Putz- und Aufräumarbeiten dürften uns tagelang fordern.«

Angeführt von Fee, Regina und Bellhaus watet die Küchenmannschaft endlich murrend durch den Korridor auf ihn zu. Krapolski beschleicht der leise Verdacht, dass einigen die Wasserschlacht allem Stress zum Trotz eine geradezu kindische Freude bereitet hat.

Angelo setzt zum Abschied sein schiffchenartiges Puddingförmchen auf das handhoch stehende Wasser, summt die *Capri-Fischer* und freut sich, dass das Förmchen schwimmt. *Kindskopf!*

Krapolski watet zur Kellertür.

»Wer ist noch unten?«, fragt er, als Herr Fröhlich auf der Treppe auftaucht.

»Nur Mr. Kleibach, Kai und der verdammte Malermeister.«

»Kleibach?«, fragt Krapolski komplett verdutzt. »Seit wann ist der denn hier? Der wohnt doch im Hotel?«

Herr Fröhlich zuckt mit den Schultern. »War plötzlich da. Muss irgendwo von hinten in die Burg gekommen sein. Hat die

Hosen hochgekrempelt und sofort mitangepackt. Einfach so. Der war kaum zu bremsen.«

Kleibachs Ankunft ist Krapolski in dem Chaos komplett entgangen. *Der will sich wohl bei allen lieb Kind machen, uns auf seine Seite ziehen*, kombiniert Krapolski. Das wird er später klären, wenn er den Kerl vor die Tür setzt. Auf die sanfte Tour. Einen handfesten Helfer will er nicht einfach achtkantig rausschmeißen, auch wenn es sich um Mr. Kleibach handelt. Nur gut, dass Henny oben in ihrem Schlafzimmer weilt und nichts mitbekommt.

Energisch stapft er die geflutete Kellertreppe hinab, um Mr. Kleibach, Kai und den Malermeister hinauszuscheuchen. Vermutlich sind sie noch im Gewölbekeller zugange, wo die Katastrophe ihren Ausgang nahm. Krapolski watet durch die gewundenen Gänge. Ein wahres Labyrinth. Im Gewölbekeller sieht's am schlimmsten aus, noch immer strömt Wasser nach, der Haupthahn ist zwar inzwischen abgesperrt, aber das beschädigte Rücklaufventil macht noch Ärger.

Kai passt dort auf ihren Gefangenen auf, diesen verdammten Malermeister. Nur gut, dass sein Sohn zufällig dessen Telefonat mit Konstantin belauscht hat, das der Mistkerl von einer Fensternische im ersten Stock aus geführt hat. Kai war auf dem Weg zu Hennys Schlafzimmer, als ihm ein Satz wie »Alles erledigt, Herr von Aschberg, Keller ist geflutet, sonst noch Wünsche?« ans Ohr gedrungen ist. Und noch einiges mehr. Etwa, dass dieser falsche Malermeister einen ebenso falschen »Klempner installiert« hatte, um die Katastrophe anzubahnen.

Am Ende hat Kai den Verräter am Schlafittchen gepackt. Mit Hilfe von Bellhaus, Fee und Regina konnte er den Kerl trotz dessen heftiger Gegenwehr überwältigen und in den Keller schaffen. Zwecks Sicherheitsverwahrung, nasse Füße und Hosen inklusive. Den Rest wird später die Polizei erledigen. Der falsche Klempner ist unterdessen leider getürmt. Egal. Die

Hauptübeltäter wurden auf frischer Tat ertappt. Dieser konzertierte Sabotageakt wird Folgen haben, nicht nur für den Malermeister, sondern vor allem für Konstantin von Aschberg. Der ist erledigt.

Und was Krapolski ganz besonders freut: Seine eigene Dummheit hat ihn zu Fall gebracht!

39.

Britta Bönsch hatte recht: In der Eingangshalle sieht es nach fürchterlichem Chaos aus. Ein Chaos, das die Feuerwehr jedoch gerade in den Griff bekommt. Und ihre Schuhe, Henny wirft einen verzückten Blick auf ihre Lackpumps, haben den Weg durch Schmutz und Durcheinander gut überstanden. Ferragamos eben – sehen nicht nur hübsch aus, sondern sind auch robuster als gedacht. So wie sie.

Britta Bönsch geleitet sie mit Umsicht zur Bibliothek im Seitenflügel. Dort haben sich laut Auskunft eines Feuerwehrmanns sämtliche Bewohner der Burg versammelt, um bei den notwendigen Abpumparbeiten nicht im Weg zu sein.

Nun, es trifft sich gut, dass sie ihre frohe Botschaft in Froweins Lieblingsraum verkünden kann. Dort gibt es gemütliche Sessel, gepolsterte Fensterbänke und einen schönen Vorrat an Sherry und Brandy. Vielleicht ist auch noch etwas Knabbergebäck vom Kinoabend vorhanden. Als Notvorrat. Zugegebenermaßen plagt Henny ein kleines Hüngerchen und –

»Sind Sie bereit?«, fragt Britta Bönsch, wendet ihr das Gesicht zu und legt die Hand auf die Klinke der Bibliothekstür.

»Sind *Sie* bereit?«, stellt Henny die Gegenfrage. »Einige Nachbarn könnten, nun ja, zunächst etwas ungehalten auf Sie reagieren.«

»Nicht, wenn die Gräfin von Aschberg ein gutes Wort für mich einlegt«, entgegnet Britta, strafft die Schultern, reckt Kinn und Nase. Ein wenig, durchblitzt es Henny, erinnert sie tatsächlich an einen römischen Senator, aber wer hat behauptet, dass Frauen nicht so aussehen dürfen? Nämlich stolz und unbeugsam. Mit der Nase hat Britta außerdem ein ideales Hutgesicht! Man müsste nur –

»Henny?«, fragt Britta und deutet auf die Türklinke. »Soll ich?«

Henny nickt, Britta öffnet, macht den Weg frei, und Henny schreitet in den Raum. Ohne im Geringsten bemerkt zu werden.

Herrje, was ist denn hier los? Sieht aus wie eine Volksversammlung, eine äußerst wütende Volksversammlung. Vor dem Kamin am anderen Ende des weitläufigen Raums und mit dem Rücken zu ihr haben sich sämtliche Nachbarn und einige ihr unbekannte Männer – offensichtlich Handwerker – um Froweins Sessel versammelt. Auf dem steht Katja von Aschberg und beendet, wie es scheint, soeben eine flammende Rede ans Volk.

»Ich frage euch also: Wer ist bereit, für meinen Ball zu kämpfen? Das Durcheinander zu beseitigen, zu arbeiten wie nie zuvor, um morgen Abend das glanzvollste Fest in der Geschichte dieser Burg zu veranstalten?«

»Iche, die Conte Balbarde, bin bereit zu allem«, ruft Angelo.

»Ich nicht«, wirft Isolde ein, »aber um das schöne Essen wär's schade. Deshalb bin ich dabei. Nur deshalb.«

»Wär auch schade um den frisch sanierten Ballsaal«, schließt sich Parkettexperte Fröhlich an.

»Und um meine frisch polierten Kronleuchter«, ergänzt Alma Lampe.

Frau Odry beginnt von ihrem Blumenschmuck zu schwärmen, Frau Pracht von streifenfreien Spiegeln und Fenstern. Ein begeisterter Tumult bricht los.

Nur Fee und Bellhaus, die auf einer Fensterbank am Rande der Versammlung Platz genommen haben, wirken nicht interessiert, stellt Henny fest. Jedenfalls nicht am Ball, aber dafür aneinander. *Wie schön, dann wäre das schon mal erledigt*, freut sich Henny.

Fragt sich nur, wo Regina ist … Ah, da steht sie und runzelt missvergnügt die Stirn. Vielleicht, weil Kai nicht da ist? Nein, nein, nein, daran kann es nicht liegen, die sind sicher noch lange nicht fertig miteinander. Oder versöhnt. Da fehlt noch was. Etwa der Vaterschaftstest. Und wo steckt Fritz? Ohne Fritz sind ihre Nachrichten über Konstantins Niederlage nur halb so aufregend. Na, sie kann warten. Wo sie doch fast ein ganzes Leben lang auf Fritz gewartet hat.

»Wollten Sie den Ball nicht absagen?«, flüstert Britta Bönsch, die wie Henny erstaunt im Türrahmen verharrt ist.

»Pst«, macht Henny und legt den Zeigefinger an die Lippen. »So ein Schauspiel darf man sich nicht entgehen lassen«, wispert sie vergnügt. »Katja von Aschberg als Volkstribun oder sagt man heute Volkstribünin, nein, klingt falsch, vielleicht Tribunin? Jedenfalls finde ich die Sache originell. Einen Aufstand für einen Ball der Ausbeuter anzetteln, auf so einen Irrsinn kommt auch nur die. Marie Antoinette hätte sicher ihre helle Freude.«

»Das ist Katja von Aschberg?«, hakt Britta Bönsch nach. In ihren Augen blitzt es interessiert auf. Interessiert und verdächtig begierig.

Henny nickt zögernd. »Ich hoffe«, raunt sie streng, »Sie denken jetzt nicht an ein weiteres Darlehen.«

Britta schüttelt den Kopf. »Geschäfte mache ich nur noch mit Ihnen, der einzig echten Gräfin von Aschberg«, raunt sie zurück.

Henny kann nur hoffen, dass das stimmt.

Der Tumult vor ihnen ebbt allmählich ab. Katja von Aschberg erhebt erneut ihre schrille Stimme.

»Schön. Ich danke euch. Ich danke euch allen«, sagt sie.

Fehlt nur noch, dass sie Ex-Stasi-Minister Mielkes legendären Satz »Ich liebe doch alle … alle Menschen« zitiert. Nein, so weit vergisst sie sich dann doch nicht.

»Ich selbst werde weder Kosten noch Mühen scheuen«, behauptet Katja und gibt die Bewegte.

»Doppelter Lohn für alle, drunter machen wir's nicht«, besinnt sich endlich Herr Fröhlich seiner wahren Herkunft.

»Unde Nachteschichtezuschlag«, schließt sich Angelo an. »Man musse die Menschen nicht nur liebe, sondern auch anständig bezahlen!«

Allgemeiner Beifall brandet auf. Katja von Aschberg stutzt kurz. Sicher hat sie von einem italienischen Herzog keine derartigen Forderungen erwartet. Sie muss sich kurz besinnen. »Nun gut … Unter den gegebenen Umständen … zahle ich allen den doppelten Lohn und fordere weitere Handwerker an.«

»Aber keine Leiharbeiter«, fordert Fröhlich in Krapolski-Manier.

»Von mir aus«, blafft Katja. »Ich bin bereit, alles zu tun, um diesen Ball zu retten. Ich werde bis an die Grenze gehen. Immerhin geht es hier um meine Verlobung mit Mr. Klei–«

Der Rest der Rede besteht aus einem spitzen Entsetzensschrei. Froweins Sessel, ein wackliges Stück, kippt nach vorn und stürzt Katja, den Volkstribun oder die Volkstribünin, in den Abgrund, weil sie in ihrem Feuereifer tatsächlich bis an die Grenze, nämlich an den Rand des Sessels, gegangen ist.

Herr Fröhlich fängt sie in letzter Minute auf.

»Verlobung! *What the hell is this woman thinking?*«, flucht derweil lautstark und völlig entsetzt eine Stimme in Hennys und Brittas Rücken. Michael Kleibachs Stimme. Wer sonst sollte hier auf der Burg amerikanisch sprechen? Noch dazu mit einem ganz entsetzlichen Kaugummiakzent. Henny erstarrt.

»Verdammt, was machst du denn hier, Henny?«, flucht eine

andere Stimme. Das ist Krapolski. Wer sonst? Er legt ihr von hinten den Arm um die Schultern.

In der Bibliothek wird es schlagartig still.

Krapolski hält Henny felsenfest. Das muss er auch, denn Henny zittert, zittert gewaltig, sieht, wie Regina sich von der Gruppe beim Kamin löst, auf sie zusprintet und voll Panik »Henny!« ruft. Das arme Kind wird denken, dass sie wieder kurz vor einem Herzanfall steht. Was für ein Blödsinn! Sie hatte nie einen Herzanfall. Sie zittert auch nicht vor Panik oder Kummer, sie zittert vor Wut.

Energisch schüttelt sie Krapolskis Arm ab. Dreht sich langsam – und mit Haltung, mit tadelloser Haltung – um. Und stutzt. Wer ist der Mann im Maleranzug, den Krapolski mit seiner Rechten und Kai von links fest im Griff halten? So, als hätten sie einen Gefangenen gemacht.

Egal, hier geht es um etwas anderes. Hier geht es um die letzte Abrechnung. Mit Gernot Kleibach. Und sei es auch nur in Person seines Sohnes. Dieses Kapitel muss endlich beendet werden.

Henny erkennt Michael Kleibach sofort, schaut ihm fest in die Augen – braune Augen mit gelben Bernsteinsprenkeln, Gernots Augen. Noch einmal durchfährt sie ein Zittern. Regina fasst sie bei der Hand. Auch diese Hand schüttelt Henny ab. Sie kann das allein. Ganz allein.

»Was wollen Sie von mir, Herr Kleibach?«, fragt sie höflich, so höflich, dass der ganze Saal erstarrt, wie Henny sehr wohl wahrnimmt.

Kleibach hält ihrem Blick und ihrer Höflichkeit stand. »Mein Vater hat mich vor seinem Tod darum gebeten, mit Ihnen zu reden.«

»Ich wüsste nicht, worüber«, entgegnet Henny hoheitsvoll und mit derart kalter Höflichkeit, dass ihr fast bange vor ihr selbst wird.

»Aber ich!«, kreischt es vom Ende des Saales her hysterisch. »Wir müssen über unseren Ball reden, *Michael*! Und über unsere Verlobung –«

»Klappe!«, zischt es scharf und das gleich aus mehreren Kehlen. Katja verstummt. Mr. Kleibach hält Hennys Augen mit seinen Augen fest. Ganz fest.

Hält der sich für Gary Cooper und das Ganze hier für ein Westernduell?

»Mein Vater wollte, dass Sie Folgendes erfahren«, beginnt Kleibach. »Er hat Ihnen alles verziehen und hofft, Sie hatten ein wirklich glückliches Leben ohne ihn!«

Henny prallt zurück, um ihre Haltung ist es mit einem Schlag geschehen. Und Höflichkeit, Höflichkeit ist hier nun wirklich völlig fehl am Platze. Energisch holt sie aus, und dann knallt eine Ohrfeige durch den Saal, die keinen Zweifel daran lässt, was sie von Michael, ach was, von Gernot Kleibach hält und wo er sich diesen dreisten, komplett irrsinnigen Satz hinstecken kann. Verdammt, warum muss sie nur schon wieder zittern, ganz fürchterlich zittern!

Warum fällt ihr zu dieser unfassbaren letzten Gemeinheit von Gernot keine andere Antwort als eine Ohrfeige ein? Noch dazu für den Sohn? Und weshalb fühlt sich mit einem Mal alles ganz fürchterlich falsch an, was sie bislang über und von Gernot gedacht hat? Oder er von ihr. Henny schwankt.

Krapolski übernimmt. »Raus hier!«, brüllt er Kleibach aus dem Saal. »Das gilt auch für die dämliche Aschbergschnepfe. Raus, sag ich!«

»Aber Friedrich«, wimmert Katja von Aschberg und klingt in Hennys Ohren tief verletzt.

»Und du, Angelo«, kommandiert Krapolski unbeirrt weiter und schubst seinem Sohn den Malermeister in die Arme, »du machst den Bus startklar. Kai, du klärst die Sache mit der Polizei und bleibst hier, bis die Feuerwehr weg ist. Die anderen packen. Wir bringen Henny sofort nach Hause. Ins Hochhaus.«

»Ins Hochhaus«, jaulen einige Senioren auf.

»Genau. Wo wir alle hingehören!«

»Aber«, erhebt Isolde zaghaft Protest, »unser Ball …«

»Findet nicht statt, verdammt noch eins!«, schreit Krapolski. »Henny will keinen Ball. Sie braucht Ruhe, absolute Ruhe!«

So geht das nicht, entscheidet Henny einem unerklärlichen Impuls gehorchend. *Nein, nein, keinesfalls*. Was Bälle und ihre Burg angeht, ist sie immer noch die Chefin, und was Gernot betrifft …

»Der Ball findet statt«, sagt sie mit fester Stimme.

»Henny«, protestiert Krapolski. »Lass den Blödsinn. Dieser Zinnober ist ohnehin unnötig. Wir haben inzwischen handfeste Beweise und Zeugen gegen Konstantin.« Er schüttelt kurz, aber kräftig den Malermeister, sodass dem Hören und Sehen vergeht.

»Wenn ich dazu auch etwas beitragen dürfte«, will sich Britta Bönsch einbringen.

»Nein!«, schnauzt Krapolski. »Und du, Henny, geh jetzt bitte nach oben und pack die Koffer. Regina wird dir helfen. Und du, Fee, du auch!«

»Ich werde meine Koffer nicht packen«, trotzt Henny gegen diesen Haustyrannen auf, ihren *geliebten* Haustyrannen, aber Tyrann bleibt Tyrann und sie – bei aller Liebe – auf immer ihre eigene Herrin. Mit einer eleganten Geste scheucht sie Krapolski zur Seite.

»Wo willst du hin?«, fragt der und klingt nicht mehr wütend, sondern besorgt.

»Ich hole Mr. Kleibach zurück.«

»Warum denn das?« Krapolski klingt immer besorgter. So, als halte er sie mal wieder für irre. Nun, vielleicht ist sie das ja auch oder war es früher oder eben auch nicht. Vielleicht hat sie sich in Bezug auf Gernot ein Leben lang mit einem fürchterlichen Irrtum herumgequält.

»Michael Kleibach und ich haben noch einiges zu bereden und endgültig zu klären«, sagt sie. »Und davon hält mich niemand ab. Das habe ich lange genug selbst getan. Regina, würdest du mich bitte begleiten? Du hast die jüngeren Beine und bist eine gut trainierte Läuferin, nicht wahr? Ich bin zu alt, um Männern hinterherzulaufen. Du nicht.«

Epilog

»Isolde, raus aus der Küche! Und zwar dalli. Sofort!«

Fritz Krapolski kennt kein Pardon, fasst seine geschätzte Nachbarin beherzt am Arm. Isolde ist eindeutig die Unvernünftigste unter seinen Hochhausfreunden. Diese hat er – unter beträchtlichen Mühen – nacheinander auf ihre Zimmer zurückkommandiert, damit sie sich vor dem Ball ein wenig ausruhen.

Ob Angelo, Frau Pracht, die Odry oder Herr Fröhlich: Alle wollten sie bis zuletzt Hand anlegen für das große Fest auf Burg Heintzfeld. Und das, obwohl sie bereits teilweise in ihre Festgarderobe gewandet waren, die Henny bei einem exklusiven Ballmoden-Verleih für sie bestellt hat. Der Anblick von Frau Lampe in großer Robe und mit Schrubber und Eimer ausgerüstet hätte Henny gewiss amüsiert. Trotzdem: Einmal muss Schluss sein.

Nur Isolde sträubt sich immer noch dagegen, die Arbeit liegen zu lassen. Sie hat heimlich ihre groteske Schürze zum Abendkleid angelegt, zerrt an einer Schublade und angelt nach einem Schälmesser.

»Jemine, Isolde, jetzt lass dich endlich einmal verwöhnen und andere für dich schuften«, schimpft Krapolski.

»Das kann ich nicht, und außerdem ist das *meine* Küche«, protestiert Isolde und reckt drohend das Messer. »Ich koche hier inzwischen seit mehr als drei Wochen für die komplette Mannschaft und Kleibachs Handwerker und habe nicht vor, ausgerechnet heute damit aufzuhören. Unser lieber Mister Kleibach muss unbedingt meinen rheinischen Kartoffelsalat kosten. Wir haben diesem reizenden Mann so viel zu verdanken. Immerhin hat er doch die gesamten Renovierungskosten für die Burg und die Kosten für den Ball übernommen. Wir müssen uns erkenntlich zeigen. Er schwärmt für deutsche Hausmannskost. Kein Wunder, bei dem Zeug, was man in Amerika so Essen nennt.«

»Isolde, dein Kartoffelsalat ist eine Wucht, aber er passt einfach nicht zu einem Ball dieser Art«, versucht es Krapolski auf die vernünftige Tour.

»Quatsch, der passt immer und macht satt«, kontert Isolde. Kurz senkt sie die Stimme zu einem Flüstern. »Ich bin mir nicht sicher, ob diese Firlefanzköche vom Mühlenhotel für einen anständigen Kartoffelsalat überhaupt ein Rezept haben. Ohne Trüffel und ähnlichen Kokolores.«

Ihr Blick flitzt misstrauisch durch den riesigen Raum, erfasst das eifrig arbeitende sechsköpfige Küchenteam am großen Mitteltisch und die mobile Profi-Herdanlage, die die Männer für den großen Abend installiert haben. Messer sausen, es wird gehackt, gebraten, geschmort und sautiert.

»Unfassbar. Die haben mir meine ganze Küche durcheinandergebracht«, erregt sich Isolde. »Wo wir sie gerade erst so mühevoll trockengelegt und durchgereinigt hatten. Meine schöne Küche!«

»Es ist Hennys Küche«, korrigiert Krapolski und entwindet ihr entschlossen das Messer.

»Henny hat mir versprochen, dass ich jederzeit herkommen und kochen kann, so viel und für wen ich will«, entgegnet Isolde. »Frau Lampe, Frau Pracht und ich planen für den Herbst bereits einen kleinen Frauen- und Einmachurlaub auf der Burg, und Frau Odry will Bellhaus und seinen Studenten beim Wiederaufbau des Gewächshauses beraten, danach sind die Herren mit einem Skatturnier dran –«

»Das mag alles sein«, unterbricht Krapolski sie unwirsch,

»aber für heute hat Henny die klare Anweisung gegeben, dass sämtliche Hochhausbewohner ihre Ehrengäste sind und keinesfalls Personal spielen oder arbeiten dürfen.«

»Na und? Sie arbeitet doch selbst!«

»Sie geht mit Michael Kleibach in der Bibliothek lediglich einige letzte Papiere und Geldangelegenheiten durch.«

»Oh, dann sollte ich den beiden einen Pausensnack zubereiten, vielleicht ein paar Butterbrote? Ich hab noch sehr schöne Wildsalami und einen hiesigen Käse.« Isolde schielt unternehmungslustig in Richtung Vorratskammer, macht erneut Anstalten, sich loszureißen.

Krapolskis Griff wird eisern. »Nichts da! Außerdem suchst du nur nach einem Vorwand, die beiden zu belauschen!«

In Isoldes Augen tritt ein gefährliches Glitzern. »Nein, darum kümmern sich gerade Frau Lampe und Frau Pracht.«

Herrje!, ärgert sich Krapolski. Die hat er doch vorhin erst eingefangen und zum Ausruhen abkommandiert. Hört hier denn niemand mehr auf seine Anweisungen? Anscheinend nicht.

»Sie haben mir vorhin mitgeteilt, dass es um eine Erbschaftssache geht«, teilt ihm Isolde eifrig mit, um ihn sodann mit Fragen zu bombardieren. »Will Henny Michael Kleibach etwa die Burg hinterlassen? Steckt er deshalb Geld in das alte Gemäuer? Frau Pracht ist der Ansicht, er will auf Heintzfeld bald einen Film drehen, aber Frau Lampe –«

»Was für ein Quatsch!«, entfährt es Krapolski erzürnt. »Nicht Kleibach, sondern Henny hat etwas geerbt!«

»Henny? Von wem? Von Kleibach? Was geht zwischen den beiden vor? Doch hoffentlich keine schmutzigen Geschäfte, wie wir sie von Konstantin kennen!«

Krapolski seufzt hörbar. »Könnt ihr nicht ein Mal warten, bis ihr offiziell erfahrt, was Sache ist?«

»Ha! Du bist also eingeweiht. Dann sag mir bitte endlich,

warum Mister Kleibach unsere Henny so großzügig unterstützt. Dank Konstantins dämlichen Fehltritten und den Kontoauszügen, die Katja uns geliefert hat, hat sie doch nun weiß Gott genug eigene Mittel, um alles allein zu regeln, oder?«

Mehr als genug, weiß Krapolski. Konstantin hat sich geradezu überschlagen, um die Sache mit seinen Schwarzgeldkonten zu verschleiern. Was ihm nicht gelungen ist, obwohl weder Katja noch Henny die Kontoauszüge publik gemacht haben. Das war gar nicht nötig. Der Aschbergclan hat selbst Wind von Konstantins Tricks bekommen, ihn gefeuert und das Hochhaus ganz auf Henny überschrieben, auch Konstantins Anteile. Die waren ihm nämlich nur unter Vorbehalt übertragen worden. Zudem haben die Aschbergs zur Gesichtswahrung und damit Henny über Konstantins Machenschaften schweigt, eine Johann-Riemann-Stiftung gegründet, die zusammen mit Hennys Baugenossenschaft Hoffnungsthal den weitgehenden Erhalt des Viertels sichern wird. Mit Aschberggeld. Viel Aschberggeld, darunter auch erhebliche Vermögensanteile von Konstantin, der nun zwar nicht vollständig verarmt, aber finanziell ordentlich zurechtgestutzt worden ist. Seine Villa, seine Angeberautos und seinen Status als Gesellschaftslöwe kann er sich abschminken.

»Krapolski, ich warte«, meldet sich Isolde wieder zu Wort. »Wir haben ein Recht darauf zu erfahren, was Henny mit Kleibach treibt. Immerhin sind wir Genossenschaftsmitglieder und haben lebenslanges Ferienrecht auf Heintzfeld!«

Krapolski überlegt kurz. Falls er weiter schweigt, werden Isolde und ihr fein verästelter Hochhausgeheimdienst weiter spionieren und ihm, Henny und dem armen Mister Kleibach den ganzen Abend – Ball hin oder her – gehörig auf die Nerven gehen. »Okay, ich sag's dir, wenn du deine Spähtrupps umgehend abziehst, verstanden?«

Isolde nickt.

»Also: Gernot Kleibach, Michaels Vater –«

»Der Liebesschuft, der Henny so abscheulich verraten und sie schwanger hat sitzen lassen? Hat der Henny als Entschädigung etwa Geld hinterlassen? Pah, das würde sie doch nie und nimmer annehmen!«

In der Tat nicht, denkt Krapolski.

»Die Sache verhält sich anders, ganz anders«, sagt er und seufzt. »Gernot Kleibach wurde von Hennys Eltern und dem Aschbergclan heimtückisch getäuscht. Als er bei ihnen vorsprach, um um Hennys Hand anzuhalten, hat man ihm zu verstehen gegeben, dass seine Beziehung mit der damals minderjährigen Henny vorbei und Henny bereits mit Johann Riemann verlobt sei. Was dieser Schweinehund persönlich bestätigt hat. Dann haben sie Gernot einen Scheck ausgestellt. Der junge Mann war tödlich verletzt, hat ihn eingelöst –«

»So ein mieser Verräter!«, geht Isolde empört dazwischen.

Krapolski schüttelt den Kopf. »Nein, das war er nicht. Er war im Gegenteil völlig verzweifelt über *Hennys* vermeintlichen Verrat. Mit dem Aschberggeld hat er lediglich einen Flug nach Amerika finanziert, wo er dann als noch unbekannter Modedesigner bei einer Textilfirma angeheuert, mit seinen Entwürfen Furore gemacht und über die Jahre sein eigenes Modeimperium aufgebaut hat. Den Rest des Aschberggelds hat er für Henny in Aktien seiner eigenen Firma angelegt, und das, obwohl seine große Liebe mittlerweile tatsächlich den ollen Riemann geheiratet hatte. Die Aktien sind mittlerweile zwei bis drei Millionen Euro wert. Kurz vor seinem Tod hat Gernot Kleibach seinen Sohn Michael gebeten, Henny zu finden, ihr in seinem Namen alles zu verzeihen und das Geld zu übergeben. So sieht's aus. Gernot Kleibach war ein grundanständiger Kerl und hat seine erste große Liebe nie vergessen.«

»Oh, du meine Güte, du meine Güte«, gerät Isolde ins Schwärmen. In ihren Augen schwimmen Tränen. »Was für eine romantische Geschichte. Ganz großes Kino. Will Kleibach sie verfilmen? Wenn ja, dann muss ich mich unbedingt für das Catering der Crew bewer–«

»Es gibt keinen Film und keine Cateringaufträge für dich, Isolde! Jetzt zieh endlich diese alberne Schürze aus, und mach dich für den Ball fertig. Regina wartet oben in Hennys Turmzimmer, sie wird dich hübsch frisieren und schminken, Fee schaut noch einmal nach deinem Kleid. In einer Stunde gibt es einen kleinen Champagnerempfang, dann beginnt das Abendessen und im Anschluss der Ball, das Orchester ist soeben einge–«

»*Abendessen*? Ha! Jetzt bist du aber der Banause. Es handelt sich um ein *Dîner*, mein Lieber. Das ist französisch und wahrscheinlich viel zu wenig Essen, guck dir mal diese Portiönchen an.« Sie deutet auf zwei Mitglieder der Küchenbrigade, die winzige Pastetchen mit Muschelragout füllen, Garnelen glasieren und diverse Häppchen vorbereiten.

»Isolde, das sind nur die Vorspeisen, die zum Champagner gereicht werden. Es gibt später mehr als genug. Und nach Mitternacht noch ein Buffet für alle.«

»Na also!«, triumphiert Isolde. »Kartoffelsalat ist ein Muss auf jedem Buffet!«

Gibt diese hyperaktive Nervensäge denn nie auf? Krapolski bemüht sich um Ruhe. »Nicht auf einem Austern-Buffet«, sagt er. »Also hör auf, hier die Köchin zu spielen.«

»Pünktlich zur Tanzerei bin ich mit dem Kartoffelsalat locker fertig, und bis Mitternacht kann er schön durchziehen«, insistiert Isolde und hascht erneut nach dem Messer in Krapolskis Hand. »Davon abgesehen *spiele* ich nicht Köchin, ich bin eine!«

»Heute nicht. Henny kennt da kein Pardon! Wir sind Gäste.«

»Seit wann hältst ausgerechnet du dich derart sklavisch

an Hennys Anweisungen zu unserem Ball? Du wolltest ihn ursprünglich doch ganz abblasen. Und von wegen ›alberne Schürze‹. Schau dich nur selbst mal an: Krapolski im Frack! Du siehst aus wie ein Zirkusdirektor. Hältst du uns für deine dressierten Affen? Pft!«

Krapolski blickt kurz an sich herab. Zugegeben, seine festliche Ausstattung samt knielangen Schwalbenschwänzen behagt ihm selbst nicht sonderlich, der gestärkte Kläppchenkragen seines Hemdes kratzt, die weiße Fliege und die weiße Weste sind ein Unding, aber was tut man nicht alles für die Liebe, aus Dankbarkeit und um des lieben Friedens willen. Gott sei Dank ist der affige Anzug nur geliehen.

Krapolski reckt das Kinn. »Ich will, dass Henny endlich so glücklich mit allem ist, wie sie es verdient, verdammt noch mal!«, kontert er hoheitsvoll, obwohl Isolde ihn soeben empfindlich, äußerst empfindlich gekränkt hat. »Das hat mit sklavischem Gehorsam rein gar nichts zu tun. Alle Herren tragen heute Frack, sogar Angelo.«

Angelos Frack ist auf dessen eigenen Wunsch sogar komplett Weiß, was nun wirklich albern aussieht und an einen Varieté-Künstler erinnert. Einen ausgesprochen exaltierten Varieté-Künstler, der sich »auf die Walzer mitte die schone Isolde« freut und zur Feier des Tages ein Potpourri von Adriano Celentanos größten Hits zum Besten geben will. »Wenn iche nicht sein darf eine Conte, dann wenigstens *un italiano vero*«, hat er gemeint. Mit seinen Musikwünschen geht er dem Orchester im Ballsaal bereits tüchtig auf die Nerven. Hoffentlich kommt er nicht auf die Idee, als Zugabe ein paar seiner Zaubertricks vorzuführen.

»Papperlapapp!«, unterbricht Isolde Krapolskis kleinen Gedankenausflug. Sie reißt sich von ihm los und stürmt zu den mobilen Herdanlagen, wo sie versucht, dem Souschef und Saucier der Hotelküche den Schneebesen zu entwinden. »Erlauben Sie?«, fragt sie kurz und kompromisslos. »Ich habe schon Soßen aufgeschlagen, als Sie noch mit der Trommel um den Christbaum gerannt sind. Und warum, zum Kuckuck, benutzen Sie kalte Butter zum Binden statt Mondamin? Noch nie was von Cholesterin gehört?«

Der Souschef schüttelt seufzend den Kopf, umklammert den Schneebesen und montiert derweil seine Morchel-Champagner-Sauce unbeirrt weiter.

»Wo haben Sie die Kartoffeln hingetan?«, verlangt Isolde zu wissen. »Ich brauche mindestens zehn Kilogramm – und ein bisschen Hilfe beim Schälen. Dazu Gurken, Zwiebeln, Eier und viel Mayonnaise. Die gute von Appel. Kennen Sie die?«

»Schluss jetzt, Isolde«, mischt sich Krapolski energisch ein. Er fasst seine Freundin an beiden Armen, zerrt sie vom entnervten Souschef fort, bugsiert sie ohne Pardon in Richtung der Schwingtüren und schiebt sie in den Küchenkorridor. »Du wirst dich jetzt umziehen. Oder willst du das Beste verpassen? Heute Abend wird nicht nur unsere neue Genossenschaft Hoffnungsthal gefeiert, sondern außerdem eine Verlobung verkündet. Und zwar *vor* dem Abendessen. Bei besagtem Champagner plus Häppchen.«

Isolde erstarrt unter seinem Klammergriff.

Wusste er es doch! Diese überraschende Neuigkeit wird die störrische Isolde wie zuvor Frau Pracht, Frau Odry und Frau Lampe ein wenig fügsamer machen und entzückt verstummen lassen.

Zumindest für ein paar Sekunden.

»Eine Verlobung!«, schrillt Isolde und reißt vollkommen verzückt die Augen auf. »Warum sagst du das erst jetzt? Hast du alter Geheimniskrämer Henny also endlich einen Antrag gemacht? So richtig auf Knien?«

»Nein«, entgegnet Krapolski schroff und zieht Isolde zur Eingangshalle.

»Also im Stehen, na ja, die Arthritis, ich verstehe«, plappert Isolde aufgeregt weiter. »Oder wolltest du Sturkopf vor unserer Gräfin nicht zu Boden gehen?« Isolde bleibt stehen und stößt ihm kichernd einen Arm in die Rippen.

Seufzend verharrt Krapolski neben ihr. »Du verstehst gar nichts. Ich habe Henny keinen Antrag gemacht.«

Isoldes Miene verrät pures Entsetzen. »Wer dann?«

»Niemand hat Henny einen Antrag gemacht«, erwidert Krapolski schroff. Henny ist nun mal Henny, ewig unberechenbar und eigensinnig, der macht niemand einen Antrag.

Isolde runzelt tadelnd die Stirn. »Dann mach es endlich. In deinem Alter sollte man so was nicht aufschieben. Und nun sag schon, wer verlobt sich denn dann? Unser lieber Kleibach und die gruselige Katja sind als Paar doch wohl endgültig vom Tisch. Oder kommt die etwa noch mal aus Los Angeles zurück?«

»Nur über meine Leiche«, sagt Krapolski grimmig. »Das Missverständnis um Katja von Aschberg ist geklärt.«

Mehr als das. Der phänomenale Michael Kleibach hat seine enttäuschte Verehrerin mit einem Angebot entschädigt, das ihr noch verlockender erschien. Bei einer amerikanischen Reality-Show namens *How to be a Hollywood Celeb Wife* darf Katja von Aschberg – dank Kleibachs Kontakten in die TV-Branche – der Assistentin einer Mode- und Stilberaterin assistieren. Katja wird mit der Filmcrew und Möchtegern-Promis ihres Kalibers Boutiquen durchkämmen und so Geld und vermeintlichen Ruhm mit Shoppingtrips verdienen. Eine komplett sinnfreie Tätigkeit, die Katja von Aschbergs einzigem Talent – teuer einzukaufen – zweifelsohne entgegenkommt. Im Gegenzug hat sie Henny einige von Konstantins Kontoauszügen überlassen – im Original und nur zur Sicherheit. Sodann ist sie flugs gen Los Angeles entschwunden.

»Oh, jetzt weiß ich's, jetzt weiß ich's!« Isolde klatscht aufgeregt in die Hände. »Per und Fee werden sich verloben. So schnell hätte ich nicht damit gerechnet, aber nun, wo sie ja bald zusammenziehen … oder ist bei denen etwa schon was Kleines unterwegs? Jetzt rede endlich!«

Krapolski verdreht die Augen. »Ich sag ab sofort gar nichts mehr. Es handelt sich schließlich um eine Überraschung. Komm mit nach oben, mach dich für den Ball fertig, und finde es noch vor dem Abendessen selbst heraus«, erwidert er, marschiert die Treppe hinauf und öffnet die Tür zur Halle.

Eilige Schritte verraten ihm, dass Isolde ihm auf dem Fuß folgt, und ein mit Inbrunst geschmettertes *Azzurro!*, dass Angelo im Ballsaal über ihnen sein Potpourri probt.

***

Regina legt einen frischen Friseurumhang zurecht und klappt eine weitere Lidschattenpalette auf. Zarte Pastelltöne wie Elfenbein, Hellgrau, hauchzartes Meergrün bis hin zu einem transparenten Taubenblau. Davon müsste etwas passen. Nur nichts zu Buntes. Fee würde es hassen und wird mehr als ein paar kleine Akzente, ein wenig Gesichtspuder und einen Hauch von Rouge nicht zulassen.

»Per will mich sicher nicht als Kirmespuppe sehen, und ich mich selbst schon gar nicht«, hat Fee vorhin gemeint.

Da ist ihre Tochter ganz anders als Frau Pracht, Frau Lampe und zuletzt Isolde, die auf einer Art Siebzigerjahre-Disco-Make-up – wenn schon, denn schon – bestanden haben. Regina hat ihr Bestes getan, den Wünschen der Damen entgegenzukommen, ohne die Sache ausarten zu lassen. Das Ergebnis kann sich sehen lassen. Auch wenn Frau Pracht ohne pinkfarbene Lippen und blauen Glitzerkajal ein wenig schmollend abgezogen und Isolde sicher nach wie vor der Meinung ist, dass falsche Wimpern derzeit »ein Muss« sind.

»Bist du bereit für ein wenig Make-up?«, fragt Regina ihre Tochter, die rasch ihr Abendkleid angelegt hat und nun Ordnung in das Sammelsurium von Bürsten, Heißwicklern, Lockenstab und Kämmen auf dem Frisiertisch in Hennys Turmzimmer bringt. »Nach Isolde dürftest du meine letzte Kundin heute sein. Ich verspreche dir ein hauchzartes Finish. Mehr braucht es bei dir wirklich nicht.«

»Fang doch bei dir an«, erwidert ihre Tochter.

»Liebling, du weißt, dass ich nur kurz zum Champagnerempfang mitkomme. Dafür brauche ich kein großes Make-up.«

Fee verstummt, hantiert weiter geschäftig mit den Kämmen, packt sich ein paar Haarspraydosen und verschwindet im Bad, um sie dort zu verstauen. *Das kann doch wirklich warten!* Außerdem sollte ihre Tochter Rücksicht auf ihr hinreißend schönes, seidenes Givenchy-Modell – ein zeitloses Slipkleid aus Hennys Modevorrat – nehmen.

»Fee, in einer halben Stunde musst du unten sein«, mahnt Regina. »Aufräumen kann ich später allein, oder wir erledigen es morgen gemeinsam, bevor mein Zug geht. Wir haben freie Bahn. Henny wird heute Nacht mit Krapolski in Froweins ehemaliger Suite schlafen.«

Fee sagt nichts, rumort weiter geschäftig im Bad herum, klappt Schranktüren auf, schlägt sie mit gewaltigem Schwung wieder zu.

Herrje, was ist denn nun wieder? Warum diese plötzliche Wut, warum das abweisende Schweigen? Dass Regina nicht zum Ball kommt, war längst abgemacht, und den ganzen Nachmittag haben sie und Fee harmonisch Hand in Hand gearbeitet. Fee hat mit den Damen munter geplaudert und mit den Herren locker gescherzt. Die Stimmung war aufgeräumt und heiter, die Vorfreude auf den Ball bei allen unverkennbar. Zu Reginas Erleichterung vor allem bei Fee.

Kein Wunder. Schließlich ist sie frisch verliebt, und was

den Vaterschaftstest angeht, ist alles geklärt. Vor zwei Tagen haben sie sich über das am gleichen Morgen eingetroffene Ergebnis ausgesprochen. Kai, Fee und sie haben sich in der Bibliothek zusammengesetzt, den Brief mit dem Ergebnis geöffnet, das Schreiben studiert und sich dann darüber unterhalten. Sehr sachlich, in ruhigem Ton, ohne überkochende Emotionen, Vorwürfe oder Tränen.

Kai hat zähneknirschend akzeptiert, dass das Ergebnis für ihn eindeutig negativ war, und hat sich in Gegenwart ihrer Tochter höflich bei ihr entschuldigt. Für seinen Verdacht, sein grobes Benehmen und seine Unterstellungen. Er sah dabei sogar aufrichtig bedrückt, niedergeschlagen und reumütig aus. Aus gutem Grund, wie Regina findet. Und trotzdem …

Fast, aber nur fast, war sie versucht, ihm die ganze Wahrheit zu beichten und ihm ihre eigenen, über die Jahre gelegentlich auftauchenden Zweifel an Anton Achleitners Vaterschaft zu gestehen. Denn, ja, die gab es.

Unbegründet, wie nun feststeht.

Es tut Regina in einem Winkel ihres Herzen selbst ein wenig leid. Ein Vater wie Kai wäre eine unvergleichlich schönere Alternative zu Anton Achleitner.

Ja, sie war durchaus versucht, ihm auch das zu sagen.

Fee schien ein wenig, wenn auch nur flüchtig, enttäuscht zu sein, dass Kai Krapolski nicht ihr Vater ist. Regina aber hat dieser undramatische Ausgang des Dramas alles in allem unendlich erleichtert. Die Dämonen ihrer Vergangenheit sind endgültig gebannt. Besser konnte es für sie nicht kommen. Immerhin steht nun fest, dass sie ihre Tochter nicht vorsätzlich belogen oder sie heimtückisch getäuscht hat – oder dass sie gar irgendetwas verheimlicht hätte, das für Fees eigenes Glück in irgendeiner Weise wesentlich von Bedeutung gewesen wäre.

Tatsächlich?, fragt es mit sanfter Stimme in ihr.

Nein!, trotzt Regina auf. Sie hat nicht gelogen, allenfalls hat sie ihr Kind ein Leben lang vor einer hässlichen Geschichte geschützt, die allein sie etwas angeht. Genau.

Fee kehrt aus dem Bad zurück. Regina tritt an den Sessel vor Hennys Kommode, schlägt energisch den Frisierumhang auf und hält ihn ihrer Tochter entgegen. Doch statt des Sessels steuert Fee die Schlafzimmertür an.

»Liebling, wo willst du jetzt noch hin?«, fragt Regina verblüfft.

»Hab was Wichtiges auf meinem Zimmer vergessen«, erwidert ihre Tochter knapp und ist durch die Tür.

Irgendetwas stimmt da nicht! Warum diese Ausreden und diese Heimlichtuerei?, fragt sich Regina. Mit fahrigen Bewegungen beginnt sie Fees Beispiel folgend, Lockenwickler zu sortieren, und bringt sie völlig durcheinander, weil ihre Gedanken woanders sind. Beim Thema Lügen.

Verflucht noch mal! Persönliche Geheimnisse sind keine Lügen … nicht im eigentlichen Sinne, oder?

Reginas Gedanken geraten heftig ins Stolpern.

Ganz aufrichtig warst du gegenüber Kai und Fee jedenfalls nicht, mischt sich ihr Gewissen ein. Ihr Gewissen klingt einmal mehr ein wenig nach Frau Mattka.

Regina rückt hilflos Puderpinsel gerade. Zu ihrem eigenen Entsetzen zittert ihre Hand leicht, denn sie weiß, dass ihr Gewissen recht hat und sie sich in Sachen Ehrlichkeit auf dünnem Eis bewegt.

Verdammt, kann die Vergangenheit denn niemals ruhen?

Es gibt eben Geschehnisse, die man mit niemandem teilen sollte, nicht mit Fee und schon gar nicht mit Kai, rechtfertigt sich Regina vor sich selbst. Vor allem deshalb nicht, weil es sich um unschöne Wahrheiten über die Familie Achleitner handelt, die rein biologisch gesehen leider auch Fees Familie ist.

Tatsächlich ist sie das nicht einmal dem Namen nach, Fee trägt den ihren: Sanders. Und was Zusammenhalt, familiäre

Bindungen oder Zuneigung angeht, dürfte der Name Achleitner als Synonym für eiskalte Herzlosigkeit durchgehen. Die ganze Sippschaft war – nicht anders als ihr verstorbener Sohn – ein Grauen und das Gegenteil von Fee. Solch eine Familie, solche Großeltern braucht kein Mensch.

Schluss damit!, fängt sich Regina. *Alles ist gut, so wie es jetzt ist*. Der Rest geht nur sie etwas an, und sie kommt damit zurecht. Sie ist immer allein damit zurechtgekommen. Sehr gut sogar.

Tatsächlich?, hakt es mit sanfter Stimme erneut in ihr nach – diesmal ist es eindeutig Frau Mattkas Stimme.

Tatsächlich, versichert sich Regina grimmig und reckt kämpferisch das Kinn. Sogar besser als gut, denn wegen Kais verwegener Idee mit dem Test hat sie nun ihren Frieden. Vollkommenen Frieden. Beinahe müsste sie ihm dankbar sein. Vielleicht ist sie es sogar ein wenig. Ja, das wäre möglich.

Dankbarkeit ist der kürzeste Weg zum Glück, hat die Mattka gern gesagt.

Herrjemine, jetzt zitiert sie ihre Ziehmutter schon freiwillig. Was natürlich nicht heißt, dass sie vorhat, Kai jemals für irgendetwas zu danken. Er geht ihr seit dem Gespräch in der Bibliothek ohnehin wieder aus dem Weg. Man sieht sich, man grüßt sich, man reicht sich beim Frühstück für den Kaffee den Zucker, und nicht das Salz, und hat sich nichts zu sagen. Es ist einfach fantastisch!

Tatsächlich?

Ach, Klappe!

Fee und Kai kommen dagegen nach wie vor prachtvoll miteinander zurecht, haben einander trotz allem anscheinend viel zu erzählen und waren in den letzten Tagen oft im Park spazieren. Ob Fee es sich zur Aufgabe gemacht hat, Kai über das Testergebnis hinwegzutrösten? Sähe ihr ähnlich.

Egal!, ruft Regina sich zur Ordnung. Das geht sie nichts an.

Fee darf tun und lassen, was sie möchte. Genau wie Kai. Regina wird ihn und alles, was je mit ihm zusammenhing, bald für immer aus ihrem Leben streichen können. Wirklich, sie könnte über den Ausgang des dämlichen Vaterschaftstests nicht glücklicher sein.

Tatsächlich?

Tatsächlich, versichert sich Regina stumm.

Alles ist einfach beim Alten geblieben, sieht man einmal davon ab, dass Anton Achleitner nun ganz offiziell Fees Vater ist. Nein, das ist zu viel der Ehre, er ist ihr *Erzeuger*. Ihr *toter* Erzeuger. Vaterlos zu sein ist natürlich schmerzlich für Fee, aber nun einmal nicht zu ändern. Als Kind hat Fee ihren Vater nicht groß vermisst, als junge Frau so gut wie vergessen. Hätte Kai das Thema nicht aufs Tapet gebracht und Fee niemals von seiner Idee zum Vaterschaftstest erfahren, wären ihrer Tochter Kummer und längst verblasste, belanglose Erinnerungen erspart geblieben.

Genau wie ihr selbst.

So viel zum Thema »Dank an Kai«.

Regina lässt sich auf den Sessel sinken, sucht ihr Gesicht im Spiegel.

Längst verblasste Erinnerungen? Belanglos? Wem machst du hier was vor?

Es ist ihr wenige Wochen nach Fees Geburt alles andere als leichtgefallen, das üppige fünfstellige Schweigegeld der herzlosen Achleitners für das Versprechen anzunehmen, auf immer von dieser feinen, höchst vermögenden Familie Abstand und Fee von ihnen fernzuhalten. Darüber hinaus verpflichtete sie sich, fortan über den Lebenswandel, die anrüchigen Kontakte und die Unfallschuld ihres verkorksten Sohnes Anton Achleitner Schweigen zu wahren und – vor allem darauf kam es an – darauf zu verzichten, vor Gericht auf Schmerzensgeld, Kindesunterhalt oder berechtigte Erbansprüche für

Fee zu klagen und damit den Namen Achleitner zu beschädigen.

Nach Kais Liebesverrat – seinem *vermeintlichen* Verrat –, ihrem kopflosen One-Night-Stand mit Anton Achleitner, dem scheußlichen Unfall und ihren lebensbedrohlichen Verletzungen war es das Schwerste, was sie je durchzustehen hatte. Ihr Stolz wehrte sich gegen das würdelose Geschacher, ihr Gewissen gegen den Verrat an Fee, als sie auf deren Geburtsurkunde unter »Name des Vaters« lediglich »unbekannt« eintragen ließ. Sie hat den Achleitners erlaubt, sich von dem kleinen Mädchen, ihrer mutmaßlichen Enkeltochter, ganz und gar freizukaufen. *Aber verdammt!* Sie brauchte das Geld. Und sie brauchte es schnell.

Sie brauchte es für immer neue Operationen, für ihre Prozesse gegen die Versicherungen, die für die Unfallfolgen nicht aufkommen wollten, für einen Neuanfang mit Fee und um dem Jugendamt glaubhaft darzulegen, dass sie über genügend Mittel verfügte, um trotz ihrer voraussichtlich langwierigen Genesung und weiterer Klinikaufenthalte für eine angemessene private Betreuung ihres Babys sorgen zu können und keine amtlich vermittelte Pflegefamilie zu benötigen.

Nein, damals hat sie wirklich keinen Gedanken auf die Frage verschwendet, ob Kai Fees Vater sein könnte. Zugegeben später schon, und ja, die Vorstellung hatte ihren Reiz. Mehr noch, aber Kai war verheiratet, hatte selbst Familie, und sie hatte längst gelernt, auf niemanden mehr zu vertrauen – niemals wieder.

Tatsächlich?

Oh, verflucht noch mal, kann das nicht endlich aufhören?

Entschlossen wendet Regina ihr Gesicht vom Spiegel ab. Genug Selbstbetrachtung. Ihr eigenes verkorkstes Liebesleben ist unwichtig. Für sie als Mutter ist allein Fees vielversprechende Zukunft entscheidend. Und die hat nun Per, einen

Mann, den sie lieben und auf den sie sich verlassen kann. Dank Hennys Vermittlung werden beide auch keine Fernbeziehung führen müssen. Der alte Landarzt Polke hat Fee angeboten, in seine Praxis einzusteigen – mit Aussicht darauf, seine Patienten zu übernehmen, sobald er aufs Altenteil geht. Zwar wird Fee als Landärztin nicht üppig verdienen, aber – und darauf freut Fee sich riesig – sie wird mit Per im Schloss wohnen und weit weniger Stress als in der Berliner Klinik haben, so viel ist sicher.

Reginas Stimmung hebt sich. Beim Einkauf in Polkes Praxis wird sie ihre Tochter finanziell unterstützen können. Schließlich ist sie nun die Besitzerin von Frau Mattkas Wohnung, die Henny ihr jetzt, wo Konstantin als Hausmitbesitzer ausgedient hat, zu einem fairen Preis abkaufen wird. Und dann –

Ein Klopfen an der Tür reißt Regina aus ihren erbaulichen Gedanken. Nanu, das kann nicht Fee sein, warum sollte sie anklopfen?

Zögernd erhebt sich Regina vom Sessel, durchquert den Raum und öffnet.

»Ich bin gekommen, um dir dein Ballkleid zu bringen. Mit besten Grüßen von Henny. Das ist Chanel, soll ich noch sagen.« Kai hält einen Bügel und ein fließendes bodenlanges, atemberaubendes Gewand hoch. Herrje, der Kerl trägt sogar Frack und sieht darin nicht übel aus. Er sieht alles andere als übel aus.

»Ich gehe nicht zum Ball, aber danke«, entgegnet Regina. Sie ist bereit, ihm die Tür vor der Nase zuzuschlagen, was Fee, die sich an Kai vorbei ins Zimmer drängelt, zu verhindern weiß.

»Dann gehe ich auch nicht«, sagt sie patzig und setzt sich auf Hennys Bett. »Und Per und Kai werden ebenfalls absagen. Die ganze Sause. Vielleicht können wir stattdessen hier oben ja zusammen eine Runde Skat spielen?«

»Fee, sei nicht albern«, mahnt Regina. »Ich lasse mich nicht erpressen.«

»Im Unterschied zu dir bin ich nicht albern. Außerdem bist du unhöflich und verdirbst uns allen die Festfreude, wenn du fehlst«, entgegnet ihre Tochter. »Das finden übrigens auch Krapolski, Henny, Isolde, Angelo, Frau Pracht und –«

Regina schnappt empört nach Luft. »Bist du etwa überall herumgelaufen und hast erzählt, dass ich nicht zum Ball komme?«

Fee zuckt mit den Schultern. »Nein, ich habe lediglich eine kleine Umfrage gemacht, wem du heute Abend fehlen würdest. Das Ergebnis war eindeutig: uns allen.«

»Bei mir hat sie angefangen«, erklärt Kai. »Ich finde dich übrigens nicht albern, sondern bin vor allem traurig, dass du nicht dabei bist. Ich wollte mir unbedingt den ersten Walzer mit dir sichern.«

»Du kannst nicht Walzer tanzen«, entschlüpft es Regina wider Willen.

»Ich habe geübt und hatte eine erstklassige Lehrerin.«

»Nämlich mich«, ergänzt Fee. »Er muss schließlich schon mal für die Hochzeit üben.«

»Welche Hochzeit?«

»Hennys. Sie wird Kais Stiefmutter – ein grauenhaftes Wort übrigens, passt so gar nicht zu unserer Gräfin.«

»Henny heiratet? In ihrem Alter?« Regina ist ehrlich verblüfft.

»Liebe ist doch keine Frage des Alters, Nina«, mischt sich Kai ein. »Wenn man jemanden aufrichtig und schon so lange liebt.«

Soll das eine Anspielung sein? Regina wirft ihm einen strafenden Blick zu.

»Henny hat Krapolski einen Antrag gemacht, und er hat angenommen, obwohl er lieber selbst gefragt hätte«, übernimmt Fee. »Aber das darfst du noch gar nicht wissen, verplapper dich ja nicht, bevor es Champagner gegeben hat. Ich meine, falls wir doch zum Ball gehen.«

»Ihr geht, ich bleibe hier«, beharrt Regina.

Fee zuckt erneut mit den Schultern. »Wie du meinst. Ich hoffe, Henny hat hier oben ein Kartenspiel.«

»Hier oben nicht, aber in der Bibliothek habe ich ein Canasta-Spiel, ich kann es euch gern holen«, meldet sich an der Tür Henny höchstselbst zu Wort. »Und dazu etwas von dem Kartoffelsalat, den Isolde gerade in der Küche zubereitet.«

»Sie macht Kartoffelsalat?«, donnert es erzürnt in Hennys Rücken. »Das hatte ich ihr ausdrücklich untersagt!«

Fritz Krapolski ist also auch da. Am Ende steht die komplette Hochhausbelegschaft auf dem Gang Schlange.

Regina muss sich setzen. Das hier ist eine eiskalte Verschwörung gegen sie.

»Ich spiele zwar nicht Skat«, fährt Henny ungerührt fort, »aber Frau Mattka und ich haben bis zu ihrem Tod sehr schöne Canasta-Ründchen abgehalten. Und Erinnerungen ausgetauscht. War Canasta nicht auch mal dein Lieblingsspiel, Nina? Frau Mattka hat mir erzählt, dass du am liebsten Herzkarten gesammelt hast. Immer nur Herzen. ›Ganz wie im wirklichen Leben‹, hat sie gemeint. Ist es nicht so, Kai?«

»Haargenau so«, ergänzt dieser Verräter und nimmt sie kurzerhand in den Arm. »Und falls du es immer noch nicht gemerkt hast: Mein Herz gehört dir noch immer.«

***

Endlich. Der Ball kann beginnen. Wenn auch mit erheblicher Verzögerung. *Die nichts, aber auch gar nichts mit mir zu tun hat,* denkt Krapolski mit leisem Grimm. Wäre es nach ihm gegangen …

»Darf ich dich um den ersten Tanz bitten, Fritz?«

Krapolskis Brauen werden zum zornigen Balken. »Henny, ich bin dein künftiger Mann, aber kein Schoßhündchen. Du hast mir bereits den Heiratsantrag gemacht und unsere Verlobung verkündet, überlass mir bitte wenigstens die Aufforderung zum Eröffnungswalzer! Was sollen denn meine Leute von mir denken?«

Verstohlen schaut er sich im blumengeschmückten Ballsaal um. Gott sei Dank scheint niemand Hennys Frage gehört zu haben. Das Orchester stimmt vernehmlich die Instrumente, es wird in Grüppchen geplaudert und gelacht, alle haben genug mit sich selbst oder ihrer ungewohnt festlichen Kleidung zu tun oder sind – wie Fee und Per, Kai und Regina – ganz einfach in ihre eigenen Gefühle versunken.

Henny lacht neben ihm auf. »Als hättest du jemals einen Pfifferling darauf gegeben, was andere von dir denken! In diesem Punkt sind wir zwei uns mehr als ähnlich. Aber nun gut: Fordere du mich auf.«

»Tänzchen gefällig?«, knurrt Krapolski betont unwirsch. Strafe muss sein.

»Soll das ein Scherz sein? Das kannst du besser.«

Krapolski antwortet Henny mit einer angedeuteten Verneigung. »Meine Gnädigste, darf ich um diesen Tanz bitten? Gut so?«

Ohne Hennys Antwort oder das Einsetzen der Musik abzuwarten, zieht Krapolski sie mit Schwung zu sich heran, zwingt sie in den Walzerschritt und muss leise mitzählen. Fees Unterricht war gut, aber er ist nun mal Anfänger auf dem Ballparkett und gedenkt es auch zu bleiben.

Henny passt sich ihm geschmeidig an. Die anderen Gäste weichen aus, machen den Weg in die Saalmitte frei. Dumm nur, dass die Musik dazu noch immer fehlt.

Eilig setzt das Orchester ein und spielt das erste Stück.

Allerdings keinen Walzer. Krapolski stutzt. Oder doch? Ist schließlich nur das Vorspiel oder das Intro, wie sein Sohn so was nennt. Trotzdem, das wird eindeutig kein Walzer werden. *Eins, zwei, drei, eins, zwei, drei* haut so was von überhaupt nicht hin! Selbst wenn er nicht sonderlich gut tanzen kann, zählen kann er, und das nicht nur bis drei.

Henny hält wie er den Walzerschritt bei und sagt nichts. Keinen Piep. Sie macht einfach mit und lächelt ihn selig an, als höre sie die Musik gar nicht.

Also Augen zu und durch und weiter im Dreivierteltakt.

Endlich geht das Orchester zu einer Melodie über, ziemlich rustikal und flott, das Ganze, mit einem treibenden Rhythmus. *Hm, das ist doch eine Art Beat … Was ist das noch mal?*

»Una festa sui prati, una bella compagnia«, schmettert Angelo den unverwüstlichen Partykracher von Adriano Celentano in den Saal, und der halbe Saal singt sofort mit.

Henny lacht begeistert. »Der Text passt zwar nicht ganz, schließlich ist das hier kein Fest auf der Wiese, aber das mit der schönen Gemeinschaft stimmt. Ich finde unsere *bella compagnia* einmalig.«

Ja, das ist sie, genau wie seine Henny, findet Krapolski und wirbelt sie in eine temperamentvolle Walzerdrehung, froh darüber, endlich mal wieder die Führungsrolle übernehmen und den Takt vorgeben zu können – selbst wenn die Musik einem völlig anderen folgt.

Was soll's? Mit Henny in seinen Armen stimmt alles.

Ein einsames Landhaus – eine illustere Gesellschaft – eine blutige Leiche

Ngaio Marsh
DAS TODESSPIEL
Ein Fall für Inspector Alleyn
Aus dem neuseeländischen Englisch von Holger Hanowell
240 Seiten
ISBN 978-3-404-17891-9

Eine seltsam gemischte Gesellschaft trifft sich zu einem Wochenende auf einem Landsitz in England. Sir Hubert Handesley, der Gastgeber, ist bekannt für seine geistreichen Gesellschaftsspiele. Diesmal schlägt er das Todesspiel vor, bei dem einer der Beteiligten den Mörder, ein anderer den Ermordeten spielen muss. Doch aus dem Spiel wird bitterer Ernst ...
Ein Klassiker der Detektivliteratur in Neuübersetzung – Detective Inspector Roderick Alleyns erster Fall